ଦିନଚର୍ଯ୍ୟା

ଦିନଚର୍ଯ୍ୟା

ଜଗନ୍ନାଥ ପ୍ରସାଦ ଦାସ

ବ୍ଲାକ୍ ଈଗଲ୍ ବୁକ୍ସ
ଭୁବନେଶ୍ୱର, ଓଡ଼ିଶା

BLACK EAGLE BOOKS
Dublin, USA

ଦିନଚର୍ଯ୍ୟା / ଜଗନ୍ନାଥ ପ୍ରସାଦ ଦାସ

ବ୍ଲାକ୍ ଇଗଲ୍ ବୁକ୍ସ : ଭୁବନେଶ୍ୱର, ଓଡ଼ିଶା ● ଡବ୍ଲିନ୍, ଯୁକ୍ତରାଷ୍ଟ୍ର ଆମେରିକା

 BLACK EAGLE BOOKS

USA address:
7464 Wisdom Lane
Dublin, OH 43016

India address:
E/312, Trident Galaxy, Kalinga Nagar,
Bhubaneswar-751003, Odisha, India

E-mail: info@blackeaglebooks.org
Website: www.blackeaglebooks.org

First International Edition Published by
BLACK EAGLE BOOKS, 2023

DINACHARYA
by **Jagannath Prasad Das**

Cover & Interior Design: Ezy's Publication

ISBN- 978-1-64560-392-4 (Paperback)

Printed in the United States of America

ସୂଚିପତ୍ର

ଘର

କିଛି ସମୟ ଖୋଜିବାପରେ ସଦାନନ୍ଦ ଏପରି ଏକ ଜାଗା ଠିକ କଲା ଯେଉଁଠାରେ ଛାଇରେ ଛିଡ଼ା ହୋଇ ଠିକାଦାର ସହିତ କଥାବାର୍ତ୍ତା କରିବା ସଙ୍ଗେ ସଙ୍ଗେ ସେ ସିମେଣ୍ଟ ବାଲି ମିଶାଉଥିବା ମଜୁରିଆଙ୍କ ଉପରେ ମଧ୍ୟ ଦୃଷ୍ଟି ରଖିପାରିବ।

ଘର ତିଆରି କରିବାରେ ଏ ତାର ପ୍ରଥମ ଅଭିଜ୍ଞତା ଏବଂ ସେ ଏ ବିଷୟରେ ଚିହ୍ନା ଅଚିହ୍ନା ଅନେକ ଲୋକଙ୍କଠାରୁ ପରାମର୍ଶ ନେଇଥିଲା। ଅନେକ ଅନୁସନ୍ଧାନ ପରେ ସେ ଏଇ ସତ୍ୟରେ ଉପନୀତ ହୋଇଥିଲା ଯେ ମଜଭୁତ ଘର ତିଆରି କରିବା ପାଇଁ ବାଲି ଓ ସିମେଣ୍ଟର ଅନୁପାତ ହିଁ ହେଉଛି ସବୁଠାରୁ ଗୁରୁତ୍ୱପୂର୍ଣ୍ଣ । ଏଥିପାଇଁ ସେ ପ୍ରତିଦିନ ସକାଳୁ ଯାଇ ବାଲି ସିମେଣ୍ଟ ମିଶାଇବାର ପର୍ବକୁ ତଦାରଖ କରୁଥିଲା। ସେଦିନ କିନ୍ତୁ ସେ ପହଞ୍ଚିବା ବେଳକୁ ବାଲି ସିମେଣ୍ଟ ମିଶା ସରିଥିଲା ଏବଂ ଏ କଥା ତାକୁ ଅତ୍ୟନ୍ତ ସନ୍ଦେହଜନକ ମନେହେଲା। ସେ ହାତରେ କିଛି ବାଲି ମିଶା ସିମେଣ୍ଟ ନେଇ ଏପାଖ ସେପାଖ କଲା ଏବଂ ନିଜ ସ୍ୱରକୁ ଏକ ଅଭିଜ୍ଞତାପୂର୍ଣ୍ଣ ଗାମ୍ଭୀର୍ଯ୍ୟ ଦେଇ ଠିକାଦାରକୁ କହିଲା, ଭାଗମାପ ତ ଠିକ ଜଣା ପଡୁନାହିଁ!

ଠିକାଦାର ସଦାନନ୍ଦର ଘର ତିଆରି ସମ୍ପର୍କିତ ଜ୍ଞାନର ସ୍ୱଳ୍ପତା ବିଷୟରେ ସଂପୂର୍ଣ୍ଣ ଅବଗତ ଥିଲା, କିନ୍ତୁ ସେ ତାକୁ ଏ କଥା ଜଣାଇବାକୁ ଚାହୁଁ ନ ଥିଲା । ସେ ମଧ୍ୟ କିଛି ବାଲି ହାତରେ ଉଠାଇ ତାକୁ ପରଖ କରିବାର ଛଳନା କଲା ଏବଂ କହିଲା, ଆପଣ ଠିକ ଧରିଛନ୍ତି। ମୁଁ ଟିକିଏ ସେ ପାଖକୁ ଚାଲି ଯାଇଛି, ଭାଗମାପ ଭୁଲ! ଏଥରକ ସେ ମଜୁରିଆଙ୍କୁ ପାଟି କରି ଗାଳିଦେଲା ଏବଂ କହିଲା, ଆହୁରି ସିମେଣ୍ଟ ମିଶାଅ। ମଜୁରିଆମାନେ ମଧ୍ୟ ଏ ନାଟକ ସହିତ ଅଭ୍ୟସ୍ତ ଥିଲେ ଏବଂ ଏଥରକ

ବାଲିରେ ଆଉ କିଛି ସିମେଣ୍ଟ ମିଶାଇଲେ। ତାଙ୍କ ଭିତରୁ ଜଣେ ଆସି ପୁଣି କିଛି ବାଲି ସଦାନନ୍ଦ ହାତରେ ଦେଲା ଏବଂ ସଦାନନ୍ଦ ତାକୁ ଗମ୍ଭୀର ଭାବରେ ଦେଖି କହିଲା, ଠିକ ଅଛି।

ଆଜି ଛୁଟି ଦିନ ଥିବାରୁ ସଦାନନ୍ଦ ସକାଳୁ ଘରୁ ଖାଇ ପିଇ ବାହାରି ଦିନସାରା ସେଠାରେ ବସି କାମ ଦେଖିବ ବୋଲି ଠିକ କରିଥିଲା। କାମ ପାଖରେ ବସିବା ପାଇଁ କୌଣସି ସୁବିଧା ଜାଗା ନ ଥିଲା। ଘରୁ ଗୋଟାଏ ଚଉକି ଆଣି ସେଠାରେ ପକାଇବ ବୋଲି ଅନେକ ଦିନରୁ ଠିକ କରିଥିଲେହେଁ ସେ ସବୁବେଳେ ଚଉକି ଆଣିବାକୁ ଭୁଲି ଯାଉଥିଲା। ତେଣୁ କାମ ଜାଗାରେ ସେ ଦୁଇଥାକ ଇଟା ଉପରେ କାଠପଟା ପକାଇ ତାର ବସିବାର ସ୍ଥାନ ନିର୍ଦ୍ଧାରିତ କରିଥିଲା। ସୂର୍ଯ୍ୟର ଗତି ସହିତ ଛାଇ ଘୁଞ୍ଚିଯିବା ଏବଂ ବାଲି ସିମେଣ୍ଟ କାମର ସ୍ଥାନ ପରିବର୍ତ୍ତନ ସହିତ ଏଇ କାମଚଲା ଚଉକିକୁ ଏ ପାଖ ସେ ପାଖ କରି ହେଉ ନ ଥିବାରୁ ସେ କ୍ଷୁବ୍ଧ ହେଉଥିଲା । ଆଜି ଏଇ କାଠପଟା ଉପରେ ବସି ଖରା ସହିତ ନିଜର ଛତାର କୋଣକୁ ଠିକ କରୁ କରୁ ସେ କାଲି ନିଶ୍ଚୟ ଘରୁ ଚଉକି ଆଣି ସେଠାରେ ପକାଇବ ବୋଲି ଏକ ଦୃଢ଼ ନିଷ୍ପତ୍ତି ନେଲା ।

ଏଇ ଉପଲକ୍ଷ୍ୟରେ ତାର ସୁଭଦ୍ରା କଥା ମନେ ପଡ଼ିଲା ଯେ କି ପ୍ରକୃତ ଅର୍ଥରେ ତାର ଘରର ଗୃହିଣୀ ଥିଲା । ସୁଭଦ୍ରା ଘରର ସବୁ ଜିନିଷ ଠିକ ସ୍ଥାନରେ ରହିବାରେ ବିଶ୍ୱାସ କରୁଥିଲା ଏବଂ ସଦାନନ୍ଦ ଯେ ଏତେ ଦିନ ଯାଏ ଘରୁ ଚଉକି ଆଣି ପାରି ନଥିଲା, ସେଥିପାଇଁ ପ୍ରକୃତ ପକ୍ଷରେ ସୁଭଦ୍ରା ହିଁ ଦାୟୀ ଥିଲା । ମଝି ଘରେ ପଡ଼ିଥିବା ଚଉକିକୁ ସେଠାରୁ ବାହାର କରିବା ପାଇଁ ସୁଭଦ୍ରାର ଅନୁମତିର ପ୍ରୟୋଜନ ଥିଲା ଏବଂ ସଦାନନ୍ଦ ସାହସ କରି ତାକୁ ଏ ବିଷୟରେ କହିପାରୁ ନଥିଲା। ସୁଭଦ୍ରା ପାଇଁ ଘର ଥିଲା ସେମାନଙ୍କର ସରକାରୀ କ୍ୱାର୍ଟରର ଚାରିକାନ୍ଥ ଭିତରେ ଥିବା ଖଟ ଟେବୁଲ ଚଉକି ଥାଳି ବାସନ ଟ୍ରଙ୍କ ବାଲଟି ଇତ୍ୟାଦିର ପଦାର୍ଥିକ ସମଷ୍ଟି । ସୁଭଦ୍ରାର ସମସ୍ତ ସମୟ ଏଇ ଆସବାବ ଓ ଦରକାରୀ ଅଦରକାରୀ ଅନ୍ୟାନ୍ୟ ଜିନିଷପତ୍ର ସବୁର ଯତ୍ନ ନେବାରେ କଟି ଯାଉଥିଲା । ସେ ସବୁ ଜିନିଷକୁ ବାରମ୍ବାର ଯଥାସ୍ଥାନରେ ରଖୁଥିଲା ଏବଂ ସେମାନଙ୍କୁ ଝାଡ଼ପୋଛ କରି ପରିଷ୍କୃତ ଓ ଚକମକ

ରଖିବାରେ ବିଶ୍ୱାସ କରୁଥିଲା । ଏଥିପାଇଁ ସୁଭଦ୍ରା ସାରା ଦିନ ଘରକୁ ସଫା ରଖିବାରେ କିମ୍ବା ନିଜର ହାତକୁ ଧୋଇବାରେ ବ୍ୟସ୍ତ ରହୁଥିଲା ।

ନିଜ ପାଇଁ ଗୋଟିଏ ଘର ତିଆରି କରିବାର ଯୋଜନା ପଛରେ ମୂଳ ପ୍ରେରଣା ସୁଭଦ୍ରାର ହିଁ ଥିଲା। ସରକାରୀ ଚାକିରିରେ ସଦାନନ୍ଦର କେବେ କେମିତି ବଦଳି ହେଉଥିଲା ଏବଂ ସେଥିପାଇଁ ସୁଭଦ୍ରାକୁ ଘର ବଦଳାଇବାକୁ ପଡୁଥିଲା । ସୁଭଦ୍ରା ପାଇଁ ଏ ଏକ ଅନାବଶ୍ୟକ ଯନ୍ତ୍ରଣା ଥିଲା । ଯଦିଓ ସେ ନୂଆ ଘରେ ରହିବାର ଅଳ୍ପ କିଛି ଦିନ ଭିତରେ ହିଁ ପ୍ରତ୍ୟେକଟି ଜିନିଷ ପାଇଁ ଗୋଟିଏ ଉପଯୁକ୍ତ ସ୍ଥାନ ନିର୍ଦ୍ଧାରିତ କରି ଦେଉଥିଲା, ସେ ଏକ ନିଜସ୍ୱ ଘର ଚାହୁଁଥିଲା ଯେଉଁଠାରେ ପ୍ରତ୍ୟେକଟି ଜିନିଷର ଏକ ସ୍ଥାୟୀ ଠିକଣା ରହିବ । ଏଥିପାଇଁ ସେ ବାରମ୍ବାର ସଦାନନ୍ଦକୁ ଜାଗା କିଣି ଘର କରିବା ପାଇଁ ପ୍ରୋତ୍ସାହିତ କରୁଥିଲା।

ସଦାନନ୍ଦ ବିଶେଷ ଉଚ୍ଚାକାଂକ୍ଷୀ ନ ଥିଲା ଏବଂ ଚାକିରି ଜୀବନ ଶେଷରେ ପୁଣି ଗାଁକୁ ଚାଲିଯାଇ ସେଠାରେ ନିଜର ସାମାନ୍ୟ ଜମିବାଡ଼ିକୁ ନେଇ ଚାଷବାସ କରି ରହିବ ବୋଲି ଠିକ କରିଥିଲା। କିନ୍ତୁ ତାର ଏଇ ନିଷ୍ପତ୍ତି ବହୁତ ଦିନ ତଳର ଥିଲା । ଏହାପରେ ସେ ବିବାହ କରିଥିଲା, ତାର ଗୋଟିଏ ପୁଅ ହୋଇଥିଲା, ଯାହାକୁ ସ୍କୁଲ କଲେଜରେ ପଢ଼ାଇବାକୁ ହୋଇଥିଲା, ଏବଂ ଇତି ମଧ୍ୟରେ ଜମିଜମା ଆଇନ ଇତ୍ୟାଦିରେ ବିଭିନ୍ନ ପ୍ରକାରର ପରିବର୍ତ୍ତନମାନ ହୋଇ ଗାଁରେ ଥିବା ଜମିରେ ତାର ସ୍ୱତ୍ୱ ବିଷୟରେ ସନ୍ଦେହ ସୃଷ୍ଟି ହୋଇଥିଲା । ଏଥିପାଇଁ ସେ ସହଜରେ ସୁଭଦ୍ରା ସହିତ ଏକମତ ହୋଇ ଘର ପାଇଁ ଜମି ଖୋଜିବାରେ ମନ ଦେଇଥିଲା ।

ଅଫିସରେ ତାର ଅନେକ ସହକର୍ମୀ ତାକୁ ସେମାନଙ୍କର ଝିଅମାନଙ୍କ ପାଇଁ ପାତ୍ର ଖୋଜିବାର ଦୁଷ୍କରତା ବିଷୟରେ ଅନେକ ସମୟରେ ଆସି କହୁଥିଲେ । ସଦାନନ୍ଦ ଦେଖିଲା ଯେ ଜମିଟିଏ ଠିକ କରିବା ମଧ୍ୟ ଅନୁରୂପ କଷ୍ଟସାଧ୍ୟ । ବରପାତ୍ର ପାଇଁ ଯେଉଁଭଳି ଚରମାନେ ଆସି ଖବର କରୁଥିଲେ ସେଇଭଳି ତାର ଜଣାଶୁଣା ଲୋକମାନେ ଆସି କେଉଁଠି କେଉଁଠି ବିକ୍ରି ପାଇଁ ଜମି ଅଛି, ସେ ବିଷୟରେ ତାକୁ ଗୁପ୍ତ ବିବରଣୀ ଦେଉଥିଲେ। ଅଧିକାଂଶ ସମୟରେ ସେ ଜମି ମାଲିକ ପାଖରେ

ପହଞ୍ଚିଲାବେଳକୁ ପାତ୍ର ହୁଏତ ଅନ୍ୟ କେଉଁଠି ବିବାହ କରି ସାରିଥିଲା, ଅର୍ଥାତ୍ ଜମି ଅନ୍ୟତ୍ର ବିକ୍ରି ହୋଇଯାଇଥିଲା ଅଥବା ଯୌତୁକର ଅଙ୍କ ସଦାନନ୍ଦର ସାମର୍ଥ୍ୟର ବହିର୍ଭୂତ ଥିଲା। ସଦାନନ୍ଦ କିନ୍ତୁ ଅଧ୍ୟବସାୟୀ ଥିଲା ଏବଂ ଅଳ୍ପ ଦିନ ଭିତରେ ସେ ଅନେକ ସରକାରୀ, ବେସରକାରୀ ଦେବୋତ୍ତର ୱାକଫ୍ ଜବରଦଖଲ ଓ ବେୱାରସୀ ଜମିର ତଫସିଲ ସଂଗ୍ରହ କରିବାରେ ସଫଳ ହେଲା। ପ୍ରତିଦିନ ଅଫିସ ପରେ ସେ ଯାଇ ଜମି କିଣିବା ଉଦ୍ୟମରେ ଲାଗୁଥିଲା ଏବଂ ଶେଷରେ ତାର ପ୍ରଚେଷ୍ଟା ଫଳପ୍ରସୂ ହେଲା। ସେଦିନ ସଂଧ୍ୟାବେଳେ ବୃଦ୍ଧ ମୁସଲମାନ ଭଦ୍ରବ୍ୟକ୍ତିଙ୍କୁ ତାଙ୍କର ଜମି ପାଇଁ ଅଗ୍ରିମ ଦେଇ ଆସିବା ପରେ ସେ ସୁଭଦ୍ରାକୁ ଆସି ଏ ଖବର ଦେଲା ଏବଂ ସ୍ୱସ୍ତିର ନିଃଶ୍ୱାସ ମାରିଲା ।

ଜମି ପାଇଁ ଟଙ୍କା ସଂଗ୍ରହ କରିବା ଥିଲା ପରବର୍ତ୍ତୀ ପର୍ବ ଯାହା ସମାନ ଭାବରେ ଦୁଃସାଧ୍ୟ ଥିଲା । ତାର ଘର ତିଆରି ଋଣର ଦରଖାସ୍ତକୁ ସେ ବିଭିନ୍ନ ସ୍ତରରେ ଅନୁଧାବନ କରି ଶେଷରେ ହାକିମଙ୍କ ଦସ୍ତଖତ କରାଇବାରେ ସମର୍ଥ ହେଲା ଏବଂ ଜମି ମାଲିକଙ୍କୁ ତାଙ୍କର ବାକି ଟଙ୍କା ଦେଇ ଜମିର ରେଜିଷ୍ଟରି କାମର ପର୍ବକୁ ମଧ୍ୟ ତୁଲାଇଲା। କିନ୍ତୁ ଏତିକିରେ ସଦାନନ୍ଦର ଚିନ୍ତା ଓ ଶ୍ରମର ପରିସମାପ୍ତି ନ ଥିଲା । ଘର ତିଆରି କରିବାର ଆନୁଷଙ୍ଗିକ କାଇଦା କାନୁନ ସବୁ ବୈଦିକ ରୀତିର ଯଜ୍ଞାନୁଷ୍ଠାନର ନୀତି ନିୟମଠାରୁ କୌଣସି ଅଂଶରେ କମ ନଥିଲା । ନିଜର ଇଂଜିନିୟର ବନ୍ଧୁଙ୍କ ପାଖକୁ ବାରମ୍ବାର ଯାଇ ଏବଂ ତାଙ୍କୁ ବିଭିନ୍ନ ଭାବରେ ତୋଷାମୋଦ କରି ସେ ପ୍ରଥମେ ଘରର ନକ୍ସା କରାଇଲା। ଏହା ଏକ ସମୟସାପେକ୍ଷ ବିଷୟ ଥିଲା କାରଣ ଘରର ନକ୍ସାରେ ସେ ସୁଭଦ୍ରାର ଅନୁମୋଦନ ଚାହୁଁଥିଲା। ସୁଭଦ୍ରା ଓ ଇଂଜିନିୟର ସିଧାସଳଖ ଭେଟୁ ନ ଥିଲେ ଏବଂ ସୁଭଦ୍ରାର ମନ୍ତବ୍ୟ ଓ ଇଂଜିନିୟରଙ୍କ ସ୍ପଷ୍ଟୀକରଣ ଓ ସଂଶୋଧନକୁ ନେଇ ସଦାନନ୍ଦକୁ ବାରମ୍ବାର ଏପାଖ ସେପାଖ ହେବାକୁ ପଡୁଥିଲା। ପୂଜା ଘରର ଆକାର ପ୍ରକାର, ଗାଧୁଆ ଘର ଝରକାର ଉଚ୍ଚତା, ରୋଷାଇଘର ଓ ବସିବା ଘରର ଦୂରତ୍ୱ ଇତ୍ୟାଦି ବିଷୟରେ ସୁଭଦ୍ରାର ନିର୍ଦ୍ଦିଷ୍ଟ ମତ

ଥିଲା ଏବଂ ତାକୁ ନକ୍ସାରେ ପ୍ରତିଫଳିତ କରିବା ଥିଲା ଇଂଜିନିୟରଙ୍କ ବିଦ୍ୟା ବୁଦ୍ଧିର ଏକ ଜଟିଳ ପରୀକ୍ଷା ।

ଯେଉଁଦିନ ଇଂଜିନିୟରଙ୍କ ଅଫିସରୁ ନକ୍ସାର ଦଶ କପି ଧରି ସଦାନନ୍ଦ ଘରକୁ ଫେରିଲା, ତା ମୁହଁରେ ଏକ ଅଲିମ୍ପିକ ବିଜୟୀର ଉଲ୍ଲାସ ଥିଲା । ନକ୍ସାକୁ ଧରି ସୁଭଦ୍ରା ଓ ସେ କିଛି ସମୟ ତଦାରଖ କଲେ । ନକ୍ସାଟି ଆଦୌ ସୁଭଦ୍ରାର ମନଃପୂତ ନ ଥିଲା। ଘରର ଏଲିଭେସନ୍‌ର ଚିତ୍ରକୁ ଇଂଜିନିୟର ଗଛ ଲତା ବିଦେଶୀ ଗାଡ଼ି ଇତ୍ୟାଦିରେ ସଜାଇ ଅତି ଆକର୍ଷଣୀୟ କରିଥିଲେ ଯାହା ସଦାନନ୍ଦଙ୍କୁ ଅତି ସୁନ୍ଦର ମନେ ହେଲା, କିନ୍ତୁ ଏଇ ଘରର ଚିତ୍ର ସାମନାରେ କେବଳ ଜଣେ ସ୍ତ୍ରୀ ଓ ପୁରୁଷର ଚିତ୍ର ଥିଲା ଏବଂ ସେଥିରେ ରମୁର ଚିତ୍ର ନ ଥିବାରୁ ସୁଭଦ୍ରା ବିଶେଷ କ୍ଷୁଣ୍ଣ ହେଲା। ସଦାନନ୍ଦ ତାକୁ ରମୁ ବିଷୟରେ କହିବାକୁ ଯାଉଥିଲା, କିନ୍ତୁ ଚୁପ ରହିଲା, କାରଣ ସୁଭଦ୍ରା ସେତେବେଳକୁ ନକ୍ସାର କୋଠରୀମାନଙ୍କରେ କେଉଁଠାରେ କି ଜିନିଷ କିପରି ଭାବରେ ରଖିବ ଏବଂ କାନ୍ଥର କେଉଁ ଜାଗାରେ କି ଆକାରର କଣ୍ଟାମାନ ଲଗାଇବ ସେ ବିଷୟରେ ଚିନ୍ତିତ ଥିଲା। ସୁଭଦ୍ରା ଯେତେବେଳେ ପାଣିକଳର ଟ୍ୟାପ ସବୁକୁ ପୁଣି ଥରେ ଗଣିବାକୁ ଆରମ୍ଭ କଲା ସଦାନନ୍ଦ ସେଠାରୁ ଉଠି ଚାଲିଗଲା ।

ସଦାନନ୍ଦର ବିଜୟୋଲ୍ଲାସ କ୍ଷଣସ୍ଥାୟୀ ଥିଲା, କାରଣ ଅତିଶୀଘ୍ର ତାକୁ ଅନ୍ୟ ଦୌଡ଼ରେ ଭାଗ ନେବାକୁ ପଡ଼ିଲା, ଯାହା ଏକ ପ୍ରତିବନ୍ଧକ ପ୍ରତିଯୋଗିତା ଥିଲା । ଏଥରକ ପ୍ରତିବନ୍ଧକ ଥିଲେ ଟାଉନ୍ ପ୍ଲାନିଂ, ମ୍ୟୁନିସିପାଲିଟି, ବିଜୁଳି ଓ ପାଣି ଯୋଗାଣ ବିଭାଗ ଆଦି। ଏମାନଙ୍କୁ ଲଘନ କରିବା ସମୟ, ଶ୍ରମ ଓ ବ୍ୟୟସାପେକ୍ଷ ଥିଲା କିନ୍ତୁ ସଦାନନ୍ଦ ଅଧ୍ୟବସାୟର ସହିତ ଏମାନଙ୍କୁ ମଧ୍ୟ ଅତିକ୍ରମ କଲା ଏବଂ ଯଥାସମୟରେ ନକ୍ସାମାନ ବିଭିନ୍ନ ଅଫିସ୍‌ର ମଞ୍ଜୁରୀ ମୋହରମାନ ପିଠିରେ ନେଇ ତା ପାଖରେ ଫେରି ପହଞ୍ଚିଲେ। ସେ ବର୍ତ୍ତମାନ ଖେଳପଡ଼ିଆର ଏପରି ଅଂଶରେ ପହଞ୍ଚିଲା, ଯେଉଁଠୁ ଘର ତିଆରି ସାମଗ୍ରୀ ଯୋଗାଡ଼ କରିବାର ମାରାଥନ୍ ରେସ୍ ଆରମ୍ଭ ହେଉଥିଲା । ଇଟା, କାଠ, ସିମେଣ୍ଟ ଓ ଲୁହାଛଡ଼ ପାଖରେ ପହଞ୍ଚିଲା ବେଳକୁ

ସେ ସବୁ ଆହୁରି ଦୂରକୁ ଘୁଞ୍ଚି ଯାଉଥିଲେ। କିନ୍ତୁ ସଦାନନ୍ଦ ସେମାନଙ୍କୁ ମଧ୍ୟ ଆୟତ୍ତ କଲା ଏବଂ ଶେଷରେ ଶୁଭ ଦିନ ଦେଖି ପୂଜା କରାଯାଇ ମୂଳଦୁଆର ପ୍ରଥମ ଖୋଳିବା କାମ ଆରମ୍ଭ ହେଲା।

ଆଜି ଛୁଟି ଦିନର ଖରାବେଳେ ଇଟା ଥାକ ଓ ଭଙ୍ଗା ପଟାର ଚଉକି ଉପରେ ବସି କାମର ଅତି ମନ୍ଥର ବିସ୍ତାରକୁ ଦେଖିବାବେଳେ ସଦାନନ୍ଦର ମୁଣ୍ଡ ଭିତରେ ଘରତିଆରି କାର୍ଯ୍ୟକ୍ରମର ଦୁଃଖଦ ଅଧ୍ୟାୟଟି ଭାସିଉଠିଲା । ତାର ସହକର୍ମୀମାନେ ତାକୁ ଏଇ ସମୟରେ ସୁଖନିଦ୍ରାରେ ଶୋଇଥିବାର ଦେଖାଗଲେ ଏବଂ ଏଭଳି ଏକ ଯୋଜନାରେ ହାତ ଦେଇଥିବାରୁ ସେ ନିଜକୁ ପୁନର୍ବାର ଭର୍ତ୍ସନା କଲା। ତାର ଘର ତିଆରି ସଂପର୍କୀୟ ଏଭଳି ଅନେକ ଅପ୍ରୀତିକର ଅନୁଭବ ମନେପଡ଼ିଲା, ଯାହା ସେ ଭୁଲିଯିବାକୁ ଶ୍ରେୟସ୍କର ମନେ କରୁଥିଲା। ଯଥା, ଅଫିସରୁ ସମୟ ଅସମୟରେ ଚାଲି ଯାଉ ଥିବାରୁ ହାକିମଙ୍କ ପାଖରୁ ଗାଳି, ତିନିରେ ଆଠ ଲୁହାଛଡ଼ ବୋଝାଇ ଟ୍ରକର ଡାଲା ଉପରେ ବସି ଯାଉଥିବାବେଳେ ତାକୁ ସହକର୍ମୀ ଦେଖିଥିବା ଜନିତ ଅସ୍ୱସ୍ତି, ସିମେଣ୍ଟ ପରମିଟ ପାଇଁ ସପ୍ଲାଇ ଅଫିସରଙ୍କ କୋଠରୀ ଭିତରେ ପଶିଯିବାବେଳେ କେଉଁଠାରୁ ଦଉଡ଼ି ଆସି ଚପରାସୀ ତାକୁ ପ୍ରାୟ ଧକ୍କା ଦେଇ ବାହାର କରିଦେବାର ଅପମାନ, ଇତ୍ୟାଦି। ଏ ସବୁ ବିଶେଷ ବିଶେଷ ଘଟଣାମାନଙ୍କ ବ୍ୟତୀତ ତାକୁ ବର୍ତ୍ତମାନ ଅନେକ ଭୁଲି ଯାଇଥିବା ଲୋକମାନଙ୍କର ମୁହଁ ସବୁ ଦେଖାଗଲେ, ଯଥା, ତାକୁ ଖରାବେଳେ ପାଣି ଗିଲାସେ ଦେଇ ନ ଥିବା ଜମି ମାଲିକ, ରେଜିଷ୍ଟ୍ରି ଅଫିସରେ ତାଠାରୁ ଦଶଟଙ୍କା ଲାଞ୍ଚ ନେଇଥିବା କିରାଣି, ଋଣ ମଞ୍ଜୁରୀ କରିବା ଅଫିସର, ଜିରାରୁ ଶିରା ବାହାର କରିବା ଆକାଉଣ୍ଟାଣ୍ଟ ଇତ୍ୟାଦି । ତାର ମନ ଅତି ବିରକ୍ତିରେ ଭରିଗଲା ଏବଂ ସେ ଚୌକିରୁ ଉଠି ଠିକାଦାରକୁ କାମର ମନ୍ଥର ଗତି ବିଷୟରେ କହିଲା। ଅତି ଅନୁଗତ ଭାବରେ ଠିକାଦାର ମଜୁରିଆମାନଙ୍କ ଉପରେ ପାଟିକଲା। ସଦାନନ୍ଦ ସିମେଣ୍ଟର ଭାଗମାପ ବିଷୟରେ କହିବାକୁ ଯାଉଥିଲା, କିନ୍ତୁ ସେମାନେ ଆବଶ୍ୟକତାରୁ ବେଶି ସିମେଣ୍ଟ ମିଶାଇ ତାକୁ ଖର୍ଚ୍ଚାନ୍ତ କରାଇବେ, ଏ କଥା ଭାବି ସେ କ୍ଷାନ୍ତ ହେଲା ।

ସେ ବସିଥିବା କାଠପଟା କଷ୍ଟଦାୟକ ଥିଲା ଏବଂ ସେଥିପାଇଁ କାମ ତଦାରଖ କରିବା ବାହାନାରେ ସେ ଛିଡ଼ା ହୋଇ ଏ ପାଖ ସେ ପାଖ ଚାଲବୁଲ କଲା । ଛତାକୁ ବାଁ ହାତରୁ ଡାହାଣ ହାତକୁ ଓ ଡାହାଣ ହାତରୁ ବାଁ ହାତ କରି ଶେଷରେ ସେ ଛତା ବନ୍ଦ କରି କିଛି ସମୟ ଖରାରେ ଛିଡ଼ା ହେଲା । ସେ ହାତ ଘଡ଼ି ଦେଖିଲା, କିନ୍ତୁ ଦିନ ତଥାପି ଅନେକ ବାକି ଥିଲା। ଶେଷରେ ପୁଣି ସେ ଛତାକୁ ଖୋଲିଲା ଏବଂ କାଠପଟାକୁ ଫେରି ଆସି ତା ଉପରେ ଆରାମଦାୟକ ଭଙ୍ଗୀରେ ବସିବାକୁ ଚେଷ୍ଟା କଲା। ଠିକାଦାର ସଦାନନ୍ଦର ଗତିବିଧି ଠିକ ବୁଝୁଥିଲା ଏବଂ ତାର ନାଡ଼ି ନକ୍ଷତ୍ର ଜାଣୁଥିଲା। ସେ ବର୍ତ୍ତମାନ ଜାଣିଲା ଯେ ସଦାନନ୍ଦର ସେ ଦିନ ପାଇଁ କାମ ତଦାରଖ କରିବାର ଉତ୍ସାହ ପୂରା ଭାଙ୍ଗି ଯାଇଛି। ଏଇଟିକୁ ପ୍ରକୃଷ୍ଟ ସମୟ ମନେକରି ସେ କେଉଁଠୁ ଚା ମଗାଇ ସଦାନନ୍ଦକୁ ପିଇବାକୁ ଦେଲା।

ଚା ପିଉ ପିଉ ସଦାନନ୍ଦ ମନେ ମନେ ଠିକାଦାରକୁ ଏକ ସଚ୍ଚୋଟ ଲୋକ ବୋଲି ସାର୍ଟିଫିକେଟ ଦେଲା ଏବଂ ଖାଲି କପକୁ ତଳେ ରଖିବାବେଳେ ନିଜେ ସାମାନ୍ୟ ପ୍ରଫୁଲ୍ଲ ମନେ କଲା । ଏଥରକ ସେ ନିଜ ଘର କଥା ମନେ ପକାଇବାକୁ ଚେଷ୍ଟା କଲା । ସୁଭଦ୍ରା ଯଦିଓ ଘରକଥା ବୁଝିବାରେ ଅବହେଳା କରୁନଥିଲା, ସେ ସଦାନନ୍ଦର ସୁଖ ଦୁଃଖର କୌଣସି ଖବର ଅନ୍ତର ରଖୁନଥିଲା । ସୁଭଦ୍ରା ନିଜର ସବୁ ସମୟ ଘର ଚଳାଇବାରେ, ପୂଜା କରିବାରେ ଏବଂ ଘର ତଥା ନିଜକୁ ପରିଷ୍କୃତ ରଖିବାରେ ବିନିଯୋଗ କରୁଥିଲା। ଏତଦ୍‌ବ୍ୟତୀତ ସୁଭଦ୍ରା ସଦାନନ୍ଦର ଏକ କଠୋର ସମାଲୋଚକ ଥିଲା ଏବଂ ସଦାନନ୍ଦ ଯାହା କିଛି କରୁଥିଲା, ସୁଭଦ୍ରା ସେଥିରେ ଛିଦ୍ର ଦେଖିବାକୁ ପାଉଥିଲା। ପ୍ରତି ମୁହୂର୍ତ୍ତରେ ଏଥିପାଇଁ ସଦାନନ୍ଦକୁ ସୁଭଦ୍ରାଠାରୁ ଶାସ୍ତ୍ରୋପଦେଶମାନ ଶୁଣିବାକୁ ହେଉଥିଲା। ସେ ସକାଳେ ଉଠି ନିଜେ ଚା ତିଆରି କରିବାବେଳେ ସୁଭଦ୍ରା ଯଦିଓ ଶୋଇ ରହୁଥିଲା, ସଦାନନ୍ଦ ଚା'ରେ ଚିନି ମିଶାଇବାବେଳେ ସୁଭଦ୍ରାର ନିଦ ହଠାତ୍ ଭାଙ୍ଗି ଯାଉଥିଲା ଏବଂ ସେ ତାକୁ ବେଶି ଚିନି ମିଶାଇଥିବାରୁ ଡାକ୍ତରର ଉପଦେଶ ମନେ ପକାଇ ଆକଟ କରୁଥିଲା। ଏଇପରି ଭାବରେ ସାରାଦିନ ତାକୁ ଗାଧୋଇବାବେଳେ ବ୍ୟବହାର କରିଥିବା ପାଣିର

ପରିମାଣ, ତାର ପିନ୍ଧିଥିବା ଜାମାର ରଙ୍ଗର ଉପଯୁକ୍ତତା, ସେଦିନ ଅଫିସ ଗଲାବେଳେ ଛତା ନେବା ନ ନେବାର ଯାଥାର୍ଥ୍ୟକୁ ନେଇ ସୁଭଦ୍ରାଠାରୁ ବକ୍ରୋକ୍ତିମାନ ଶୁଣିବାକୁ ପଡୁଥିଲା । ଏ ସବୁକୁ ଏକ ଦାର୍ଶନିକତାର ଦୃଷ୍ଟିରେ ଅଗ୍ରାହ୍ୟ କରିବାକୁ ଚେଷ୍ଟା କରି ସେ ସଫଳ ହେଉ ନ ଥିଲା ଏବଂ ଏଥିପାଇଁ ଅନେକ ସମୟରେ ତାର କେବଳ ପାରିବାରିକ ଜୀବନ ନୁହେଁ, ସଂପୂର୍ଣ୍ଣ ଜୀବନ ପାଇଁ ମଧ୍ୟ ବିତୃଷ୍ଣା ଆସୁଥିଲା ।

ତାର ଜୀବନର ପ୍ରତିଟି କାର୍ଯ୍ୟକଳାପ ଭଳି ଏଇ ପରିକଳ୍ପିତ ଘରଟି ମଧ୍ୟ ସୁଭଦ୍ରାର ମନୋପଯୋଗୀ ନ ଥିଲା। ଜଣେ ବିଧର୍ମୀଠାରୁ ଜମି କିଣିବା ବିଷୟରେ ତାର ଧାର୍ମିକ ଆପତ୍ତି ଥିଲା ଏବଂ ଜାଗାଟିର ଆକାର ବିଷୟରେ ମଧ୍ୟ ସେ ସୌନ୍ଦର୍ଯ୍ୟଗତ ଦୃଷ୍ଟିରୁ ସନ୍ତୁଷ୍ଟ ନ ଥିଲା । ସୁଭଦ୍ରା ଜମି ମିଳିବାର ଦୁଷ୍କରତା ବିଷୟରେ ସଂପୂର୍ଣ୍ଣ ଅଜ୍ଞ ଥିଲା ଏବଂ ସଦାନନ୍ଦକୁ ବାରମ୍ବାର ଅନ୍ୟ ଜମି କିଣିବା ପାଇଁ ପ୍ରରୋଚିତ କରୁଥିଲା। ସଦାନନ୍ଦ ଯେତେବେଳେ ସେଇ ଜାଗାଟି ଉପରେ ଘର କରିବା ପାଇଁ ନକ୍‌ସା କରିବାରେ ଲାଗିଲା ସୁଭଦ୍ରା ଏ କଥାକୁ ସଦାନନ୍ଦର ଅକ୍ଷମତା ଅଥବା ତାର ମତ ପ୍ରତି ଅବଜ୍ଞା ବୋଲି ଗ୍ରହଣ କଲା ଏବଂ ଏଥିରୁ ତାକୁ ସଦାନନ୍ଦ ସହିତ ତର୍କବିତର୍କ କରିବା ପାଇଁ ଉପାଦାନ ମିଳିଲା । ଏହିପରି ଭାବରେ ଘର ତିଆରି ଉଦ୍ୟମର ବିଭିନ୍ନ ପର୍ଯ୍ୟାୟରେ ସଦାନନ୍ଦକୁ ବାହାରର ଅଫିସମାନଙ୍କ ସହିତ ଖଣ୍ଡଯୁଦ୍ଧ କରିବା ସହିତ ଦୈନିକ ଗୃହଯୁଦ୍ଧର ସମ୍ମୁଖୀନ ହେବାକୁ ପଡୁଥିଲା । ଏହି ଗୃହଯୁଦ୍ଧମାନଙ୍କରେ ସଦାନନ୍ଦ ସବୁ ସମୟରେ କ୍ଷତବିକ୍ଷତ ହେଉଥିଲା, କାରଣ ସୁଭଦ୍ରା ପାଖରେ ଏକ ଅମୋଘ ଅସ୍ତ୍ର ଥିଲା ଯାହା ସେ ସମୟ ଅସମୟରେ ସଦାନନ୍ଦ ଉପରକୁ ନିକ୍ଷେପ କରୁଥିଲା। ସୁଭଦ୍ରା 'ମୁଁ ଏ ଘରେ ରହିବି ନାହିଁ' ବୋଲି କହୁଥିଲା ଏବଂ ତାହା ସଦାନନ୍ଦ ପାଇଁ ଶେଷ କଥା ଥିଲା ।

ସଦାନନ୍ଦର ଜୀବନରେ ଅନ୍ୟ ଦୁଃଖଟି ଥିଲା ରମ୍ମୁ। ବୟସ ବଢ଼ିବା ସଙ୍ଗେ ସଙ୍ଗେ ରମ୍ମୁ କ୍ରମଶଃ ସେମାନଙ୍କ ପାଖରୁ ଦୂରକୁ ଚାଲି ଯାଇ ବର୍ତ୍ତମାନ ଏପରି ଏକ ଦୂରତ୍ୱରେ ପହଞ୍ଚିଥିଲା ଯେଉଁଠାରୁ ଅପରିଚୟର ସୀମାରେଖା ଆରମ୍ଭ ହେଉଥିଲା । ଯଦିଓ ଏକମାତ୍ର ସନ୍ତାନ ଭାବରେ ସଦାନନ୍ଦ ରମ୍ମୁକୁ ସ୍ନେହ ଓ ଆଦର ଦେବାରେ

କେବେହେଲେ କାର୍ପଣ୍ୟ କରି ନଥିଲା, କଲେଜରେ ପଢ଼ିବା ବେଳୁ ହିଁ ରମୁ ନିଜର ମନ ଭିତରେ ନିଜ ପାଇଁ ଏକ ସ୍ୱତନ୍ତ୍ର ଘର ତିଆରି କରି ନେଇଥିଲା ଯେଉଁଥିରେ ସଦାନନ୍ଦ ଓ ସୁଭଦ୍ରାଙ୍କ ପାଇଁ ସ୍ଥାନ ନଥିଲା। କଲେଜ ବେଳେ ସେ କୌଣସି ରାଜନୈତିକ କାର୍ଯ୍ୟକଳାପ ସହିତ ସଂପୃକ୍ତ ହୋଇଯାଇଥିଲା ଏବଂ ଏ କଥା ସଦାନନ୍ଦର ଅନୁମୋଦିତ ନ ଥିବାରୁ ରମୁ ଜାଣିଶୁଣି ଘର ସହିତ ତାର ସଂପର୍କ କାଟି ଦେଇଥିଲା। ଯଦିଓ ସେ ସେମାନଙ୍କ ସହିତ ରହୁଥିଲା, ମାନସିକ ସ୍ତରରେ ତାର ବାପ ମାଙ୍କ ସହିତ କୌଣସି ସଂପର୍କ ନଥିଲା ଏବଂ ସେ ସଫଳତାର ସହିତ ସେମାନଙ୍କଠାରୁ ନିଜର ନାଭି ଗ୍ରନ୍ଥି ବିଚ୍ଛିନ୍ନ କରି ଦେଇଥିଲା। ପରବର୍ତ୍ତୀ ସମୟରେ ସେ ଧର୍ମାନୁବର୍ତ୍ତୀ ହୋଇଯାଇଥିଲା ଏବଂ ବିଭିନ୍ନ ପ୍ରକାରର ସାଧୁ ସନ୍ଥମାନଙ୍କ ପାଖକୁ ଯାଇ ସମୟ କଟାଉ ଥିଲା। ରମୁର ରାଜନୀତି ଭଳି ତାର ଧର୍ମାନୁରାଗ ମଧ୍ୟ ସଦାନନ୍ଦର ଅନୁମୋଦିତ ନ ଥିଲା। ରମୁ ବର୍ତ୍ତମାନ ଚାକିରି କରିଥିଲା, କିନ୍ତୁ ସେ କେଉଁଠି କି ଚାକିରି କରି କେତେ ଆୟ କରୁଥିଲା, ସେ ବିଷୟରେ କେବେ ହେଲେ କାହାରିକି କହୁ ନ ଥିଲା। ସେ ଯେପରି କି ନିଜ ଘରେ ଏକ ଅତିଥି ଥିଲା, ଅଥବା ଏକ ପେଇଙ୍ଗ୍ ଗେଷ୍ଟ ଥିଲା କାରଣ ମାସର ପ୍ରଥମ ସପ୍ତାହରେ ସେ କିଛି ଟଙ୍କା ସୁଭଦ୍ରା ହାତରେ ଦେଇ ଦେଉଥିଲା। ଅନେକ ବର୍ଷ ତଳୁ ହିଁ ସଦାନନ୍ଦ ଓ ସୁଭଦ୍ରା ତା ସହିତ ଯୋଗାଯୋଗ ସ୍ଥାପନ କରିବାର ଚେଷ୍ଟା କରି ବିଫଳ ହୋଇଥିଲେ ଏବଂ ବର୍ତ୍ତମାନ ସେ ଦିଗରେ ଉଦ୍ୟମ କରିବାରୁ ନିବୃତ୍ତ ହୋଇଥିଲେ। ବରଂ ସେମାନଙ୍କର ଭୟ ହେଉଥିଲା ସେମାନେ ଏ ବିଷୟରେ ଅଧିକ ଉଦ୍ୟମ କଲେ ହୁଏତ ରମୁ ଘର ଛାଡ଼ି ଅନ୍ୟ କେଉଁଆଡ଼େ ଚାଲିଯିବ।

ସଦାନନ୍ଦ ଚାହୁଁଥିଲା ରମୁ ତାର ଘର ତିଆରି ଯୋଜନାରେ ସାମାନ୍ୟ ମନୋଯୋଗୀ ହେଉ, କିନ୍ତୁ ରମୁ ଏ ସଂପର୍କରେ ସଂପୂର୍ଣ୍ଣ ନିସ୍ପୃହ ଥିଲା। ଅନେକ ସାହସ ସଞ୍ଚୟ କରି ସଦାନନ୍ଦ ଥରେ ମାତ୍ର ରମୁକୁ ଘରର ନକ୍ସା ଦେଖାଇବାରେ ସଫଳ ହୋଇଥିଲା। କିନ୍ତୁ ରମୁ ନକ୍ସାକୁ ଅତି ଉପେକ୍ଷାର ସହିତ ଅନାଇ ଖାଲି ହୁଁ ବୋଲି କହି ସେଠାରୁ ବାହାରି ଯାଇଥିଲା। ଘରର ନକ୍ସାରେ ଅବଶ୍ୟ ସଦାନନ୍ଦ ରମୁ

ପାଇଁ କୋଠରୀ ସ୍ଥିର କରିଥିଲା ଏବଂ ସେ କୋଠରୀରୁ ନିଜ କୋଠରୀମାନଙ୍କ ସହିତ ଝରକା କବାଟ ବାରଣ୍ଡାମାନ ଦେଇ ଯୋଗାଯୋଗର ବ୍ୟବସ୍ଥା କରିଥିଲା । କିନ୍ତୁ ସଦାନନ୍ଦ ଜାଣିଥିଲା ଯେ ଯଦି ଭବିଷ୍ୟତରେ ରମୁ ସେମାନଙ୍କ ସହିତ ରହିବାର ନିଷ୍ପତ୍ତି ନିଏ, ସେ ତାର କୋଠରୀର ଝରକା କବାଟ ସବୁ ବନ୍ଦ କରିଦେଇ ସେମାନଙ୍କଠାରୁ ନିଜକୁ ବିଚ୍ଛିନ୍ନ କରିଦେବ । ରମୁ ବିବାହ କରିବା ପାଇଁ ନିଶ୍ଚିତ ଭାବରେ ନା କରି ଦେଇଥିଲା ଏବଂ ଘର ସଂସାର ବସାଇବା ପାଇଁ ତାର କୌଣସି ଯୋଜନା ନ ଥିଲା। ମଝିରେ ମଝିରେ ସେ ଯାଇ କେଉଁ କେଉଁ ଆଶ୍ରମମାନଙ୍କରେ ସମୟ କଟାଇ ଆସୁଥିଲା। ସଦାନନ୍ଦର ଅନେକ ସମୟରେ ଭୟ ହେଉଥିଲା ଯେ ରମୁ ହୁଏତ ଘର ଛାଡ଼ି କେଉଁ ଦିନ କୁଆଡ଼େ ଚାଲିଯିବ, କାରଣ ରମୁର ମନ ଭିତରେ ଏକ ଯାଯାବରୀ ନିଶା ଥିଲା ।

କାଠପଟାର ଅସ୍ୱସ୍ତିକର ଆସନ ଉପରେ ବସି ଛୁଟି ଦିନର ବିରକ୍ତିକର ଅପରାହ୍ନରେ ଘର କଥା ଭାବିବାବେଳେ ସଦାନନ୍ଦର ମନ ଏକ ଶ୍ୱାସରୁଦ୍ଧକାରୀ ଦୁଃଖରେ ଭରିଗଲା। ଅନେକ ଶ୍ରମ ଓ କଷ୍ଟରେ ତିଆରି ହେଉଥିବା ଏଇ ନୂଆ ଘର ତାକୁ ଏକ ବିଡ଼ମ୍ବନା ଭଳି ମନେ ହେଲା । ତାର ଅବସର ଗ୍ରହଣର ସମୟ ଆଉ ଅଳ୍ପ କିଛି ବର୍ଷ ବାକିଥିଲା ଏବଂ ତା ପରେ ତାର ଜୀବନର ପ୍ରତ୍ୟାଶା ଆଉ ଗୋଟିଏ ଦୁଇଟି ଦଶକ ଥିଲା। ତା ମନ ଭିତରେ ଅନେକ ପ୍ରଶ୍ନ ଉଠିଲା । କାହାପାଇଁ ଏ ସୁଦୃଢ଼ ଭିତ୍ତି ଏବଂ ଉପଯୁକ୍ତ ଅନୁପାତର ବାଲି ସିମେଣ୍ଟ ମିଶ୍ରିତ କାନ୍ଥର ସୁଦୂର ସମୟଦର୍ଶୀ ଘର? କାହାପାଇଁ କବାଟ, ଝରକା, ବାରଣ୍ଡା, ଥାକ, ଚଉକି ରହିବା ସ୍ଥାନ ଏବଂ ପର୍ଯ୍ୟାପ୍ତ ପାଣି ଟ୍ୟାପ୍? ଏଇ ଘରର ପ୍ରତ୍ୟେକ ଇଟା ଲୁହାଛଡ଼ ସହିତ ଅସହଯୋଗ କରୁଥିବା ତାର ସ୍ତ୍ରୀ ନା ଆଶ୍ରମରେ ଅଧା ପାଦ ରଖିଥିବା ତାର ଯାଯାବରୀ ପୁଅ? କଣ ଲାଭ ବା କ୍ଷତି ଯଦି କାନ୍ଥସବୁ ଭାଙ୍ଗି ଉଜୁଡ଼ି ପଡ଼େ ବର୍ଷ କୋଡ଼ିଏଟାରେ? କେଉଁ ଉପଲବ୍ଧି ଆଶାରେ ସଞ୍ଜ ସକାଳ ସମୟ-ଅସମୟ ଛୁଟି ଦିନର ଖରାବେଳମାନଙ୍କରେ ଘରର ଦୀର୍ଘାୟୁ ପାଇଁ ତାର ଏ ଊର୍ଦ୍ଧ୍ୱଶ୍ୱାସ ତତ୍ତ୍ୱାବଧାନ? କେତେ ଜମି ଅବା ଲୋଡ଼ା ମଣିଷର?

ସଦାନନ୍ଦ ଯେତେବେଳେ ଛତା ବନ୍ଦ କରି ଉଠି ଠିଆ ହେଲା, ଖରା ମଉଳି ଆସୁଥିଲା। ସେ ମିସ୍ତ୍ରୀ କାମ କରୁଥିବା ଚଟାଣ ପାଖକୁ ଗଲା ଏବଂ ଅନ୍ୟମନସ୍କ ଭାବରେ ହାତମୁଠାରେ କିଛି ମିଶା ହୋଇଥିବା ବାଲି ସିମେଣ୍ଟ ଉଠାଇଲା । ସେ ମୁଠାକୁ ସାମାନ୍ୟ କୋହଳ କଲା ଏବଂ ସମୟର ବାଲି ସବୁ ଧୀରେ ଧୀରେ ତା ହାତରୁ ତଳକୁ ଝଡ଼ିପଡ଼ିଲେ। ସେ ଦୀର୍ଘଶ୍ୱାସ ମାରି ଘରକୁ ଫେରିବା ପାଇଁ ପାଦ ବଢ଼ାଇବା ବେଳକୁ ଠିକାଦାର ଆସି ତା ପାଖରେ ଠିଆ ହେଲା। ଠିକାଦାର ମୁହଁକୁ କିଛି ସମୟ ଅନାଇଁ ସଦାନନ୍ଦ କହିଲା, ମୁଁ କାଲି ଠିକ ସାଢ଼େ ଆଠଟାକୁ ଆସିବି । ବାଲି ସିମେଣ୍ଟର ଭାଗମାପ ଯେମିତି ଠିକ ରହେ।

—

ପିକନିକ

ଟୁରରୁ ଫେରି ଜୟଦେବ ଘରେ ପାଦ ଦେଇଛି କି ନାହିଁ ସୁନନ୍ଦା ତାକୁ କହିଲା, ବୁଝିଲ, କାଲି ଆମେ ପିକନିକରେ ଯାଇଥିଲୁ। ଜୟଦେବ ଅଫିସ କାମ ନେଇ ସାମାନ୍ୟ ଚିନ୍ତାଗ୍ରସ୍ତ ଥିଲା ଏବଂ କହିଲା, ଆଚ୍ଛା? ତା ପରେ ସେ ସୁନନ୍ଦାକୁ ତାର ଅନୁପସ୍ଥିତିରେ କେଉଁ କେଉଁ ଠାରୁ ଟେଲିଫୋନ ଆସିଥିଲା ସେ କଥା ପଚାରିଲା । ତାର ଏତେ ବଡ଼ ଖବରଟା ଜୟଦେବର ବିନା ପ୍ରତିକ୍ରିୟାର 'ଆଚ୍ଛା'ରେ ଏପରି ବ୍ୟର୍ଥ ଯିବ, ଏ କଥା ସୁନନ୍ଦାକୁ ଭଲ ଲାଗିଲା ନାହିଁ। ତେଣୁ ସେ ଅଳ୍ପ ସମୟ ପରେ ଜୟଦେବକୁ ଖାଇବାକୁ ଦଉ ଦଉ କହିଲା, ଲେକ୍ ପାଖରେ ଏତେ ଭଲ ପିକନିକ କରିବାର ଜାଗା ଅଛି, ଆମେ ନିଶ୍ଚେ କେବେ ଯିବା । ଅଫିସ ସମୟ ହୋଇ ଆସୁଥିବାରୁ ଜୟଦେବ ଘଡ଼ିକୁ ଦେଖିଲା ଏବଂ କହିଲା, ହଁ, ଆର ରବିବାରକୁ ଗଲେ ହେବ ।

ସୁନନ୍ଦା ଭାବିଥିଲା ସେ ପିକନିକ କଥା କହିବା ମାତ୍ରେ ଜୟଦେବ ତାକୁ କେବେ କେଉଁଠାରେ କିଏ କିଏ ଆସିଥିଲେ ଇତ୍ୟାଦି ପ୍ରଶ୍ନମାନ କରି ବ୍ୟସ୍ତ କରିଦେବ । କିନ୍ତୁ ଜୟଦେବ ଥିଲା ଭିନ୍ନ ପ୍ରକୃତିର, ଅଯଥା କୌତୂହଳହୀନ ଲୋକ । ସୁନନ୍ଦାର ମନେ ପଡ଼ିଲା ଅନେକ ଦିନ ତଳେ, ତାର ବାହାଘରର ଅଳ୍ପ କିଛିଦିନ ପରେ, ସେ ଜୟଦେବକୁ ତାର ଖୋଲୁ ନ ଥିବା ଛୋଟ ସୁଟକେସକୁ ଖୋଲିବାକୁ କହିଥିଲା । ଏଇ ଛୋଟ ସୁଟକେସରେ ତାର ଅନେକ ଛୋଟ ଛୋଟ ବ୍ୟକ୍ତିଗତ ଜିନିଷମାନ ଥିଲା, ଯଥା ତାର ଭିନ୍ନ ଭିନ୍ନ ବୟସର ଫଟୋ, ସାଙ୍ଗମାନଙ୍କ ପାଖରୁ ଆଣି ଲୁଚାଇ ପଢୁଥିବା ବହି, କିଏ ଦେଇଥିବା ରୁମାଲ, ଗୋଲାପୀ ଓ ନୀଳ

କାଗଜର ଚିଠି ଇତ୍ୟାଦି। ସୁଟକେସର ଚାବି ହଜି ଯାଇଥିଲା, କିନ୍ତୁ କଣ୍ଟା ଦେଇ ଜୟଦେବ ଅତି ସହଜରେ ସୁଟକେସକୁ ଖୋଲିଦେଲା। ସୁନନ୍ଦା ଆଶା କରିଥିଲା, ଜୟଦେବ ସୁଟକେସକୁ ଖୋଲି ତା ଭିତରେ ଥିବା ବିଭିନ୍ନ ଅହେତୁକ ଜିନିଷ ସଂପର୍କରେ ପ୍ରଶ୍ନ କରିବ ଏବଂ ସେମାନଙ୍କ ବିଷୟରେ ଧାରା ବିବରଣୀ ଦେଇ ସୁନନ୍ଦା ନିଜର ସଂପୂର୍ଣ୍ଣ ଅତୀତକୁ ଜୟଦେବ ଆଗରେ ଖୋଲି ରଖିଦେବ । କିନ୍ତୁ ତାଲା ଖୋଲିଦେବା ପରେ ଜୟଦେବ ସୁଟକେସର ଡାଲା ଖୋଲିବାକୁ ମଧ୍ୟ ଚେଷ୍ଟା କଲା ନାହିଁ। ବରଂ ସୁନନ୍ଦା ଯେତେବେଳେ ତାର ଦୃଷ୍ଟି ଆକର୍ଷଣ କରିବା ପାଇଁ ସୁଟକେସ ଭିତରୁ ଗୋଲାପୀ ଓ ନୀଳ ଚିଠିମାନ ବାହାର କରିବାରେ ଲାଗିଲା, ଜୟଦେବ ସେଠାରୁ ଉଠି ନିଜ କାମରେ ଚାଲିଗଲା ।

ସେଦିନ ଜୟଦେବ ଅଫିସକୁ ଚାଲିଯିବା ପରେ ସୁନନ୍ଦା ସେଇ ପୁରୁଣା ବାକ୍ସ ଖୋଲି ତାର ବହୁ ଦିନର ଗଚ୍ଛିତ ଜିନିଷ ସବୁ ବାହାରକରି ଦେଖିଲା । ସେ ଦେଖିବାକୁ ଚାହୁଁଥିଲା ଏସବୁ ଜିନିଷ ଭିତରେ ଅରବିନ୍ଦ ସମ୍ପର୍କୀୟ କଣ ଥାଇପାରେ । ସେ ମଳିନ ପଡ଼ି ଯାଇଥିବା ରୋମାଞ୍ଚକର ଉପନ୍ୟାସଟି ପଢ଼ିବାକୁ ଆରମ୍ଭ କଲା । କିଛି ପୃଷ୍ଠା ପଢ଼ିବା ପରେ ସେ ଜାଣିଲା ଯେ ଯେଉଁ ବହିଟିକୁ କଲେଜରେ ପଢ଼ିବା ବେଳେ ସେ ଅତ୍ୟନ୍ତ ଅଶ୍ଳୀଳ ବହି ବୋଲି ମନେ କରିଥିଲା, ସେଇଟି ପ୍ରକୃତରେ ଏକ ଫିକା ପ୍ରେମ କାହାଣୀ ଥିଲା। ତଥାପି ସେ ବହିଟିକୁ ଶେଷ ପର୍ଯ୍ୟନ୍ତ ପଢ଼ିଲା ଏବଂ ଶେଷରେ ବିରକ୍ତ ହୋଇ ତାକୁ ଚିରିଦେଲା । ତା ପରେ ସେ ତାର ଚିଠିସବୁ ଖୋଲି ଦେଖିଲା । ଏଥିରୁ ଅନେକ ଚିଠି ଏପରି ବନ୍ଧୁମାନଙ୍କ ପାଖରୁ ଥିଲା, ଯେଉଁମାନଙ୍କ କଥା ତାର ଆଦୌ ମନେ ନଥିଲା। ଚିଠିମାନଙ୍କ ମଧ୍ୟରୁ ଅଧିକାଂଶ 'ତମର ମାନସୀ' ପାଖରୁ ଥିଲା ଏବଂ ସେ ସବୁରେ ଅତି ସଂଯତ ଭାଷାରେ ଭଲ ପାଇବାର ପ୍ରଚ୍ଛନ୍ନ ପ୍ରତିଶ୍ରୁତି ଓ ନିବେଦନ ଥିଲା। ସୁନନ୍ଦାର ବର୍ତ୍ତମାନ ଯେତେଦୂର ମନେ ପଡ଼ିଲା, ତାର ଜଣେ ବାନ୍ଧବୀ ତାକୁ ସେମାନଙ୍କର ଗୋପନ ଚୁକ୍ତି ଅନୁଯାୟୀ ମାନସୀ ଛଦ୍ମ ନାମରେ ଚିଠି ସବୁ ଲେଖିଥିଲା । ଅନ୍ୟ ଚିଠି ଭିତରୁ ଅନେକ ଚିଠି ନିତାନ୍ତ ମାମୁଲି ସୌଜନ୍ୟପୂର୍ଣ୍ଣ ଚିଠି ଥିଲା, ଯାହା ସୁନନ୍ଦା ବୋଧହୁଏ ସେତେବେଳେ ସେଇ ବନ୍ଧୁମାନଙ୍କ ସହିତ ତାର ଗଭୀର ସମ୍ପର୍କ ଦୃଷ୍ଟିରୁ ସଞ୍ଚୟ କରି ରଖିଥିଲା । କିନ୍ତୁ ସେମାନଙ୍କ ସହିତ ବର୍ତ୍ତମାନ ତାର କୌଣସି ସମ୍ପର୍କ ନ ଥିଲା ଏବଂ ସୁନନ୍ଦା ଏ ଚିଠିଗୁଡ଼ିକ ମଧ୍ୟ ଚିରିଦେଲା । ପୁରୁଣା ବନ୍ଧୁମାନଙ୍କ ଭିତରୁ ବର୍ତ୍ତମାନ ତାର ସମ୍ପର୍କ

ଥିଲା ଏକମାତ୍ର ସମିତା ସହିତ, ଯେ କି ସେମାନଙ୍କ ଘର ପାଖରେ ରହୁଥିଲା । କିନ୍ତୁ ସେ ପୁରୁଣା ଚିଠି ଭିତରେ ସମିତାର କୌଣସି ଚିଠି ନଥିଲା ।

ବହି ଓ ଚିଠି ସବୁକୁ ଚିରି ଦେଇ ସେ ଅଧା ବ୍ୟବହାର ହୋଇଥିବା ନୀଳ ରଙ୍ଗର ଚିଠି ଲେଖା କାଗଜ ପ୍ୟାଡ୍‌କୁ ଅଲଗା କରି ରଖିଲା ଓ ବାକ୍ସରେ ଥିବା ଅନ୍ୟ ଜିନିଷମାନଙ୍କରେ ମନ ଦେଲା। ବର୍ତ୍ତମାନ ଚିହ୍ନିପାରୁ ନଥିବା ଏବଂ ଚିହ୍ନି ପାରିଲେ ମଧ୍ୟ ତାର କୌଣସି କୌତୂହଳ ନଥିବା ଅନେକ ମୁହଁର ଫଟୋଗ୍ରାଫକୁ ସେ ଚିରିଦେଲା ଓ ଅବଶିଷ୍ଟ ନିଜସ୍ୱ ଫଟୋସବୁ ନେଇ ସେମାନଙ୍କର ନୂଆ ଆଲବମ ଭିତରେ ରଖିଲା । ମୀନାକାମର ଛୋଟ କୃଷ୍ଣଙ୍କର ଚିତ୍ରକୁ ସେ ନେଇ ପୂଜାଘରେ ରଖିଲା ଏବଂ ତାର ସ୍କୁଲବେଳର ଗାର୍ଲ ଗାଇଡ୍‌ର ବ୍ୟାଜଟିକୁ ସେ ଝରକା ଦେଇ ବାହାରକୁ ଫିଙ୍ଗିଦେଲା । ଏଇପରି ଭାବରେ ସଂପୂର୍ଣ୍ଣ ବାକ୍ସଟି ଖାଲି ହୋଇଯିବା ପରେ ମଧ୍ୟ ସେଥିରୁ ଅରବିନ୍ଦ ସଂପର୍କୀୟ କୌଣସି ଜିନିଷ ବାହାରିଲା ନାହିଁ ଦେଖି ସୁନନ୍ଦା ଏକାଧାରରେ ସାମାନ୍ୟ ନିରାଶ ଓ ଆନନ୍ଦିତ ହେଲା ।

ଅରବିନ୍ଦ ସହିତ ତାର କଲେଜ ବେଳର ସଂପର୍କକୁ ସୁନନ୍ଦା ବର୍ତ୍ତମାନ ସମୟର ନିରାପଦ ଦୂରତ୍ୱରୁ ସଠିକ ଭାବରେ ଅନୁଧ୍ୟାନ କରିବାକୁ ଚେଷ୍ଟା କଲା। ଅରବିନ୍ଦ ତାର ଦୁଇ କ୍ଲାସ—ନା, ଗୋଟିଏ କ୍ଲାସ, ନା, ଦୁଇ କ୍ଲାସ—ଉପରେ ପାଠ ପଢୁଥିଲା। ସେ ସୌମ୍ୟଦର୍ଶନ ଥିଲା ଏବଂ କଲେଜ ପତ୍ରିକାରେ କବିତା ଲେଖୁଥିଲା । ଏଇ ପିଲାଟି ସହିତ ତାର ସାମାନ୍ୟ ମାତ୍ର ପରିଚୟ ଥିଲା, କିନ୍ତୁ ସୁନନ୍ଦା ନିଜର ମନ ଭିତରେ ତାକୁ ନେଇ ଏକ ରୋମାଣ୍ଟିକ ସମ୍ପର୍କର କଳ୍ପନା କରି ନେଇଥିଲା। ସେମାନଙ୍କର ମଝିରେ ମଝିରେ ସାକ୍ଷାତ ହେଉଥିଲା କଲେଜ କରିଡର୍‌ରେ। ସେ ସମୟରେ କ୍ଲାସର ଝିଅମାନେ ପ୍ରତିରକ୍ଷା ଦୃଷ୍ଟିରୁ ଦଳ ଦଳ ହୋଇ ଯିବାଆସିବା କରୁଥିଲେ ଏବଂ ଏଇ ଗୋଷ୍ଠୀରୁ ବାହାରି ଅରବିନ୍ଦ ପାଖକୁ ଯିବାବେଳେ ସୁନନ୍ଦାର ମୁହଁ ଲାଜ ଓ ଝାଳରେ ଆଚ୍ଛନ୍ନ ହୋଇ ଯାଉଥିଲା । ସେମାନଙ୍କର ସାକ୍ଷାତକାର 'ଆପଣ ଆଉ କଣ କବିତା ଲେଖିଛନ୍ତି' ଏବଂ 'ଆପଣଙ୍କର ପଢ଼ାପଢ଼ି କେମିତି ଚାଲିଛି' ଭଳି ସୌଜନ୍ୟ ବିନିମୟରେ ସୀମିତ ଥିଲା। ବର୍ଷକ ପରେ ମଧ୍ୟ ସେମାନଙ୍କ କଥାବାର୍ତ୍ତାର ବ୍ୟକ୍ତିଗତ ଘନିଷ୍ଠତା 'ଆପଣଙ୍କ ଭାଇଙ୍କ ସହିତ ଦେଖା ହୋଇଥିଲା' ଠାରୁ ଆଉ ଆଗକୁ ଯାଇପାରି ନଥିଲା । ତଥାପି ସୁନନ୍ଦାକୁ ଏଇ ସାମାନ୍ୟ

ସାକ୍ଷାତକାର ଅତି ଆନନ୍ଦ ଦେଉଥିଲା ଏବଂ ତାର ବାନ୍ଧବୀମାନଙ୍କର ଈର୍ଷା ବୋଧହୁଏ ଏଇ ଆନନ୍ଦର ଅନ୍ୟତମ କାରଣ ଥିଲା ।

ବିବାହର ପନ୍ଦର ବର୍ଷର ଅଭିଜ୍ଞତା ପରେ କଲେଜ ବେଳର କଥା ସୁନନ୍ଦାକୁ ବର୍ତ୍ତମାନ ଅତି ଅଦ୍ଭୁତ ବୋଧ ହେଉଥିଲା । ଅତି ସାଧାରଣ ସମ୍ପର୍କକୁ ସେ ଅତିରଞ୍ଜିତ କରି କାହିଁକି ଯେ ଏପରି ଏକ ରୋମାଞ୍ଚକର ରୂପ ଦେଇଥିଲା ଏବଂ ଅରବିନ୍ଦ ଓ ନିଜକୁ ନେଇ ଚମତ୍କାର ସ୍ୱପ୍ନମାନ ଦେଖୁଥିଲା, ସେ ବର୍ତ୍ତମାନ କଳ୍ପନା କରିପାରୁ ନ ଥିଲା । କଲେଜ ବେଳେ ସୁନନ୍ଦା ଅରବିନ୍ଦକୁ ଅନେକ ଦୀର୍ଘ ଚିଠି ଲେଖୁଥିଲା ଏବଂ ଏ ଚିଠିସବୁ ରୋମାଞ୍ଚିତ ଭାବନାରେ ଭରପୂର ଥିଲା। ସୁନନ୍ଦା ଚିଠିର ପ୍ରାରମ୍ଭରେ ଅରବିନ୍ଦ ପାଇଁ ପ୍ରିୟତମ ହୃଦୟେଶ୍ୱର ଇତ୍ୟାଦି ପ୍ରାଚୀନ ସମ୍ବୋଧନରୁ ଆରମ୍ଭ କରି ଡାର୍ଲିଂ ଓ ସୁଇଟ୍‌ହାର୍ଟ ପର୍ଯ୍ୟନ୍ତ ବ୍ୟବହାର କରୁଥିଲା ଏବଂ ଯଦିଓ ସାକ୍ଷାତ ସମୟରେ ସେମାନେ ପରସ୍ପରକୁ ଆପଣ ବୋଲି କହୁଥିଲେ, ଚିଠିରେ ସେ ତାକୁ ତମେ ବୋଲି ଲେଖୁଥିଲା। ଏ ଚିଠିଗୁଡ଼ିକୁ ସେ ସଂପୂର୍ଣ୍ଣ କରିବା ସଙ୍ଗେ ସଙ୍ଗେ ଚିରି ଦେଉଥିଲା, କିନ୍ତୁ ଏଇ ଏକପକ୍ଷୀୟ ଚିଠିମାନଙ୍କ ମାଧ୍ୟମରେ ସେ ଅରବିନ୍ଦକୁ ନିଜ ପାଖକୁ ଆଣି ପାରୁଛି ବୋଲି ମନେ କରୁଥିଲା। ରାତିରେ ଶୋଇବା ବେଳେ ଅନେକ ସମୟ ଯାଏ ସେ ଅରବିନ୍ଦ କଥା ଭାବୁଥିଲା ଏବଂ ଏହା ତାର ସୁଖର ଏକ ସୁନ୍ଦର ମାଧ୍ୟମ ହେଉଥିଲା। ଅରବିନ୍ଦକୁ ଏଇ ସମୟମାନଙ୍କରେ ନିଜର ଭାବୀ ପତି ଭାବରେ କଳ୍ପନା କରି ସୁନନ୍ଦା ଲଜ୍ଜିତା ଓ ପୁଲକିତ ହେଉଥିଲା ।

ଯେତେବେଳେ ସୁନନ୍ଦା ଅରବିନ୍ଦକୁ ପ୍ରଥମ ପ୍ରକୃତ ଚିଠି ଲେଖିଲା, ସେଇଟି ଅତି ଛୋଟ ଏବଂ ରୋମାଞ୍ଚରହିତ ଥିଲା। ପ୍ରିୟ ଅରବିନ୍ଦ ବାବୁ, ସୁନନ୍ଦା ଲେଖିଥିଲା, ଆପଣ ଭାଇଙ୍କ ପାଖକୁ ଦେଇଥିବା ଚିଠିଟି ପାଇବା ପୂର୍ବରୁ ଭାଇ ଏଠାରୁ ଚାଲି ଯାଇଥିଲେ। ମୁଁ ଚିଠିଟି ତାଙ୍କ ନୂଆ ଠିକଣାରେ ପଠାଇ ଦେଇଛି । ଆପଣ ତଳ ଲିଖିତ ଠିକଣାରେ ତାଙ୍କ ପାଖକୁ ଲେଖି ପାରନ୍ତି । ନମସ୍କାର ସହ । ଆପଣଙ୍କର ସୁନନ୍ଦା । ଏତିକି ଲେଖିଲାବେଳେ ସୁନନ୍ଦାର ହାତ ଥରୁଥିଲା ଏବଂ ସେ ଭାବୁଥିଲା ଯେ କୌଣସି ଅଲୌକିକ ପ୍ରେରଣା ବଳରେ ଅରବିନ୍ଦ ତାର ଚିଠିରୁ ସେ କହିବାକୁ ଚାହୁଁଥିବା ଅନ୍ତର୍ନିହିତ ମର୍ମ ବୁଝି ପାରିବ ଏବଂ ସେ ଲେଖିଥିବା ଶବ୍ଦମାନଙ୍କରୁ ପ୍ରିୟତମ, ତମେ, ସ୍ନେହର ସହିତ ଇତ୍ୟାଦି ଗୋପନୀୟ ଅର୍ଥ ଆହରଣ କରିପାରିବ । ସୁନନ୍ଦା ଏ ଚିଠିର କୌଣସି ଉତ୍ତର ପାଇ ନଥିଲା, କିନ୍ତୁ ଅନେକ ଦିନ ପର୍ଯ୍ୟନ୍ତ ସେ

ଅରବିନ୍ଦର ଚିଠିଟି, ଯାହାକୁ ସେ ଭାଇ ପାଖକୁ ପଠାଇ ନଥିଲା, ନିଜ ପାଖରେ ରଖିଥିଲା, ବାରମ୍ବାର ପଢ଼ି, ଦେଖି, ଛୁଇଁ ଅରବିନ୍ଦକୁ ନିଜର ନିକଟତର କରିବାକୁ ଚେଷ୍ଟା କରିଥିଲା । ଅବଶ୍ୟ ସେ ଚାହିଁଥିଲେ ସ୍ୱାଭାବିକ ଭାବରେ ଭାଇକୁ ଅରବିନ୍ଦ ବିଷୟରେ ପଚାରି ପାରିଥାଆନ୍ତା, କିନ୍ତୁ ସେ ଏ ବିଷୟରେ ଅହେତୁକ ଲଜ୍ଜା ଅନୁଭବ କରୁଥିଲା ଏବଂ ଅରବିନ୍ଦ ବିଷୟରେ ଆଉ କୌଣସି ଖବର ରଖିପାରି ନଥିଲା ।

ହଠାତ୍ ସେଦିନ, ଏତେ ବର୍ଷର ବ୍ୟବଧାନ ପରେ, ଅରବିନ୍ଦର ଖବର ଦେଲା ସମିତା । ଅରବିନ୍ଦ ସମିତାର ସ୍ୱାମୀର ବନ୍ଧୁ ଥିଲା ଏବଂ କାମରେ ତାଙ୍କ ସହରକୁ ଆସି ସମିତା ଘରେ ରହୁଥିଲା। ସମିତା ମଝିରେ ମଝିରେ ସୁନନ୍ଦାକୁ ଟେଲିଫୋନ କରୁଥିଲା ଏବଂ ତାକୁ ଅରବିନ୍ଦର ଆସିବା ଖବର ଜଣାଇଥିଲା । ଜୟଦେବ କାମରେ ସହର ବାହାରକୁ ଯାଇଥିବା ବେଳେ ଅରବିନ୍ଦର ଏପରି ହଠାତ୍ ସେମାନଙ୍କ ସହରରେ ପହଞ୍ଚିବା ସୁନନ୍ଦାକୁ କିପରି ଅଦ୍ଭୁତ, ଦୈବପ୍ରେରିତ ମନେ ହେଲା। ଅରବିନ୍ଦକୁ ଦେଖା କରିବା ପାଇଁ ତା ମନରେ ପ୍ରବଳ ଇଚ୍ଛା ଥିଲା, କିନ୍ତୁ ସେ ନିଜର ସ୍ୱାମୀର ଉପସ୍ଥିତିରେ ହିଁ ଅରବିନ୍ଦ ସହିତ ସାକ୍ଷାତ କରିଥିଲେ ଖୁସି ହୋଇଥାନ୍ତା । ସେ ଯେପରି ଅଧିକ ଆଗ୍ରହୀ ଥିଲା ଜୟଦେବର ଅରବିନ୍ଦ ସହିତ ପରିଚୟ ବିଷୟରେ; କିନ୍ତୁ ପରଦିନ ହିଁ ଅରବିନ୍ଦ ଚାଲିଯିବାର ଥିଲା ଏବଂ ସେମାନଙ୍କର ସାକ୍ଷାତକାର ସମ୍ଭବ ନ ଥିଲା। ସମିତା ଯେତେବେଳେ ତାକୁ ରବିବାର ଦିନ ପିକନିକ ଯିବା କଥା କହିଲା, ସୁନନ୍ଦା ପ୍ରଥମେ ମନା କରିଦେଲା । କିନ୍ତୁ ପୁଣି ସମିତା ଯେତେବେଳେ ଅରବିନ୍ଦକୁ ତାଙ୍କ ଘରକୁ ନେଇ ଆସିବା କଥା କହିଲା, ସୁନନ୍ଦା କହିଲା, ଆଚ୍ଛା, ମୁଁ ପିକନିକକୁ ଆସିବି। ସେଇଠାରେ ଦେଖା ହେବ ।

ସେମାନେ ଯେତେବେଳେ ରବିବାର ଦିନ ତାକୁ ସାଙ୍ଗରେ ନେବା ପାଇଁ ତା ଘରକୁ ଆସିଲେ, ସୁନନ୍ଦାର ଅନେକ ବର୍ଷ ପରେ ଅରବିନ୍ଦ ସହିତ ଦେଖାହେଲା । ଅରବିନ୍ଦ ଜୟଦେବଠାରୁ ବେଶି ବୟସ୍କ ଦେଖାଯାଉଥିଲା ଏବଂ ସେ ବର୍ତ୍ତମାନ ଜୟଦେବଠାରୁ ଦେଖିବାକୁ ମଧ୍ୟ କୌଣସି ଗୁଣରେ ବେଶି ସୁନ୍ଦର ନ ଥିଲା। ସେ ଚଷମା ଲଗାଉ ଥିଲା, କିନ୍ତୁ ତାର ଚଷମା ଜୟଦେବର ଚଷମା ଭଳି ବାଇଫୋକାଲ୍ ଚାଳିଶା ଚଷମା କି ନା ସୁନନ୍ଦା ଜାଣିପାରିଲା ନାହିଁ। ଅରବିନ୍ଦ ବ୍ୟାଙ୍କରେ ଚାକିରି କରୁଥିଲା । ହୁଏତ ବହୁତ ଦିନରୁ ବିବାହ ମଧ୍ୟ କରି ସାରିଥିଲା ଏବଂ ଆଉ କବି

ଭଳି ଦେଖାଯାଉ ନଥିଲା। ଜୟଦେବ ସହିତ ତାକୁ ବହୁତ ଭାବରେ ତୁଳନା କରି ସାରିବା ପରେ ସୁନନ୍ଦା ସବୁ ବିଷୟରେ ଜୟଦେବକୁ ବେଶି ମାର୍କ ଦେଲା, କିନ୍ତୁ ଅରବିନ୍ଦ ତାକୁ ଯେତେବେଳେ କେମିତି ଅଛ –କେମିତି ଅଛନ୍ତି ନୁହେଁ–ବୋଲି ପଚାରିଲା, ସୁନନ୍ଦାର ହୃଦୟର ଗତି ସାମାନ୍ୟ ଚଞ୍ଚଳ ହୋଇଗଲା। ଗାଡ଼ିରେ ବସିବାବେଳେ ସୁନନ୍ଦା ଅତି ସତର୍କତାର ସହିତ ଅରବିନ୍ଦର ସ୍ପର୍ଶରୁ ନିଜର ଦେହକୁ ଯଥାସମ୍ଭବ ଦୂରରେ ରଖିଲା ଏବଂ ଲେକ୍ ପାଖରେ ଓହ୍ଲାଇ ଘାସ ଉପରେ ବସିବା ବେଳେ ମଧ୍ୟ ସେ ଏକଥା ପ୍ରତି ସଚେତନ ରହିଲା।

ଅବଶ୍ୟ ସୁନନ୍ଦାର ଏତେ ସତର୍କତାର କୌଣସି ପ୍ରୟୋଜନ ନଥିଲା, କାରଣ ଅରବିନ୍ଦର ତା ପ୍ରତି କୌଣସି ଆଗ୍ରହ ବା କୌତୂହଳ ଥିବାର ଜଣାପଡୁନଥିଲା । ଅରବିନ୍ଦ ସମିତାର ସ୍ୱାମୀକୁ ସେମାନଙ୍କ ଚାକିରିରେ ଭଲମନ୍ଦ ବିଷୟରେ କହୁଥିଲା ଏବଂ ସେମାନେ ପରସ୍ପରର ଦରମା, ମହଙ୍ଗାଭତ୍ତା ଇତ୍ୟାଦି ବିଷୟରେ ଗଭୀର ଆଲୋଚନାରେ ବ୍ୟସ୍ତଥିଲେ । ସୁନନ୍ଦା ସେମାନଙ୍କର କଥା ଶୁଣି ବୋର୍ ହେଉଥିଲା ଏବଂ ସେଠାରେ ଜୟଦେବର ଉପସ୍ଥିତି ଚାହୁଁଥିଲା। ସେ ଭାବିଥିଲା, ସମିତା ଆସି ସେମାନଙ୍କର କଲେଜ ବେଳର କଥା ମନେ ପକାଇ କଥାର ମୋଡ଼କୁ ବଦଳାଇବ, କିନ୍ତୁ ସମିତା ଖାଇବା ଜିନିଷକୁ ସଜାଡ଼ିବାରେ ବ୍ୟସ୍ତ ଥିଲା । ଏଇପରି ଭାବରେ ପିକନିକଟି ସୁନନ୍ଦା ପାଇଁ ଆନନ୍ଦ ରହିତ ଥିଲା ଏବଂ ଅରବିନ୍ଦ ସହିତ ତାର କଥାବାର୍ତ୍ତା ଆଦୌ ଭାବ-ଉଦ୍ଦୀପକ ନ ଥିଲା। ସୁନନ୍ଦାର ମନେ ପଡ଼ିଲା କଲେଜ ବେଳେ ସମିତା ତାର ଓ ଅରବିନ୍ଦର ସମ୍ପର୍କକୁ ନେଇ ତାକୁ ଅନେକ ପ୍ରକାର ପରିହାସ କରୁଥିଲା। ସୁନନ୍ଦା ଆଶା କରୁଥିଲା ସମିତା ତାକୁ ସେଇ କଲେଜ କଥା ମନେ ପକାଇ ଲଜ୍ଜିତ କରାଇବ । କିନ୍ତୁ ହୁଏତ ସମିତା ସେ ସବୁ କଥା ଭୁଲି ଯାଇଥିଲା ଅଥବା ବର୍ତ୍ତମାନ ଜାଣିଶୁଣି ସେ ସୁନନ୍ଦା ଚାହୁଁଥିବା କଥାରୁ ତାକୁ ବଞ୍ଚିତ କରୁଥିଲା।

ପିକନିକରୁ ଫେରି ସୁନନ୍ଦା ଅତ୍ୟନ୍ତ ନିରାଶ ବୋଧକଲା। ସେ ଭାବିଥିଲା ଅରବିନ୍ଦ ସହିତ ପୁନର୍ବାର ସାକ୍ଷାତକାର ତାର ଅନେକ ଦିନ ତଳର ରୋମାଞ୍ଚକର କଳ୍ପନାର ଏକ ପୁନରାବୃତ୍ତି ହେବ ଏବଂ ଏଥିପାଇଁ ସେ ଜୟଦେବ ପାଖରେ ନିଜକୁ ଅପରାଧୀ ମନେ କରିବ। କିନ୍ତୁ ବର୍ତ୍ତମାନର ଅନୁଭୂତି ତା ପାଇଁ କେବଳ ରୋମାଞ୍ଚରହିତ ନୁହେଁ ବରଂ ଅତ୍ୟନ୍ତ ଗଦ୍ୟମୟ ଥିଲା, ଯାହା ତାର ପୁରୁଣା

ଜୀବନର ଭାବପ୍ରବଣ ଅନୁଭବର ଯଥାର୍ଥତା ପ୍ରତି ସନ୍ଦେହ ଜନ୍ମାଉଥିଲା। କିନ୍ତୁ ସୁନନ୍ଦା କଲେଜ ବେଳେ ଅରବିନ୍ଦ ପାଖକୁ ଲେଖିଥିବା ଅସଂଖ୍ୟ ପ୍ରେମପତ୍ର କଥା ମନେପକାଇଲା ଏବଂ ମନେ ମନେ ଜୟଦେବ ପାଖରୁ କ୍ଷମା ଚାହିଁଲା ।

ସେଦିନ ଜୟଦେବ ଅଫିସରୁ ଫେରିବା ପରେ ସୁନନ୍ଦା ପୁଣି ଥରେ ସେମାନଙ୍କର ପିକନିକ କଥା ଉପସ୍ଥାପିତ କରି ତାକୁ କହିଲା, ଆମେ ପିକନିକ ଯିବା ଦିନ ସମିତାର ସ୍ୱାମୀ ତମକୁ କାହିଁକି ଖୋଜୁଥିଲେ। ପିକନିକ କଥାକୁ ଏଡ଼ାଇ ଦେଇ ଜୟଦେବ କହିଲା, କୋଉ ବିଷୟରେ କିଛି କହୁଥିଲେ କି? ସୁନନ୍ଦା ସାମାନ୍ୟ ବିରକ୍ତିର ସହିତ କହିଲା, ନା। ସେଦିନ ଶୋଇ ଶୋଇ ବହି ପଢୁଥିବା ବେଳେ ସୁନନ୍ଦା ଜୟଦେବକୁ କହିଲା, ଆର ରବିବାର ଦିନ ପିକନିକ ଯିବା କଥା ମନେ ରହିଲା ତ? ଜୟଦେବ ଅନ୍ୟମନସ୍କ ଭାବରେ କହିଲା, ଚବିଶ ତାରିଖ ତ? ତମେ ସମସ୍ତଙ୍କୁ ଖବର ଦେଇଦେବ। କିନ୍ତୁ ରବିବାର ଦିନ ପିକନିକ ଯିବା କଥା ହେଲା ନାହିଁ । ପ୍ରକୃତ ପକ୍ଷରେ ସୁନନ୍ଦା ହିଁ ଏଥିପାଇଁ କୌଣସି ଯତ୍ନ କଲା ନାହିଁ । କାରଣ ଏତେ ଶୀଘ୍ର ପୁଣି ଥରେ ପିକନିକ ଯିବା ପାଇଁ ସମିତାକୁ ଡାକିବା ତାକୁ ଆଦୌ ଯୁକ୍ତିଯୁକ୍ତ ମନେ ହେଲା ନାହିଁ ।

ତା ପରେ ବିଭିନ୍ନ ପ୍ରକାର ଭାବରେ ସୁନନ୍ଦା ଜୟଦେବ ଆଗରେ ସେମାନଙ୍କର ପିକନିକ ଯାଇଥିବା କଥା ଉତ୍‌ଥାପନ କରିବାକୁ ଚେଷ୍ଟା କଲା। ଯଥା, ଆମେ ଯୋଉ ଦିନ ପିକନିକ ଯାଇଥିଲୁ, ତା ପରେ ଆଉ ବର୍ଷା ହୋଇ ନାହିଁ । ଅଥବା, ଲେକ୍ ଯିବାର ରାସ୍ତା ବହୁତ ଖରାପ। ଅଥବା, ସମିତା ଖୁବ ଭଲ ସ୍ୟାଣ୍ଡଉଇଚ୍ ତିଆରି କରିପାରେ। ଜୟଦେବ, ଯେ କି ଅତ୍ୟନ୍ତ ସିଧା ପ୍ରକୃତିର ଥିଲା, ସୁନନ୍ଦାର ଇଙ୍ଗିତପୂର୍ଣ୍ଣ କଥା ସବୁ ବୁଝି ପାରୁ ନଥିଲା ଏବଂ ଏପରି ସବୁ ଉତ୍ତର ଦେଉଥିଲା ଯାହା ସୁନନ୍ଦା ପାଇଁ ନୈରାଶ୍ୟଜନକ ଥିଲା। ଯଥା, ଖବରକାଗଜରେ ବାହାରିଥିଲା ମନସୁନ ଏଥର ଦଶ ଦିନ ଡେରିରେ ଆସିବ। ଅଥବା, ମ୍ୟୁନିସିପାଲିଟିର ନୂଆ ନିର୍ବାଚନ ପର୍ଯ୍ୟନ୍ତ କାମ ଏମିତି ଚାଲିଥିବ। ଅଥବା, ତମେ ସେଇ ନୂଆ ରେସ୍ତୋରାଁରେ ଖାଇଛ? ଏପରିକି ଯୋଉଦିନ ସୁନନ୍ଦା ଜୟଦେବକୁ ବାଧ୍ୟ କରି ସମିତା ଘରକୁ ନେଇଗଲା, ସେଠାରେ ମଧ୍ୟ କେହି କଥାବାର୍ତ୍ତାରେ ପିକନିକ କଥା ଅଥବା ସେଥିରେ ତାର ଓ ଅରବିନ୍ଦର ଏକତ୍ର ଉପସ୍ଥିତିର ଦୈବ ସଂଯୋଗ ବିଷୟରେ କହିଲେ ନାହିଁ। ସୁନନ୍ଦା ଯେତେବେଳେ ସମିତାକୁ 'ଆମେ

ଆଉ ଥରେ ପିକନିକ ଯିବା' ବୋଲି କହିଲା, ସେଇ ମୁହୂର୍ତ୍ତରେ ସମିତାର ସ୍ୱାମୀ ଅଫିସ୍‌ର କୌଣସି ଏକ ଗୁରୁତର କଥା କହି ଜୟଦେବର ଧ୍ୟାନ ଆକର୍ଷଣ କରିନେଲା ।

ଏପରି ଭାବରେ ବାରମ୍ବାର ବିଫଳ ହୋଇ ସୁନନ୍ଦା ଶେଷରେ ସିଧାସଳଖ ଜୟଦେବକୁ ପିକନିକ କଥା କହିବ ବୋଲି ଠିକ କଲା। ଜୟଦେବ ଅଫିସ୍‌କୁ ବାହାରିବା ବେଳେ ଅନେକ ସାହସ ସଞ୍ଚୟ କରି ସୁନନ୍ଦା ତାକୁ 'ତମ ସାଙ୍ଗରେ ଜରୁରୀ କଥା ଅଛି, ଅଫିସରୁ ଫେରିଲେ କହିବି' ବୋଲି କହିଲା । ଯଦି ଅଫିସରୁ ଫେରି ଜୟଦେବ ତାକୁ ସେଇ ଜରୁରୀ କଥା ବିଷୟରେ ପଚାରିଥାନ୍ତା, ସୁନନ୍ଦା ହୁଏତ ତାକୁ ସବୁ କଥା କହିଥାନ୍ତା। କିନ୍ତୁ ଜୟଦେବ ତାକୁ କିଛି ପଚାରିଲା ନାହିଁ ଏବଂ ସୁନନ୍ଦା ପକ୍ଷରେ ଏକଥା ଉଠାଇବା ସମ୍ଭବ ହେଲା ନାହିଁ। ସୁନନ୍ଦା ଏଥରକ ବେଶି ବ୍ୟତିବ୍ୟସ୍ତ ହେଲା ଏବଂ ପିକନିକ ଘଟଣାଟି ତାର ମନଭିତରେ ଏକ ଭାର ସ୍ୱରୂପ ରହିଲା। ସେଦିନ ଜୟଦେବ ଅଫିସ ଚାଲିଯିବା ପରେ ସେ ନିଜର ମନ ସ୍ଥିର କଲା ଏବଂ ସେଇ ପୁରୁଣା ନୀଳ ରଙ୍ଗର କାଗଜ ଆଣି ଜୟଦେବ ପାଖକୁ ଚିଠି ଲେଖିବାକୁ ବସିଲା।

ପ୍ରିୟତମ ହୃଦୟେଶ୍ୱର ଇତ୍ୟାଦି ଦେଇ ଆରମ୍ଭ କରିଥିବା ଚିଠିମାନ ସେ ଚିରି ଦେଲା ଏବଂ ଏଥରକ ସେ ସିଧାସାଦା ଚିଠି ଲେଖିଲା; ମୁଁ ତମକୁ ଅନେକ ଦିନରୁ ସେ ଦିନର ପିକନିକ ଯିବାକଥା କହିବି କହିବି ବୋଲି କହିପାରୁ ନାହିଁ। ପିକନିକରେ ଅରବିନ୍ଦ ମଧ୍ୟ ଥିଲା, ଯେ ମୋର କଲେଜ ବେଳର ଚିହ୍ନା । ଯଦିଓ ମୋର ବନ୍ଧୁମାନେ ଅରବିନ୍ଦ ଓ ମତେ ନେଇ ଅନେକ ପ୍ରକାର କଥା କହୁଥିଲେ, ବିଶ୍ୱାସ କର, ଆମ ଭିତରେ ସେଭଳି କୌଣସି ସଂପର୍କ ନଥିଲା । ଏପରିକି ସେଦିନ ପିକନିକରେ ମଧ୍ୟ ମୁଁ ଅରବିନ୍ଦ ସହିତ ବେଶି କଥାବାର୍ତ୍ତା କରି ନଥିଲି। ତଥାପି ତମର ଅନୁପସ୍ଥିତିରେ ଅରବିନ୍ଦ ସହିତ ସେଇ ପିକନିକକୁ ଯିବା ମୋର ଉଚିତ ନଥିଲା। ଆଶା ତମେ ଭୁଲ ବୁଝିବ ନାହିଁ । ସେ ଚିଠିଟିକୁ ବାରମ୍ବାର ପଢ଼ିଲା ଓ ଶେଷରେ ନେଇ ଜୟଦେବର ଟେବୁଲ ଉପରେ ରଖିଲା।

ଏବଂ ସେଦିନ ଜୟଦେବ ଅଫିସରୁ ଫେରିବା ପୂର୍ବରୁ ସେ ସେଠାରୁ ଚିଠିଟି ନେଇ ଆସି କଲେଜ ବେଳେ ଅରବିନ୍ଦ ପାଖକୁ ଲେଖିଥିବା ଅସଂଖ୍ୟ ଚିଠିଭଳି ତାକୁ ମଧ୍ୟ ଚିରି ପକାଇଦେଲା ।

ନବବର୍ଷ

ଯୋଉ ଫ୍ଲାଇଟରେ ମାମାଜୀ ଆସି ସକାଳ ପାଞ୍ଚଟାରେ ପହଞ୍ଚିବାର ଥିଲା, ସେଇଟି ଆସି ପହଞ୍ଚିଲା ଦିନ ସାଢ଼େ ଏଗାରଟା ବେଳେ। ଦିଲ୍ଲୀ ବିଶ୍ୱବିଦ୍ୟାଳୟରୁ ଏୟାରପୋର୍ଟ ଅନେକ ବେଶି ଦୂର; ସେଥିପାଇଁ ଆଗ ଦିନ ରାତିରୁ ହିଁ ଆସି ମୁଁ ଏୟାରପୋର୍ଟରେ ଅପେକ୍ଷା କରୁଥିଲି। ଡିସେମ୍ବର ଶୀତ ରାତିରେ ଏ ଏକ କଷ୍ଟଦାୟକ ଅନୁଭୂତି ଥିଲା ଏବଂ ପ୍ଲେନ ଡେରିରେ ଆସିବା ଖବର ପାଇ ମୁଁ ଆହୁରି ବିରକ୍ତ ହେଲି। ମାମାଜୀ ମୋର କିଛି ନିଜର ମାମୁ ବି ନଥିଲେ। ବମ୍ବେରୁ ମୋର ବଂଧୁ ଖବର ଦେଇଥିଲା ଯେ ତାର ମାମୁ ଦିଲ୍ଲୀରେ କୌଣସି ଆନ୍ତର୍ଜାତିକ ସମ୍ମିଳନୀରେ ଯୋଗ ଦେବା ପାଇଁ ଆସୁଛନ୍ତି ଏବଂ ମୁଁ ତାଙ୍କୁ ଯେମିତି ସାହାଯ୍ୟ କରେ। ମାମାଜୀ ଆମେରିକାରେ ଅର୍ଥନୀତିର ପ୍ରଫେସର ଥିଲେ ଏବଂ ମୁଁ ଗୋଟିଏ କଲେଜରେ ଅର୍ଥନୀତି ପଢ଼ାଉ ଥିବାରୁ ମୋର ବଂଧୁ ମୋତେ ଏଇ କାର୍ଯ୍ୟଭାର ଦେଇଥିଲା। ବର୍ତ୍ତମାନ ଶୀତ ସକାଳେ ଏୟାରପୋର୍ଟରେ ଦଶଘଣ୍ଟା ବସିବା ପରେ ମୁଁ ଯଦିଓ ବିରକ୍ତ ହେଉଥିଲି, ବମ୍ବେରୁ ଚିଠିଟି ପାଇବା ପରେ ମୁଁ ଯେ ସାମାନ୍ୟ ଖୁସି ହୋଇନଥିଲି ତା ନୁହେଁ। କାରଣ, ଏଇ ଅଜ୍ଞାତ ମାମାଜୀଙ୍କ ମାଧ୍ୟମରେ କେବେ ମତେ ଆମେରିକା ପଢ଼ିବାକୁ ଯିବାର ସୁଯୋଗ ମିଳିପାରେ, ମୋର ମନ ଭିତରେ ତାର ଏକ ସୂକ୍ଷ୍ମ ଆଶା ମଧ୍ୟ ରହିଥିଲା ।

ଦିନ ବାରଟା ବେଳେ ବାହାରୁ ଆସୁଥିବା ଯାତ୍ରୀମାନଙ୍କ ଭିତରୁ ଯେଉଁ ଗୋଲଗାଲ, ଦାଢ଼ିବାଲା, ମୋଟା ଚଷମା ଲଗାଇଥିବା ଓ ଓଭରକୋଟ ପିନ୍ଧା ହସହସ ମୁହଁ ଭଦ୍ରଲୋକଙ୍କୁ ମୁଁ ମାମାଜୀ ବୋଲି ଭାବିଥିଲି, ସେ ହିଁ ପ୍ରକୃତରେ ମାମାଜୀ ଥିଲେ। ତାଙ୍କୁ ଆଣିବା ପାଇଁ ସମ୍ମିଳନୀ ପକ୍ଷରୁ ଦୁଇଜଣ ଭଦ୍ରବ୍ୟକ୍ତି ମଧ୍ୟ ଯାଇଥିଲେ, କିନ୍ତୁ ମୁଁ ଯେତେବେଳେ ମୋର ପରିଚୟ ଦେଲି, ସେ ମତେ ତାଙ୍କ ଭଣଜାର ସାଙ୍ଗ ବୋଲି ଆସି ଖୁସିରେ ହାତ ମିଳାଇ କୁଣ୍ଢାଇ ପକାଇଲେ ଏବଂ ସେ

ଦୁଇଜଣ ଭଦ୍ରବ୍ୟକ୍ତିଙ୍କୁ ଉପେକ୍ଷା କରି ମୋ ସହିତ କଥାବାର୍ତ୍ତା କରିବାରେ ଲାଗିଲେ। ତାଙ୍କ ପାଇଁ ଅନୁଷ୍ଠାନ ପକ୍ଷରୁ ଗାଡ଼ି ଆସିଥିଲା ଏବଂ ପଞ୍ଚ ତାରକା ହୋଟେଲରେ ରହିବାର ମଧ୍ୟ ବ୍ୟବସ୍ଥା ହୋଇଥିଲା । ଗାଡ଼ିରେ ବସିବା ପରେ ମାମାଜୀ ତାଙ୍କ ମୁଣ୍ଡରୁ ଟୋପି ବାହାର କଲେ । ତାଙ୍କ ମୁଣ୍ଡ ସଂପୂର୍ଣ୍ଣ ଚନ୍ଦା ଥିଲା ଏବଂ ତାଙ୍କର ଏଇ ଚନ୍ଦା ମୁଣ୍ଡ ମତେ ତାଙ୍କର ହସହସ ମୁହଁର ସଂପୂର୍ଣ୍ଣ ପରିପୂରକ ବୋଲି ମନେ ହେଲା।

ହୋଟେଲରେ ତାଙ୍କର କୋଠରୀ ଭିତରକୁ ଯାଇ ମାମାଜୀ ସେଇ ଲୋକ ଦୁଇଟିଙ୍କୁ ବିଦାୟ ଦେଲେ ଏବଂ ମତେ ବସିବାକୁ କହିଲେ। ସେମାନେ ଚାଲିଯିବା ପରେ ମାମାଜୀ ମୋ ସାଙ୍ଗରେ ଆହୁରି ଘନିଷ୍ଠତାର ସହିତ କଥାବାର୍ତ୍ତା କଲେ ଏବଂ ମୁଁ ଲକ୍ଷ୍ୟ କଲି ଯେ ତାଙ୍କର ହାବଭାବ ଓ ଇଂରାଜୀ ଉଚ୍ଚାରଣ ମଧ୍ୟ ହଠାତ୍ ବଦଳିଗଲା । ଏପର୍ଯ୍ୟନ୍ତ ସେ ତାଙ୍କର ଆମେରିକାନ ସ୍ୱରପାତରେ କଥା କହୁଥିଲେ ଏବଂ ତାଙ୍କର ବେଶ ପୋଷାକ, ଆଚାର ବ୍ୟବହାର, ଚାଲିଚଳଣ ପୂର୍ଣ୍ଣମାତ୍ରାରେ ସାହେବ ଭଳି ଥିଲା । ବର୍ତ୍ତମାନ ମୋ ସହିତ କଥା କହିବା ବେଳେ, ଯଦିଓ ସେ ପୋଷାକ ବଦଳାଇ ନଥିଲେ, ତାଙ୍କର ସାହେବତ୍ୱ ଅନେକ କମି ଯାଇଥିଲା ବୋଲି ମୋର ମନେହେଲା, ଏବଂ ମାମାଜୀ ମତେ ଅଧିକ ଆତ୍ମୀୟ ବୋଲି ଜଣାପଡ଼ିଲେ । ମାମାଜୀ ଏଥର ତାଙ୍କର ସୁଟକେସ୍ ଖୋଲି ଜିନିଷପତ୍ର ସଜାଇବାରେ ଲାଗିଲେ ଏବଂ ମୁଁ ତାଙ୍କୁ ସାହାଯ୍ୟ କରିବା ପାଇଁ ତାଙ୍କ ଛୋଟ ସୁଟକେସଟିକୁ ଉଠାଇ ନେଇ ତାଙ୍କ ପାଖରେ ରଖିଲି। ସେ ତାଙ୍କର କୋଟ ଟାଙ୍ଗିବା ଛାଡ଼ି ଦେଇ ସୁଟକେସକୁ ନେଇ ଟେବୁଲ ଉପରେ ରଖିଲେ ଏବଂ ଟେଲିଫୋନରେ ରୁମ ସର୍ଭିସକୁ ଡାକି ସୋଡ଼ା ଓ ବରଫର ଅର୍ଡର ଦେଲେ । ତାପରେ ସେ ସୁଟକେସ ଖୋଲିଲେ; ତା ଭିତରେ ଅନେକ ପ୍ରକାରର ମଦ ବୋତଲ ଥିଲା। ସେ ସବୁକୁ ଟେବୁଲ ଉପରେ ସଜାଇ ରଖୁ ରଖୁ ମୋ ଆଡ଼କୁ ଆଖି ମାରି ମାମାଜୀ କହିଲେ, ମୁଁ ହପ୍ତାଏ ପାଇଁ ଏଠାକୁ ପ୍ରସ୍ତୁତ ହୋଇ ଆସିଛି ।

ନିଜର ଜିନିଷପତ୍ର ସଜାଡ଼ି ସାରି ମାମାଜୀ ଯାଇ ଝରକା ପାଖରେ ଠିଆ ହୋଇ ବାହାରକୁ ଅନାଇଲେ । ବାହାରେ ଶୀତ ଦିନର କଅଁଳ ଖରାରେ ଗଛପତ୍ର ସବୁ ଅତି ଜୀବନ୍ତ ଦେଖାଯାଉଥିଲେ। ଝରକା ପାଖରୁ ଫେରିଆସି ମାମାଜୀ ଦୀର୍ଘନିଃଶ୍ୱାସ ଛାଡ଼ିଲେ ଏବଂ ଖଟ ପାଖର ଛୋଟ ଟେବୁଲ ଉପରେ ସଜା

ହୋଇଥିବା ଦୁଇଟି ପତ୍ର ସମେତ ଗୋଲାପ ଫୁଲଟିକୁ ହାତରେ ଉଠାଇ ତାକୁ କିଛି ସମୟ ଅନାଇଲେ । ମତେ କହିଲେ, ଦେଖୁଚ? ମୁଁ ଫୁଲଟିକୁ ହାତରେ ନେବା ପାଇଁ ତାକୁ ଅନ୍ୟ ପାଖରୁ ଧରିଲି, କିନ୍ତୁ ମାମାଜୀ ତାକୁ ହାତରୁ ଛାଡ଼ିଲେ ନାହିଁ । ଆମେ ଦୁହେଁ କିଛି ସମୟ ମାମାଜୀଙ୍କ ହାତରେ ଥିବା ସଜ ଫୁଲଟିକୁ ଅନାଇଲୁ । ମାମାଜୀଙ୍କ ମୁହଁ ସାମାନ୍ୟ ବିଷଣ୍ଣ ଜଣାଗଲା ଏବଂ ଉତ୍ତର ଆଶାରେ ମୁଁ ତାଙ୍କ ମୁହଁକୁ ଅନାଇଲି । ମାମାଜୀ ଆଉ ଥରେ ଦୀର୍ଘଶ୍ୱାସ ନେଇ କହିଲେ, ନା, କିଛି ନୁହେଁ। ସେଠାରୁ ଆସି ସେ ଦୁଇଟି ଗିଲାସରେ ପାନୀୟ ଢାଳିଲେ ଏବଂ ସେଥିରେ ସୋଡ଼ା ଓ ବରଫ ମିଶାଇ ମୋ ଆଡ଼କୁ ଗୋଟିଏ ଗିଲାସ ବଢ଼ାଇ ଦେଲେ । ଏଥରକ ନିଜର ଗିଲାସଟିକୁ ନେଇ ସେ ଆରାମ ଚଉକି ଉପରେ ବସିଲେ ଏବଂ ଗିଲାସଟିକୁ ଏକା ନିଃଶ୍ୱାସରେ ଅଧା ଶେଷ କରି ପୁଣି ମୋ ସହିତ କଥାବାର୍ତ୍ତା କରିବାକୁ ଆରମ୍ଭ କଲେ।

ମାମାଜୀ ଏଗାର ବର୍ଷ ହେଲା ଆମେରିକାରେ ଥିଲେ । ମଫସଲର ଦରିଦ୍ର ପରିବାରରେ ଜନ୍ମି, ପାଠ ପଢ଼ି ଏମ୍.ଏ. ପାସ କରିବା ପରେ ସେ ସରକାରୀ ବୃତ୍ତି ନେଇ ବିଦେଶ ଯାଇଥିଲେ ଏବଂ ସେଠାରେ ପିଏଚ୍.ଡି. କରି ଅଧ୍ୟାପନା ଆରମ୍ଭ କରିଥିଲେ। ତା ପରେ ସେ ସେଠାରେ ବାହା ହୋଇଥିଲେ ଓ ଆମେରିକାର ନାଗରିକତା ନେଇ ସେଠାରେ ରହି ଯାଇଥିଲେ। ତାଙ୍କର ଆଉ ନିଜର ଗାଁ ସହିତ କୌଣସି ସଂପର୍କ ନଥିଲା, କେବଳ ଚିଠିପତ୍ର ବ୍ୟତୀତ । କେବେ କେମିତି ଭାରତକୁ ସଭାସମିତିରେ ଯୋଗ ଦେବାକୁ ଆସିଲେ ସେ ଦିଲ୍ଲୀ ବମ୍ବେରେ କିଛିଦିନ ରହି ପୁଣି ଫେରି ଯାଉଥିଲେ। ବର୍ତ୍ତମାନ ତାଙ୍କର ହୋଟେଲରେ ବସି ଆମେ ଅର୍ଥନୀତି ଶିକ୍ଷା ବିଷୟରେ କଥାବାର୍ତ୍ତା କରୁଥିଲୁ । ମାମାଜୀ ବଡ଼ ମଜାର ଲୋକ ଥିଲେ ଏବଂ ମୁଁ ଯେତେଦୂର ଜାଣିଲି, ପିଇବାକୁ ଭଲ ପାଉଥିଲେ। କାରଣ ମୁଁ ମୋର ପ୍ରଥମ ଗିଲାସଟି ଧରି ଧୀରେ ଧୀରେ ପିଇବା ଭିତରେ ସେ ତାଙ୍କର ତୃତୀୟ ଗିଲାସ ପିଇବାକୁ ଆରମ୍ଭ କରିଥିଲେ ଏବଂ ମତେ ଆହୁରି ଶୀଘ୍ର ଗିଲାସ ଖାଲି କରିବା ପାଇଁ ଉଦ୍‌ବୋଧନ ଦେଉଥିଲେ ।

ମାମାଜୀ ଯେଉଁ ଆନ୍ତର୍ଜାତିକ ସମ୍ମିଳନୀରେ ଯୋଗ ଦେବାକୁ ଦିଲ୍ଲୀ ଆସିଥିଲେ, ସେଇଟି ଥିଲା ବିକାଶଶୀଳ ଦେଶମାନଙ୍କର ଦାରିଦ୍ର୍ୟ ସଂପର୍କୀୟ । ଏଇ ବିଚାର ଗୋଷ୍ଠୀରେ ମାମାଜୀ ଯେଉଁ ନିବନ୍ଧ ପଢ଼ିବାର ଥିଲା ତାର ଶୀର୍ଷକ

ଥିଲା ଦାରିଦ୍ର୍ୟର ସଂଜ୍ଞା।   ତାଙ୍କର କାଗଜପତ୍ରରୁ ବାହାର କରି ମାମାଜୀ ମତେ ଏଇ ନିବନ୍ଧଟି ପଢ଼ିବାକୁ ଦେଲେ, ଯାହାର ଆରମ୍ଭ ଥିଲା ଏହି ପ୍ରକାର :

କୌଣସି ଦେଶ ସମୃଦ୍ଧ ଅଥବା ଦରିଦ୍ର ନୁହେଁ, କେବଳ ବ୍ୟକ୍ତିବିଶେଷ ହିଁ ପେଟପୂରା ଖାଇବାକୁ ପାଆନ୍ତି ଅଥବା ଭୋକିଲା ରହନ୍ତି, ସ୍ୱାସ୍ଥ୍ୟବାନ ରହନ୍ତି, ଅଥବା ରୁଗ୍‌ଣ ରହନ୍ତି, ପାଠ ପଢ଼ନ୍ତି ଅଥବା ମୂର୍ଖ ରହନ୍ତି ଏବଂ ସୁଖୀ ରହନ୍ତି ଅଥବା ଦୁଃଖକଷ୍ଟରେ ଚଳନ୍ତି। ପ୍ରଥମରୁ ଏହା ଅତି ସାଧାରଣ କଥା କହିବାର ଉଦ୍ଦେଶ୍ୟ ହେଉଛି ଯେ, ଆମେମାନେ ସଭାସମିତି, ବିଚାର ଗୋଷ୍ଠୀ ଏବଂ ଆଲୋଚନାମାନଙ୍କରେ ଏଇ ସାମାନ୍ୟ କଥାଟି ଭୁଲିଯାଇଥାଉ।

କାଗଜରୁ ମୁହଁ ଉଠାଇ ମୁଁ ମାମାଜୀଙ୍କ ଆଡ଼କୁ ଅନାଇଲି । ମାମାଜୀ ଯଦିଓ ମୋ ଆଡ଼କୁ ଅନାଇ ଥିଲେ ତାଙ୍କର ଦୃଷ୍ଟି ମତେ ଭେଦ କରି, ହୋଟେଲର ବହୁମୂଲ୍ୟ ପର୍ଦ୍ଦାକୁ ଟପି ପଥର କାନ୍ଥକୁ ଲଙ୍ଘି କେଉଁ ସୁଦୂର ସ୍ଥାନରେ ନିବଦ୍ଧ ଥିଲା । ମୋର ହଠାତ୍ ମନେହେଲା ମାମାଜୀ ଯେମିତି ସମୟ ଓ ସ୍ଥାନର ବନ୍ଧନ ସବୁକୁ କାଟିଦେଇ ତାଙ୍କ ପିଲାଦିନର କୌଣସି ଦାରିଦ୍ର୍ୟ ପ୍ରପୀଡ଼ିତ ଅନୁଭବ ଆଡ଼କୁ ଅନାଇଛନ୍ତି ।

ହଠାତ୍ ମାମାଜୀଙ୍କ ଆଖି ମୋ ଉପରେ ପଡ଼ିଲା ଆଉ ମାମାଜୀ ମତେ କହିଲେ, ଜଲଦି ଗିଲାସ ଖାଲି କର; ତମେ ଆଜି ଏଇଠି ଖାଇବ। ସେ ଟେଲିଫୋନ ଉଠାଇ ଖାଇବାର ବରାଦ କଲେ ଏବଂ ପୁଣି ତାଙ୍କର ଗ୍ଲାସ ଭର୍ତ୍ତି କଲେ। ମୁଁ ତାଙ୍କ ସହିତ ତାଙ୍କର ଲେଖା ବିଷୟରେ ଆଲୋଚନା କରିବାକୁ ଚେଷ୍ଟା କଲି। ମାମାଜୀ ମତେ ବୁଝାଇଲେ, ଦାରିଦ୍ର୍ୟ ସମସ୍ୟାର ବିଶ୍ଳେଷଣ କଲାବେଳେ ଆମେ ସବୁବେଳେ ଦରିଦ୍ର ଦେଶ କଥା ଭାବିଥାଉ ଏବଂ ଦାରିଦ୍ର୍ୟର ପରିମାପ ପାଇଁ ଜି.ଏନ୍.ପି., ପର୍ କ୍ୟାପିଟା ଇନ୍‌କମ୍, ରେଟ୍ ଅଫ୍ ଗ୍ରୋଥ ଇତ୍ୟାଦିର ସାହାଯ୍ୟ ନେଇଥାଉ। ମୁଁ କିନ୍ତୁ ସେଇ ଦରିଦ୍ର ବ୍ୟକ୍ତିବିଶେଷକୁ କିପରି ଦାରିଦ୍ର୍ୟର ସଂଜ୍ଞା ଲାଗୁ ହେବ, ସେ ଚେଷ୍ଟା କରିଛି । ସେଥିପାଇଁ ମୁଁ ଏହାକୁ ସାଇକୋଡାଇନାମିକ୍‌ସ ଅଫ୍ ପଭର୍ଟି ନାଁ ଦେଇଛି। ମୋର ସମୀକ୍ଷା ଅନୁସାରେ ଆୟ, ଦୈନିକ କ୍ୟାଲୋରି ଗ୍ରହଣ, ସ୍ୱାସ୍ଥ୍ୟର ଅବସ୍ଥା ଇତ୍ୟାଦି ବାହାରେ ମଧ୍ୟ ମାନସିକ ସ୍ତରରେ ଦାରିଦ୍ର୍ୟର ଏକ ନିଜସ୍ୱ ପରିଭାଷା ଅଛି। ଯଥା, ଗରିବ ଲୋକଟିଏ ସାମୂହିକ ସମାଜରେ ଅଂଶ ଗ୍ରହଣ କରି ପାରେ ନାହିଁ, ତାର ଶୈଶବ ଅତି ଶୀଘ୍ର ସମାପ୍ତ ହୋଇଯାଏ, ସେ ସବୁବେଳେ

ନିଜକୁ ଅସହାୟ ମନେକରେ, ସେ ଭବିଷ୍ୟତ ପାଇଁ ଯୋଜନା କରିପାରେ ନାହିଁ ଏବଂ ସେ ଭାଗ୍ୟବାଦୀ ହୋଇଯାଏ ଇତ୍ୟାଦି । ଏଇ ଲକ୍ଷଣ ସବୁ ହଉଚି ଦାରିଦ୍ର୍ୟର ସଂସ୍କୃତି ।

ଏସବୁ ମୋ ପାଇଁ ନୂଆ କଥା ଥିଲା, କିନ୍ତୁ ମାମାଜୀ ମତେ ଯେତେବେଳେ ଏକଥା ବୁଝାଉଥିଲେ, ମୁଁ ଦାରିଦ୍ର୍ୟର ସଂଜ୍ଞା କଥା ଭାବୁ ନଥିଲି; ମୁଁ ଭାବୁଥିଲି ସେମାନଙ୍କର ପାଠର ଉତ୍କର୍ଷତା ଏବଂ ଆମ ନିଜ ଜ୍ଞାନର ଦାରିଦ୍ର୍ୟ ବିଷୟରେ । ଯାହାହେଉ, ଏଇ ସମୟରେ ଆମର ଖାଇବାର ଆସିଗଲା ଏବଂ ଦାରିଦ୍ର୍ୟର ସଂଜ୍ଞା କଥା ଭୁଲିଯାଇ ଆମେ ପର୍ଯ୍ୟାପ୍ତ କ୍ୟାଲୋରି ସଂପନ୍ନ ଲଞ୍ଚ ଖାଇବାରେ ମନ ଦେଲୁ । ମାମାଜୀ ଏଥର ହଠାତ୍ ଅଦ୍ଭୁତ ଭାବରେ ଚୁପ ହୋଇଗଲେ। ସେ ପୁଣି ତାଙ୍କର ଗ୍ଲାସ ଭର୍ତ୍ତି କରିବାକୁ ଯାଉଥିଲେ, କଣ ଭାବି ସେଇ ଫୁଲଟି ଆଡ଼କୁ ଅନାଇଲେ ଓ ବୋତଲକୁ ବନ୍ଦ କରି ରଖିଦେଲେ। ମୁଁ ଯେତେବେଳେ ତାଙ୍କ ପାଖରୁ ବିଦାୟ ନେଲି, ସେ ମତେ କହିଲେ, ମୁଁ ଟିକିଏ ବିଶ୍ରାମ ନେଇଯାଏ; କାଲିଠାରୁ ଏକାଠି ସେମିନାରକୁ ଯିବା ।

ତା ପରଦିନଠାରୁ ସେମିନାରର ବିଭିନ୍ନ ପର୍ବମାନ ଆରମ୍ଭ ହେଲା। ମନ୍ତ୍ରୀଙ୍କର ଉଦ୍‌ଘାଟନ ପରେ କଫି ପରେ ବକ୍ତୃତା ପରେ ବିରାମ ଓ ତା ପରେ ପୁଣି ବିଭିନ୍ନ ବକ୍ତାଙ୍କର ଭାଷଣ। ଏଇ ସମ୍ମିଳନୀକୁ ପୃଥିବୀର ବିଭିନ୍ନ ଦେଶର ବିଶେଷଜ୍ଞମାନେ ଆସିଥିଲେ ଏବଂ ନିଜର ବକ୍ତୃତାରେ ସେମାନେ ପ୍ରଭୂତ ବିଦ୍‌ବତ୍ତାର ପରିଚୟ ଦେଉଥିଲେ, ଯାହା ମୋ ପାଇଁ ବିଶେଷ ଉପାଦେୟ ଥିଲା । ଏଇ ବକ୍ତୃତାମାନଙ୍କ ସହିତ ଲଞ୍ଚ ଡିନର ଓ ଚା'ର ପର୍ବ ଚାଲୁଥିଲା ଏବଂ ସଂଧ୍ୟାବେଳେ ମନୋରଂଜନ ପାଇଁ ସାଂସ୍କୃତିକ କାର୍ଯ୍ୟକ୍ରମର ମଧ୍ୟ ବ୍ୟବସ୍ଥା ହୋଇଥିଲା। ଦିନେ ସକାଳବେଳାର ଅଧିବେଶନରେ ମାମାଜୀ ତାଙ୍କର ନିବନ୍ଧ ପଢ଼ିଲେ। ତାଙ୍କର ଲେଖାର ବିଷୟବସ୍ତୁ, ଭାଷଣ ଶୈଳୀ ଇତ୍ୟାଦି କୌଣସି ଦୃଷ୍ଟିରେ ଅନ୍ୟମାନଙ୍କଠାରୁ ନିକୃଷ୍ଟ ନଥିଲା ଏବଂ ମୁଁ ମାମାଜୀଙ୍କ ପାଇଁ ଗର୍ବ ଅନୁଭବ କଲି । ନିଜର ଲେଖାଟି ପଢ଼ି ସାରିବା ପରେ ମାମାଜୀ ମଝିରେ ମଝିରେ ଆସି ମୋ ପାଖରେ ବସୁଥିଲେ ଏବଂ ସେମିନାରର ବିଭିନ୍ନ କାର୍ଯ୍ୟକଳାପ ସହିତ ମତେ ବାଧ୍ୟ କରି ଜଡ଼ିତ କରାଉଥିଲେ ଏପରିକି ପ୍ରତିନିଧିମାନେ ଯେଉଁଦିନ ତାଜମହଲ ଦେଖିବାକୁ ଗଲେ, ମାମାଜୀ ମତେ ମଧ୍ୟ ଟାଣି ନେଇଗଲେ ।

ଶେଷ ଆଡ଼କୁ ସମ୍ମିଳନୀ ପ୍ରତି ସମସ୍ତଙ୍କର ଆଗ୍ରହ ଫିକା ପଡ଼ି ଆସିବାର ଜଣାଗଲା। ଯେଉଁଦିନ ପ୍ରତିନିଧିମାନେ ଦରିଦ୍ର ଗାଁ ଦେଖିବା ପାଇଁ ବାହାରିଲେ, ମାମାଜୀ ଯିବା ପାଇଁ ମନା କରିଦେଲେ। ମୁଁ ପଚାରିବାରୁ କହିଲେ, ମୋ ମତରେ ଦରିଦ୍ର ଦେଶ, ଦରିଦ୍ର ପ୍ରଦେଶ ବା ଦରିଦ୍ର ଗାଁ ବୋଲି କିଛି ନାହିଁ । ଲୋକମାନେ ହିଁ ଦରିଦ୍ର, ଏବଂ ସେମାନଙ୍କୁ ଯେ କୌଣସି ଜାଗାରେ ଦେଖି ହେବ । ଅନ୍ୟମାନେ ଗାଁ ଦେଖିବାକୁ ଚାଲିଯିବା ପରେ ସମ୍ମିଳନୀରୁ ଯେଉଁ ଖାଲି ସମୟ ମିଳିଲା, ଆମେ ସେଇ ସମୟଟି ଆସି ମାମାଜୀଙ୍କ କୋଠରୀରେ କଟାଇଲୁ । କହିବା ବାହୁଲ୍ୟ, କୋଠରୀରେ ପହଞ୍ଚିବା କ୍ଷଣି ମାମାଜୀ ସୋଡ଼ା ଓ ବରଫର ଅର୍ଡର ଦେଲେ ଏବଂ ସେ ଯେତେବେଳେ ମୋ ଗିଲାସରେ ଦ୍ୱିତୀୟ ଓ ତୃତୀୟ ପେଗ ପାନୀୟ ଢାଳିଲେ, ମୁଁ ବାଧା ଦେଲି ନାହିଁ। ମାମାଜୀଙ୍କର ଦିଲ୍ଲୀରେ ଆଉ ତିନିଦିନ ରହିବାର ଥିଲା ଏବଂ ଏଇ ଦିନମାନଙ୍କରେ ଆମେ କଣ କଣ କରିବୁ, ମାମାଜୀ ତାର ସବିସ୍ତାର କାର୍ଯ୍ୟକ୍ରମ କଲେ । ଏକତିରିଶ ତାରିଖ ଦିନ ତାଙ୍କର କୌଣସି କାମ ନଥିଲା ଏବଂ ଏଥିପାଇଁ ଆମେ ଠିକ କଲୁ ଯେ ମାମାଜୀ ସେଦିନଟି ମୋ ସହିତ କଟାଇବେ। ଖାଇସାରିବା ପରେ ମାମାଜୀ ମତେ ଛାଡ଼ିବା ପାଇଁ ହୋଟେଲ ଲବି ପର୍ଯ୍ୟନ୍ତ ଆସିଲେ ଏବଂ ତା ପରେ ତାଙ୍କର ହଠାତ୍ ହୋଟେଲ ପାଖରେ ଥିବା ପାର୍କରେ କିଛି ସମୟ ବସିବା ପାଇଁ ଇଚ୍ଛା ହେଲା। ହୋଟେଲ ପଛ ପାଖ ଦେଇ ବୁଲି ଯାଉ ଯାଉ ଆମେ ଏଇ ପାଞ୍ଚ ମହଲା ଉଚ୍ଚ ହୋଟେଲର ଛାଇରେ ଗୋଟିଏ ଭିଖାରିକୁ ଶୋଇଥିବାର ଦେଖିଲୁ। ମାମାଜୀ ମୋ ଆଡ଼କୁ ଅନାଇଲେ ଏବଂ ସେ କିଛି କହିବା ଆଗରୁ ମୁଁ କହିଲି ବ୍ୟକ୍ତିବିଶେଷ ହିଁ ଦରିଦ୍ର।

ତା ପରଦିନ ମୁଁ କେମିତି ମାମାଜୀଙ୍କୁ ଆପ୍ୟାୟିତ କରିବି, ସେଇ ଚିନ୍ତାରେ ଲାଗିଲି। ଅନେକ ଭାବିବା ପରେ ମୁଁ ମୋର ବଂଧୁକୁ ଫୋନ କଲି, ଯେ କି ମାମାଜୀଙ୍କର ବମ୍ବେରେ ଥିବା ଭଣଜାକୁ ମଧ ଜାଣିଥିଲା। ମୋର ଏଇ ବଂଧୁ ରେଡିମେଡ୍ ପୋଷାକ ରପ୍ତାନୀର ବ୍ୟବସାୟ କରୁଥିଲା ଏବଂ ଅତି ଅଳ୍ପ ସମୟ ଭିତରେ ବେଶ୍ ସଂପନ୍ନ ହୋଇ ଯାଇଥିଲା। ମୁଁ ତାକୁ ଯେତେବେଳେ ଆନ୍ତର୍ଜାତିକ ସେମିନାର ଏବଂ ମାମାଜୀଙ୍କ କଥା କହିଲି, ସେ ବିଶେଷ ମନୋଯୋଗୀ ଜଣାଗଲା ନାହିଁ ଏବଂ ସେମିନାରକୁ ବାଣିଜ୍ୟ ମନ୍ତ୍ରୀ ଉଦ୍‌ଘାଟନ କରିଥିଲେ କି ବୋଲି ପଚାରିଲା । ସେ କାଳେ ଫୋନ ରଖିଦେବ, ଏ ଭୟରେ ତାକୁ କହିଲି, ଏଇ ବର୍ଷେ

ଦିବର୍ଷ ଭିତରେ ମାମାଜୀ ନିଶ୍ଚେ ନୋବେଲ ପ୍ରାଇଜ ପାଇବେ। ଏଥର ସେ ଟିକିଏ ଉତ୍ସାହିତ ଜଣାଗଲା ଏବଂ ମତେ ପଚାରିଲା, ମାମାଜୀ କୋଉଠି ପଢ଼ାନ୍ତି ବୋଲି କହୁଥିଲ, ଆମେରିକାରେ? ସେଠି ସେ କୋଉ ସିନେଟରକୁ ଜାଣନ୍ତି? ମୁଁ ଏଥରକ ଆହୁରି ମିଥ୍ୟାର ଆଶ୍ରୟ ନେଇ କହିଲି, ତାଙ୍କର ନୂଆ ନୂଆ ତଥ୍ୟମାନଙ୍କ ଯୋଗୁ ମାମାଜୀ ଅନେକ ସିନେଟରମାନଙ୍କ ସହିତ ପରିଚିତ । କାହିଁକି? ସେ କହିଲା, ନା, କିଛି ନୁହେଁ। ତେବେ ଆମେରିକା ମଝିରେ ମଝିରେ ପୋଷାକ ଆମଦାନୀର କୋଟା କମାଇ ଦଉଚି। କେତେବେଳେ ଦରକାର ହୋଇପାରେ। ତାପରେ ମୁଁ ତାକୁ କହିବା ଆଗରୁ ସେ ଦରକାରୀ କଥା କହିଲା, କଣ, ଗାଡ଼ି ଦରକାର? ମୁଁ ପଠାଇ ଦେବି। ମୁଁ ତାକୁ ଏକତିରିଶ ତାରିଖ କଥା କହିବାରୁ ସେ ମତେ ଓ ମାମାଜୀଙ୍କୁ ଏକ ପ୍ରସିଦ୍ଧ ହୋଟେଲରେ ରାତି ଏଗାରରୁ ସାଢ଼େ ବାରଟା ଭିତରେ ଯିବା ପାଇଁ ନିମନ୍ତ୍ରଣ ଦେଲା।

ଏକତିରିଶ ତାରିଖ ସଂଧ୍ୟାରେ ମୁଁ ମୋର ସାଙ୍ଗର ଗାଡ଼ି ନେଇ ମାମାଜୀଙ୍କ ହୋଟେଲରେ ପହଞ୍ଚିଲା ବେଳକୁ ମାମାଜୀ ତାଙ୍କ ବ୍ରିଫକେସ୍ ହାତରେ ଧରି ହୋଟେଲ ଲବିରେ ମୋ ପାଇଁ ଅପେକ୍ଷା କରୁଥିଲେ । ଗାଡ଼ିରେ ବସି ଆମେ ମୋ ଘରକୁ ଆସିଲୁ ଏବଂ ଘର ଭିତରକୁ ପଶି ମାମାଜୀ ପ୍ରଥମେ ତାଙ୍କର ବ୍ରିଫକେସ ଖୋଲି ଅଧା ହୋଇଥିବା ବୋତଲ ସବୁକୁ ମୋର ଟେବୁଲ ଉପରେ ସଜାଇ ରଖିଲେ। ତାପରେ ସେ ଆସି ଦିବାନ ଉପରେ ଗୋଡ଼ ହାତ ଉଠାଇ ଚକା ପକାଇ ବସିଲେ। ମୁଁ ଲକ୍ଷ୍ୟ କଲି ଯେ ଅତି ଅନାୟାସରେ ମାମାଜୀ ତାଙ୍କର ଆମେରିକାନ ଅବତାରରୁ ସଂପୂର୍ଣ୍ଣ ଭାରତୀୟ ସ୍ୱରୂପକୁ ଓହ୍ଲାଇ ଆସି ପାରୁଥିଲେ। ମତେ ଦୁଇଟି ଗିଲାସ ଆଣିବାକୁ କହି ମାମାଜୀ କହିଲେ, ତମର ଏଇ ପାଖରେ କୋଉଠି ବରା ପକୋଡ଼ି ଦୋକାନ ନାହିଁ? ମୁଁ କହିଲି, ମାମାଜୀ, ଅଛି; କିନ୍ତୁ ଟିକିଏ ଦୂରକୁ ଯିବାକୁ ହେବ। ମାମାଜୀ ଗିଲାସ ଭର୍ତ୍ତି କରୁ କରୁ କହିଲେ, ଠିକ ଅଛି; ଗାଡ଼ି ନେଇ କରି ଯିବା। ହାତରେ ଗିଲାସ ଧରି ମାମାଜୀ ଓ ମୁଁ ଗାଡ଼ିରେ ବସିଲୁ ଏବଂ ରାସ୍ତା କଡ଼ରେ ଥିବା ମୁନ୍ନା ମିଆଁର ଉଠାଦୋକାନ ପାଖରେ ପହଞ୍ଚିଲୁ। ମାମାଜୀ ଅତି ସନ୍ତୋଷର ସହିତ ପକୋଡ଼ି ଖାଇଲେ ଏବଂ କିଛି ସମୟ ପରେ ଗାଡ଼ିରୁ ଓହ୍ଲାଇ ମିଆଁ ସହିତ ପକୋଡ଼ିରେ ପଡ଼ିଥିବା ଲୁଣ ଓ ଲଙ୍କାର ପରିମାଣ ବିଷୟରେ ଯୁକ୍ତିତର୍କ ମଧ୍ୟ କଲେ।

ଆମେ ଘରକୁ ଫେରିବା ପରେ ମାମାଜୀ କହିଲେ, ବୁଝିଲ ଭଣଜା, ଆଜି ସଂଧ୍ୟାଟା ଭଲରେ କଟିଲା। ମୁଁ ତାଙ୍କୁ ମନେ ପକାଇ ଦେଲି ଯେ ଆମର ରାତି ଏଗାରଟାରେ ନିଉ ଇଅର ଇଭର ନିମନ୍ତ୍ରଣ ବି ଅଛି। ମାମାଜୀ କହିଲେ, ଯାହା ହଉ ଲୁଣ ଟିକିଏ ବେଶି ପଡ଼ିଥିଲେ କଣ ହେଲା ମିଆଁ ବିଚରା ପକୋଡ଼ି ଭଲ ତିଆରି କରିଥିଲା। ମୋର ମନେ ହେଲା ମାମାଜୀ ଯେମିତି କୌଣସି ପୁରୁଣା ସ୍ମୃତିକୁ ମନେ ପକାଇ ଏଇ ସଂଧ୍ୟାକୁ ଉପଭୋଗ କରୁଥିଲେ । ମୁଁ ତାଙ୍କୁ କହିଲି, ମାମାଜୀ, ଏଥରକ ଆପଣଙ୍କ ଗାଁକୁ ଯିବାକୁ ଇଚ୍ଛା ହେଲା ନାହିଁ?

ମାମାଜୀ ମତେ ଜବାବ ନ ଦେଇ ଗିଲାସରୁ ଟିକିଏ ପିଇଲେ। ମୁଁ ପୁଣି ଜବାବ ଅପେକ୍ଷା କରୁଛି, ସେ ଗିଲାସକୁ ସଂପୂର୍ଣ୍ଣ ଖାଲି କଲେ ଏବଂ ଟେବୁଲ ପାଖକୁ ଯାଇ ପୁଣି ଗିଲାସ ଭର୍ତ୍ତିକଲେ । ଏଥରକ ସେ ସିଧାସଳଖ ମୋ ଆଡ଼କୁ ଅନାଇ ଠିଆ ହେଲେ ଏବଂ ମୁଁ ଦେଖିଲି ଏଇ ମିନିଟକର ବ୍ୟବଧାନ ଭିତରେ ମାମାଜୀ ପୁଣି ସଂପୂର୍ଣ୍ଣ ସାହେବ ପାଲଟିଗଲେ। ସେ ମୋ ଆଡ଼କୁ ଏକ ପୂରାପୂରି ଅପରିଚିତ ଲୋକ ଭଳି ଅନାଇ କହିଲେ, ଆମେରିକାରେ ବର୍ତ୍ତମାନ ଭୀଷଣ ଥଣ୍ଡା ପଡୁଥିବ। ମୁଁ ଜାଣିଲି ମାମାଜୀଙ୍କର ଆଜି ପାଇଁ ସୁନ୍ଦର ଭାରତୀୟ ସଂଧ୍ୟାର ସମାପ୍ତି ହୋଇଯାଇଛି। ଏଥରକ ଆମେ ଗାଡ଼ିନେଇ ମୋର ସାଙ୍ଗ ରିଜର୍ଭ କରିଥିବା ହୋଟେଲରେ ନବବର୍ଷର ପ୍ରସ୍ତୁତି ସଂଧ୍ୟା ବିତାଇବାକୁ ଗଲୁ ।

ପୁରୁଣା ବସ୍ତି, ଅନ୍ଧାର ରାସ୍ତା ଛାଡ଼ି ରାଜପଥ ଦେଇ ଆମେ ଯେତେବେଳେ ହୋଟେଲ ଭିତରକୁ ପଶିଲୁ, ସେତେବେଳକୁ ରାତି ସାଢ଼େ ଏଗାରଟା ବାଜିଥିଲା ଏବଂ ଅଭୂତପୂର୍ବ ସାଜସଜ୍ଜାରେ ସବୁକିଛି ଚକମକ କରୁଥିଲା । ଏ ଯେମିତି ଦାରିଦ୍ର୍ୟର ସମୁଦ୍ର ଭିତରେ ସମୃଦ୍ଧିର ଏକ ଅଦ୍ଭୁତ ଦ୍ୱୀପ । ଏଠାରେ ଅଭାବ ନାହିଁ ଅନଟନ ନାହିଁ ରୋଗ ନାହିଁ ଦୁର୍ଭିକ୍ଷ ନାହିଁ ଅସହାୟତା ନାହିଁ ନୈରାଶ୍ୟ ନାହିଁ । ମାମାଜୀ କହିଲେ ପ୍ରତ୍ୟେକ ବିକାଶଶୀଳ ସମାଜରେ ଏପରି ଏକ ଛୋଟ ଅଂଶ ଅଛି, ଯାହା ଆଚାର ବ୍ୟବହାର ଚାଲିଚଳନରେ ପୃଥିବୀର ଯେ କୌଣସି ଧନବାନ ଦେଶର ସମକକ୍ଷ। ମୋ ମୁଣ୍ଡ ଭିତରେ ବର୍ତ୍ତମାନ ବିଦେଶୀ ପାନୀୟ ସବୁ କାମ କରୁଥିଲା ଏବଂ ମାମାଜୀଙ୍କ କଥା ତା ଭିତରେ ପଶିଲା ନାହିଁ। ମାମାଜୀଙ୍କୁ ମୋର ସାଙ୍ଗ ସହିତ ପରିଚୟ କରାଇ ଦେଇ ମୁଁ ନିଜକୁ ଏଇ ସୁନ୍ଦର ବାତାବରଣର ଆନନ୍ଦମୟ ସ୍ରୋତରେ ଭାସିଯିବାକୁ ଦେଲି । ନାଲି ନୀଳ ନରମ ଆଲୁଅ,

ରଙ୍ଗବେରଙ୍ଗ ବେଲୁନ, ଫୁଲ ପତ୍ର, ପରଫ୍ୟୁମ୍‌ର ବାସନା, ବିଦେଶୀ ସଂଗୀତର ହାଲୁକା ମାଦକତା, ଏବଂ ନାଚୁଥିବା ଯୁଗ୍ମମୂର୍ତ୍ତି ସବୁ ମୋ ମନ ଭିତରେ ଏକ ସମୃଦ୍ଧ ପ୍ରଶାନ୍ତି ଆଣିଦେଲେ । ମୁଁ ଚଉକି ଧାରରେ ବସି ଟେବୁଲ ଉପରେ ମଥାରଖି ଏଇ ରସ ସବୁକୁ ଆସ୍ୱାଦନ କରୁ କରୁ ସବୁ କିଛି ଭୁଲିଗଲି ଏବଂ ଏକ ଗଭୀର ସ୍ୱପ୍ନ ଆସି ମତେ ଆଚ୍ଛନ୍ନ କରିଦେଲା ।

ମୁଁ ଯେତେବେଳେ ଆଖି ଖୋଲିଲି ଚାରିପାଖ ଅନ୍ଧକାରାଚ୍ଛନ୍ନ ଥିଲା, କିନ୍ତୁ ହଠାତ୍ ଆଲୁଅ ସବୁ ଜଳି ଉଠିଲା ଏବଂ ହାପି ନିଉ ଇୟର ଶବ୍ଦରେ ଚତୁର୍ଦ୍ଦିଗ କମ୍ପମାନ ହେଲା। ମୋର ସାଙ୍ଗ ଓ ମାମାଜୀ ମୋ ପାଖରେ ଠିଆହୋଇ ମୋର ଦି ହାତ ଧରି ଉଠାଇଲେ ଓ କହିଲେ, ତମେ ହିଁ ସବୁଠାରୁ ବେଶି ଉପଭୋଗ କଲ ଆଜିର ସଂଧ୍ୟା। ତା ପରେ ସେମାନେ ଦୁହେଁ ମତେ ବାହାରକୁ ଆସିବାକୁ ସାହାଯ୍ୟ କଲେ । ନରମ ଗାଲିଚା, ମାୟାବୀ ଦର୍ପଣ ଓ ରହସ୍ୟମୟ ଆଲୁଅ ଭିତର ଦେଇ ଆମେ ଆସି ହୋଟେଲ ବାହାରେ ଠିଆ ହେଲୁ। ହୋଟେଲର ବନ୍ଦ ଶୀତତାପ ନିୟନ୍ତ୍ରିତ ବାତାବରଣରୁ ବାହାରି ଖୋଲା ଥଣ୍ଡାରେ କିଛି କ୍ଷଣ ଠିଆ ହେବା ପରେ ମୁଁ ମୋର ସଂବିତ୍ ଫେରି ପାଇଲି ଏବଂ ଆମେ ତିନିଜଣ ଯେତେବେଳେ ଗାଡ଼ିରେ ବସିଲୁ, ମୁଁ ସେମାନଙ୍କୁ ନବବର୍ଷର ଶୁଭେଚ୍ଛା ମଧ୍ୟ ଜଣାଇଲି। ମୋର ସାଙ୍ଗ କହିଲା କନଟ୍ ପ୍ଲେସରେ ଆଇସକ୍ରିମ ଖାଇଲେ ସବୁ ଠିକ ହୋଇଯିବ ।

ଗାଡ଼ି ଚାଲିବାରୁ ମୋ ମୁହଁରେ ଥଣ୍ଡା ପବନ ବାଜିଲା ଏବଂ ଆମେ ଯେତେବେଳେ କନଟ ସର୍କସର ଗୋଲେଇ ଭିତରେ ପଶିଲୁ, ମୁଁ ସଂପୂର୍ଣ୍ଣ ପ୍ରକୃତିସ୍ଥ ହୋଇଗଲି। ମୁଁ ଘଡ଼ି ଦେଖିଲି; ରାତି ସାଢ଼େ ବାରଟା ବାଜିଥିଲା। ଯଦିଓ ସେତେବେଳକୁ ପ୍ରବଳ ଶୀତ ଓ ଥଣ୍ଡା ଥିଲା, ରାସ୍ତାରେ ଅନେକ ମଟର ସାଇକେଲ ଓ ଗାଡ଼ି ଜୋରରେ ହର୍ଣ୍ଣ ଦେଇ ଯିବା ଆସିବା କରୁଥିଲେ ଏବଂ ସେଠାରେ ଅନେକ ଲୋକଙ୍କର ଭିଡ଼ ଥିଲା। ଆମ ଗାଡ଼ି ଆଇସକ୍ରିମ ଦୋକାନ ଆଗରେ ଅଟକିଲା, ଯେଉଁଠାରେ ଆଗରୁ ଅନେକ ଗାଡ଼ି ରହିଥିଲା ଏବଂ ଭୀଷଣ ଗହଳି ଥିଲା । ସମସ୍ତଙ୍କ ହାତରେ ବେଲୁନ ଓ ମୁଣ୍ଡରେ ରଙ୍ଗବେରଙ୍ଗ କାଗଜର ଟୋପି ଥିଲା ଏବଂ ସମସ୍ତେ ରଙ୍ଗୀନ ମିଜାଜରେ ଥିଲେ । ଗାଡ଼ିରୁ ଓହ୍ଲାଇ ମୁଁ ଯେଉଁଠାରେ ଛିଡ଼ା ହେଲି ସେଠାରେ ରାସ୍ତା ପାଖରେ ଚାରି ପାଞ୍ଚ ବର୍ଷର ଛୋଟ ଝିଅଟିଏ ବସିଥିଲା । ଝିଅଟି ବର୍ତ୍ତମାନ ମୋଟା ଉଲ୍‌ର କୋଟ ପିନ୍ଧି, ହାତରେ ବେଲୁନ ଧରି ଆଇସକ୍ରିମ ଖାଉ

ଖାଉ ଏଇ ଆନନ୍ଦ ଉତ୍ସବରେ ଭାଗ ନେବା ଉଚିତ ଥିଲା । କିନ୍ତୁ ଝିଅଟି ଦେହରେ କେବଳ ଗୋଟିଏ ଛିଣ୍ଡା ପତଳା ଜାମା ଥିଲା ଓ ରାସ୍ତା କରରେ ବସି ସେ ବେଲୁନ ବିକ୍ରି କରୁଥିଲା। ମୁଁ ତା ପାଖରୁ ଅନେକ ବେଲୁନ କିଣି ତା ହାତକୁ ସାମାନ୍ୟ ପଇସା ବଢ଼ାଇ ଦେବାବେଳେ ନିଜକୁ ଆଶ୍ୱାସନା ଦେଲି ଯେ ମୁଁ ମୋର ସାମାଜିକ କର୍ତ୍ତବ୍ୟ ଓ ଦାୟିତ୍ୱ ସମାପନ କରିଦେଇଛି । ତା ପରେ ଆମେ ରଙ୍ଗୀନ କାଗଜର ଟୋପି କିଣି ମୁଣ୍ଡରେ ଲଗାଇ ଭିଡ଼ ଭିତରେ ମିଶିଗଲୁ ।

ଏଥରକ ମୁଁ ଆନନ୍ଦ ଉଲ୍ଲାସରେ ମାତିଥିବା ଦଳ ଦଳ ଲୋକମାନଙ୍କ ସହିତ ଆହୁରି ଗୋଟିଏ ଗୋଷ୍ଠୀକୁ ଲକ୍ଷ୍ୟକଲି । ଏମାନେ ସମସ୍ତେ ଭିଖାରି ଥିଲେ ଏବଂ ଆଇସକ୍ରିମ ଖାଉଥିବା ଲୋକମାନଙ୍କୁ ଘେରି ରେଜା ପଇସା ଓ ଉଚ୍ଛିଷ୍ଟ ସଂଗ୍ରହ କରୁଥିଲେ । କେତେକ ଭିଖାରୁଣୀଙ୍କ କାଖରେ ଛୋଟ ପିଲା ଥିଲେ ଏବଂ ଏଇ ଅସମ୍ଭବ ଶୀତକୁ ବେଖାତିର କରି ସେମାନେ କାନ୍ଦୁଥିବା ଛୁଆମାନଙ୍କୁ ମାଗି ଆଣିଥିବା ଆଇସକ୍ରିମ ଖୁଆଉଥଲେ । ଏମାନଙ୍କୁ ଅତିକ୍ରମ କରି ଅନେକ କଷ୍ଟରେ ଆମେ ଆଇସକ୍ରିମ ପାର୍ଲର ଭିତରକୁ ଗଲୁ। ସେଠାରେ ନବବର୍ଷ ଉପଲକ୍ଷେ ବହୁତ ପ୍ରକାର ଆଇସକ୍ରିମର ବିଜ୍ଞପ୍ତି ଥିଲା । କିନ୍ତୁ ମୋର ବଂଧୁ କହିଲା, ଏ ଭିଡ଼ ଭିତରେ ମିଳିବ କିନା ସନ୍ଦେହ। ତମେ ବାହାରକୁ ଯାଅ। ମୁଁ ଯାହା ମିଳିବ ନେଇ ବାହାରକୁ ଆସୁଛି।

ଆମେ ବାହାରକୁ ଆସିଛୁ କି ନାହିଁ, ଆମ ହାତରେ ଆଇସକ୍ରିମ ଥିବ ବୋଲି ତିନିଚାରିଜଣ ଭିଖାରୁଣୀ ଆସି ଆମକୁ ଘେରିଗଲେ। କିନ୍ତୁ ଯେତେବେଳେ ହାତ ଖାଲି ଦେଖିଲେ, ସେମାନେ କାଳବିଳମ୍ବ ନ କରି ଆମକୁ ଛାଡ଼ିଦେଇ ଅନ୍ୟ ଲୋକମାନଙ୍କ ପାଖକୁ ଚାଲିଗଲେ। କେବଳ ଗୋଟିଏ ଭିଖାରୁଣୀ, ଯାହା କାଖରେ ଦୁଇ ତିନି ବର୍ଷର କାନ୍ଦୁଥିବା ଛୁଆଟିଏ ଥିଲା, ଆମ ପାଖରେ ଠିଆ ହୋଇ ରହିଲା ଏବଂ କହିଲା, ବାବୁ, ଏ ଛୁଆ ଦି ଦିନ ହେଲା ଖାଇନାହିଁ । ମତେ କିଛି ପଇସା ଦିଅ। ଏ ଦୃଶ୍ୟ ଦେଖି ମତେ ପ୍ରକୃତରେ ଦୁଃଖ ଲାଗିଲା ଏବଂ ମୁଁ କହିଲି, ମାମାଜୀ, ଏ ଦେଶର କଣ ହେବ? ମାମାଜୀ ତାଙ୍କର ନିବନ୍ଧ କଥା ଭୁଲି ନଥିଲେ, କହିଲେ, ପ୍ରକୃତ ପ୍ରଶ୍ନ ହେଉଛି, ଏ ପିଲାଟିର କଣ ହେବ? ତା ପରେ ଆମେ ପୁଣି ଦାରିଦ୍ର୍ୟର ସଂଜ୍ଞା ବିଷୟରେ ଆଲୋଚନା କରିବାରେ ଲାଗିଲୁ ଏବଂ ସେଇ ଭିଖାରୁଣୀ ଓ ତାର ପିଲାଟି କଥା ଭୁଲିଗଲୁ। ସେ କିନ୍ତୁ ଆମ ପାଖରେ ଠିଆ ହୋଇ ଛୁଆ ଦି ଦିନ

ହେଲା ଖାଇନାହିଁ କହି ପଇସା ପାଇଁ ଅଳି କରିବାରେ ଲାଗି ରହିଲା ଏବଂ ଛୁଆ ତାର କାନ୍ଦ ବନ୍ଦ କଲାନାହିଁ ।

ମୋ ସାଙ୍ଗ ବହୁତ କଷ୍ଟରେ ଭିଡ଼ ଭିତର ଦେଇ ଆମ ପାଖକୁ ଆସିଲା ଏବଂ ଆମ ହାତକୁ ଆଇସକ୍ରିମ ବଢ଼ାଇ ଦେଉ ଦେଉ ଭିଖାରୁଣୀକୁ ଗାଳି ଦେଲା । ସେ ପକେଟରୁ ବାହାର କରି ପଇସା ଦେବାକୁ ଯାଉଥିଲା, ମାମାଜୀ ମନା କଲେ, କାରଣ ଏ ବିଷୟରେ ମଧ୍ୟ ତାଙ୍କର ନିର୍ଦ୍ଦିଷ୍ଟ ମତ ଥିଲା । ଏଥରକ ଛୁଆ ସାଙ୍ଗକୁ ଭିଖାରୁଣୀ ମଧ୍ୟ କାନ୍ଦିବାକୁ ଆରମ୍ଭ କଲା । ମାମାଜୀ କହିଲେ, ବରଂ ଛୁଆକୁ କିଛି ଖାଇବାକୁ ଦିଅ ।

ଏହି ସମୟରେ ପାଖରେ ଛିଡ଼ା ହୋଇଥିବା ଭଦ୍ରବ୍ୟକ୍ତିଙ୍କ ଦଳର କାହା ହାତରୁ ଗୋଛାଏ ବେଲୁନ ଉଡ଼ିଆସି ଆମ ପାଖରେ ପଡ଼ିଲା ଏବଂ ଏଇ ଘଟଣାଟି ହଠାତ୍ ଏକ ନୂଆ ଆନନ୍ଦ କଳରୋଳର କାରଣ ହେଲା। ଏ ସବୁ ସହିତ ଆମ ପାଖରେ ଶୀତରେ ଚିରାଲୁଗା ପିନ୍ଧି କାଖରେ କାନ୍ଦୁଥିବା ଛୁଆକୁ ଜାକି ପଇସା ମାଗୁଥିବା ଭିଖାରୁଣୀର ସ୍ଥିତି ମତେ ବର୍ତ୍ତମାନ ବଡ଼ ଖାପଛଡ଼ା ମନେ ହେଲା । କିଛି ସାହାଯ୍ୟ କରିବା ଓ କିଛି ଶହୀଦ ହେବାର ଭଙ୍ଗୀରେ ମୁଁ ମୋ ହାତରେ ଥିବା ଆଇସକ୍ରିମଟିକୁ ଭିଖାରୁଣୀ ହାତକୁ ବଢ଼ାଇଦେଲି ।

ଅତି କୃତଜ୍ଞତାର ସହିତ ଭିଖାରୁଣୀ ମୋ ହାତରୁ ଆଇସକ୍ରିମ ନେଲା ଏବଂ ହୁଏତ ମତେ ସେ ସମାଲୋଚନାସୂଚକ କିଛି କହିବେ, ଏଇ ଭୟରେ ମୁଁ ମାମାଜୀଙ୍କ ଆଡ଼କୁ ଅନାଇଲି । କିନ୍ତୁ ମାମାଜୀ ଓ ମୋର ସାଙ୍ଗ ଦୁହିଁଙ୍କ ଦୃଷ୍ଟି ସେଇ ଭିଖାରୁଣୀ ଓ ତାର ଛୁଆ ଉପରେ ଥିଲା । ଆମେ ଦେଖିବାକୁ ଚାହୁଁଥିଲୁ କି ପ୍ରକାର ବ୍ୟଗ୍ରତା ଓ ସନ୍ତୋଷର ସହିତ ପିଲାଟି ଆମେ ଦେଇଥିବା ଆଇସକ୍ରିମ ଖାଇବ।

ଆମ ସାମନାରେ ଦୋକାନମାନଙ୍କର ନିଅନ ଆଲୁଅ, ନବବର୍ଷ ସମାରୋହରେ ତଲ୍ଲୀନ ଲୋକମାନଙ୍କର ଭିଡ଼, ଉଡୁଥିବା ବେଲୁନର ଗୁଚ୍ଛ, ରଙ୍ଗୀନ କାଗଜର ଟୋପି, ଗାଡ଼ିର ଶବ୍ଦାୟିତ ହର୍ଣ୍ଣ ଓ ରେଡ଼ିଓର ଉଚ୍ଚସ୍ୱରର ଗୀତ ବର୍ତ୍ତମାନ ଏକ ବାସ୍ତବାତୀତ ଚଳଚ୍ଚିତ୍ର ଭଳି ଥିଲା, ଯେଉଁଥିରେ ଭିଖାରୁଣୀ ମା ଓ ଭୋକରେ କାନ୍ଦୁଥିବା ଛୁଆ ବର୍ତ୍ତମାନ କ୍ଲୋଜ୍ ଅପ୍‌ରେ ଦେଖା ଯାଉଥିଲେ। ସେମାନଙ୍କର ପ୍ରତ୍ୟେକଟି ଗତିବିଧି ନିର୍ଦ୍ଦିଷ୍ଟ କିନ୍ତୁ ଅତି ଧୀର ଓ ମନ୍ଥର ଥିଲା । ମା ଅତି ସ୍ନେହରେ

ପିଲାଟିର ମୁହଁକୁ କାନ୍ଧ ଉପରୁ ନିଜ ଆଡ଼କୁ ଆଣିଲା ଏବଂ ତା ହାତକୁ ଆଇସକ୍ରିମ ବଢ଼ାଇଦେଲା।

ଛୁଆ କାନ୍ଦ ବନ୍ଦ କଲା; ଆଇସକ୍ରିମକୁ ହାତକୁ ନେଇ ତାକୁ ଅନାଇଲା; ତା ପରେ ତାର ଛୋଟ ହାତକୁ ଛିଞ୍ଚାଡ଼ି ତାକୁ ତଳକୁ ଫିଙ୍ଗି ଦେଇ କହିଲା, ମୁଁ ଟୋପି ନେବି ।

—

ସଂପର୍କ

ଲଣ୍ଡନରେ ଏତେ ପ୍ରବଳ ଶୀତ ହେବ ବୋଲି ଜାଣିଥିଲେ ମୁଁ କଦାପି ବିଲାତ ଆସି ନଥାନ୍ତି ଏବଂ ଟିକେଟ ବଦଳରେ ଟେଲିଭିଜନବାଲାଙ୍କ ପାଖରୁ ବରଂ ଟଙ୍କା ନେଇ ନେଇଥାନ୍ତି । ମୁଁ ଭାବୁଥିଲି ବିଲାତର ଶୀତ ଆମର ସବୁଠାରୁ ଶୀତଦିନର ଥଣ୍ଡାଠାରୁ କେତେକାଂଶରେ ବେଶି ହୋଇଥିବ । ଏ ଶୀତ କିନ୍ତୁ ଏକ ସଂପୂର୍ଣ୍ଣ ଭିନ୍ନ ରକମର ଶୀତ ଥିଲା ଏବଂ କେବଳ ଦେହର ରକ୍ତମାଂସକୁ ନୁହେଁ, ଅସ୍ଥିମଜ୍ଜାକୁ ଭେଦ କରି ଆତ୍ମା ଭିତରେ ପଶିଯାଉଥିଲା । ଶୀତ ଯୋଗୁ ମୁଁ ଘର ଭିତରୁ ବାହାରକୁ ବାହାରିବାକୁ ଚାହୁଁ ନ ଥିଲି ଏବଂ ବୁଲାବୁଲି କରିବା ତ ଦୂରର କଥା, ମୁଁ ଭାବୁଥିଲି କେମିତି ଦଶଦିନ ସରିଗଲେ ପୁଣି ଗାଁକୁ ଫେରିଯିବି । ତା' ଛଡ଼ା ବବି କହୁଥିଲା ଯେ କିଛିଦିନ ପରେ ଆହୁରି ଶୀତ ଆରମ୍ଭ ହେବ ଏବଂ ଏ କଥା ମଧ୍ୟ ମୋର ଆତଙ୍କର କାରଣ ହୋଇଥିଲା।

ଶୀତକୁ ମୋର ଭୟ ଆରମ୍ଭ ହୋଇ ଯାଇଥିଲା ଲଣ୍ଡନର ହିଦରୋ ଏୟାରପୋର୍ଟରେ ପାଦ ଦେବା ବେଳୁ । ଏ ମୋର ବିଦେଶ ଯାତ୍ରାର ପ୍ରଥମ ଅଭିଜ୍ଞତା ଥିଲା ଏବଂ ଉଡ଼ାଜାହାଜ ଭିତରକୁ ପଶିବା ବେଳେ ମୋର ଯେଉଁ ଉଲ୍ଲସିତ ଅନୁଭବର ଆରମ୍ଭ ହୋଇଥିଲା, ପ୍ଲେନ ଭିତରେ ଦଶଘଣ୍ଟା ବସି ରହିବା ପରେ ସେ ଉତ୍ତେଜନା ବେଶ ମ୍ଳାନ ପଡ଼ିଯାଇଥିଲା। ତା ପରେ ବ୍ରିଟିଶ୍ ଇମିଗ୍ରେସନର ତିକ୍ତ ଅନୁଭୂତି ପରେ ଯେତେବେଳେ ଏୟାରପୋର୍ଟ ବାହାରେ ଖୋଲା ପବନରେ ଆସି ଛିଡ଼ା ହେଲି, ବିଲାତର ଶୀତ ମତେ ଅସତର୍କ ଆକ୍ରମଣ କଲା। ବବି, ଯାହାର

ନିମନ୍ତ୍ରଣରେ ମୁଁ ଏଠାକୁ ଆସିଥିଲି, ମତେ ବାହାରେ ନେବାପାଇଁ ଅପେକ୍ଷା କରୁଥିଲା, କିନ୍ତୁ ତା ସହିତ ସାକ୍ଷାତକାର ମୋ ପାଇଁ ବର୍ତ୍ତମାନ ଥିଲା ଆନନ୍ଦର ନୁହେଁ, କେବଳ ସାନ୍ତ୍ୱନାର କାରଣ ।

ବବିର ପ୍ରରୋଚନାରେ ମୁଁ ଯାହା ଥରେ ଦି ଥର ବାହାରକୁ ଯାଇଥିଲି । ତା ପରଠାରୁ ମୁଁ ଶୀତତାପ ନିୟନ୍ତ୍ରିତ ଘର ଭିତରେ ହିଁ ରହୁଥିଲି ଓ କେବଳ ଝରକା ବାଟେ ବାହାରକୁ ଅନାଇ ଲୋକମାନଙ୍କର ଯିବା ଆସିବାକୁ ଦେଖି ବିଲାତକୁ ବୁଝିବାକୁ ଚେଷ୍ଟା କରୁଥିଲି। କିନ୍ତୁ ଦିନ ଦଶଟା ପରେ ରାସ୍ତାରେ ଯିବା ଆସିବା କମ ହୋଇ ଯାଉଥିଲା ଏବଂ ଏକା ଏକା ମୁଁ କଣ କରିବି ଠିକ କରି ପାରୁ ନ ଥିଲି । ମୁଁ କୋଠରୀମାନଙ୍କରେ ଥିବା ଜିନିଷପତ୍ର ରେଡ଼ିଓ, ଟେଲିଭିଜନ, ୱାଶିଙ୍ଗ୍ ମେସିନ ଇତ୍ୟାଦିକୁ ତନ୍ନ ତନ୍ନ କରି ଦେଖୁଥିଲି ଏବଂ ତାପରେ ରୋଷାଇ କରିବାରେ ମନ ଦେଉଥିଲି। ସକାଳେ ବ୍ରେକଫାଷ୍ଟ ନାଁରେ ବବି ଯେଉଁ ଅଣ୍ଡା ଜିନିଷ ସବୁ ତିଆରି କରୁଥିଲା; ସେଥିରେ ମୁଁ ସନ୍ତୁଷ୍ଟ ନ ଥିଲି ଏବଂ ଥାକରୁ ଚାଉଳ ଡାଲି ମସଲା ତେଜପତ୍ର ବାହାର କରି ମୁଁ ଭାତ ତରକାରି ରାନ୍ଧୁଥିଲି। ଯଦିଓ ମତେ ରୋଷାଇ ଜଣା ନଥିଲା ଏବଂ ତରକାରିରେ ଲୁଣ ଇତ୍ୟାଦିର ଭାଗମାପ ଠିକ ରହୁ ନ ଥିଲା, ମତେ ଏ ଖାଇବା ବବିର ରୋଷାଇ ଅପେକ୍ଷା ଯଥେଷ୍ଟ ଭଲ ଲାଗୁଥିଲା ।

ବବି ପ୍ରାୟ ସାଢ଼େ ପାଞ୍ଚଟା ବେଳକୁ ଘରକୁ ଫେରୁଥିଲା। ମୁଁ ଦିନସାରା ଘରେ ବୋର୍ ହେଉଛି ବୋଲି ସେ ଆଉ କୁଆଡ଼େ ବାହାରକୁ ନ ଯାଇ ସମସ୍ତ ସଂଧ୍ୟା ମୋ ସହିତ କଥାବାର୍ତ୍ତା କରି ତଥା ମୋର ଭଲମନ୍ଦ ବୁଝିବାରେ କଟାଇ ଦେଉଥିଲା। ତାର କଥାବାର୍ତ୍ତାର ବିଶେଷ ଭାଗ ଥିଲା ତାର ଏଇ ଘରଟି ବିଷୟରେ ଯେଉଁଟି ସେ ଛ'ମାସ ତଳେ ଭଡ଼ାରେ ନେଇଥିଲା ଏବଂ ଆଉ ତିନିମାସ ପରେ ଯାହା ତାକୁ ଛାଡ଼ିବାକୁ ପଡ଼ିବ। ତା ଆଗରୁ ସେ ଗୋଟିଏ ଅତି ଛୋଟ ଘରେ ରହୁଥିଲା, ଯେଉଁଟି ଗୋଟିଏ ସଂକୀର୍ଣ୍ଣ ଅଞ୍ଚଳରେ ଥିଲା। ବର୍ତ୍ତମାନର ଘରଟି ଯେ କେବଳ ଅତି ପ୍ରଶସ୍ତ ଥିଲା ତା ନୁହେଁ, ଏଇଟି ଗୋଟେ ଛୋଟ କେନାଲ କୂଳରେ ଥିଲା ଏବଂ କେନାଲ ଓ ଘର ଭିତରେ ଛୋଟ ଲନ୍ ବି ଥିଲା । ବବି ଅନେକ ସମୟରେ ଏଇ ଲନ୍‌ରେ ଯାଇ

ବସୁଥିଲା । ବବି ପାଇଁ ଏ ଘରଟିରେ ଆଉ ଯେଉଁ ବିଶେଷ ଆକର୍ଷଣ ଥିଲା, ସେଇଟି ଗୋଟିଏ ପିଆନୋ, ଯାହାକୁ ଘରର ମାଲିକ ଘର ସହିତ ଭଡ଼ାରେ ଦେଇଥିଲେ। ପ୍ରତିଦିନ ସକାଳ ସଂଧ୍ୟାରେ ବବି କିଛି ସମୟ ନିଶ୍ଚୟ ପିଆନୋ ବଜାଉଥିଲା ଏବଂ ଏଇ ସମୟ ସବୁ ବହୁତ ଖୁସି ରହୁଥିଲା।

ବବି ଲାର୍କିନ୍ ସହିତ ମୋର ପରିଚୟ ହୋଇଥିଲା ଯେତେବେଳେ ଲଣ୍ଡନରୁ ଗୋଟିଏ ଟେଲିଭିଜନ ଦଳ ଆମ ଗାଁକୁ ଫିଲ୍ମ କରିବାକୁ ଆସିଲେ । ବବି ଥିଲା ଏଇ ଇଉନିଟ୍‌ର କ୍ୟାମେରାମ୍ୟାନ୍। ମୁଁ ଏମାନଙ୍କ ସହିତ ସଂପୃକ୍ତ ହୋଇଗଲି, କାରଣ ତାଙ୍କର ଜଣେ ଡାକ୍ତର ଦରକାର ଥିଲା ଏବଂ ଆମ ଗାଁରେ ମୁଁ ଏକମାତ୍ର ଡାକ୍ତର । ସେମାନେ ଫିଲ୍ମ ଉଠାଇବା ପାଇଁ ଆମ ଗାଁରେ ବେଶ୍ କିଛିଦିନ ରହିଲେ ଏବଂ ଏଇ ସମୟରେ ମୋର ବବି ସହିତ ଘନିଷ୍ଠତା ହୋଇଥିଲା । ବବି ତାଙ୍କ ଦଳର ଅନ୍ୟ ଲୋକମାନଙ୍କଠାରୁ ଭିନ୍ନ ପ୍ରକାରର ଥିଲା ଏବଂ ଅତି ଅଳ୍ପ ସମୟରେ ଆମ ଗାଁର ଲୋକମାନଙ୍କ ସହିତ ମିଶି ଯାଇ ପାରିଥିଲା। ଆମ ଗାଁର ପିଲା ବୁଢ଼ା ସମସ୍ତେ ବବି ଉପରେ ନିଜ ନିଜର ଇଂରେଜୀ ଜ୍ଞାନର ପରୀକ୍ଷା କରୁଥିଲେ ଏବଂ ଅତି ଉତ୍ସାହର ସହିତ ବବି ମଧ୍ୟ ସେମାନଙ୍କ ସହିତ ସହଯୋଗ କରୁଥିଲା ।

ଟେଲିଭିଜନ ଲୋକ ଆମ ଗାଁରେ ପହଞ୍ଚିବା ଦିନରୁ ହିଁ ଆମ ଗାଁର ଲୋକମାନେ ଦୁଇ ଦଳରେ ବିଭକ୍ତ ହୋଇଗଲେ । ଦଳେ ଲୋକ ସେମାନଙ୍କୁ ସମର୍ଥନ କରୁଥିଲେ ଏବଂ ଅନ୍ୟ ଦଳେ କହୁଥିଲେ ଯେ ଏମାନେ ଫିଲ୍ମ କରିବା ନାଁରେ ଆସିଛନ୍ତି, କିନ୍ତୁ ପ୍ରକୃତରେ ଗୁପ୍ତଚର ଏବଂ ତାଙ୍କର ପ୍ରକୃତ ଉଦ୍ଦେଶ୍ୟ ଗାଁ ମୁଣ୍ଡରେ ନଈ ଉପରେ ଯେଉଁ ବନ୍ଧ ଅଛି ତାର ଫଟୋ ଉଠାଇବା । ସମର୍ଥକମାନେ କହୁଥିଲେ ଯେ ଟେଲିଭିଜନବାଲା ଗୃହମନ୍ତ୍ରଣାଳୟରୁ ଅନୁମତି ନେଇ ଆସିଛନ୍ତି ଏବଂ ଏଇ ନଈବନ୍ଧର ଶତ୍ରୁପକ୍ଷ ପାଇଁ କଣ ବା ମହତ୍ତ୍ୱ ଥାଇପାରେ? ଦୁଇ ଦଳ ଭିତରେ ଏଭଳି ଯୁକ୍ତିତର୍କ ଲାଗି ରହିଲା ଏବଂ ଟେଲିଭିଜନ ଲୋକ ଆମ ଗାଁରୁ ଚାଲିଯିବା ପରେ ବି ଏ ବାଦାନୁବାଦର ଶେଷ ହେଲା ନାହିଁ ।

ଯେଉଁ ଲୋକଟି ଏ ସବୁ ବାଦବିବାଦରେ ନ ଥିଲା, କିନ୍ତୁ ଫିଲ୍ମ ଦଳ ଗାଁରେ ଥିବା ପର୍ଯ୍ୟନ୍ତ ତାଙ୍କ ପାଖେ ପାଖେ ରହୁଥିଲା, ସେ ଥିଲା ଧୁନା ମାମୁ। ଧୁନା ଲେଖା ଯୋଖାରେ ମୋର ମାମୁ ହେଲେ କଣ ହେଲା ବୟସରେ ମୋଠାରୁ ମାତ୍ର ତିନିବର୍ଷ ବଡ଼। ପିଲାଦିନେ ଆମ ଗାଁ ସ୍କୁଲରେ ସେ ମୋଠାରୁ ବର୍ଷେ ଦି ବର୍ଷ ଉପର କ୍ଲାସରେ ପଢୁଥିଲା ଏବଂ ଫେଲ ହୋଇ କିଛିଦିନ ମୋ ସହିତ ପଢ଼ିଲା। ପୁଣି କିଛିଦିନ ପରେ ସେ ପଢ଼ା ଛାଡ଼ିଦେଲା ଏବଂ ଗାଁ ଲୋକଙ୍କର ଛୋଟ ଛୋଟ ବୋଲହାକ କାମ କଲା। ତାର ବୁଦ୍ଧି ଟିକିଏ କମ ବୋଲି ସମସ୍ତେ ଜାଣିଥିଲେ ଏବଂ ସେ କେବେ କାହାରି ଭଲମନ୍ଦରେ ନ ଥିବାରୁ ତାକୁ ଲୋକେ ବିଶ୍ୱାସ କରୁଥିଲେ। ଧୁନା ମାମୁର ସବୁଠାରୁ ବଡ଼ ଗୁଣ ଥିଲା ସେ ସବୁବେଳେ ହସଖୁସିରେ ଥିଲା ଏବଂ ତାକୁ ଦୁଃଖିତ ହେବାର କେହି କେବେ ଦେଖି ନଥିଲେ । ତାର ଗୋଟିଏ ଗୋଡ଼ କଟିଯିବା ପରେ ସେ ଆଉ ଦଉଡ଼ାଦଉଡ଼ି କାମ କରି ପାରୁ ନ ଥିଲା, କିନ୍ତୁ ସେ ବର୍ତ୍ତମାନ ଗାଁକୁ ଓ ଗାଁର ଗାଈ ଗୋରୁ ପିଲାଙ୍କୁ ଜଗିବାର ଦାୟିତ୍ୱ ନିଜେ ନିଜ ଉପରକୁ ନେଇ ଯାଇଥିଲା ଏବଂ ଏଇ କାମରେ ଦିନସାରା ବ୍ୟସ୍ତ ରହୁଥିଲା।

ଧୁନା ମାମୁର ଗୋଡ଼ କଟିବାର ଅନେକ ଦିନ ହୋଇ ଗଲାଣି । ମୁଁ ସେତେବେଳକୁ ମେଡ଼ିକାଲ କଲେଜରେ ପଢୁଥାଏ । ଦିନେ ଆମ ପ୍ରଫେସରଙ୍କ ସାଙ୍ଗରେ ସର୍ଜରୀ ୱାର୍ଡ଼ ଭିତରେ ବୁଲୁଛୁ, ମତେ କିଏ ମୋ ନାଁ ଧରି ଡାକିଲା । ମୁଁ ଖଟମାନଙ୍କ ଆଡ଼କୁ ଅନାଇ ଦେଖିଲି, କିନ୍ତୁ ରୋଗୀମାନଙ୍କ ଭିତରେ ମୋର କେହି ଚିହ୍ନା ନ ଥିଲେ । ଟିକିଏ ପରେ ମୁଣ୍ଡ ଘୋଡ଼ାଇ ଶୋଇଥିବା ଜଣେ ରୋଗୀ ମୁଣ୍ଡରୁ କମ୍ବଳ ଟିକିଏ ତଳକୁ ଟାଣି ମତେ ଠାରିବାର ଦେଖି ତା ପାଖକୁ ଗଲି। ମୁଁ ଗଲାବେଳକୁ ରୋଗୀ ପୁଣି କମ୍ବଳ ଘୋଡ଼ାଇ ହୋଇ ପଡ଼ିଲା। କମ୍ବଳ ଟାଣିଦେଇ ଦେଖିଲି ଯେ ରୋଗୀଟି ଧୁନା ମାମୁ। ସେ ମତେ କହିଲା, କେମିତି ତତେ ଠକି ଦେଲି! ଧୁନା ମାମୁର ଗୋଟିଏ ଗୋଡ଼ ଆଣ୍ଠୁ ଉପରକୁ କଟା ହୋଇଥିଲା । ସେ କିନ୍ତୁ ସେଥିପାଇଁ ଆଦୌ ବିବ୍ରତ ନଥିଲା ଏବଂ ମତେ ତାକୁ ସହାନୁଭୂତି ଦେଖାଇବାର ଅବସର ନଦେଇ କହିଲା, ଟ୍ରେନ ଏତେ ସ୍ପିଡ୍‌ରେ ଅଛି ଜାଣିଥିଲେ ଡେଇଁ ନଥାନ୍ତି।

କିନ୍ତୁ ସେ ଶଳା ଟି.ଟି.ଆଇ. ବି ମୋ ପଛରେ ଲାଗିଥିଲା, ନିଶ୍ଚେ ଜେଲ ପଠାଇଥାନ୍ତା। ଯାହା ହେଉ, ଡାହାଣ ଗୋଡ଼ଟା ରହିଗଲା।

ଧୁନା ମାମୁର କଟା ଗୋଡ଼କୁ ଦେଖି ମୋର ଦୁଃଖ ହେଲା । ବେଶ ସୁସ୍ଥ ସବଳ କାମ କରିବା ଲୋକ ହଠାତ୍ ଅକର୍ମଣ୍ୟ ହୋଇଯିବ। ବିନା ଟିକେଟରେ ଯାଇ ଧରା ପଡ଼ିଥାନ୍ତା, କିନ୍ତୁ ତଳକୁ ଡେଇ ପଡ଼ିବାର କଣ ଦରକାର ଥିଲା? ଧୁନା ମାମୁ କିନ୍ତୁ ଆଦୌ ଦୁଃଖୀ ଅଥବା ଚିନ୍ତାଶୀଳ ନଥିଲା ଏଥିପାଇଁ। ମତେ କହିଲା ଘରେ କାହାକୁ କହିବୁନି । ଘା ଶୁଖି ଆସିଲାଣି, ଆଉ ଦିନେ ଦି ଦିନରେ ଠିକ ହୋଇଯିବ। କଣ ରବର ଗୋଡ଼ ଲଗାଇବ ନା କଣ? ମୁଁ ତାକୁ କଣ କହିବାକୁ ଯାଉଚି, ସେ କହିଲା, ନାଇଁ, ମୁଁ ରବର ଗୋଡ଼ ଫୋଡ଼ ଲଗେଇବିନି। ମତେ ଗୋଟେ ଭଲ ଲାଠି ଆଣି ଦବୁ। ତୁ ଦେଖିନୁ ସେଇ ଯୋଉ ଜାନୁଘଣ୍ଟିଆ ଆମ ଗାଁକୁ ଭିକ ମାଗିବାକୁ ଆସେ? କେମିତି ଖଣ୍ଡିଆ ଗୋଡ଼ରେ ଡଗଡଗ କରି ଚାଲୁଥାଏ? ତା ସାଙ୍ଗରେ ତମେ ଦଉଡ଼ି ପାରିବ ନାହିଁ ।

ଧୁନା ମାମୁ ଗାଁକୁ ଫେରିଲା ଯେମିତି ତାର କିଛି ହୋଇନାହିଁ ଏବଂ ଅଳ୍ପ କେତେଦିନ ଭିତରେ ଲାଠି ଧରି ପୁଣି ଗାଁ ସାରା ବୁଲାବୁଲି କରି କାର୍ଯ୍ୟବ୍ୟସ୍ତ ହୋଇଗଲା। ଫିଲ୍‌ମବାଲା ଗାଁକୁ ଆସିବା ଦିନୁ ତାଙ୍କ ପଛରେ ଲାଗି ରହିଲା ଏବଂ ତାକୁ ଯଦିଓ ସେମାନେ କିଛି କାମ ଦେଇ ନ ଥିଲେ, ସେ ନିଜ ଆଡୁ ସେମାନଙ୍କର ଛୋଟ ଛୋଟ ବୋଲହାକ କରୁଥିଲା। ଏତେ ଲୋକଙ୍କ ଭିତରୁ ତାର ବିଶେଷ ବଂଧୁତା ହୋଇଥିଲା ବବି ଲାର୍କିନ୍ ସହିତ । ଧୁନା ଜାଣିଥିଲା ଯେ ବବି ତାଙ୍କ ଗାଁର ଲୋକଙ୍କ ସହିତ ସବୁଠାରୁ ବେଶି ମିଶିଥିଲା। ଧୁନା ତାର ସ୍କୁଲ ଦିନର ଜ୍ଞାନ ଦେଇ ଦିନେ ବବିକୁ ଡାକିଲା, ବ୍ରଦର, ବ୍ରଦର—। ବବି କହିଲା, ନୋ ବ୍ରଦର । ବବି, ଓନ୍‌ଲି ବବି । ଧୁନା ତାକୁ ନିଜର ନାଁ କହିଲା, କିନ୍ତୁ ବବି ପାଟିରେ ଧୁନା ପଶିଲା ନାହିଁ। ସେ ଡ୍ୟୁନା, ଡୁହନା, ଇତ୍ୟାଦି ଚେଷ୍ଟା କରିବା ପରେ ଶେଷରେ ମତେ ପଚାରି ତାକୁ ମାମୁନ୍ ବୋଲି ଡାକିବାକୁ ସୁବିଧାଜନକ ମନେ କଲା।

ଇଉନିଟ୍‌ର ଲୋକ କ୍ୱଚିତ୍ ମୋ ପାଖକୁ ଔଷଧ ନେବାକୁ ଆସୁଥିଲେ, କିନ୍ତୁ ଅନେକ ସମୟରେ ମୁଁ ଯାଇ ତାଙ୍କ ଫିଲ୍ମ ଉଠାଇବା କାମ ଦେଖୁଥିଲି । ଏ ଏକ ବିରକ୍ତିଜନକ ବ୍ୟାପାର ଥିଲା ଏବଂ ମିନିଟ ଦି ମିନିଟ ଚିତ୍ର ଉଠାଇବା ପାଇଁ ଘଣ୍ଟା ଘଣ୍ଟାର ପ୍ରସ୍ତୁତିର ଦରକାର ପଡୁଥିଲା। ଡାଇରେକ୍ଟର ଯାଇ ଲୋକମାନଙ୍କୁ ଠିକଠାକ କରି ବ୍ୟବସ୍ଥା ସବୁ କରିବା ସମୟତକ ବବିକୁ ଅପେକ୍ଷା କରିବାକୁ ପଡୁଥିଲା। ଏଇ ଅପେକ୍ଷାର ସମୟରେ ବବି ନିଜର ଛୋଟ କ୍ୟାମେରା ନେଇ ଗାଁର ବିଭିନ୍ନ ଦୃଶ୍ୟର ଫଟୋ ଉଠାଉଥିଲା କିମ୍ବା ଗାଁମୁଣ୍ଡ ଗଛତଳେ ବସି ନିର୍ଦ୍ଦେଶକର ଡାକିବାକୁ ଅପେକ୍ଷା କରୁଥିଲା। ନିଜର ସବୁ କାମ ଛାଡ଼ି ଦେଇ ଧୁନା ମାମୁ ଯାଇ ବବି ପାଖରେ ବସୁଥିଲା। କିମ୍ବା ତା ପଛରେ ଛୋଟାଇ ଛୋଟାଇ କେଉଁ ଦୃଶ୍ୟମାନ ଫଟୋ ଉଠାଇବାର ଉପଯୁକ୍ତ ସେ କଥା ବିଭିନ୍ନ ମୁଦ୍ରା ଓ ଅଳ୍ପ କିଛି ଇଂରାଜୀ ଶବ୍ଦଦେଇ ସେ ବବିକୁ ବୁଝାଉଥଲା । ଗାଁର ବୁଲା କୁକୁର, ଗ୍ରାମ ଦେବତାଙ୍କ ମନ୍ଦିର ଆଗରେ ପଡ଼ିଥିବା ଭଙ୍ଗା ଘୋଡ଼ା, ଥୁଣ୍ଟା ଗଛ ଇତ୍ୟାଦିର ଫଟୋ ଉଠାଇ ସାରି ସେମାନେ ପୁଣି ଗଛ ତଳେ ଆସି ବସୁଥିଲେ। ଭାଷାର ପ୍ରତିବନ୍ଧକ ଥିଲେ ମଧ୍ୟ ସେମାନଙ୍କ ଭିତରେ ଭାବର ଆଦାନ ପ୍ରଦାନର ବିଶେଷ ଅସୁବିଧା ହେଉଥିଲା ଭଳି ଜଣା ପଡୁନଥିଲା। ଧୁନା ମାମୁ ବବିକୁ କ୍ୟାମେରାର ବିଭିନ୍ନ ଅଂଶ ବିଷୟରେ ପଚାରୁଥିଲା ଏବଂ ବବି କ୍ୟାମେରାକୁ ଖୋଲି ଏକାଗ୍ରତା ସହିତ ତାକୁ ଜିନିଷ ସବୁ ଦେଖାଉଥିଲା। ଧୁନା ନିଶ୍ଚୟ କିଛି ନା କିଛି ବୁଝୁଥିଲା, କାରଣ ସେ ବବିର କଥା ଶୁଣି କେତେବେଳେ ହସୁଥିଲା, କେତେବେଳେ ଗମ୍ଭୀର ହୋଇଯାଉଥିଲା ଅଥବା କ୍ୟାମେରା ଦେଇ କୌଣସି ଦୂରର ଜିନିଷକୁ ଦେଖି ଆଶ୍ଚର୍ଯ୍ୟାନ୍ୱିତ ଦେଖାଯାଉଥିଲା ।

ଅନେକ ସମୟରେ ମତେ ବବି ଓ ଧୁନା ମାମୁଙ୍କ ମଝିରେ ଦ୍ୱିଭାଷୀର କାମ କରିବାକୁ ପଡୁଥିଲା । ବବି ମାମୁନର ପୋଷାକ ବିଷୟରେ ପଚାରିଲେ ମୁଁ ତାକୁ ଗାମୁଛା ଓ ଠେକା କଣ ବୁଝାଉଥିଲି, କିନ୍ତୁ ଏଇ ଦୁଇଟି ଶବ୍ଦକୁ ଉଚ୍ଚାରଣ କରିବାକୁ ଚେଷ୍ଟା କରି ବବି ଶେଷରେ ହାର ମାନୁଥିଲା । ଦିନେ ମତେ ବବି ଧୁନା ମାମୁର ଆକ୍‌ସିଡେଣ୍ଟ କେମିତି ହେଲା ପଚାରିଲା । ମୁଁ ତାକୁ ସବୁ କଥା କହିବା ପରେ ସେ

ଯେତେବେଳେ କୃତ୍ରିମ ଗୋଡ଼ ଲଗାଇବା କଥା କହିଲା, ଧୁନା ମାମୁ ଯେ କି ଏପର୍ଯ୍ୟନ୍ତ ଚୁପ ରହି ଆମର କଥାବାର୍ତ୍ତା ତନ୍ମୟ ହୋଇ ଶୁଣୁଥିଲା, ଅତି ଜୋରରେ ମୁଣ୍ଡ ହଲାଇ ଏ ପ୍ରସ୍ତାବକୁ ସଂପୂର୍ଣ୍ଣ ପ୍ରତ୍ୟାଖ୍ୟାନ କରି କହିଲା, ନୋ ଉଡ୍ ଲେଗ୍, ନୋ ରବର ଲେଗ୍ । ମଝିରେ ମଝିରେ ଧୁନା ମାମୁ ଗାଁ ଭିତରକୁ ଯାଇ ମୁଢ଼ି ଓ ଚୁଡ଼ାଭଜା ଆଣୁଥିଲା ଏବଂ ବବି ଓ ସେ ଆରାମରେ ବସି ଖାଉଥିଲେ । କିମ୍ବା, ଧୁନା ମାମୁ ତାକୁ ଠେକା କିପରି ଭିଡ଼ିବାକୁ ହେବ ସେ କଥା ଶିଖାଉଥିଲା ଏବଂ ଅତି ଉତ୍ସାହର ସହିତ ବବି ଏକଥା ଶିଖିବାକୁ ଚେଷ୍ଟା କରୁଥିଲା। ମଝିରେ ମଝିରେ ସେମାନେ ଗଛ ତଳେ ବସି ଲୁଡୋ ମଧ୍ୟ ଖେଳୁଥିଲେ ।

ଧୁନା ମାମୁ କୌତୁହଳ ପ୍ରକୃତିର ଥିଲା ଏବଂ ବବିର ସବୁ ଜିନିଷପତ୍ର ବିଷୟରେ ଜାଣିବାକୁ ଆଗ୍ରହ କରୁଥିଲା । ଅନେକ ସମୟରେ ବବିର ଅନୁମତିର ଅପେକ୍ଷା ନ କରି ସେ ତାର ବ୍ୟାଗ୍ ଭିତରୁ ସବୁ ଜିନିଷ ବାହାର କରି ତାକୁ ତନ୍ନତନ୍ନ କରି ପରୀକ୍ଷା କରୁଥିଲା, ଯଦିଓ ସେ ଜଟିଳ ଧରଣର ଯନ୍ତ୍ରପାତିର କିଛି ବୁଝୁ ନ ଥିଲା। ଏ ଜିନିଷ ଭିତରୁ ସେ ଯେଉଁ ଛୋଟ ଜିନିଷଟିକୁ ବୁଝୁଥିଲା ସେଇଟି ଗୋଟାଏ ଲେଭେଲ ଥିଲା, ଯାହା ସାହାଯ୍ୟରେ କ୍ୟାମେରାକୁ ସମତଳ ରଖି ହେବ । ଧୁନା ମାମୁ ଏ ଜିନିଷଟିର ପ୍ରୟୋଜନ କଥା ଜାଣିପାରିଥିଲା ଏବଂ ଏଇଟି ଯେ ଆମ ଗାଁରେ କୋଠା କାମ କରୁଥିବା ରାଜମିସ୍ତ୍ରୀର ଲେଭେଲର ଏକ ଉନ୍ନତ ସଂସ୍କରଣ, ସେ କଥା ବୁଝୁଥିଲା। ଏଇଟିକୁ ନେଇ ଧୁନା ମାମୁ ଅନେକ ସମୟ ନିଜ ପାପୁଲି ଉପରେ ରଖି ତାକୁ ଅନେଇ ରହୁଥିଲା। କେବେ କେବେ ସେ ନିଜର ଠେକା ଖୋଲି ଦେଇ ବବିର ଟୋପିକୁ ମୁଣ୍ଡରେ ଦେଇ ବସୁଥିଲା କିମ୍ବା ବବିର ଗ୍ଲଭକୁ ପିନ୍ଧି ହାତରେ ଲାଠି ଧରି ଚାଲିଲେ ହାତକୁ ବେଶି ଆରାମ ମିଳିବ କି ନାହିଁ ପରୀକ୍ଷା କରୁଥିଲା। ଇଉନିଟ୍‌ର ଅନ୍ୟ ଲୋକମାନେ ସେମାନଙ୍କର ଜିନିଷପତ୍ରକୁ ସାମାନ୍ୟ ଛୁଇଁଲେ ବିରକ୍ତ ହେଉଥିଲେ, କିନ୍ତୁ ବବି ଧୁନମାମୁର କୌତୁହଳର ଆତିଶଯ୍ୟକୁ ଆନନ୍ଦରେ ଗ୍ରହଣ କରୁଥିଲା। ଏପରିକି ଯୋଉଦିନ ଧୁନାମାମୁ ହାତରୁ ଖସିପଡ଼ି ତାର ଛୋଟ କ୍ୟାମେରା ଅଚଳ ହୋଇଗଲା, ବବି ସାମାନ୍ୟ ବିଚଳିତ ହୋଇ ନ ଥିଲା।

ଟେଲିଭିଜନବାଲା ଆମ ଗାଁରେ ପୂରା ପନ୍ଦରଦିନ ରହିଲେ। ଏମାନଙ୍କର ଅବସ୍ଥିତି ଆମ ଗାଁ ଲୋକଙ୍କ ଭିତରେ ବେଶ୍ ମନୋମାଳିନ୍ୟ ଓ ବିଦ୍ୱେଷ ସୃଷ୍ଟି କରିଥିଲା । କିଛି ଲୋକ ଭାବୁଥିଲେ ଯେ ଆମେ କେତେଜଣ ଲୋକ ଯେ କି ଇଉନିଟ୍ ସହିତ ଥିଲୁ, ଏଇ ପନ୍ଦର ଦିନ ଭିତରେ ଲକ୍ଷ ଲକ୍ଷ ଟଙ୍କା ରୋଜଗାର କରିଛୁ ଏବଂ ଏକଥା ବିଶେଷ ଈର୍ଷାର କାରଣ ଥିଲା। ଘଟଣା ଶେଷରେ ଚରମ ସୀମାରେ ପହଞ୍ଚିଲା ଯୋଉଦିନ ସୁଟିଂ ବେଳେ ରାସ୍ତା ଧାରରେ ଯାଉ ଯାଉ ଗୋଟିଏ ଗାଈ ତଳକୁ ଖସି ପଡ଼ି ତାର ଗୋଡ଼ ଭାଙ୍ଗିଗଲା। ଗାଁବାଲା ପୁଲିସ ଡାକି ଆଣିଲେ, ଗାଁରେ ବହୁତ ପାଟିତୁଣ୍ଡ ହେଲା, ଟେଲିଭିଜନବାଲା ପୁଲିସକୁ କଲେକ୍ଟରଙ୍କ ଚିଠି ଦେଖାଇ ଧମକାଇଲେ ଇତ୍ୟାଦି । ଏତେ ଗଣ୍ଡଗୋଳ ଭିତରେ କେବଳ ଦୁଇଟି ଲୋକ ଆଦୌ ବିବ୍ରତ ନ ଥିଲେ । ଧୁନା ମାମୁ ଓ ବବି ଗାଁ ମୁଣ୍ଡ ଗଛ ତଳେ ବସି ଏଇ ଘଣ୍ଟାକର ଉତ୍ତେଜନାପୂର୍ଣ୍ଣ ସମୟ ଲୁଡୋ ଖେଳି କଟାଇ ଦେଲେ । ଯେଉଁଦିନ ଇଉନିଟ୍‌ର ଲୋକମାନେ ଗାଁରୁ ବିଦାୟ ନେଇଗଲେ, ଆମେମାନେ ଗାଁ ମୁଣ୍ଡରେ ରହିଗଲୁ, କିନ୍ତୁ ଧୁନାମାମୁ ସେମାନଙ୍କ ଗାଡ଼ିରେ ବସି ସେମାନଙ୍କ ସହିତ ଅନେକ ଦୂର ଯାଇଥିଲା।

ସେଦିନ ବବି ଶୀଘ୍ର ଅଫିସରୁ ଫେରି ଆସିଲା ବୋଲି ମୁଁ ଖୁସି ହେଲି କାରଣ ଏକା ଏକା ବସି ରହି ମୁଁ ବିରକ୍ତ ହୋଇଯାଉଥିଲି । ବବି ଯେତେବେଳେ କହିଲା ଯେ ସେ କିଛିଦିନ ପାଇଁ ଛୁଟି ନେଉଛି, ମୁଁ ଆହୁରି ଖୁସି ହେଲି । ତାର ଛୁଟି ନେବାର ପ୍ରଧାନ କାରଣ ଥିଲା ଯେ ଏଇ ଘର ଭଡ଼ାର ଯେଉଁ କିଛି ଦିନ ବାକିଥିଲା, ସେ ସମୟତକ ବବି ଏଇ ଖୋଲା ଘର, କେନାଲ କୂଳର ଲନ୍ ଏବଂ ପିଆନୋ ବଜାଇବାକୁ ସଂପୂର୍ଣ୍ଣ ଉପଭୋଗ କରିବ । ଏ ଯେମିତି ତାର ଜୀବନର ସବୁଠାରୁ ମହତ୍ତ୍ୱପୂର୍ଣ୍ଣ ଲକ୍ଷ୍ୟ ଥିଲା ଏବଂ ଏତିକି ସାରିଲେ ତାର ଜୀବନ ସଫଳ ହୋଇଯିବ। ମୋ ସହିତ ଅଳ୍ପ କଥାବାର୍ତ୍ତା କରି ସେ ସିଧା ପିଆନୋ ପାଖକୁ ଯାଇ ତାର ପୁରୁଣା ସଙ୍ଗୀତ ବହି ସବୁ ବାହାର କରି ପିଆନୋ ବଜାଇବାରେ ଲାଗିଲା। ମୁଁ ସଂଗୀତ ବୁଝିପାରୁ ନଥିଲେ ବି ବବିର ଉତ୍ସାହ ଓ ଆନନ୍ଦ ଦେଖି ଖୁବ ଖୁସି ହେଉଥିଲି ।

ଲଣ୍ଡନକୁ ଆସି ମୁଁ ଭାବିଥିଲି ଯେ ବବି ମତେ ମାମୁନ ବିଷୟରେ ଅନେକ କିଛି ପଚାରିବ। କିନ୍ତୁ ବବି ଥରେ ମାତ୍ର ତା କଥା ପଚାରିଥିଲା । ଆଉ ଥରେ ମୁଁ ତାକୁ ଧୁନା ମାମୁ ବିଷୟରେ କହିବା ବେଳେ ତାକୁ ବିଶେଷ ଆଗ୍ରହୀ ହେବାର ଦେଖିଲି ନାହିଁ। ତେଣୁ ମୁଁ ଭାବିଲି ଯେ ଆମ ଗାଁରେ ଥିଲାବେଳେ ସେମାନଙ୍କର ଅଦ୍ଭୁତ ସଂପର୍କ ଏକ ସାମାନ୍ୟ ସାମୟିକ ଜିନିଷ ଥିଲା। ଦୁହିଁଙ୍କ ଭିତରେ କୌଣସି ସାମଞ୍ଜସ୍ୟ ନଥିଲା କିମ୍ବା କୌଣସି ସାଧାରଣ ରୁଚି ବା ପ୍ରବୃତ୍ତିର ସମ୍ଭାବନା ମଧ୍ୟ ନଥିଲା। ତେବେ ମୋର ମଝିରେ ମଝିରେ ମନେ ହଉଥିଲା ବବି ଓ ଧୁନା ମାମୁଙ୍କର କିଛି ଏକା ଭଳି ଗୁଣ ଅଛି। କିନ୍ତୁ ମୁଁ କଳନା କରିପାରୁ ନଥିଲି ଏ ଜିନିଷଟା ଠିକ କଣ ।

ଯାହାହେଉ ମୋର ଲଣ୍ଡନ ଛାଡ଼ିବାର ସମୟ ବି ଆସିଗଲା। ବବି ଛୁଟିରେ ଥିବାରୁ କହିଲା ଯେ ମତେ ନିଜେ ନେଇ ଏୟାରପୋର୍ଟରେ ପହଞ୍ଚାଇ ଦେବ । ମୋର ଫ୍ଲାଇଟ ଦିନ ଦଶଟା ବେଳେ ଥିଲା ଏବଂ ପୂର୍ବଦିନ ରାତିରେ ମୋର ଜିନିଷପତ୍ର ସଜାଡ଼ି ମୁଁ ସହଳ ସହଳ ଶୋଇବାକୁ ଗଲି। ତଥାପି ରାତିରେ ନିଦ ହେଲା ନାହିଁ। ମୁଁ ସକାଳେ ଶୀଘ୍ର ଉଠିବି ବୋଲି ଠିକ କରିଥିଲି, କିନ୍ତୁ ଏଇ ସକାଳ ପହରରେ ହିଁ ମତେ ନିଦ ଆସିଗଲା ଏବଂ ନିଦ ଭାଙ୍ଗିଲା ସାତଟା ବେଳେ। ବାହାରେ ସେତେବେଳକୁ କୁହୁଡ଼ି ଘେରା ସାମାନ୍ୟ ଅନ୍ଧାର ଥିଲା । ମୁଁ କବାଟ ଖୋଲି ବାହାରୁ ଦୁଧ ବୋତଲ ଆଣିଲି ଏବଂ ମୋ ପାଇଁ ଚା ତିଆରି କଲି । ଏଇ ସମୟରେ ପାଖ କୋଠରୀରେ ପିଆନୋ ବାଜିବାର ସ୍ୱର ଶୁଭିଲା । ମୁଁ ଆଶ୍ଚର୍ଯ୍ୟ ହେଲି, କାରଣ ବବି ବେଶ ଡେରିରେ ନିଦରୁ ଉଠୁଥିଲା । ମୁଁ ଆଉ କପେ ଚା ତିଆରି କଲି ଏବଂ ତାକୁ ନେଇ ଆର କୋଠରୀକୁ ଗଲି ।

କୋଠରୀରେ ଆଲୁଅ ଜଳୁ ନଥିଲା ଏବଂ ସେତେବେଳକୁ ସକାଳର ଆଲୁଅ ବି ଠିକରେ ଆସି ନଥିଲା । ଏଇ ସାମାନ୍ୟ ଆଲୁଅରେ ଷ୍ଟୁଲ ଉପରେ ବସି ବବି ତନ୍ମୟତାର ସହିତ ପିଆନୋ ବଜାଉଥିଲା। ସେ ଗୋଟିଏ ଗାମୁଛା ପିନ୍ଧିଥିଲା ଏବଂ ମୁଣ୍ଡରେ ଠେକା ଭିଡ଼ିଥିଲା । ସେ ଯଦିଓ ତାର ସେଇ ପୁରୁଣା ସଂଗୀତ ବହିରୁ

ପାଶ୍ଚାତ୍ୟ ସଂଗୀତର ଧୂନ ବଜାଉଥିଲା, ମୋର ମନେହେଲା ଏ ଯେମିତି ଧୁନା ମାମୁ ପାଇଁ ଉତ୍ସର୍ଗୀକୃତ ବବିର ଏକ ସ୍ୱତନ୍ତ୍ର ସଂଗୀତ ଥିଲା ।

କିଛି ସମୟ ପରେ ବବି ପିଆନୋ ବଜାଇବା ବନ୍ଦ କରି ଆସି ମୋ ହାତରୁ ଚା କପ ନେଲା। ମୁଁ ସେତେବେଳକୁ ଯିବା ପାଇଁ ପ୍ରସ୍ତୁତ ହୋଇ ପୋଷାକ ପିନ୍ଧି ସାରିଥିଲି । ବବି କାନ୍ଥଘଣ୍ଟାକୁ ଚାହିଁଲା ଏବଂ କହିଲା, ଆହୁରି ସମୟ ଅଛି । ତା ପରେ ଚା'ରୁ ଟିକିଏ ପିଇ କହିଲା, ବର୍ତ୍ତମାନ ତମର ସେଠାରେ ଦିନ ଗୋଟାଏ ହୋଇଥିବ।

ମୁଁ ଘରକୁ ଫେରିଯିବାକୁ ବ୍ୟାକୁଳ ହେଉଥିଲି ଏବଂ ତାର କଥା ମତେ ଆମର ଗାଁକୁ ସ୍ମରଣ କରାଇ ଦେଲା । ଏତେବେଳକୁ ସେଠାରେ ଦିନ ଗୋଟାଏ ହୋଇଥିବ। ଗାଁ ଦାଣ୍ଡରେ ବେଶ୍ ଖରା ପଡୁଥିବ। ମନ୍ଦିର ପାଖ ଶୂନଶାନ ହୋଇଯାଇଥିବ। ନଈ କୂଳରେ ଗାଈ ଚରୁଥିବେ। ଗାଁ ମୁଣ୍ଡ ବରଗଛ ତଳେ ସୁନ୍ଦର ଛାଇ ପଡ଼ିଥିବ। ସେଠାରେ ଧୁନା ମାମୁ ଏକା ବସିଥିବ । ତାର ମୁଣ୍ଡରେ ଟୋପି ଓ ହାତରେ ଗ୍ଲୁଭ ଥିବ ଏବଂ ଦିଗ୍‌ବଳୟ ଆଡ଼କୁ ଚାହିଁ ସେ ମନେ ମନେ କଣ ସବୁ ଭାବୁଥିବ ।

—

ସଂସାର

ଯେତେବେଳେ ତାକୁ ଉପେକ୍ଷା କରି ତାର ତଳ କର୍ମଚାରୀ ପ୍ରମୋଶନ ପାଇଗଲା, ସତ୍ୟବ୍ରତ ଲକ୍ଷ୍ୟ କଲା ଯେ ତାଙ୍କ ଅଫିସ୍‌ର ସମସ୍ତେ ସେଇଦିନଠାରୁ ତାକୁ ଭିନ୍ନ ଦୃଷ୍ଟିରେ ଦେଖିବାକୁ ଆରମ୍ଭ କଲେ। ଏ ପର୍ଯ୍ୟନ୍ତ ଭଲ କର୍ମଚାରୀ ବୋଲି ତାର ସୁନାମ ଥିଲା, ଅଫିସ୍‌ରେ ତାର ଅନେକ ବଂଧୁ ଥିଲେ ଏବଂ ସେ ନିଜର କାମ ବେଶ୍ ଖୁସିର ସହିତ କରୁଥିଲା। କିନ୍ତୁ ତାର ପଦୋନ୍ନତି ନ ହେବା ଦିନଠାରୁ, ତାର ମନେ ହେଲା, ତାର ବଂଧୁମାନେ ଆସ୍ତେ ଆସ୍ତେ ଦୂରେଇ ଗଲେ, ତାର ଭଲ କର୍ମଚାରୀ ହୋଇଥିବାର ସୁନାମ ହଠାତ୍ ଶେଷ ହୋଇଗଲା ଏବଂ ତାର ଆଉ କାମରେ ମନ ଲାଗିଲା ନାହିଁ । ଠିକ ଏଇ ସମୟରେ ତାର ଆଣ୍ଠୁଧରା ବେମାରି ମଧ୍ୟ ଆରମ୍ଭ ହୋଇଗଲା । ଏତେ ଦିନ ଧରି ଚଳପ୍ରଚଳ କରୁଥିବା ଏଇ ଅଫିସ୍‌ର ସଂପୂର୍ଣ୍ଣ ସଂସାରରୁ ସେ ହଠାତ୍ ନିଜକୁ ନିର୍ବାସିତ ବୋଧ କଲା ଏବଂ ଅଫିସ କାମ ଅପେକ୍ଷା ନିଜର ଆଣ୍ଠୁର ଚିକିତ୍ସା କରାଇବାକୁ ଅଧିକ ଗୁରୁତର ମନେକଲା ।

ସତ୍ୟବ୍ରତ ପାଇଁ ଏକଥା ଥିଲା ଏକ ନୂଆ ଅଭିଜ୍ଞତା। ବାଇଶି ବର୍ଷର ଚାକିରି ଭିତରେ କେବେହେଲେ ଛୁଟି ନେଇ ନଥିବା କଥାକୁ ସେ ଗର୍ବର ସହିତ ସମସ୍ତଙ୍କୁ କହୁଥିଲା ଏବଂ ତାର ଅଫିସ୍ ଖୋଲିବା ଆଗରୁ ଆସି ଛୁଟିର ଅନେକ ସମୟ ପରେ ଅଫିସ୍ ଛାଡ଼ିବା କଥା ସମସ୍ତଙ୍କୁ ଜଣାଥିଲା। ଏହାର କାରଣ ଏକଥା ନୁହେଁ ଯେ ସେ ଏତେ କାମ ଭିତରେ କେବେହେଲେ ବେମାର ପଡ଼ି ନଥିଲା। କିନ୍ତୁ ଶାରୀରିକ ରୋଗ ଓ ଯନ୍ତ୍ରଣାମାନଙ୍କ ସହିତ ଅଫିସ କାମର କିଭଳି ସମନ୍ୱୟ ରଖି ହେବ, ସେ କଥା ସତ୍ୟବ୍ରତ ଏକ ସୂକ୍ଷ୍ମ କଳାରେ ପରିଣତ କରି ଦେଇଥିଲା । ଦି ଥାକ ଫାଇଲ ମଝିରେ

ବୋତଲ ରଖି ସେ ଔଷଧ ଖାଇବାର ନିୟମିତତାକୁ ବଜାୟ ରଖୁଥିଲା ଏବଂ ନିଜର ମୁଣ୍ଡବ୍ୟଥାକୁ ଯଥାସମ୍ଭବ ଖାଇବା ଛୁଟି ଆଡ଼କୁ ଘୁଞ୍ଚାଇ ଦେଉଥିଲା । ଗୋଡ଼ ହାତର ଯନ୍ତ୍ରଣାକୁ ଲାଘବ କରିବା ପାଇଁ ସେ କେବେ କେବେ ନିଜର ଚଉକି ପାଖକୁ ଅନ୍ୟ ଟେବୁଲ ଓ ଷ୍ଟୁଲ ଆଣି ତା ଉପରେ ଭରା ଦେଉଥିଲା, କିନ୍ତୁ ଏକଥା ପ୍ରତି ନଜର ରଖୁଥିଲା ଯେପରି ସେ ନିଜର ଫାଇଲମାନଙ୍କଠାରୁ ଦୂରେଇ ଯିବ ନାହିଁ ।

ବର୍ତ୍ତମାନ କିନ୍ତୁ ସତ୍ୟବ୍ରତକୁ ଫାଇଲ ସବୁ ଏତେ ବେଶି ପ୍ରିୟ ଜଣାଗଲେ ନାହିଁ ଏବଂ ସେ ଯେଉଁଦିନ ପ୍ରଥମ ଥର ପାଇଁ ଛୁଟି ନେଲା, ନିଜକୁ ଅପରାଧୀ ମନେ କଲା ନାହିଁ। ଛୁଟିରେ ଘରେ ବସି ରହିବା ଏକ ଅଦ୍ଭୁତ ଅନୁଭବ ଥିଲା ଏବଂ ସେ ବସି ବସି ସାରାଦିନ ଅଫିସରେ ସେଇ ସମୟମାନଙ୍କରେ କଣ କଣ ହେଉଥିବ ସେ କଥା ଭାବି ଦିନଟି କଟାଇଦେଲା। ଗୋଟିଏ ସମୟରେ ତାର ଇଚ୍ଛା ହେଲା ଯେ ସେ ନିଜର ଅସୁସ୍ଥତା ସତ୍ତ୍ୱେ ଅଫିସରେ ଯାଇ ଘେରାଏ ବୁଲି ଆସିବ । କିନ୍ତୁ ଏଇ ସମୟରେ ସେ ତାକୁ ପ୍ରମୋଶନରୁ ବଞ୍ଚିତ କରିଥିବା ଅଫିସରଙ୍କର ମୁହଁକୁ ମନେ ପକାଇ ନିଜକୁ ଏ ଚିନ୍ତାରୁ ନିବୃତ୍ତ କଲା ।

ସତ୍ୟବ୍ରତ ନିଜକୁ ଅଫିସ୍‌ର ଏକ ଅପରିହାର୍ଯ୍ୟ ଅଙ୍ଗ ବୋଲି ମନେ କରୁଥିଲା ଏବଂ ଭାବୁଥିଲା ଯେ ତା ବିନା ଅନେକ ମହତ୍ତ୍ୱପୂର୍ଣ୍ଣ କାମ ସବୁ ଅଚଳ ହୋଇଯିବ । ଛୁଟିର ଦ୍ୱିତୀୟ ଦିନ ସେ ଅପେକ୍ଷା କରି ରହିଲା ଯେ ଅଫିସ୍‌ର ଲୋକ ଆସି ବିଭିନ୍ନ ଫାଇଲମାନଙ୍କ ବିଷୟରେ ତାର ସୁଚିନ୍ତିତ ମତାମତ ନେବେ। କିନ୍ତୁ ଯେତେବେଳେ କେହି ଆସିଲେ ନାହିଁ, ସେ ନିଜେ ଫୋନ କରି କହିଲା, ସେଇ ଜରୁରୀ ଫାଇଲଟା ମୋର ଟେବୁଲର ବାଁ ପାଖ ଥାକରେ ଅଛି । ଅଫିସ୍‌ର ଲୋକ ବିସ୍ମିତ ହେବା ତ ଦୂରର କଥା, ତାକୁ ଓଲଟା ଜବାବ ଦେଲା, 'ଓ, ସେଇ ସିଭିଲ ସୁଟ ଫାଇଲ ତ? ବଡ଼ ସାହେବ କାଲିଠାରୁ ସେଥିରେ ଫାଇନାଲ ଅର୍ଡର ଦେଇ ସାରିଲେଣି ।' ତାର ଟୀକା ଟିପ୍‌ପଣୀ ବିନା ଏତେ ବଡ଼ ଗୁରୁତ୍ୱପୂର୍ଣ୍ଣ ଫାଇଲ ଯେ ଏତେ ସହଜରେ ମୀମାଂସିତ ହୋଇଯିବ, ଏକଥା ସତ୍ୟବ୍ରତ ପାଇଁ ଥିଲା ଏକ ଗୁରୁତର ଆଘାତ । ସେ ମନେ

ମନେ ଭାବିଲା, ଏଇ ଫାଇଲ ନେଇ କୋର୍ଟରୁ ବଡ଼ ସାହେବଙ୍କୁ ପ୍ରତିକୂଳ ମନ୍ତବ୍ୟ ମିଳନ୍ତା କି!

ତିନି ଦିନ ଛୁଟି ପରେ ବି ତାର ଆଣ୍ଠୁ ଠିକ ହେଲା ନାହିଁ ଏବଂ ଘରକୁ ମଧ୍ୟ ସେ ଆଦରି ନେଇ ପାରିଲା ନାହିଁ। ଏତେ ବର୍ଷର ବିବାହିତ ଜୀବନ ଭିତରେ ତାର ସ୍ତ୍ରୀ ମଧ୍ୟ ଦିନ ବେଳ ପାଇଁ ତାର ନିଜର ନିର୍ଦ୍ଦିଷ୍ଟ କାର୍ଯ୍ୟ ନିର୍ଘଣ୍ଟ ଠିକ କରି ନେଇଥିଲା, ଯେଉଁଥିରେ ସତ୍ୟବ୍ରତର ଅପ୍ରତ୍ୟାଶିତ ଯୋଗଦାନ ବ୍ୟାଘାତ ସୃଷ୍ଟି କରୁଥିଲା । ଏକଥା ଦୁହିଁଙ୍କ ଭିତରେ ମନୋମାଳିନ୍ୟର କାରଣ ହେଲା ଏବଂ ସତ୍ୟବ୍ରତ ଏଇ ଅନାତ୍ମୀୟ ଘର ସଂସାରକୁ ଛାଡ଼ି ପରଦିନ ଅଫିସରେ ଯୋଗ ଦେବ ବୋଲି ଠିକ କଲା।

ଏଇ ତିନିଦିନ ଭିତରେ ସତ୍ୟବ୍ରତ ଯେ ଭାବିଥିଲା ଅଫିସରେ ଅନେକ କିଛି ଅବ୍ୟବସ୍ଥା ହୋଇ ଯାଇଥିବ, ପ୍ରକୃତ ପକ୍ଷରେ କିଛି ବି ହୋଇ ନଥିଲା ଏବଂ ସବୁ ଜିନିଷ ଯେ ଯାହା ସ୍ଥାନରେ ନିର୍ଦ୍ଧାରିତ ଓ ସୁରକ୍ଷିତ ଥିଲା । କେବଳ ସତ୍ୟବ୍ରତର ନିଜ ଟେବୁଲ ଉପରେ ଫାଇଲ ସବୁ ଇତସ୍ତତଃ ପଡ଼ିଥିଲା, ଯାହା ଅନ୍ୟ ସମୟରେ ତା ପାଇଁ ଅତ୍ୟନ୍ତ କ୍ଷୋଭର କାରଣ ହୋଇଥାନ୍ତା । କିନ୍ତୁ ସେ ଲକ୍ଷ୍ୟ କଲା ଯେ ସେ ତାର ଫାଇଲରେ ଅନ୍ୟମାନଙ୍କ ଅଯଥା ହସ୍ତକ୍ଷେପ ବିଷୟରେ ବର୍ତ୍ତମାନ ନିତାନ୍ତ ଉଦାସୀନ ଥିଲା ଏବଂ ଏ କଥା ନେଇ ସେ କାହା ସହିତ ତର୍କବିତର୍କ କଲା ନାହିଁ । ବରଂ ନିଜ ଚଉକିରେ ବସି ସେ ଚୁପଚାପ ନିଜର କାମରେ ମନୋନିବେଶ କଲା।

ଏଇ ଅଫିସ୍‌ର ଚାରିଆଡ଼କୁ ଅନାଇ ସତ୍ୟବ୍ରତ ଏହା ସହିତ ତାର ଏତେ ବର୍ଷର ସଂପର୍କକୁ ମନେ ପକାଇଲା। ନିଜର ଘର ଅପେକ୍ଷା ସେ ଜୀବନର ବେଶି ସମୟ କଟାଇଥିଲା ଏଇ ଅଫିସ୍ ଘରେ। ନିଜର ପରିବାର ଓ ଜ୍ଞାତିମାନଙ୍କ ଅପେକ୍ଷା ଏଠାର ଅଫିସର, କିରାଣି ଓ ଅନ୍ୟ କର୍ମଚାରୀମାନଙ୍କ ସହିତ ତାର ବେଶି ସଂପର୍କ ଥିଲା। ଏଇ ଅଫିସଟି ସତ୍ୟବ୍ରତ ପାଇଁ ଏକ ବୃହତ୍ତର ପରିବାର ଥିଲା ଏବଂ ଏଇ ପରିବାରର ସମସ୍ତ ସଭ୍ୟମାନଙ୍କ ସହିତ, ସେ ବଂଧୁତ୍ୱର ହେଉ ବା ଶତ୍ରୁତାର ହେଉ, ତାର ଘନିଷ୍ଠତା ଥିଲା। ଅଫିସ କାମକୁ ସେ ନିଜର ବ୍ୟକ୍ତିଗତ କାମ ମନେ କରୁଥିଲା

ଏବଂ ତାର ମତ ଓ ପରାମର୍ଶର ପ୍ରତ୍ୟାଖ୍ୟାନକୁ ସେ ସହଜ ଦୃଷ୍ଟିରେ ଦେଖୁ ନ ଥିଲା। ଅଫିସ୍‌ର ଟେବୁଲ ଚଉକି ଫାଇଲ ଆଲମାରି ଧୂଳି ପୁରୁଣା କାଗଜ ଗଦା ବୁଢ଼ିଆଣୀ ଜାଲ ଫଟା କାଛ ମଇଳା ଗ୍ଲାସ ଭଙ୍ଗା ସୁରାଇ ଇତ୍ୟାଦି ସହିତ ତାର ଯେପରି ଆଜନ୍ମ ସମ୍ବନ୍ଧ ଥିଲା ଏବଂ ମାତ୍ର ତିନି ଦିନର ଅନୁପସ୍ଥିତିର ବ୍ୟବଧାନରେ ଏ ସବୁ ସହିତ ତାର ଆବେଗପୂର୍ଣ୍ଣ ସଂପର୍କମାନ କଟିଯିବା ତାକୁ ଖାପଛଡ଼ା ମନେ ହେଲା । କିନ୍ତୁ ଯେତେ ଚେଷ୍ଟା କଲେ ବି ସତ୍ୟବ୍ରତ ଆଉ ଏଇ ଅଫିସ୍‌ଟିକୁ ନିଜର ଆପଣାର ମନେ କରି ପାରିଲା ନାହିଁ ଏବଂ ମନକୁ ମନ କହିଲା, ଅଫିସ ବାହାରେ ବି ଆହୁରି ଏକ ବିରାଟ ସଂସାର ରହିଛି। ଅଫିସ ପାଇଁ ମୁଁ ଏତେ ଚିନ୍ତା କରିବି କାହିଁକି?

ସେଦିନ ଅଫିସ ଛୁଟି ପରେ ବାହାରକୁ ଆସି ସେ ଅଫିସ ବାହାରର ସଂସାରକୁ ପ୍ରଥମ ଥର ପାଇଁ ଭଲ ଭାବେ ଅନାଇ ଦେଖିଲା। ସେ ଏକ ସଂପୂର୍ଣ୍ଣ ନୂଆ ପରିବେଶ ଥିଲା। ଏ ପୃଥିବୀଟି ଗୋଟିଏ ଅନ୍ତହୀନ ଅନ୍ତରୀକ୍ଷ ଥିଲା, ଯେଉଁଥିରେ ଅନେକ ନଭମଣ୍ଡଳ ଓ ଗ୍ରହ ନକ୍ଷତ୍ର ଥିଲେ । ଏ ପୃଥିବୀର ଲୋକମାନେ ନିଜ ନିଜର ବାୟୁମଣ୍ଡଳ ଓ ମାଧ୍ୟାକର୍ଷଣକୁ ନେଇ ଗ୍ରହମାନଙ୍କ ଭଳି ନିଜ ନିଜର କକ୍ଷ ଭିତରେ ଗତିଶୀଳ ଥିଲେ। ଏଇ ଭିଡ଼ ଭିତରେ ସତ୍ୟବ୍ରତ ନିଜକୁ ଏକ ଅନଧିକାର ଲଙ୍ଘନକାରୀ ମନେ କଲା ଏବଂ ପରିଚିତ ମୁହଁ ଖୋଜିବାବେଳେ ଅଜ୍ଞାତ ଲୋକମାନଙ୍କ ପାଖରୁ ଫେରି ପାଇଲା କେବଳ ଉଦାସୀନ ପ୍ରତିକ୍ରିୟା। ଏଥିପାଇଁ ଅଫିସ ଭଳି ଏଇ ବାହାରର ପୃଥିବୀ ମଧ୍ୟ ତାକୁ ଅନାତ୍ମୀୟ ଜଣାଗଲା ।

ତା ଆରଦିନ ସକାଳେ ତାର ଆଣ୍ଠୁର ବ୍ୟଥା ଆହୁରି ବେଶି ଦୁଃଖଦାୟକ ଜଣାଗଲା ଏବଂ ସେ ଡାକ୍ତରଙ୍କ ପାଖକୁ ଗଲା । ଆଣ୍ଠୁକୁ ହାତୁଡ଼ିରେ ପିଟି, ହାତରେ ମକଚି ଓ ଆଙ୍ଗୁଠିରେ ଚିମୁଟି ଡାକ୍ତର ତାକୁ ଗୋଟିଏ ଔଷଧ ଲେଖିଦେଲେ ଏବଂ ମତ ଦେଲେ ସବୁ ଠିକ ହୋଇଯିବ, କିନ୍ତୁ ବେଶ୍ କିଛି ଦିନ ଲାଗିବ। ଏଥିପାଇଁ ଚାରି ସପ୍ତାହ ଫିଜିଓଥେରାପି କରିବାକୁ ପଡ଼ିବ। ଡାକ୍ତରଙ୍କ ପାଖକୁ ଯାଇ ଫିଜିଓଥେରାପି କ୍ଲିନିକ୍‌ରେ କଥାବାର୍ତ୍ତା କରି ସତ୍ୟବ୍ରତ ଠିକ କଲା ଯେ ପରଦିନଠାରୁ ଅଫିସ ଯିବା ଆଗରୁ ସେ ଗୋଟିଏ ଘଣ୍ଟା ସେଠାରେ ଚିକିତ୍ସା ପାଇଁ ଯିବ। ସେଦିନ ଅଫିସ ସମୟ

ଭିତରେ ସେ ନିଜେ ଯାଇ ଔଷଧ ଦୋକାନରୁ ଔଷଧ କିଣିଲା ଏବଂ ଠିକ ପାଞ୍ଚଟାବେଳେ ଅଫିସ ଛାଡ଼ିଲା। ଅଫିସରେ ଔଷଧ ଖାଇବାବେଳେ ତାର ଜଣେ ସହକର୍ମୀ ତାକୁ ତାର ଦେହ ବିଷୟରେ ପଚାରିଲେ । ଅନ୍ୟ ସମୟରେ ସେ ତାର ଆଣ୍ଠୁ ବେମାରିର ଉତ୍ପତ୍ତି, ବୃଦ୍ଧି ଓ ପରିଣତି ବିଷୟରେ ତାକୁ ସବିସ୍ତାର ବିବରଣୀ ଦେଇଥାନ୍ତା, କିନ୍ତୁ ଆଜି କେବଳ କହିଲା, ନା, ସେ କିଛି ନୁହେଁ ।

ପରଦିନ ସକାଳ ନ'ଟାବେଳେ ସେ ଯାଇ ଫିଜିଓଥେରାପି କ୍ଲିନିକ୍‌ରେ ପହଞ୍ଚି ତା ଭିତରେ ଯେଉଁ ଦୃଶ୍ୟ ଦେଖିଲା, ସେ ମଧ୍ୟ ଗୋଟିଏ ନୂଆ ପୃଥିବୀ ଥିଲା । କବାଟ ପାଖରେ ଗୋଟିଏ ଟେବୁଲ ପାଖରେ ବୁଢ଼ା ଲୋକଟିଏ ଦୁଇଟି ଥାଳି ସାମନାରେ ବସିଥିଲା ଏବଂ ଗୋଟିଏ ଥାଳିରୁ କାଚ ଗୋଲି ସବୁ ନେଇ ଅନ୍ୟ ଥାଳିରେ ରଖୁଥିଲା। ଏକଥା ବୁଢ଼ା ପାଇଁ ଅତ୍ୟନ୍ତ କଷ୍ଟସାଧ୍ୟ ମନେ ହେଉଥିଲା, କାରଣ ପ୍ରତିଟି କାଚ ଗୋଲି ଉଠାଇବା ପାଇଁ ବୁଢ଼ାକୁ ଅନେକ ପ୍ରକାର ପ୍ରଚେଷ୍ଟା କରିବାକୁ ପଡୁଥିଲା। ପାଖରେ ପିଲାଟିଏ ବସି ଗୋଟିଏ ସ୍ପ୍ରିଙ୍ଗକୁ ହାତମୁଠାରେ ବନ୍ଦ କରୁଥିଲା ଓ ଖୋଲୁଥିଲା। କାନ୍ଥ ପାଖରେ କିଛି ଲୋକ ଚଉକି ଉପରେ ବସିଥିଲେ ଏବଂ ତାଙ୍କର ମୁଣ୍ଡସବୁ ଛାତରୁ ଝୁଲୁଥିବା ଶିକା ଭଳି ଜିନିଷମାନଙ୍କରେ ଟଙ୍ଗା ହୋଇ ରହିଥିଲା। କିଛି ଲୋକ ଖଟ ଉପରେ ଶୋଇଥିଲେ ଏବଂ ସେମାନଙ୍କ ଦେହରେ ବିଜୁଳିରେ ଗରମ ହେଉଥିବା ତକିଆ ଲଗାଯାଇଥିଲା। ଗୋଟିଏ କଣରେ ଯୁବକଟିଏ ଗୋଟିଏ ସ୍ଥିର ସାଇକେଲ ଉପରେ ବସି ସାଇକେଲ ଚଲାଉଥିଲା ଏବଂ ଅନ୍ୟ କଣରେ ବୁଢ଼ାଟିଏ କାନ୍ଥରେ ଲାଗିଥିବା ଗୋଟିଏ ବଡ଼ ଚକକୁ ଘୂରାଉଥିଲା ।

ଏସବୁ କାର୍ଯ୍ୟକଳାପ ଉପରେ ତୀକ୍ଷ୍ଣ ନଜର ରଖି କୋଠରୀର ଏକ ରଣକୌଶଳ ପୂର୍ଣ୍ଣ ସ୍ଥାନରେ ବସିଥିବା ଫିଜିଓଥେରାପିଷ୍ଟ ଡାକ୍ତରାଣୀ ତାକୁ ଦେଖିଲେ ଏବଂ ସତ୍ୟବ୍ରତ ଯାଇ ତାଙ୍କ ହାତରେ ପ୍ରେସ୍‌କ୍ରିପ୍‌ଶନଟି ଦେଲା। ଡାକ୍ତରାଣୀ ତାକୁ ଗୋଟିଏ ଚଉକି ଉପରେ ବସାଇ ତାର ଆଣ୍ଠୁକୁ ବିଭିନ୍ନ ଭାବରେ ପରୀକ୍ଷା କଲେ ଏବଂ ତାର ଗୋଡ଼କୁ ଅନ୍ୟ ଗୋଟିଏ ଚଉକି ଉପରେ ରଖି ତାର ତଳ ଉପର ତକିଆ ଲଗାଇ ଦେଲେ, ଯେଉଁଥିରୁ ତାର ଯାଇ ଡାଏଥର୍ମି ମେସିନରେ ଲାଗି ତାକୁ ଗରମ

କରୁଥିଲା । ଏଇଭଳି ଚଉକିରେ ବନ୍ଧା ହୋଇ ସତ୍ୟବ୍ରତ ଏଥରକ କୋଠରୀର ଚାରିଆଡ଼କୁ ଆଖି ବୁଲାଇଲା । ଏ ଗୋଟିଏ ଯୁଦ୍ଧଭୂମି ଥିଲା ଯାହାର ସେନାଧ୍ୟକ୍ଷ ଥିଲେ ଡାକ୍ତରାଣୀ । ସେ ଏକା ସମୟରେ ନିଜ ବାହିନୀର ସମସ୍ତ ଯୋଦ୍ଧାମାନଙ୍କ ଉପରେ ଦୃଷ୍ଟି ରଖୁଥିଲେ ଏବଂ ମଝିରେ ମଝିରେ ଯନ୍ତ୍ରପାତି ଓ ଅସ୍ତ୍ରଶସ୍ତ୍ରର ସଠିକ ଉପଯୋଗ ପାଇଁ ସେମାନଙ୍କୁ ତାଗିଦ କରୁଥିଲେ। କେତେବେଳେ ସେ ସାଇକେଲ ଚଳାଉଥିବା ଲୋକ ପାଖକୁ ଯାଇ ତାକୁ କହୁଥିଲେ, 'ଆହୁରି ଜୋରରେ ଚଲାଅ। ଏଇ ମିଟରରେ ଯେମିତି ତିରିଶ କିଲୋମିଟରରୁ ଅଧିକ ଦେଖାଯିବ। ଆଜି ତମକୁ ଚାରି କିଲୋମିଟର ଚଲାଇବାକୁ ପଡ଼ିବ।' କିମ୍ବା ବୁଢ଼ା ଆଡ଼କୁ ନ ଅନାଇ ସେଇ ଚକଟିର ବୁଲିବାର ଶବ୍ଦମାତ୍ରକୁ ଶୁଣି କହୁଥିଲେ,'ଏତେ ଧୀରେ ନୁହେଁ; ଆଉ ଟିକିଏ ଜୋରରେ' । କେତେବେଳେ କେହି ରୋଗୀ ତକିଆ ବେଶି ଗରମ ହୋଇଗଲା ବୋଲି ପାଟି କରୁଥିଲା ଓ ଡାକ୍ତରାଣୀ ଯାଇ ତାର ସୁଇଚକୁ କମ କରି ଦେଉଥିଲେ । ପିଲାଟି ସ୍ପ୍ରିଙ୍ଗଟି ନେଇ ତାଙ୍କ ଆଗରେ ଠିଆ ହୋଇ କହୁଥିଲା, ଆଜି ଶହେଥର କଲି। ଡାକ୍ତରାଣୀ ତାକୁ କହୁଥିଲେ, 'ସାବାସ୍! କାଲିଠାରୁ ଶହେ କୋଡ଼ିଏ ଥର।'

ଗରମ ତକିଆ ଭିତରେ ଆଣ୍ଠୁ ପଚିଶ ମିନିଟ ରହିସାରିବା ପରେ ଡାକ୍ତରାଣୀ ତାକୁ ବାହାର କରିଦେଇ ସତ୍ୟବ୍ରତକୁ ବସ ଉଠ ଇତ୍ୟାଦିର ବ୍ୟାୟାମ ଶିଖାଇଲେ । ତାପରେ ତାକୁ ସେଇ ସାଇକେଲ ଉପରେ ବସି ତିରିଶ କିଲୋମିଟର ବେଗରେ ଚଲାଇବାକୁ ହେଲା, ଯଦିଓ ତାକୁ ଗୋଟିଏ ଜାଗାରେ ଛିଡ଼ା ହୋଇଥିବା ଏବଂ ବିନା କୁଆଡ଼େ ଯାଉଥିବା ଏଇ ସାଇକେଲଟି ଅତ୍ୟନ୍ତ ହାସ୍ୟକର ମନେ ହେଉଥିଲା। ଏସବୁ ସରିବା ପରେ ସେ ଯେତେବେଳେ ଯାଇ ଅଫିସରେ ପହଞ୍ଚିଲା, ଘଣ୍ଟାଏ ଡେରି ହୋଇ ସାରିଥିଲା। ସତ୍ୟବ୍ରତ କିନ୍ତୁ ଏହି ବିଳମ୍ବ ପାଇଁ ଆଦୌ ଅନୁତପ୍ତ ନ ଥିଲା। ନିସ୍ପୃହ ଭାବରେ ଫାଇଲକୁ ଖୋଲୁ ଖୋଲୁ ସେ ଆଣ୍ଠୁକୁ ଛୁଇଁ ଦେଖିଲା ଯେ ଦରଜର କୌଣସି ଉପଶମ ହୋଇ ନଥିଲା ।

କ୍ଲିନିକ୍‌ରେ ତାର ପରବର୍ତ୍ତୀ ବୈଠକମାନ ମଧ୍ୟ ତା ପାଇଁ ପ୍ରଥମ ଦିନର ପୁନରାବୃତ୍ତି ଥିଲା। ତେବେ ଏଥରକ ସେ ଏଇ ସମୟରେ ଆସୁଥିବା ବିଭିନ୍ନ

ରୋଗୀମାନଙ୍କ ସହିତ ପରିଚିତ ହେବାକୁ ଚେଷ୍ଟା କଲା । କାଚ ଗୋଲିକୁ ସଜାଡୁଥିବା ବୁଢ଼ା ଯେତେବେଳେ ତା ଆଡ଼କୁ ଅନାଇଲା, ସତ୍ୟବ୍ରତ ତାକୁ ଚାହିଁ ସାମାନ୍ୟ ହସିଲା ଏବଂ ଖଟରେ ଶୋଇଥିବା ରୋଗୀ ଯେତେବେଳେ ତକିଆ ବେଶି ଗରମ ହୋଇଗଲା ବୋଲି ପାଟି କଲା, ସେ ହାତ ବଢ଼ାଇ ଡାଏଥର୍ମି ମେସିନର ସୁଇଚକୁ କମାଇ ଦେଲା । ସତ୍ୟବ୍ରତ ଏକଥା ମଧ୍ୟ ଲକ୍ଷ୍ୟ କଲା ଯେ ଏଇ ରୋଗୀମାନଙ୍କର ନିଜ ନିଜ ଭିତରେ ଏକ ଅଦ୍ଭୁତ ଧରଣର ସୌହାର୍ଦ୍ଦ୍ୟ ଥିଲା । ଡାକ୍ତରାଣୀ ସେ କୋଠରୀରୁ ଅଳ୍ପ ସମୟ ପାଇଁ ବାହାରିଗଲେ ସେମାନେ ଡାକ୍ତରାଣୀଙ୍କର କଠୋର ମିଜାଜ ବିଷୟରେ ଆଲୋଚନା କରୁଥିଲେ ଏବଂ ତାଙ୍କୁ ହେଡ୍‌ମିଷ୍ଟ୍ରେସ୍ ବୋଲି କହୁଥିଲେ। ଚକ ବୁଲାଉଥିବା ଚନ୍ଦାମୁଣ୍ଡ ବୁଢ଼ା, ଯେ କି ଅତି ଗମ୍ଭୀର ସ୍ୱଭାବର ଦେଖା ଯାଉଥିଲା, ସେ ମଧ୍ୟ ଏଇ ଲଘୁ ଆଲୋଚନାମାନଙ୍କରେ ସକ୍ରିୟ ଭାବେ ଯୋଗ ଦେଉଥିଲା ଏବଂ କହୁଥିଲା, 'ଏଇଟା କ୍ଲିନିକ୍ ନୁହେଁ, ଗୋଟାଏ ମଧ୍ୟଯୁଗୀୟ ଟର୍ଚର୍ ଚେମ୍ବର୍ ।'

ସତ୍ୟବ୍ରତର ଆଣ୍ଠୁର ବ୍ୟଥାର ଉପଶମ ହେଲା ନାହିଁ ଏବଂ ଅଫିସ ଆଗରୁ ଫିଜିଓଥେରାପି ପାଇଁ ଯିବା ତା ପାଇଁ ଏକ ରୁଟିନରେ ପରିଣତ ହୋଇଗଲା । ସେ ଲକ୍ଷ୍ୟ କଲା ଯେ ଅଫିସରେ ବସି କାମ କରିବା, ଯାହା ତା ପାଇଁ ସବୁଠାରୁ ପ୍ରିୟ ଜିନିଷ ଥିଲା, ତା ଅପେକ୍ଷା ବର୍ତ୍ତମାନ ସେ ତାର ସକାଳର ଚିକିତ୍ସା ସମୟକୁ ବେଶି ଉପଭୋଗ କରୁଥିଲା। ଅଫିସରେ ବସି କେମିତି ସେ ପରଦିନ ସକାଳେ କ୍ଲିନିକକୁ ଯିବ, ସେ କଥା ଭାବୁଥିଲା। ଏଥରକ ସେ ଅଫିସ୍‌ର ବିଭିନ୍ନ କାର୍ଯ୍ୟକଳାପରେ ବିଶେଷ ଭାଗ ନେଉ ନ ଥିଲା। ଏପରିକି ଦିନେ ଅଫିସ ସମୟ ପରେ ଜଣେ ସହକର୍ମୀ ବଦଳିରେ ଚାଲି ଯାଉଥିବାରୁ ଯେଉଁ ବିଦାୟ ସଭା ହୋଇଥିଲା, ସେ ସେଥିରେ ମଧ୍ୟ ଯୋଗ ଦେଲା ନାହିଁ। ଯଦିଓ ପୂର୍ବରୁ ସେ ହିଁ ଏଇ ସଭାର ଆୟୋଜନର ମୁଖ୍ୟ ହୋଇଥାନ୍ତା ।

କ୍ଲିନିକ୍‌ରେ ଯଦିଓ ସମସ୍ତେ ପରସ୍ପର ସହିତ ସୌଜନ୍ୟ ବିନିମୟ କରୁଥିଲେ, ଏବଂ ଡାକ୍ତରାଣୀଙ୍କର ଅନୁପସ୍ଥିତିରେ ଉଚ୍ଚ ସ୍ୱରରେ ଦାୟିତ୍ୱହୀନ କଥାବାର୍ତ୍ତା

କରୁଥିଲେ, କେହି କାହା ବିଷୟରେ ବିଶେଷ କିଛି ଜାଣି ନ ଥିଲେ ମନେ ହେଉଥିଲା। ଏପରିକି ସତ୍ୟବ୍ରତକୁ ସେମାନଙ୍କ ଭିତରୁ କାହାରି ନାଁ ମଧ୍ୟ ଜଣା ନ ଥିଲା। ତେବେ ନିଜର ସୁବିଧା ପାଇଁ ସତ୍ୟବ୍ରତ ସେମାନଙ୍କୁ ମନେ ମନେ ବିଭିନ୍ନ ନାଁରେ ନାମିତ କରିଥିଲା, ଯଥା ଚନ୍ଦାମାମା, ଲମ୍ବା ନାକ ଇତ୍ୟାଦି। କେବଳ ସବୁଠାରୁ ବୁଢ଼ା ଲୋକଟି, ଯାହାକୁ ଡାକ୍ତରାଣୀ 'ବାବୁଜୀ' ବୋଲି ଡାକୁଥିଲେ, ସମସ୍ତଙ୍କ ପାଖରେ ବାବୁଜୀ ବୋଲି ପରିଚିତ ଥିଲେ। ବର୍ତ୍ତମାନ ସତ୍ୟବ୍ରତ ମଧ୍ୟ ସେମାନଙ୍କର କଥାବାର୍ତ୍ତାରେ ଯୋଗ ଦେବାକୁ ଆରମ୍ଭ କରିଥିଲା ଏବଂ ମଝିରେ ମଝିରେ ଚନ୍ଦାମାମାକୁ ତାର ବେକ ଓ ଲମ୍ବା ନାକକୁ ତାର ଅଣ୍ଟା ବିଷୟରେ କୁଶଳ ଜିଜ୍ଞାସା କରୁଥିଲା।

ଆଣ୍ଠୁରେ ଗରମ ତକିଆ ବନ୍ଧା ଅବସ୍ଥାରେ ବସି ରହି ସତ୍ୟବ୍ରତ ଅନେକ ସମୟରେ ନିଜ ଅଫିସ କଥା ଭାବୁଥିଲା । ସେ ଅଫିସର ଯେଉଁମାନଙ୍କୁ ଭଲ ପାଉ ନଥିଲା, ସେମାନଙ୍କୁ କ୍ଲିନିକ୍‌ର ବିଭିନ୍ନ ଯନ୍ତ୍ରରେ ବନ୍ଧା ହୋଇ ରହିଥିବାର କଳ୍ପନା କରୁଥିଲା। ବଡ଼ ସାହେବଙ୍କୁ ସେ ସାଇକେଲ ଉପରେ ବସି କୋଡ଼ିଏ କିଲୋମିଟରରୁ ବେଶି ବେଗରେ ଚଳାଇବାକୁ ଅସମର୍ଥ ଦେଖୁଥିଲା, ତଥା ତାର ସହକର୍ମୀଙ୍କୁ ସେ ଖଟ ଉପରେ ଶୁଆଇ ତକିଆ ବାନ୍ଧି ଦେଇ ନିଜେ ତାର ସୁଇଚକୁ ସବୁଠାରୁ ଗରମ କରିଦେବାର ସୁଖ ସ୍ୱପ୍ନ ଦେଖୁଥିଲା। ସତ୍ୟବ୍ରତକୁ କ୍ଲିନିକ୍‌ରେ ଏକଥା ସବୁଠାରୁ ଭଲ ଲାଗୁଥିଲା ଯେ ଏଠାରେ କୌଣସି ସାମାଜିକ ଉଚ୍ଚନୀଚ ଭେଦଭାବ ନ ଥିଲା । ଏଠାରେ ଦୈହିକ ଯନ୍ତ୍ରଣାର ମାତ୍ରା ହିଁ ମାନଦଣ୍ଡ ଥିଲା । ଲମ୍ବା ନାକ, ଯେ କି ଡ୍ରାଇଭର ଚାଳିତ ବଡ଼ ବିଦେଶୀ ଗାଡ଼ିରେ ଆସୁଥିଲା, ସେ ହିଁ ସବୁଠାରୁ ଅଧିକ କଷ୍ଟରେ ଥିଲା ଏବଂ ତାକୁ ସମସ୍ତେ ସହାନୁଭୂତି ଦେଖାଉଥିଲେ । ଅଫିସ୍‌ର ତଳ ଉପର ସ୍ତର ହୋଇଥିବା ବ୍ୟବସ୍ଥାଠାରୁ କ୍ଲିନିକ୍‌ର ସାମ୍ୟବାଦୀ ସ୍ଥିତି ସତ୍ୟବ୍ରତକୁ ଅଧିକ ପ୍ରିୟ ମନେ ହେଉଥିଲା। ଏଠାରେ ସଫଳତାର ପ୍ରମାଣ ଥିଲା ସାଇକେଲକୁ ଚାଳିଶ କିଲୋମିଟର ଗତିରେ ଚଳାଇବା, ତକିଆର ସବୁଠାରୁ ବେଶି ଗରମ ଅବସ୍ଥାକୁ ଅବିଚଳିତ ଭାବରେ ସହିଯିବା ଅଥବା ପନ୍ଦର ମିନିଟ ଭିତରେ କାଚ ଗୋଲି

ସବୁକୁ ଗୋଟିଏ ଥାଳିରୁ ଅନ୍ୟ ଗୋଟିଏ ଥାଳିକୁ ସ୍ଥାନାନ୍ତରିତ କରିବା । ଏଠାରେ ସୁଖର ସଂଜ୍ଞା ଥିଲା ଠିଆ ହେବା ବେଳେ ମୁଣ୍ଡ ନ ବୁଲାଇବା ଏବଂ ହାତକୁ ଅନାୟାସରେ ମୁଣ୍ଡ ଉପରକୁ ଉଠାଇବା।

ଯଦିଓ ବେଶ୍ କିଛିଦିନ ପରେ ବି ତାର ବ୍ୟଥାରେ କୌଣସି ପରିବର୍ତ୍ତନ ହୋଇ ନ ଥିଲା, ସତ୍ୟବ୍ରତ କ୍ଲିନିକ୍‌ରେ ପ୍ରତିଦିନ କଟାଉଥିବା ଘଣ୍ଟାଏ ସମୟକୁ ଆଗ୍ରହର ସହିତ ଅପେକ୍ଷା କରି ରହୁଥିଲା। ସେ ସମସ୍ତଙ୍କ ସହିତ ମୋଟାମୋଟି ପରିଚିତ ହୋଇ ସାରିଥିଲା ଏବଂ ବର୍ତ୍ତମାନ ସମସ୍ତଙ୍କ ସହିତ ବ୍ୟକ୍ତିଗତ ସ୍ତରରେ କଥାବାର୍ତ୍ତା କରି ପାରୁଥିଲା। ଅନ୍ୟମାନଙ୍କ ଦେହର ସମସ୍ୟା ସହିତ ସେ ସେମାନଙ୍କର ପାରିବାରିକ ଜୀବନ ବିଷୟରେ ମଧ୍ୟ ସାମାନ୍ୟ ଖବର ରଖିଥିଲା ଏବଂ ଯୋଉ ଭଦ୍ରବ୍ୟକ୍ତି ଚିକିତ୍ସା ବିଷୟରେ ବହି ପଢ଼ିବାକୁ ଭଲ ପାଉଥିଲେ, ତାଙ୍କ ସହିତ ବହି ବିନିମୟ ମଧ୍ୟ କରି ସାରିଥିଲା ।

ମାସକ ପରେ ସତ୍ୟବ୍ରତ ପୁଣି ଡାକ୍ତରଙ୍କ ପାଖକୁ ତାର ଆଣ୍ଠୁ ଦେଖାଇବାକୁ ଗଲା। ଯଦିଓ ସେ ନିଜେ କୌଣସି ଅଗ୍ରଗତି ଅନୁଭବ କରିପାରୁ ନଥିଲା, ତାକୁ ବସ ଉଠ କରାଇ, ଚଲାଇ ଏବଂ ଗୋଟିଏ ଗୋଡ଼ରେ ଛିଡ଼ା କରାଇ ଡାକ୍ତର କହିଲେ ଯେ ସେ ଆଗ ଅପେକ୍ଷା ଭଲ ଅଛି । ବିଭିନ୍ନ ଭାବରେ ପ୍ରଶ୍ନ କରି ସେ ତାକୁ 'ଅନେକ ପରିମାଣରେ ଭଲ ହୋଇଯାଇଛି' ବୋଲି କହିବାକୁ ମଧ୍ୟ ବାଧ୍ୟ କରାଇଲେ। କିନ୍ତୁ ସତ୍ୟବ୍ରତ ପୁଣି ଯେତେବେଳେ ଡାକ୍ତରଙ୍କୁ ତାର ବ୍ୟଥା କଥା କହିଲା, ଡାକ୍ତର ରୁଷ୍ଟ ହୋଇ ତାକୁ କହିଲେ, 'ଏ ବୟସରେ ଆଣ୍ଠୁର ଆଉ ଉନ୍ନତି ସମ୍ଭବ ନୁହେଁ । ଯୁବକ ହୋଇଥିଲେ ପୂରା ଭଲ ହୋଇଯାଇଥାନ୍ତା । ବର୍ତ୍ତମାନ ଏଇଭଳି ଆଣ୍ଠୁକୁ ନେଇ ଚଳିବାକୁ ହେବ। ତେବେ ତା ସହିତ ଫିଜିଓଥେରାପି ବି ଚାଲିଥାଉ।' ସତ୍ୟବ୍ରତ ସାମାନ୍ୟ ବିରକ୍ତିର ସହିତ ଉଠି ଠିଆ ହେଲା ।   ଆଣ୍ଠୁର ଅସହଯୋଗକୁ ଅବଜ୍ଞା କରି ସେ ଲମ୍ବା ଲମ୍ବା ପାଦ ପକାଇ ଡାକ୍ତରଙ୍କ କୋଠରୀ ବାହାରକୁ ଆସିଲା ଏବଂ ସେଠାରୁ ସିଧା କ୍ଲିନିକ୍‌କୁ ଗଲା । ଏଥରକ ତାର ଆଉ ଆଣ୍ଠୁର ପୀଡ଼ାକୁ ଭୟ ନ ଥିଲା, କାରଣ ବର୍ତ୍ତମାନ ସେ ମନ ଭିତରେ ଏଇ ଶାରୀରିକ ସମସ୍ୟା ସହିତ ସନ୍ଧି

କରି ନେଇଥିଲା । ସେ ଜାଣିଥିଲା ଯେ ତାକୁ ବର୍ତ୍ତମାନ ଅନ୍ୟ ଗୋଟିଏ ସଂସାରରେ ଅନ୍ୟ ଗୋଟିଏ ପ୍ରକାରର ଜୀବନ କାଟିବାକୁ ପଡ଼ିବ ।

ସାଇକେଲ ଉପରେ ବସି ପେଡାଲ କରୁ କରୁ ସତ୍ୟବ୍ରତ ଲକ୍ଷ୍ୟ କଲା ସେ ଚକମାନଙ୍କୁ ଚାଳିଶ କିଲୋମିଟର ଗତିରେ ବୁଲାଇ ପାରୁଛି। ସେ ଏ କଥାରେ ବିଶେଷ ଗର୍ବ ଅନୁଭବ କଲା, କାରଣ ତାରି ଭଳି ବେମାରି ଭୋଗୁଥିବା ଲୋକଟି କୋଡ଼ିଏ ପଚିଶ କିଲୋମିଟରରୁ ଅଧିକ ବେଗରେ ଚଳାଇ ପାରୁ ନ ଥିଲା। ତାପରେ ଗରମ ତକିଆ ଭିତରେ ଆଣ୍ଠୁକୁ ରଖି ବସିଥିବାବେଳେ ସେ ଲକ୍ଷ୍ୟ କଲା ଯେ ବାବୁଜୀ ଆଜି ଆସି ନ ଥିଲେ। ଅନ୍ୟମାନଙ୍କୁ ପଚାରି ବୁଝିଲା ଯେ ତାଙ୍କର ଦେହ ବେଶି ଖରାପ ହୋଇଯାଇଛି। ସେ ଲମ୍ବା ନାକ, ଚନ୍ଦାମାମା ଓ ବହି ପଢୁଥିବା ଭଦ୍ରବ୍ୟକ୍ତିଙ୍କୁ ଲକ୍ଷ୍ୟ କରି କହିଲା, 'ଚାଲନ୍ତୁ, ଆଜି ସଂଧ୍ୟାବେଳେ ଯାଇ ବାବୁଜୀଙ୍କୁ ଦେଖି ଆସିବା' ।

ଦ୍ୱୀପ

ମନ୍ତ୍ରୀଙ୍କ ଗାଡ଼ି ଯେତେବେଳେ ହାଇୱେ ଛାଡ଼ି ଗାଁର ମାଟିରାସ୍ତା ଧରିଲା, ସୀମାଚଳ ଲକ୍ଷ୍ୟ କଲା ସେ ଏଇ ସାତଦିନ ଭିତରେ ଅନେକ କିଛି ବଦଳି ଯାଇଛି । ସାତଦିନ ତଳେ ଏଠାରେ ରାସ୍ତା ବୋଲି କିଛି ନଥିଲା, ସବୁଆଡ଼େ ପାଣି ହିଁ ପାଣି ଥିଲା । ଡଙ୍ଗାରେ ସେଇ ଗାଁରେ ପହଞ୍ଚିବାକୁ ସେମାନଙ୍କୁ ଚାରିଘଣ୍ଟା ଲାଗିଥିଲା । ସେତେବେଳକୁ ବର୍ଷା ବି ପୂରାପୂରି ଛାଡ଼ି ନଥିଲା; ଦିନବେଳେ ଆକାଶରେ ମେଘଭର୍ତ୍ତି ଥାଇ ଅନ୍ଧାର ଅନ୍ଧାର ଦେଖାଯାଉଥିଲା ଓ ଝିପିଝିପି ବର୍ଷା ହେଉଥିଲା। ଅସରନ୍ତି ପାଣି ମଝିରେ ଅନେକ ଗାଁର ଟାପୁମାନଙ୍କୁ ଟପି ସେମାନେ ଯେତେବେଳେ ସେଇ ଗାଁରେ ପହଞ୍ଚିଲେ, ବର୍ଷା ଛାଡ଼ି ସାମାନ୍ୟ ଖରା ପଡୁଥିଲା। ସେଠାରେ ଗାଁର ନାମଗନ୍ଧ ନ ଥିଲା। ଚତୁର୍ଦ୍ଦିଗବ୍ୟାପୀ ଜଳରାଶି ମଝିରେ ସାମାନ୍ୟ ଶୁଖିଲା ଜାଗା ଓ ଗୋଟିଏ ବଡ଼ ଗଛକୁ ଘେରି ଗାଁର ଦେଢ଼ଶହ ଲୋକ ବସିଥିଲେ। ଦୁଇଦିନ ଆଗରୁ ଗାଁ ଭାସି ଯାଇଥିଲା ଏବଂ ଲୋକମାନେ ଆସି ଆଶ୍ରୟ ନେଇଥିଲେ ଏଇ ଟାପୁ ଉପରେ ।

ପୂର୍ବଥର ସୀମାଚଳ ଗୋଟିଏ ସାହାଯ୍ୟକାରୀ ଦଳ ସହିତ ସେଠାକୁ ଯାଇଥିଲା। ଏଇ ଗାଁ ସହିତ ତାର ସାମାନ୍ୟ ପରିଚୟ ଥିଲା, କାରଣ ପ୍ରାୟ ବର୍ଷକ ପୂର୍ବରୁ ଦାରିଦ୍ର୍ୟର ସୀମାରେଖା ବିଷୟରେ ଲେଖିବା ପାଇଁ ସେ ଯେଉଁ ଗୋଟିଏ ନିର୍ଦ୍ଦିଷ୍ଟ ଗାଁକୁ ଚିତ୍ରଣ କରିବାକୁ ଯାଇଥିଲା, ସେଇଟି ଥିଲା ଏଇ ଗାଁଟି। ସୀମାଚଳ ସହରର ମଧ୍ୟବିତ୍ତ ପରିବାରରେ ବଢ଼ିଆସିଥିଲା ଏବଂ ଗାଁ ବିଷୟରେ ତାର କୌଣସି ଧାରଣା ନଥିଲା । ଏଇ ଗାଁଟିକୁ ଆସିଥିବା ବେଳେ ତାର କେବଳ ଗୋଟିଏ ଗ୍ରାମ୍ୟ ଅଞ୍ଚଳ ସହିତ ପରିଚୟ ହେଉ ନ ଥିଲା, ସେ ଦାରିଦ୍ର୍ୟକୁ ପାଖରୁ ଦେଖିବାକୁ

ପାଇଥିଲା ପ୍ରଥମ ଥର ପାଇଁ । ଅଭାବ ଓ ଦାରିଦ୍ର୍ୟ ଯେ ଏତେ କଠୋର ଓ ଅମାନୁଷିକ ହୋଇପାରେ ସେ ଏଇ ଗାଁକୁ ଦେଖି ଜାଣିଲା। ଲୋକମାନେ କେବଳ ଦାରିଦ୍ର୍ୟର ନୁହେଁ, ମନୁଷ୍ୟତ୍ୱର ସୀମାରେଖା ତଳେ ଥିଲେ, କାରଣ ସେମାନେ ଯେଉଁଭଳି ଦୈନ୍ୟରେ ରହୁଥିଲେ ସେଥିରେ ମଣିଷର ସମ୍ମାନ ନେଇ ରହିବା ସମ୍ଭବ ନ ଥିଲା । ଏଇ ଗାଁର ଘର ସବୁ ଝାଟିମାଟିର କୁଡ଼ିଆ ଥିଲା ଏବଂ ଘର ଭିତରେ ମାଟି ହାଣ୍ଡି ଛଡ଼ା ଆଉ କାହାରି କିଛି ଅନ୍ୟ ଜିନିଷ ନଥିଲା। ଲୋକମାନଙ୍କର ଜମିବାଡ଼ି ନଥିଲା; ସେମାନେ ଦିନମଜୁରି କରି ଚଳୁଥିଲେ ଏବଂ ଯେତେବେଳେ କାମ ମିଳୁ ନଥିଲା, ଜଙ୍ଗଲକୁ ଯାଇ ଚେରମୂଳ ଖୋଜୁଥିଲେ ଅଥବା ଉପାସରେ ରହୁଥିଲେ।

ସୀମାଚଳ ତାର ଖବରକାଗଜରେ ଏଇ ଗାଁ ବିଷୟରେ ଏକ କରୁଣ କାହାଣୀ ଲେଖିଥିଲା । ସେ ଯେତେବେଳେ ଏଇ ଅଞ୍ଚଳରେ ବନ୍ୟା ହେବାର ଖବର ପାଇଲା, ସରକାରୀ ଅଫିସମାନଙ୍କ ସହିତ ଯୋଗସୂତ୍ର କରି ସେଠାକୁ ଯିବାକୁ ସମର୍ଥ ହୋଇଥିଲା ସାହାଯ୍ୟକାରୀ ଦଳ, ଖାଇବା ଜିନିଷ ଓ ଔଷଧ ଯାଉଥିବା ଡଙ୍ଗାରେ । ସେମାନେ ଯେତେବେଳେ ସେଇ ଗାଁ ପାଖରେ ପହଞ୍ଚିଲେ, ତାଙ୍କର ଡଙ୍ଗାକୁ ଦେଖି ଲୋକମାନେ ଆନନ୍ଦରେ ପାଟି କରି ତାଙ୍କ ପାଖକୁ ଲାଗି ଆସିଲେ । ସୀମାଚଳକୁ ଦେଖି ଗାଁବାଲା ଖୁସି ହେଲେ। ଯଦିଓ ଲୋକମାନେ ବନ୍ୟାର ଘେରରେ ଦୁଇଦିନ ଅଖିଆ ଅପିଆ ରହିଥିଲେ, ଏଥରକ ସୀମାଚଳ ସେମାନଙ୍କ ଭିତରେ କୌଣସି ଅସହାୟତା ଲକ୍ଷ୍ୟ କଲା ନାହିଁ ଯାହା ସେ ଲକ୍ଷ୍ୟ କରିଥିଲା ବର୍ଷକ ତଳେ ସେମାନଙ୍କ ସହିତ କଥାବାର୍ତ୍ତା କରିବା ବେଳେ। ସେମାନେ ଯେପରି ଏଭଳି ପରସ୍ଥିତି ପାଇଁ ଅପ୍ରସ୍ତୁତ ନ ଥିଲେ ଏବଂ ଭୋକିଲା ରହିବାରେ ଅଭ୍ୟସ୍ତ ଥିଲେ, ଅଥବା ଏଇଭଳି ଏକ ଦୁର୍ବିପାକ ସେମାନଙ୍କୁ ଅନ୍ୟ ଲୋକରେ ପରିଣତ କରି ଦେଇଥିଲା । ଏହା ସହିତ ଲଢ଼ିବା ପାଇଁ ସେମାନେ ଯେପରି ବଦ୍ଧପରିକର ଥିଲେ।

ଖାଇବା ଜିନିଷ ବଣ୍ଟା ହୋଇଯିବା ପରେ କୋଳାହଳ ସାମାନ୍ୟ କମିଲା ଏବଂ ଗାଁ ବାଲା ସେମାନଙ୍କର ଗାଁ କେମିତି ଭାସିଗଲା ସେ କଥା କହିଲେ। ଯାହା କିଛି ଜିନିଷପତ୍ର ଥିଲା ତାକୁ ଧରି ସେମାନେ ଉଚ୍ଚ ଜମି ଉପରକୁ ଚାଲି ଆସିଥିଲେ, କିନ୍ତୁ

ତାଙ୍କର କୁଡ଼ିଆ ଘର ସବୁ ଭାସିଯାଇଥିଲା । ଆଉ କିଛି କ୍ଷୟକ୍ଷତି ହୋଇ ନ ଥିଲା, କେବଳ ଗୋଟିଏ ବୁଢ଼ା ଜରରେ ପଡ଼ି ମରିବା ଅବସ୍ଥାରେ ଥିଲା। ସୀମାଚଳ ଯାଇ ବୁଢ଼ାକୁ ଦେଖିଲା। ତା ପାଇଁ ଆଉ କିଛି କରିବାର ନଥିଲା, କାରଣ ବୁଢ଼ା ସେତେବେଳକୁ ଶେଷ ନିଃଶ୍ୱାସ ନେଉଥିଲା । ତାର ପରିବାରର ଲୋକମାନେ ତାକୁ ଘେରି ବସିଥିଲେ ଏବଂ ବଣ୍ଟା ହୋଇଥିବା ଖାଇବା ଜିନିଷ ଖାଉ ଖାଉ ବୁଢ଼ାର ମରିବାକୁ ଅପେକ୍ଷା କରୁଥିଲେ।

ଏଇ ସମୟରେ ଗଛ ପାଖରେ ପିଲାମାନଙ୍କର ଚିତ୍କାର ଶୁଣାଗଲା । ଏତେ ଦୁର୍ଦ୍ଦିନରେ ମଧ୍ୟ ପିଲାମାନଙ୍କର ଉତ୍ସାହ କମ ନଥିଲା। ସେମାନେ ତାଙ୍କର ଖେଳରେ ମାତିଥିଲେ ଏବଂ ବର୍ତ୍ତମାନ ଗଛ ତଳେ ଛିଡ଼ା ହୋଇ ଗଛ ଉପରେ ଚଢ଼ିଥିବା ପିଲାକୁ ଅନାଇ ପାଟିଗୋଳ କରୁଥିଲେ। ଗଛ ଉପରେ ବିରାଡ଼ିଟିଏ ଚଢ଼ି ଯାଇଥିଲା ଏବଂ ତାକୁ ଧରିବା ପାଇଁ ପିଲାଟି ଗଛ ଉପରେ ଚଢ଼ିଥିଲା। ପିଲାଟି ତା ପଛରେ ଯିବା ବେଳକୁ ବିରାଡ଼ି ଆହୁରି ଉପରକୁ ଚାଲି ଯାଉଥିଲା। ଏଥରକ ସବୁ ଗାଁବାଲା ଏଇ ଦୃଶ୍ୟ ଦେଖିବାକୁ ଆସି ଠିଆ ହେଲେ । ଏପରିକି ସେଇ ମରିଯାଉଥିବା ବୁଢ଼ାର ଆତ୍ମୀୟମାନେ ମଧ୍ୟ ବୁଢ଼ାକୁ ଏକା ଛାଡ଼ିଦେଇ ଗଛ ପାଖକୁ ଆସିଗଲେ। ଶେଷରେ ଗଛର ସବା ଉପର ଡାଳରେ ପହଞ୍ଚି ପିଲାଟି ବିରାଡ଼ିକୁ ଧରିବାରେ ସଫଳ ହେଲା ଏବଂ ପାଟି କରି କହିଲା, ଏଥର ତଳକୁ ଫିଙ୍ଗି ଦଉଛି । ସୀମାଚଳ କହିଲା, ଏତେ ଉପରୁ ଫିଙ୍ଗିଲେ ବିରାଡ଼ି ତଳେ ପଡ଼ି ମରିଯିବ। ପାଖରେ ଠିଆ ହୋଇଥିବା ଲୋକ ହସିଲା; କହିଲା, ବିରାଡ଼ି କଣ ସହଜରେ ମରିବ? ଯୁଆଡ଼େ ଫିଙ୍ଗିଲେ ବି ସେ ପାଦ ତଳକୁ କରି ପଡ଼ିବ।

ସତକୁ ସତ ପିଲାଟି ବିରାଡ଼ିକୁ ଖୁବ ଜୋରରେ ତଳକୁ ଫିଙ୍ଗିଲା, କିନ୍ତୁ ବିରାଡ଼ି ଆସି ଆରାମରେ ତଳେ ପଡ଼ି ଝାଡ଼ିଝୁଡ଼ି ହେଲା ଓ ନିଜର ଲାଞ୍ଜକୁ ଚାଟିବାରେ ଲାଗିଲା। ତାପରେ ସେମାନେ ବିରାଡ଼ିକୁ ଖାଇବାକୁ ଦେଲେ। ଦି ମିନିଟ ଭିତରେ ପୁଣି ସମସ୍ତେ ବିରାଡ଼ିକୁ ଭୁଲି ଯାଇ ସୀମାଚଳକୁ ଘେରି ଠିଆ ହେଲେ । ଏଥରକ ସେମାନଙ୍କର ଅନୁରୋଧ ଥିଲା ଯେ ସୀମାଚଳ ଯେମିତି ମନ୍ତ୍ରୀଙ୍କୁ ଆଣି ସେମାନଙ୍କ

ଗାଁକୁ ଆସେ । ଭଲଦିନରେ ତ ଗାଁକୁ ଆସନ୍ତି ନାହିଁ, ଏଇ ଦୁର୍ଦ୍ଦିନରେ ଅନ୍ତତଃ ଆସି ସେମାନଙ୍କ ଗାଁକୁ ଦେଖିଯାନ୍ତୁ ।

ଗାଁକୁ ଛାଡ଼ି ସେମାନଙ୍କର ଡଙ୍ଗା ପୁଣି ଖାଦ୍ୟସାମଗ୍ରୀ ବାଣ୍ଟିବାକୁ ଅନ୍ୟ ଗାଁକୁ ଗଲା। ସେମାନେ ଯେତେବେଳେ ବନ୍ୟାଞ୍ଚଳରୁ ଫେରିଲେ ସଂଧ୍ୟା ହୋଇ ସାରିଥିଲା ଏବଂ ପୁଣି ବର୍ଷା ଆରମ୍ଭ ହୋଇଯାଇଥିଲା। ସୀମାଚଳ ସିଧା ଖବରକାଗଜ ଅଫିସକୁ ଯାଇ ତାର ରିପୋର୍ଟ ଲେଖିବାକୁ ବସିଲା ଏବଂ ବନ୍ୟା ବିଷୟରେ ଲେଖିବା ପରେ ଦେଢ଼ଶ ଲୋକ ଥିବା ଗାଁର ବୁଢ଼ାଟିଏ ଜରରେ ପଡ଼ି ମରିଯାଇଛି ବୋଲି ମଧ୍ୟ ଲେଖିଲା।

ତାପରେ ସୀମାଚଳ ଗାଁବାଲାଙ୍କୁ ଦେଇଥିବା ପ୍ରତିଶ୍ରୁତି ଅନୁଯାୟୀ ମନ୍ତ୍ରୀଙ୍କୁ ଖୋଜିବାକୁ ଆରମ୍ଭ କଲା । ଏ ଏକ କଠିନ ପ୍ରଚେଷ୍ଟା ଥିଲା । କନଫରେନସ ରୁମ, ସାଧାରଣ ସଭା, ପାର୍ଟି ଅଫିସ ଇତ୍ୟାଦି ଦେଇ ସୀମାଚଳ ଯେତେବେଳେ ମନ୍ତ୍ରୀଙ୍କୁ ଠାବ କଲା, ମନ୍ତ୍ରୀ ଟୁରରୁ ଫେରି ଥକା ହୋଇ ବସିଥିଲେ ଏବଂ ତାଙ୍କ ନିର୍ବାଚନ ମଣ୍ଡଳୀରେ କିପରି ରିଲିଫ ବଣ୍ଟାହେବ, ସେ ବିଷୟରେ ଆଲୋଚନା କରୁଥିଲେ। ସୀମାଚଳ ତାଙ୍କୁ ସେଇ ଗାଁଟି କଥା କହିଲା ଏବଂ ସେଠାରେ ଲୋକମାନେ ଦୁଇଦିନ କିଛି ଖାଇ ନଥିବା କଥା ମଧ୍ୟ ଜଣାଇଲା। ଗାଁଟି ମନ୍ତ୍ରୀଙ୍କର ନିର୍ବାଚନ ମଣ୍ଡଳୀରେ ନ ଥିଲା ଏବଂ ମନ୍ତ୍ରୀ ଏ ଭିତରେ ଅନେକ ବନ୍ୟା ପ୍ରପୀଡ଼ିତ ଅଞ୍ଚଳ ବୁଲି ସାରିଥିଲେ। ସେ ତାଙ୍କ ରାସ୍ତାରେ ପଡୁ ନ ଥିବା ଏଇ ଗାଁଟିକୁ ଯିବାକୁ ବିଶେଷ ଉତ୍ସାହ ଦେଖାଇଲେ ନାହିଁ । ସୀମାଚଳ ଏଥରକ ତାର ସାମ୍ବାଦିକତାର ଅମୋଘ ଅସ୍ତ୍ର ପ୍ରୟୋଗ କରି କହିଲା, ଆପଣ ମତେ ସେଦିନ ଯୋଉ କଥା କହୁଥିଲେ....।

ମନ୍ତ୍ରୀଙ୍କର ସୀମାଚଳର ଖବରକାଗଜ ସହିତ ବିଭିନ୍ନ ପ୍ରକାରର ସଂପର୍କ ଓ ପ୍ରତିଶ୍ରୁତି କଥା ମନେ ପଡ଼ିଲା। ସେ ଏଥରକ କହିଲେ, ମୁଁ ତ ଏତେ ଗାଁ ଦେଖିଲିଣି; ଆଉ କଣ ଦେଖିବି? ସୀମାଚଳ କହିଲା, ଆପଣ ଗୋଟିଏ ସବୁଠାରୁ ଗରିବ ଗାଁ ଦେଖିବେ, ଯେଉଁଠାରେ ଲୋକମାନେ ଏ ପର୍ଯ୍ୟନ୍ତ ଭୋକ ଉପାସରେ ଅଛନ୍ତି। ଏବଂ ଆପଣ ଯେ କହୁଛନ୍ତି ଯେ ବନ୍ୟାରେ କୌଣସି ଜୀବନହାନି ହୋଇ ନାହିଁ, ଏଇ

ଗାଁରେ ଅନ୍ତତଃ ଗୋଟିଏ ଲୋକ ମରିଛି। ମନ୍ତ୍ରୀ ଏଥରକ ସହଜରେ ରାଜି ହୋଇଗଲେ ଏବଂ ତାଙ୍କର ଅନ୍ୟ କାର୍ଯ୍ୟକ୍ରମମାନଙ୍କ ସହିତ ଏଇ ଗାଁକୁ ଯିବାର ପ୍ରୋଗ୍ରାମ ମଧ୍ୟ ସାମିଲ ହୋଇଗଲା।

କିନ୍ତୁ ସେମାନେ ପ୍ରକୃତରେ ଯାଇପାରିଲେ ସାତଦିନ ପରେ। ସେତେବେଳକୁ ବର୍ଷା ପୂରାପୂରି ଛାଡ଼ି ଯାଇଥିଲା, ଆଉ ପାଣି ନ ଥିଲା ଏବଂ ଏତେ ଖରା ହେଉଥିଲା ଯେ ମରୁଡ଼ିର ଆଶଙ୍କା ହେଉଥିଲା। ରାସ୍ତାଘାଟ ଶୁଖି ଯାଇଥିଲା ଏବଂ ଜିପ୍ ବର୍ତ୍ତମାନ ସ୍ୱଚ୍ଛନ୍ଦରେ ଯାଇପାରୁଥିଲା। ରାସ୍ତା ଦି ପାଖକୁ ଅନାଇଲେ ବିଶ୍ୱାସ କରି ହେଉ ନଥିଲା ଯେ ମାତ୍ର ସାତ ଦିନ ତଳେ ଏଇ ସବୁ ଜାଗା ପାଣିଭର୍ତ୍ତି ଥିଲା। କେବଳ ମଝିରେ ମଝିରେ ଭାଙ୍ଗିଯାଇଥିବା ରାସ୍ତା ଓ ପୋଲକୁ ଦେଖିଲେ ବନ୍ୟାର ଭୟଙ୍କରିତାର ସୂଚନା ମିଳୁଥିଲା।

ବନ୍ୟା ହୋଇଥିବାର ଆଉ ଗୋଟିଏ ସ୍ମାରକୀ ଥିଲା ଗାଁମାନଙ୍କରେ ରିଲିଫ ଚାଉଳ ନେବାକୁ ଆସୁଥିବା ଲୋକମାନଙ୍କର ଭିଡ଼। ଗାଁର ଆବାଳବୃଦ୍ଧବନିତା ବର୍ତ୍ତମାନ ସାହାଯ୍ୟକାରୀ ଦଳମାନ ନେଇ ଆସୁଥିବା ସାହାଯ୍ୟ ଅପେକ୍ଷାରେ ହିଁ ରହୁଥିଲେ। ମନ୍ତ୍ରୀ ରାସ୍ତାରେ ଯେତେ ଗାଁକୁ ଗଲେ ସବୁଠାରେ ଏଇ ଭିଡ଼ ଥିଲା, ଏବଂ ସବୁଠାରେ ସାହାଯ୍ୟର ପରିମାଣ ବିଷୟରେ ଅଭିଯୋଗମାନ ହେଉଥିଲା, ଗାଁର ସୁସ୍ଥ ସବଳ ଯୁବକମାନେ କାମ ନ କରି ରାସ୍ତା ପାଖରେ ରିଲିଫ ଚାଉଳ ପାଇଁ ଧାଡ଼ି ବାନ୍ଧି ଛିଡ଼ା ହୋଇଥିଲେ। ଏ ଏକ ଅତ୍ୟନ୍ତ ଲଜ୍ଜାଜନକ ଦୃଶ୍ୟ ଥିଲା।

ଏଇଭଳି ବିଭିନ୍ନ ଗାଁ ଦେଇ ଯାଉଯାଉ ରିଲିଫ ଜିନିଷ ସବୁ ସରିଗଲା। ମନ୍ତ୍ରୀ ସୀମାଚଳକୁ ପଚାରିଲେ, କଣ, ତମ ଗାଁକୁ ଖାଲି ହାତରେ ଯିବା। ସୀମାଚଳ କହିଲା, ମୁଁ ସେ ଗାଁ ଲୋକଙ୍କୁ କଥା ଦେଇଛି । ଅଳ୍ପ ସମୟ ପାଇଁ ହେଲେ ବି ଯିବା । ଏଥରକ ଜିପ ସେଇ ଗାଁର ରାସ୍ତା ଧରିବାବେଳେ ସୀମାଚଳ ନିଜକୁ ପ୍ରଶ୍ନ କଲା, ସେ କାହିଁକି ମନ୍ତ୍ରୀଙ୍କୁ ନେଇ ସେ ଗାଁକୁ ଯାଉଛି? କେବଳ ତାର ପ୍ରତିଶ୍ରୁତି ପୂରଣ ପାଇଁ, ନା ସେମାନେ ଗଲେ ଗାଁ ଲୋକଙ୍କର କିଛି ଉପକାର ହେବ? ସେ ଗାଁର କଣ ସୁବିଧା ହୋଇପାରେ ମନ୍ତ୍ରୀ ସେଠାକୁ ଗଲେ? ସୀମାଚଳ ବର୍ତ୍ତମାନ ନିଜକୁ ସାମାନ୍ୟ

ଅପରାଧୀ ମନେକଲା, ଯାହା ସେ ମନେକରିଥିଲା ସେଇ ଗାଁକୁ ପ୍ରଥମେ ଯିବାବେଳେ। ଲୋକମାନଙ୍କ ସହିତ କଥାବାର୍ତ୍ତା କରି ଫେରିଆସିବା ପରେ ତାର ରିପୋର୍ଟ ଲେଖିବା ବେଳେ ତାର କେମିତି ମନେ ହୋଇଥିଲା ଯେ ସେଇ ଲୋକମାନଙ୍କର ଦୁଃଖଦୁର୍ଦ୍ଦଶା ପାଇଁ ସେ ନିଜେ ଯେମିତି କୋଉ ହିସାବରେ ଦାୟୀ।

ଗାଁ ମୁଣ୍ଡରେ ଯେତେବେଳେ ଯାଇ ଜିପ ଅଟକିଲା, ସୀମାଚଳ ନିଜ ଆଖିକୁ ବିଶ୍ୱାସ କରି ପାରିଲା ନାହିଁ। ଗାଁ ଠିକ ସେମିତି ଥିଲା, ଯେମିତି ତାକୁ ସେ ବର୍ଷକ ତଳେ ଦେଖିଥିଲା। ଦି ଧାଡ଼ି ଭଙ୍ଗା କୁଡ଼ିଆ ଘର, ମଝିରେ ଖେଳୁଥିବା ଲଙ୍ଗଳା ପିଲା, ବୁଲା କୁକୁର । ଏତେବଡ଼ ବନ୍ୟା ହୋଇଥିବାର କୌଣସି ଚିହ୍ନବର୍ଣ୍ଣ ନାହିଁ । ମନ୍ତ୍ରୀ କହିଲେ, କଣ, ଏ ଗାଁ ତ ବେଶ ଠିକଠାକ ଦେଖାଯାଉଛି! ବରଂ ଅନ୍ୟ ଗାଁମାନଙ୍କରେ ବେଶି କ୍ଷୟକ୍ଷତି ଦେଖାଯାଉଥିଲା । ମନ୍ତ୍ରୀ ଠିକ କହିଥିଲେ ଏବଂ ସୀମାଚଳ ଚୁପ ରହିଲା । କିପରି ତାଙ୍କୁ ସୀମାଚଳ ବୁଝାଇଥାନ୍ତା ଯେ ଏଇ ଗାଁରେ କ୍ଷୟକ୍ଷତି ହେବାପାଇଁ କିଛି ବି ନଥିଲା।

ଗାଁରେ ଜିପ ପହଞ୍ଚିବାରୁ ଗାଁବାଲା ସେମାନଙ୍କୁ ଦେଖି ଆନନ୍ଦରେ ପାଟି କରି ସେମାନଙ୍କୁ ଘେରି ଠିଆ ହେଲେ। ମନ୍ତ୍ରୀଙ୍କ ପାଖରେ ସେମାନଙ୍କର କୌଣସି ଆପତ୍ତି ଅଭିଯୋଗ ନ ଥିଲା। ମନ୍ତ୍ରୀ ଓ ତାଙ୍କର ଜିପ ଗାଡ଼ି ଯେପରି କେବଳ ସେମାନଙ୍କର ସାମୟିକ ଅବସର ବିନୋଦନର ସାମଗ୍ରୀ ଥିଲେ । ମନ୍ତ୍ରୀ ସେମାନଙ୍କୁ ଅତି ଅଳ୍ପଦିନ ଭିତରେ ଖାଇବା ଜିନିଷ ପହଞ୍ଚାଇ ଦେବାର ପ୍ରତିଶ୍ରୁତି ଦେଲେ। ତା ପରେ ଆଉ କାହାରି ପକ୍ଷରୁ କିଛି କହିବାର ନ ଥିଲା । ଏଥରକ ସୀମାଚଳ ଚେତାଇ ଦେଲା, ଯେଉଁ ବୁଢ଼ା ମରି ଯାଇଥିଲା, ତାର ପରିବାରକୁ ମନ୍ତ୍ରୀ କିଛି ସାହାଯ୍ୟ ଦିଅନ୍ତୁ। ମନ୍ତ୍ରୀ ଯେତେବେଳେ ତତ୍କ୍ଷଣାତ୍ ସାହାଯ୍ୟ ଘୋଷଣା କଲେ, ଗାଁବାଲା ହସିଲେ । କାରଣ, ବୁଢ଼ା ମରି ନଥିଲା। ଜିପ ପାଖକୁ ଆସି ନ ପାରିଥିଲେ ବି ସେ ତା କୁଡ଼ିଆ ଆଗରେ ବସି ରହି ଏ ସବୁ କଥାକୁ ଉପଭୋଗ କରୁଥିବାର ଜଣାପଡୁଥିଲା।

ଗାଁ ଛାଡ଼ିବା ପାଇଁ ସେମାନେ ଗାଡ଼ିରେ ବସିଲେ । ଏଇ ସମଗ୍ର ଯାତ୍ରାଟି ବର୍ତ୍ତମାନ ଅର୍ଥହୀନ ମନେହେଲା। କଣ ପାଇଲେ ଗାଁର ଲୋକମାନେ ସେମାନଙ୍କ

ଆସିବାରୁ? ତାର ହୁଏତ ଲାଭ ହେଲା, ସେ ଯାଇ ଖବରକାଗଜରେ ଗାଁ ବିଷୟରେ ଲେଖିବ । କିନ୍ତୁ ଲୋକମାନେ ଯେଉଁ ଦୁର୍ଦ୍ଦଶା କାହାଣୀ ପଢ଼ିବାକୁ ଚାହିଁଛନ୍ତି, ତାର ଉଦାହରଣ ତ ଏ ଗାଁରେ ନଥିଲା। ଏପରିକି ଯେଉଁ ବୁଢ଼ାକୁ ନେଇ ସାମାନ୍ୟ କରୁଣାର ଉଦ୍ରେକ ହୋଇଥାନ୍ତା, ସେ ମଧ ମରି ନଥିଲା। ମନ୍ତ୍ରୀଙ୍କ ଭଳି ସୀମାଚଳ ବି ନିରାଶ ହେଲା। ଜିପ ଛାଡ଼ିବାରୁ ମନ୍ତ୍ରୀ କହିଲେ, କଣ ଏଥରକ ସନ୍ତୁଷ୍ଟ ହେଲ ତ? ହଉ କାଲି ଏଠିକି କିଛି ରିଲିଫ ପଠାଇଦେବା।

ସୀମାଚଳ ଜିପରେ ବସି ପଛକୁ ଅନାଇଲା। ସଂଜର ନିଷ୍ପ୍ରାଣ ଆଲୁଅରେ ସବୁଆଡୁ ଅଲଗା ରହିଥିବା ଦ୍ୱୀପ ଭଳି ଗାଁଟି ମ୍ଳାନ ଓ ମଳିନ ଦେଖାଯାଉଥିଲା। ବର୍ଷକ ତଳେ ସେ ଏଇ ଗାଁଟିକୁ ଯେମିତି ଦେଖିଥିଲା, ଠିକ ସେମିତି । କିଛି ବି ପରିବର୍ତ୍ତନ ହୋଇ ନ ଥିଲା ଏଠାରେ। ଏଇ ପୁରୁଣା ଗାଁରେ ଘର ସବୁ ସେମିତି ଭଙ୍ଗାରୁଜା, ଲୋକମାନେ ସେମିତି ଗରିବ ଓ ସେମିତି ଭୋକ ଉପାସରେ ଏବଂ ସେମାନଙ୍କର ଆଶା ନିରାଶାରେ କୌଣସି କ୍ଷୟବୃଦ୍ଧି ହୋଇନାହିଁ। ବୁଢ଼ା ଏବେବି ବଞ୍ଚିଛି; ପିଲାମାନେ ଲଙ୍ଗଳା ହୋଇ ଖେଳୁଛନ୍ତି; ବିରାଡ଼ି ମରି ନାହିଁ; ଗାଁ ବନ୍ୟାରେ ଉଜାଡ଼ ହୋଇଯାଇ ନାହିଁ। ସ୍ୱାଧୀନତା, ପଞ୍ଚବାର୍ଷିକ ଯୋଜନା ଏ ଗାଁର କୌଣସି ଲାଭ କରି ନାହାନ୍ତି; ଅବହେଳା ଓ ବନ୍ୟାରେ ଗାଁର କ୍ଷତି ହେବାର କିଛି ନାହିଁ । ସୀମାଚଳ ନିଜକୁ ସାମାନ୍ୟ ଆଶ୍ୱାସନା ଦେଲା ଏବଂ ଜିପ ମୋଡ଼ ବୁଲିବା ପୂର୍ବରୁ ଗାଁ ଆଡ଼କୁ ଶେଷଥର ପାଇଁ ଅନାଇଲା। ସବୁ ଠିକ ସେମିତି ଆଗ ଭଳି ଭଙ୍ଗା ଦଦରା ଦରିଦ୍ର କାତର କିନ୍ତୁ ଜୀଇଁବାର ଅଦମ୍ୟ ଇଚ୍ଛା ନେଇ ରହିଚି। କିଛି ବି ବଦଳି ନାହିଁ ଏଇ କେଉଁ କେତେ କାଳର ଗାଁ ଏବଂ ତାର ଲୋକମାନଙ୍କର ।

—

ଦିନଚର୍ଯ୍ୟା

ସୁମିତ୍ରା ନିଦରୁ ଉଠି ଅଳସ ଭାଙ୍ଗିଲା, ଶୋଇବା ଘରର ଚାରିଆଡ଼କୁ ଅନାଇଲା ଏବଂ ମନକୁ ମନ କହିଲା, ନା, ଆଜି ବି କିଛି ଭଲ ଲାଗୁନାହିଁ । ଯଦିଓ ଘରର ସବୁ ଜିନିଷପତ୍ର ସୁରୁଚିସଂପନ୍ନ ଏବଂ ସୁବ୍ୟବସ୍ଥିତ ଥିଲା, ସୁମିତ୍ରାର ମନେହେଲା ଯେମିତି ତା ମନର ରିକ୍ତତା ସବୁ ଯାଇ ଏଇ କୋଠରୀର ସବୁ ଅଂଶରେ ଗୋଟିଏ ପରସ୍ତ ଛାଇ ଯାଇଛି। ଏପରିକି, ସେ ଯଦି ଝରକା ଖୋଲିଦିଏ, ଏଇ ଶୂନ୍ୟତା ଯେମିତି ତା ଆଖି ପାଉଥିବା ପର୍ଯ୍ୟନ୍ତ ରାସ୍ତା ଘର ଗଛ ପତ୍ର ସମେତ ସାରା ଆକାଶକୁ ଆବୃତ କରିଦେବ।

ସୁମିତ୍ରାର ଘରେ ସବୁ କିଛି ସୁନିୟନ୍ତ୍ରିତ ଥିଲା । ବେଡ ସାଇଡ୍ ଟେବୁଲ ଉପରେ ଚାକର ଚା ରଖି ଚାଲି ଯାଇଥିଲା । ପାଖରେ ସକାଳର ଖବରକାଗଜ ପଡ଼ିଥିଲା। ପାଖ କୋଠରୀରେ ସୁମିତ୍ରାର ସ୍ୱାମୀ ବସି କାମ କରୁଥିଲା। ଟିନା ସ୍କୁଲ ଚାଲି ଯାଇଥିଲା। ରୋଷାଇ ଘରେ ବ୍ରେକ୍‌ଫାଷ୍ଟ ତିଆରି ହେବାର ଠୁଣଠୁଣ ଶବ୍ଦ ଶୁଭୁଥିଲା । ସବୁ ନିୟମାନୁଯାୟୀ, ସମୟାନୁବର୍ତ୍ତୀ। ସୁମିତ୍ରା ବାଥରୁମ ଭିତରକୁ ଗଲା। ସବୁ ଯେ ଯାହା ସ୍ଥାନରେ ସୁରକ୍ଷିତ, ସଫାସୁତୁରା, ଚକମକ । ସୁମିତ୍ରା ଭାବିଲା, ନିଜର ମନକୁ ଯଦି ସେ ନିୟନ୍ତ୍ରଣ ଭିତରକୁ ଆଣି ଏଇପରି ସମନ୍ୱିତ ସମତୁଲ କରି ଦେଇ ପାରନ୍ତା! ଦୀର୍ଘ ନିଃଶ୍ୱାସ ନେଇ ସୁମିତ୍ରା ନିଜ ଉପରେ ପାଣି ଢାଳିଲା। ଯେମିତି ସାବୁନରେ ଦେହକୁ ଘଷିମାଜି ସେ ନିଜର ସମସ୍ତ କ୍ଳାନ୍ତି ବିରକ୍ତି ଅବସାଦକୁ ଧୋଇ ପୋଛି ବାହାର କରି ଦେବ ।

ଦର୍ପଣ ପାଖରେ ଠିଆ ହୋଇ ସୁମିତ୍ରା ଜାଣିଲା ଏ କଥା ସମ୍ଭବ ନୁହେଁ । କାଚ ଭିତରେ ତାର ମୁହଁ ଅବସନ୍ନ ଦିଶୁଛି । ଆଖି ଦୁଇଟି ସଂପୂର୍ଣ୍ଣ ଭାବ ଓ ଉତ୍ତେଜନା

ବିହୀନ। ଓଠରେ ରଙ୍ଗ ନାହିଁ; ଆଖି ତଳେ କଳା ଦାଗ। ସବୁ କିଛି ଫିକା, ନିଷ୍ପ୍ରଭ, ବିବର୍ଣ୍ଣ ଓ ନିଷ୍ପ୍ରାଣ। ଖୋଲା ହୋଇ ତଳେ ପଡ଼ିଥିବା ରାତିର ପୋଷାକ ଭଳି । ଅନେକ ବାଧ୍ୟବାଧକତାର ସହିତ ସେ ତାର ଲୁଗାପଟା ପିନ୍ଧିବାକୁ ଲାଗିଲା। ଡ୍ରେସିଂ ଟେବୁଲ ଉପରେ ସଜା ହୋଇ ରହିଥିବା କସ୍‌ମେଟିକ ସବୁ ତାର ମୁହଁରେ ରଙ୍ଗ ଆଣି ଦେଲେ, କିନ୍ତୁ ତାର ନିଜ ଭିତରର ଅବସାଦର କୌଣସି ପରିବର୍ତ୍ତନ ହେଲା ନାହିଁ। ବରଂ ଏଇ ସକାଳେ ନିଦରୁ ଉଠି ଗାଧୋଇ ନିଜକୁ ସଜାଇବା ତାକୁ ସଂପୂର୍ଣ୍ଣ ଯୁକ୍ତିହୀନ ଓ ଅନାବଶ୍ୟକ ମନେହେଲା। ନିତାନ୍ତ ଅନିଚ୍ଛାର ସହିତ ସେ ଉଠି ଠିଆହେଲା ଏବଂ ଦିନର ସାମନା କରିବାକୁ ପାଦ ବଢ଼ାଇଲା ।

ସୁମିତ୍ରାକୁ ଦେଖି ତାର ସ୍ୱାମୀ କାଗଜ ଉପରୁ ମୁହଁ ଉଠାଇ ତା ଆଡ଼କୁ ଅନାଇଲା। ସୁମିତ୍ରା ଭାବିଲା ତାର ମୁହଁକୁ ଦେଖି ସ୍ୱାମୀ ତାର ମନର ଭାବ ଜାଣିପାରିବ ଏବଂ ସହାନୁଭୂତି ସହିତ ପଚାରିବ, କଣ ଦେହ ଖରାପ ଅଛି? ସେ କିନ୍ତୁ ନିଜର ଦୁର୍ବଳତାକୁ ତା ଆଗରେ ପ୍ରକାଶ ନ କରି କହିବ, ନା ତ! ମାତ୍ର ଏପରି କିଛି ହେଲା ନାହିଁ। ତାର ସ୍ୱାମୀ କହିଲା, ତମେ କଣ ସବୁ କିଣିବ ବୋଲି କହୁଥିଲ, ଆଜି ଖବରକାଗଜରେ ବାହାରିଛି ସାତଦିନ ସେଲ୍ ଅଛି। କୋଡ଼ିଏ ପରସେଣ୍ଟ ଡିସ୍‌କାଉଣ୍ଟ ।

ସୁମିତ୍ରା ନିରାଶ ହେଲା ଏବଂ ସ୍ୱାମୀ ସହିତ କୌଣସି ଆଳରେ କଳି କରିବା ଉଦ୍ଦେଶ୍ୟରେ କହିଲା, ମୁଁ ତମକୁ ଯୋଉ ଔଷଧ ଆଣିବାକୁ କହିଥିଲି, କଣ ହେଲା? ତାର ଦୁର୍ଭାଗ୍ୟକୁ ସ୍ୱାମୀ ଔଷଧ ଆଣି ରଖିଥିଲା ଏବଂ ତାକୁ ସୁମିତ୍ରା ଆଡ଼କୁ ବଢ଼ାଇ ଦେଇ କହିଲା, କାଲିଠାରୁ ଆଣିଲିଣି, ଦବାକୁ ଭୁଲି ଯାଇଥିଲି। ସୁମିତ୍ରା ଔଷଧ ବୋତଲକୁ ଏପାଖ ସେପାଖ ଚାରିଆଡ଼ୁ ବୁଲାଇ ଦେଖିଲା। ନା, ଔଷଧ ଠିକ ଅଛି, ସିଲ ବନ୍ଦ ଅଛି। ଏକ୍‌ସପାୟାରି ଡେଟ୍ ଆହୁରି ଅନେକ ଦିନ ଅଛି। କିଛି ବି ତ୍ରୁଟି ନାହିଁ ସେଇ ଔଷଧ ବୋତଲରେ ଯାହାକୁ ନେଇ ସେ ଆଉ ଏକ କଟୁତାପୂର୍ଣ୍ଣ ବାଦ ବିବାଦର ଆରମ୍ଭ କରିବ।

ହତାଶ ହୋଇ ସେ ରୋଷାଇ ଘରକୁ ଗଲା। ଏଠାରେ ସେ ଚାକରର ବିଭିନ୍ନ ପ୍ରକାରର ଭୁଲଭ୍ରାନ୍ତି ଓ ଅକର୍ମଣ୍ୟତାକୁ ନେଇ ନିଜର କ୍ରୋଧ ଓ ବିରକ୍ତିକୁ ସବାକ୍ ରୂପ ଦେଇ ପାରିଥାନ୍ତା। କିନ୍ତୁ ସେ ସ୍ୱାମୀ ସହିତ କଥାବାର୍ତ୍ତା ପରେ କ୍ଳାନ୍ତ ବୋଧ କରୁଥିଲା ଏବଂ ଆଉ ଯୁକ୍ତିତର୍କ ଅଥବା ଭର୍ତ୍ସନା କରିବାର ମନସ୍ଥିତିରେ ନ ଥିଲା । ବରଂ ସେ ମନକୁ ମନ କହିଲା, ଯାଉ, ସବୁ ଯାଉ । ଟୋଷ୍ଟ ଜଳିପୋଡ଼ି ଯାଉ । କପ୍ ପ୍ଲେଟ୍ ଭାଙ୍ଗିଯାଉ । ଚା ଥଣ୍ଡା ହୋଇଯାଉ। ଯିଏ ଯାହା କରୁଚ, କର। ମୁଁ ଆଉ କାହାରିକି କିଛି କହିପାରିବି ନାହିଁ।

ବର୍ତ୍ତମାନ ଖାଇବା ଟେବୁଲ ଉପରେ ବସି ସୁମିତ୍ରା ଓ ତାର ସ୍ୱାମୀ ବ୍ରେକ୍‌ଫାଷ୍ଟ ଖାଉଥିଲେ । ଟୋଷ୍ଟ ଠିକ ସୁନା ରଙ୍ଗର ଓ ଉପଯୁକ୍ତ ଉତ୍ତାପର ଥିଲା। ଅମଲେଟରେ ଲୁଣ ଠିକ ଥିଲା; ଚା ଗରମ ଥିଲା । ସ୍ୱାମୀ ଭଲ ମୁଡ୍‌ରେ ଥିଲା। କେବଳ ସୁମିତ୍ରା ନିଜର ମନକୁ ଆୟତ୍ତ କରିପାରୁ ନଥିଲା। ତାର ସ୍ୱାମୀ କହିଲା, ଏ ମାସରେ ଆମକୁ ବହୁତ ଲୋକଙ୍କୁ ଖାଇବାକୁ ଡାକିବାର ଅଛି । ସୁମିତ୍ରା ଭାବିଲା ଚିତ୍କାର କରି କହିବ, ମତେ ଏ ପାର୍ଟିସବୁ ଆଉ ଭଲ ଲାଗୁ ନାହିଁ । ସେଇ ଏକାଭଳି ଲୋକ; ଏକାଭଳି ମପାଚୁପା ଓ ସତର୍କ ସଂଳାପ; ସେଇ ଭଦ୍ର ପୋଷାକ, ଅତ୍ୟାଧୁନିକ ବେଶଭୂଷା । ସାମାନ୍ୟ ମିଥ୍ୟାର ଆଶ୍ରିତ କଥୋପକଥନ; ନିଶାଗ୍ରସ୍ତ ଅବସ୍ଥାର ସାମୟିକ ଅନ୍ତରଙ୍ଗତା ଓ ଭଙ୍ଗୁର ପ୍ରତିଶ୍ରୁତିମାନ । ସୁମିତ୍ରାର ପୁଣି ମନେ ପଡ଼ିଲା କଟୁ ନ ଥିବା ସମୟ କଥା। ହାତଘଡ଼ିରେ ଅତି ମନ୍ଥର ଗତିରେ ଚାଲୁଥିବା କଣ୍ଟା; ଶୂନ୍ୟରୁ ଝୁଲି ରହିଥିବା ଘଣ୍ଟା ମିନିଟ ସେକେଣ୍ଡ ଲିତା ବିଲିତା, ବ୍ରେକ୍‌ଫାଷ୍ଟରୁ ଲଞ୍ଚ ଓ ଲଞ୍ଚରୁ ଡିନରର ବ୍ୟବଧାନର ଗୋଟିଏ ଗୋଟିଏ ସମ୍ବତ୍ସର। ତାର ବର୍ତ୍ତମାନ ଆଉ ଭୋକ ନଥିଲା ଏବଂ ସେ ଜାଣିଥିଲା ଯେ ସେ ଆଉ ଖାଇବ ନାହିଁ । ତଥାପି ସେ ଅମଲେଟଟିକୁ ଛୁରୀ ଦେଇ ଆହୁରି ଛୋଟ କରି କାଟିଲା ଏବଂ କହିଲା, ଏ ସପ୍ତାହରେ ନୁହେଁ, ଆର ସପ୍ତାହରେ। ଏ ଭିତରେ ବରଂ ସେଇ ନୂଆ ଫିଲ୍‌ମଟା ଦେଖିବା।

ଦଶଟା ବେଳେ ସ୍ୱାମୀ ଅଫିସ ବାହାରିଗଲା। ପାଞ୍ଚ ମିନିଟ ପରେ ଡାକବାଲା ବେଲ୍ ଦେଲା । ଇଲେକଟ୍ରିକ୍ ବିଲ୍‌ର ନୋଟିସ ଥିଲା । ଆଉ କିଛି ବି ଚିଠି ଆଣି ଆସେ ନାହିଁ ଡାକବାଲା। ସୁମିତ୍ରାର ମନେ ପଡ଼ିଲା କଲେଜରେ ପଢ଼ିବା ବେଳେ ସେ ଦେଶ ବିଦେଶର ପେନ୍ ଫ୍ରେଣ୍ଡମାନଙ୍କୁ ଚିଠି ଲେଖୁଥିଲା ଏବଂ ପ୍ରତିଦିନ ଡାକରେ ତା ପାଖକୁ ରଙ୍ଗବେରଙ୍ଗ ଲଫାପାରେ ଅନେକ ଚିଠି ଆସୁଥିଲା । ଆଜିକାଲି ଡାକରେ କେବଳ ଅବୈୟକ୍ତିକ ଟେଲିଫୋନ ବିଲ, ଡିସକାଉଣ୍ଟରେ ମିଳୁଥିବା ଶାଢ଼ିର ବିଜ୍ଞାପନ, ନିମନ୍ତ୍ରଣ ପତ୍ର । ଇଲେକଟ୍ରିକ୍ ବିଲ୍‌ର ଲଫାପାକୁ ନ ଖୋଲି ସେ ସେମିତି ଟେବୁଲ ଉପରେ ରଖିଦେଲା ଏବଂ କେତେଦିନ ତଳେ ଅଧା ପଢ଼ି ରଖି ଦେଇଥିବା ବହିଟିକୁ ଖୋଜିବାକୁ ଗଲା।

ଟେଲିଫୋନ୍ ବାଜିଲା ଏବଂ ରିସିଭର ଉଠାଇ କିଛି କହିବା ପୂର୍ବରୁ ସେ ପାଖରୁ ମିସେସ ଶର୍ମାଙ୍କର ଅନିବାର୍ଯ୍ୟ କଣ୍ଠସ୍ୱର ଭାସି ଆସିଲା, ବୁଝିଲେ, ମୁଁ ପାଞ୍ଚଥର ଡାଏଲ କରି ସାରିବା ପରେ ଆପଣଙ୍କର ନମ୍ବର ପାଇଲି । ଆଜିକାଲି ଟେଲିଫୋନ ସର୍ଭିସ ଯାହା ହେଲାଣି ନା! ସୁମିତ୍ରା କହିଲା, ଆମ ଟେଲିଫୋନ ବି ବେଶ୍ କିଛି ଦିନ ହେଲା ଖରାପ ଥିଲା। ମିସେସ ଶର୍ମା କହିଲେ, ଖାଲି, ଟେଲିଫୋନ ତ ନୁହେଁ, ଏ ପାଖରେ ଇଲେକଟ୍ରିକ୍ ବି ବନ୍ଦ ଅଛି । କାଲି ରାତିରେ ବି ବିଜୁଳି ବନ୍ଦ ରହିଲା ଅନେକ ସମୟ ପର୍ଯ୍ୟନ୍ତ; ଟିଭିରେ ଭଲ ପ୍ରୋଗ୍ରାମ ମିସ୍ କଲୁ। ସୁମିତ୍ରା କହିଲା, ଖବରକାଗଜରେ ବାହାରିଥିଲା କୋଉ ସମୟରେ କୋଉ ଅଞ୍ଚଳରେ ଲୋଡ୍ ଶେଡ଼ିଙ୍ଗ ହେବ। ମିସେସ ଶର୍ମା କହିଲେ, ସତରେ? କିନ୍ତୁ କିଏ ଏତେ ଟିକିନିଖି କରି ଖବରକାଗଜ ପଢୁଛି? ସୁମିତ୍ରା ଭାବିଲା, ସକାଳର ଖବରକାଗଜରେ ସେଦିନ ପାଣି ସପ୍ଲାଇ ବନ୍ଦ ହେବା ବିଷୟରେ ବାହାରିଥିଲା ବୋଲି କହିବ, କିନ୍ତୁ ମିସେସ ଶର୍ମା ତାକୁ କଥା କହିବାର ଅବସର ନ ଦେଇ କହି ଚାଲିଥିଲେ, ସେଇ ମର୍ଡର କେସ କଥା ଏତେ ବିସ୍ତାରରେ ବାହାରୁଚି ଯେ, ସେଇ ଖବରତକ ପଢୁ ପଢୁ ସମୟ ଚାଲିଯାଉଛି।

ସୁମିତ୍ରା ଭାବିଲା, କଣ ଦରକାର ଏଇ ଜବରଦସ୍ତି ସ୍ତ୍ରୀଲୋକ ସହିତ କୋଉ ମର୍ଡର କେସ ବିଷୟରେ ଆଲୋଚନା କରି। କିନ୍ତୁ ସେ କହିଲା, ଆଉ କୋଉ

ଖବରକାଗଜରେ କୁଆଡେ ବାହାରିଥିଲା ଯେ ସେ ଝିଅର ପରିବାରର ଲୋକମାନେ ବି କେମିତି ଏଇ ହତ୍ୟା ସହିତ ଜଡ଼ିତ । ମିସେସ ଶର୍ମା କହିଲେ, ସତରେ? କ'ଣ କିଛି ପ୍ରେମ ପ୍ରେମ କଥା ଅଛି କି? ସୁମିତ୍ରା ଭାବିଲା ଟେଲିଫୋନକୁ କାଟି ଦେଇ ଏଇ ଅଯଥା ଆଗ୍ରହୀ ସ୍ତ୍ରୀଲୋକର ଅସୁସ୍ଥ କୌତୂହଳକୁ ଆଉ ପ୍ରଶ୍ରୟ ଦେବ ନାହିଁ। କଣ ଆସେ ଯାଏ ତାର ସେଇ ଝିଅଟିର ତାର ପଡ଼ୋଶୀ ସହିତ ପ୍ରେମ ଥିଲା କି ନାହିଁ ସେ କଥାରୁ। ସୁମିତ୍ରା କାନ୍ଥ ଘଣ୍ଟାକୁ ଦେଖିଲା ଏବଂ କହିଲା, ପୋଲିସ ସବୁ ଚିଠିପତ୍ର ଜବତ କରି ଦେଇଛନ୍ତି ... । ତା କଥାକୁ କାଟି ମିସେସ ଶର୍ମା କହିଲେ, ବାହାରେ କିଏ ବେଲ୍ ଦଉଛି। ମୁଁ ଟେଲିଫୋନ ରଖୁଚି। ଟିକିଏ ପରେ ପୁଣି ଫୋନ କରିବି ।

ସୁମିତ୍ରାର ଉଚିତ ଥିଲା ଆଗରୁ ଟେଲିଫୋନ କାଟି ଦେବା। ବର୍ତ୍ତମାନ ରିସିଭରକୁ ରଖୁ ରଖୁ ସୁମିତ୍ରା ନିଷ୍ପତ୍ତି କଲା ଯେ ଏଥରକ ନିଶ୍ଚୟ ମିସେସ ଶର୍ମା କଥା କହୁଥିବା ବେଳେ ରିସିଭର ରଖିଦେବ। ଏହି ନିର୍ଣ୍ଣୟ ନେଇ ସେ ପୁଣି ଥରେ ଟେଲିଫୋନର ଘଣ୍ଟି ବାଜିବାକୁ ଜଗି ବସିଲା କିନ୍ତୁ ଏଇ ଧୈର୍ଯ୍ୟର ଖେଳରେ ହାର ହେଲା ସୁମିତ୍ରାର। ମିସେସ ଶର୍ମା ଆଉ ଟେଲିଫୋନ କଲେ ନାହିଁ ।

ଟେଲିଫୋନ ବହିରୁ ସୁମିତ୍ରା ଅଭିଜିତର ନମ୍ବର ବାହାର କରି ତାକୁ ଫୋନ କଲା। ଦୁଇଥର ଟେଲିଫୋନ ଏନ୍‌ଗେଜ୍‌ଡ୍ ଆସିଲା। କାଳେ ନମ୍ବର ଭୁଲ ଥାଇପାରେ ବୋଲି ସେ ବହିରୁ ପୁଣି ଥରେ ନମ୍ବର ମିଳାଇ ଦେଖିଲା । ଏଥରକ ସେ ପାଖରୁ ଝିଅର କଣ୍ଠସ୍ୱର ଆସିଲା। ଏଇଟି ଅଭିଜିତର ନମ୍ବର ହିଁ ଥିଲା ଏବଂ ତାର ସେକ୍ରେଟାରୀ ଜାଣିବାକୁ ଚାହୁଁଥିଲା କିଏ ଅଭିଜିତ ସହିତ କଥାବାର୍ତ୍ତା କରିବାକୁ ଚାହେଁ । ବିରକ୍ତ ହୋଇ ସୁମିତ୍ରା କହିଲା, ମିସେସ ଶର୍ମା। ପୁଣି ଥରେ ଲାଇନ କଟିଗଲା; ଝିଅଟି ଅଭିଜିତ ସହିତ କଥା କହି ସୁମିତ୍ରାକୁ ତାର ଠିକଣା ପଚାରିଲା। ଏଥରକ ସୁମିତ୍ରା ତାର ଠିକଣା ଦେଲା ଏବଂ ଅଭିଜିତ ଲାଇନକୁ ଆସିବାରେ ତାକୁ କହିଲା, ସେ ଝିଅକୁ କହିଦିଅ ତମକୁ ଲାଇନ ଦବା ଆଗରୁ ମତେ ଅଧଘଣ୍ଟାଏ ଜେରା କରିବ ନାହିଁ।

ତାର କଥାକୁ ଗୁରୁତ୍ୱ ନ ଦେଇ ଅଭିଜିତ କହିଲା, ମୁଁ ବର୍ତ୍ତମାନ ଟିକିଏ ବ୍ୟସ୍ତ ଅଛି। କଣ କଥା ଥିଲା? ସୁମିତ୍ରା କହିଲା, ମୋରି ବେଳକୁ ତମର ସବୁ ବ୍ୟସ୍ତତା । କଣ ଏମିତି ଜରୁରୀ କାମ କରୁଚ ବର୍ତ୍ତମାନ? ଅସମଞ୍ଜସରେ ଥାଇ ଅଭିଜିତ ଜବାବ ଦେଲା, ପରେ କହିବି । ନ ହେଲେ ତମେ ଟେଲିଫୋନ ପାଖରେ ଥାଅ, ମୁଁ ପାଞ୍ଚ ମିନିଟ ଭିତରେ ଟେଲିଫୋନ କରିବି ।

ନା; ମୁଁ ବାହାରୁ ଟେଲିଫୋନ କରୁଛି; ଅପେକ୍ଷା କରି ପାରିବି ନାହିଁ । ତମେ ଏବେ ଆସି ମତେ ଦେଖା କର ।

କୋଉଠି? ଅଭିଜିତ ପଚାରିଲା ।

କଫି କର୍ନରରେ । ବର୍ତ୍ତମାନ ଦଶଟା ପଞ୍ଚତିରିଶ ହେଲା । ଠିକ ଏଗାରଟା ବେଳକୁ ସେଠି ଯେମିତି ପହଞ୍ଚିବ ।

ଦେଖ, ବର୍ତ୍ତମାନ ଟିକିଏ ଅସୁବିଧା ଅଛି ... ।

ମୁଁ ସୁବିଧା ଅସୁବିଧା କଥା ଜାଣେ ନାହିଁ । ମୁଁ କଫି କର୍ନରକୁ ଯାଉଛି ।

ଆଚ୍ଛା, ଟିକିଏ ଧର, ଅଭିଜିତ କହିଲା । ଏଥରକ ସେ ବୋଧହୁଏ ପାଖରେ ଥିବା ଲୋକମାନଙ୍କୁ ବିଦାୟ ଦେଲା ଏବଂ ଏକାକୀ ହେବାପରେ କହିଲା, କଣ ହେଲା? ଏତେ ଦିନ ଯାଏ କିଛି ଖବର ନାହିଁ, ଆଜି ହଠାତ୍ କାହିଁକି ଆସିବାକୁ କହୁଚ?

ମୁଁ ଟେଲିଫୋନରେ ଏତେ ଜବାବ ଦେଇ ପାରିବି ନାହିଁ। ତମେ ନ ଆସିଲେ ନ ଆସ । ତମ ଇଚ୍ଛା । ମୁଁ କିଛି ତମକୁ ବାଧ୍ୟ କରୁ ନାହିଁ ।

ଆଚ୍ଛା, କଫି କର୍ନର ନ ଯାଇ ସେଇ ଷ୍ଟେସନ ପାଖରେ ଯୋଉ ରେଷ୍ଟୋରାଁ ଅଛି, ସେଠିକି ଗଲେ ହବ?

ମୁଁ କୋଉ ରେଷ୍ଟୋରାଁ ଦେଖିନାହିଁ ।

ଏଇ ତ ସେଦିନ ଯାଇଥିଲେ ଉପରବେଳା! ଠିକ ଷ୍ଟେସନ ସାମନାରେ । ତମେ ସେଇଠିକି ଆସ ।

ମୁଁ ସେଠିକି ରାସ୍ତା ଜାଣେନା। ମୁଁ କଫି କର୍ନରକୁ ଯାଉଛି। ତମ ଇଚ୍ଛା ହେଲେ ଆସିବ। ଏତିକି କହି ସୁମିତ୍ରା ଟେଲିଫୋନକୁ ଜୋରରେ ରଖିଦେଲା ।

ଏଥରକ ସେ ଟେଲିଫୋନ ପାଖରୁ ଧୀରେ ଉଠିଲା ଓ ଶାଢ଼ି ବଦଳାଇବାକୁ ଗଲା।

ତାର କୌଣସି ବ୍ୟସ୍ତତା ନ ଥିଲା । ସେ ଚାକରକୁ ଚା କରିବାକୁ କହିଲା । ଚା ପିଇସାରି ଟ୍ୟାକ୍‌ସି ନେଇ ସେ ଯେତେବେଳେ କଫି କର୍ନରରେ ପହଞ୍ଚିଲା, ଏଗାରଟା ଚାଳିଶ ବାଜିଥିଲା । ଅଭିଜିତ ଗୋଟିଏ କଣରେ ବସି କଫି ପିଉଥିଲା ଏବଂ ବିରକ୍ତ ହୋଇ ନିଜର ଘଡ଼ି ଦେଖୁଥିଲା। ସୁମିତ୍ରା ତା ପାଖକୁ ଆସିବାରୁ କହିଲା, ମୁଁ ଘଣ୍ଟାଏ ହେଲା ଏଠାରେ ଆସି ବସିଲିଣି।

ସୁମିତ୍ରା ବସୁ ବସୁ କହିଲା, ମୋ ପାଖରେ ତ ଆଉ ଗାଡ଼ି ନାହିଁ ଯେ ପାଞ୍ଚ ମିନିଟ ଭିତରେ ଆସି ପହଞ୍ଚିବି? ଟ୍ୟାକ୍‌ସି ମିଳିବାକୁ ଡେରି ହେଲା ।

ଅଭିଜିତ କହିଲା, କଣ ଚା ପିଇବ ନା କଫି? ମତେ ବାରଟା ଭିତରେ ଅଫିସ ଫେରିଯିବାକୁ ହେବ ।

ସୁମିତ୍ରା କହିଲା, ତମେ ତା ହେଲେ ଯାଅ। ମୁଁ ମୋର ଅର୍ଡର ଦେବି। ଏଥରକ ସୁମିତ୍ରା ରାସ୍ତା ଆଡ଼କୁ ମୁହଁ ବୁଲାଇ ବସିଲା ଏବଂ ବ୍ୟାଗରୁ କଳା ଚଷମା କାଢ଼ି ପୁଣି ଆଖିରେ ଲଗାଇଲା । ଅଭିଜିତ ଟେବୁଲ ଉପରେ ତା ହାତ ଉପରେ ହାତ ରଖିଲା । କହିଲା, ଆଚ୍ଛା ବାବା, ତମେ ଯେତେବେଳ ଯାଏ କହିବ, ରହିବି । ଏଥରକ କହ କଣ ନବ?

ସୁମିତ୍ରା ଆଖିରୁ ଚଷମା ଖୋଲିଲା, କହିଲା, ଚାଲ, ତମେ ଯୋଉ ଷ୍ଟେସନ ପାଖ ରେସ୍ତୋରାଁ କଥା କହୁଥିଲ, ସେଠିକି ଯିବା ।

ସେ ତ ଅନେକ ଦୂର! ପ୍ରଥମରୁ ଯାଇଥିଲେ ହୋଇଥାନ୍ତା । ଆଜି ଏଇଠି ବସିବା।

ନା, ସେଇ ଜାଗାଟା ଭଲ, ସୁମିତ୍ରା କହିଲା, ତମ ପାଖରେ ତ ଗାଡ଼ି ଅଛି; ଚାଲ।

ଦେଖ, ଆଜି ... ଏତିକି କହି ଅଭିଜିତ ଚୁପ ରହିଲା, କାରଣ ସୁମିତ୍ରା ପୁଣି କଳାଚଷମା ଲଗାଇ ବାହାରକୁ ଅନାଇ ଥିଲା ।

ତାର କଫିର ବିଲ ଦେଇ ଅଭିଜିତ ସୁମିତ୍ରାକୁ ନେଇ ବାହାରକୁ ଆସିଲା । ଗାଡ଼ିରେ ବସି ଷ୍ଟେସନ ଆଡ଼କୁ ଯିବାବେଳେ ଅଭିଜିତ କହିଲା, ଆଜି ହଠାତ୍ କେମିତି ତମର ମନେ ପଡ଼ିଲା ।

କଥାର ସିଧାସଳଖ ଜବାବ ନ ଦେଇ ସୁମିତ୍ରା ପ୍ରହେଳିକା କଲା, ମୁଁ ତମ ଭଳି ନୁହେଁ। ଏହାର କୌଣସି ଅର୍ଥ ନଥିଲା। ତେଣୁ ଏ କଥାକୁ ଆଉ କୌଣସି ବ୍ୟାଖ୍ୟା ନ କରି ଅଭିଜିତ କହିଲା, କଣ କିଛି ଜରୁରୀ କଥା ଥିଲା? ସୁମିତ୍ରା କହିଲା, ଆମର ଏତେଦିନ ପରେ ଦେଖା ହଉଚି, ସେଇଟା କଣ ଜରୁରୀ କଥା ନୁହେଁ?

ଅଭିଜିତ ଏଥରକ ଚୁପଚାପ ଗାଡ଼ି ଚଳାଇଲା । ଷ୍ଟେସନ ପାଖ ରେସ୍ତୋରାଁ ଭିତରେ ପଶି ସେ କଣର ଟେବୁଲ ଖୋଜିଲା, କିନ୍ତୁ ଟେବୁଲ ଖାଲି ନ ଥିଲା । କହିଲା, ତମେ ଗୋଟିଏ ମିନିଟ ବସିଥାଅ, ମୁଁ ଅଫିସକୁ ଫୋନ କରି ଦେଇ ଆସେ ।

ଅଭିଜିତ ଯେତେବେଳେ ଫେରିଲା, ସୁମିତ୍ରା ଉଦାସ ହୋଇ ବସିଥିଲା। ତାର ହାତକୁ ହାତରେ ନେଇ ଅଭିଜିତ କହିଲା, କଣ ହୋଇଚି ତମର? ସୁମିତ୍ରା ଅଭିଜିତର ଆଖିକୁ ଅନାଇଲା, ତାର ହାତକୁ ହାତରେ ଜୋରରେ ମୁଠାଇ ଧରିଲା, ଆଉ କହିଲା, ମତେ କିଛି ଭଲ ଲାଗୁନାହିଁ ।

କଣ ତମର ଦେହ ଖରାପ?

ତମେ କିଛି ବୁଝି ପାରିବ ନାହିଁ, ସୁମିତ୍ରା ବିରକ୍ତ ହୋଇ କହିଲା। ଟିକିଏ ପରେ କହିଲା, ତମେ ଅଫିସରୁ କେତେ ସମୟ ପାଇଁ ଛୁଟି ନେଲ? ଲଞ୍ଚ ଖାଇବ ତ ଅର୍ଡର ଦିଅ। ମତେ ଭୋକ ନାହିଁ।

କଫି ପିଇବ, ନା ଚା?

ନା, ମୋର କିଛି ଦରକାର ନାହିଁ।

ତେବେ ଆମେ ଏତେ ବାଟ ଆସିଲେ କାହିଁକି?

ତମକୁ ସେଇ କଫି କର୍ନରରେ ଭୟ ଲାଗୁଥିଲା ବୋଲି। କାଲେ କିଏ ଦେଖିଦବ ତମକୁ!

ୱେଟର ଆସି ସେମାନଙ୍କ ହାତରେ ମେନୁ କାର୍ଡ ଦେଲା। ତାର ପୃଷ୍ଠା ଓଲଟାଇ ସୁମିତ୍ରା କହିଲା, ତମେ କେତେ ସମୟ ରହି ପାରିବ, କହ। ମୁଁ ସେଇ ଅନୁସାରେ ଅର୍ଡର ଦେବି। ପୁଣି ଏକ ତର୍କ ବିତର୍କ ଭିତରକୁ ନ ପଶିବା ପାଇଁ ଅଭିଜିତ କହିଲା, ମୁଁ ଆଉ ଅଫିସକୁ ଫେରିବି ନାହିଁ। ସୁମିତ୍ରା ୱେଟରକୁ କହିଲା, ଦୁଇଟା ଆଇସକ୍ରିମ । ୱେଟର ଚାଲିଯିବା ପରେ ଅଭିଜିତ କହିଲା, ଏତେ ବେଳେ ଆଇସକ୍ରିମ? ସୁମିତ୍ରା କହିଲା, ମୁଁ ଯେତେବେଳେ ଅର୍ଡ଼ର ଦେଲି, କହିଲ ନାହିଁ କାହିଁକି? ଯଦି ନ ଖାଇବ ମୁଁ ୱେଟରକୁ ଡାକି ଅର୍ଡର ବଦଳାଇ ଦେଉଛି । ଅଭିଜିତ କହିଲା, ଥାଉ।

ଏଥରକ ଦୁହେଁ ଚୁପଚାପ ବସିଲେ। ଅଭିଜିତ ଜାଣିଥିଲା, ସେ ବର୍ତ୍ତମାନ ଯାହା ବି କହିବ, ସୁମିତ୍ରା ତାର ଏକ ଅଦ୍ଭୁତ ଅର୍ଥ ବାହାର କରି ଏକ ନୂଆ ତର୍କର ସୂତ୍ରପାତ କରିବ। ଆଇସକ୍ରିମ ଆସିବାରୁ ଅଭିଜିତ ତାକୁ ଖାଇବାକୁ ଆରମ୍ଭ କଲା, କିନ୍ତୁ ସୁମିତ୍ରା ତାକୁ ଛୁଇଁଲା ନାହିଁ ଏବଂ ଆଇସକ୍ରିମ ପ୍ଲେଟ ଉପରେ ତରଳି ଯିବାକୁ ଦେଲା। ଅଭିଜିତ ଯେତେବେଳେ 'ତମେ ଖାଇବ ନାହିଁ' ପଚାରିଲା, ତାର ଖାଲି ପ୍ଲେଟକୁ ଚାହିଁ ସୁମିତ୍ରା କହିଲା, ତମ ପାଇଁ ଆଉ କିଛି ଅର୍ଡର ଦେବି?

ପୁଣି କିଛି ସମୟ ଚୁପଚାପ ବସିବା ପରେ ଅଭିଜିତ ଘଡ଼ି ଦେଖିଲା। ସୁମିତ୍ରା କହିଲା, ତମର ଅଫିସ ସମୟ ହୋଇଗଲା ବୋଧହୁଏ? ଅଭିଜିତ କହିଲା, ନା, ମୁଁ ଆଉ ଅଫିସ ଯିବି ନାହିଁ । ତମର କଣ ହୋଇଚି, କୁହ ।

ସୁମିତ୍ରା ତା ଉପରେ ରାଗିଯାଇ କହିଲା, ମୋର କିଛି ହୋଇ ନାହିଁ। ମୋର କିଛି ହେବା ନ ହେବାରେ ତମର କଣ? କେବେ ଖବର ନେଇଥିଲ? ତମର ଆଜି ମୁଡ୍ ଠିକ ନାହିଁ। ମୋର ତମକୁ ଏଠିକି ଆସିବା ପାଇଁ ବାଧ କରିବା ଉଚିତ ନଥିଲା । ଚାଲ, ଯିବା ଏଥରକ । ଅଭିଜିତର ଅନୁରୋଧକୁ ନ ମାନି ସୁମିତ୍ରା ୱେଟରକୁ ବିଲ ଆଣିବାକୁ କହିଲା ଓ ଜିଦ କରି ନିଜେ ପଇସା ଦେଇ ଦେଲା । ବାହାରକୁ ଆସି ଅଭିଜିତ କହିଲା, ତମେ କୋଉଠିକି ଯିବ, କହ । ମୁଁ ଛାଡ଼ି ଦେବି । ସୁମିତ୍ରା କହିଲା,

ନା, ମୁଁ ଟ୍ୟାକ୍‌ସି ନେଇ ଯିବି। ତମେ ତମର ଅଫିସକୁ ଯାଅ। ଅନେକ ଜରୁରୀ କାମ ଥିବ ତମର ।

ଅଭିଜିତ ଶେଷଥର ପାଇଁ ଅନୁନୟ କରି କହିଲା, ସୁମିତ୍ରା ଦେଖ, ମୁଁ ଟୁରରେ ଚାଲିଯିବି କିଛିଦିନ ପାଇଁ। କଣ କହିବାର ଥିଲା କୁହ। ସୁମିତ୍ରା ତା କଥାକୁ ଅଶୁଣା କରି ଦେଇ ଟ୍ୟାକ୍‌ସି ଡାକିଲା ଏବଂ ଟ୍ୟାକ୍‌ସିରେ ବସୁ ବସୁ କହିଲା, ତମର ଯେତେବେଳେ ମୋ ସାଙ୍ଗରେ କଥାବାର୍ତ୍ତା କରିବା ପାଇଁ ଇଚ୍ଛା ଓ ସମୟ ହବ, ମତେ ଫୋନ କରିବ ।

ଟିନା ଘରକୁ ଫେରିଲା ଦୁଇଟା ବେଳେ । ସୁମିତ୍ରା ମୁହଁକୁ ସାମାନ୍ୟ ହସ ଆଣି ତାକୁ ସ୍କୁଲରେ କଣ ସବୁ ହେଲା ପଚାରିଲା। ଟିନା ବିସ୍ତୃତ ବିବରଣ ଦେବାକୁ ଆରମ୍ଭ କରିବାରୁ ସୁମିତ୍ରା କହିଲା, ଥାଉ, ଥାଉ। ଖାଇ ସାରିଲେ ବାକି ସବୁ କଥା ଶୁଣିବି। ନିଜେ ଖାଉ ଖାଉ ସୁମିତ୍ରା ଟିନାକୁ ଖୁଆଇଲା ଏବଂ ଖାଇ ସାରି ଶୋଇବା ଘରକୁ ଆସିଲା। ତା ପଛେ ପଛେ ଟିନା ଆସି ତାର ବହି ଧରି ଛିଡ଼ା ହେଲା, କହିଲା, ମତେ ଏ ଗପଟା କହ। ସୁମିତ୍ରା ସାମାନ୍ୟ ବିରକ୍ତିର ସହ କହିଲା, ମୋର ଏବେ ଦେହ ଭଲ ନାହିଁ । ଶୋଇ ସାରି ଉଠିଲେ କହିବି । ତା କଥା ଶୁଣି ଅତ୍ୟନ୍ତ ବିନୀତ ଭଳି ଟିନା ଚାଲି ଯାଉଥିଲା। କି ଅଦ୍ଭୁତ ପିଲା, ସୁମିତ୍ରା ଭାବିଲା, ସବୁ କଥା ଏମିତି ଚୁପଚାପ ମାନି ଯାଉଛି! ଜିଦ କରି ତ କହି ପାରିଥାନ୍ତା, ନା, ମୁଁ ଗପ ଶୁଣିବି। ଏବେ, ଏଇ ମୁହୂର୍ତ୍ତରେ।

ସୁମିତ୍ରା ଟିନାକୁ ପଛରୁ ଡାକିଲା, କହିଲା, ଆଚ୍ଛା ହଉ। ମୁଁ ତତେ ଏବେ ଗପଟା କହୁଛି । ଟିନା ଆସିବାରୁ ସୁମିତ୍ରା ତାର ସ୍କୁଲ ପୋଷାକ ବଦଳାଇ ଅନ୍ୟ ଜାମା ପିନ୍ଧାଇଲା ଆଉ ବିଛଣା ଉପରେ ଶୋଇ ଶୋଇ ବହିରୁ ଗପଟି ପଢ଼ି ତାକୁ ଶୁଣାଇଲା। ଟିନା କ୍ଳାନ୍ତ ଥିଲା ଏବଂ ଅଧା ଗପରୁ ଶୋଇବାକୁ ଆରମ୍ଭ କଲା। ତାକୁ ଉଠାଇ ସୁମିତ୍ରା କହିଲା, ଯା, ତୋ ଖଟରେ ଯା ଶୋଇବୁ।

ସୁମିତ୍ରା ସେଇ ବହିଟା ଖୋଜିଲା ଯାହାକୁ ସେ କିଛି ଦିନ ତଳେ ଅଧା ପଢ଼ି ରଖି ଦେଇଥିଲା । କିନ୍ତୁ ବହି ମିଳିଲା ନାହିଁ । ସେ ଝରକାର ପର୍ଦ୍ଦା ଟାଣି ଦେଲା ଏବଂ

ବିଛଣା ଉପରେ ଆଖି ବୁଜି ଶୋଇ ନିଜ ଉପରେ ବିରକ୍ତ ହେଲା, କୋଉଠି ସେ ବହିଟା ରଖି ଦେଇଛି ବୋଲି। ପାଖ ଖଟ ଉପରେ ଟିନାର ନିଦରେ ଶୋଇ ପଡ଼ିବାର ଦୀର୍ଘନିଃଶ୍ୱାସ ଶୁଣୁଶୁଣୁ ସୁମିତ୍ରା ନିଜେ କେତେବେଳେ ଶୋଇଗଲା, ଜାଣି ପାରିଲା ନାହିଁ।

ତାର ନିଦ ଯେତେବେଳେ ଭାଙ୍ଗିଲା, ଘର ଭିତରେ ଅନ୍ଧାର ଥିଲା। ସୁମିତ୍ରା ଯାଇ ଝରକାର ପର୍ଦ୍ଦା ଖୋଲି ବାହାରକୁ ଅନାଇଲା। ଶୀତଦିନର ଗୋଧୂଳି ଆକାଶ ଅତ୍ୟନ୍ତ ମ୍ଳାନ ଓ ମଳିନ ଦେଖା ଯାଉଥିଲା। ସୁମିତ୍ରା ବାହାରୁ ଆଖି ଫେରାଇ ଘର ଭିତରକୁ ଅନାଇଲା। ଟିନା ଉଠି ଚାଲି ଯାଇଥିଲା ଏବଂ କୋଠରୀ ଶୂନଶାନ ଥିଲା। ସୁମିତ୍ରା ଅନୁଭବ କଲା ଯେପରି ଏକ ଉଦାସୀ ବିଷଣ୍ଣତାର ଆସ୍ତରଣ ଧୀରେ ଧୀରେ ତାର କୋଠରୀର ସମସ୍ତ ଜିନିଷକୁ ଆଚ୍ଛନ୍ନ କରି ଯାଉଛି। ଦୀର୍ଘ ନିଃଶ୍ୱାସ ନେଇ ସୁମିତ୍ରା ମନକୁମନ କହିଲା, ନା, କିଛି ବି ଭଲ ଲାଗୁ ନାହିଁ।

—

ନିଜତ୍ୱ

ଉର୍ମିଳା ସୁଶ୍ରୀ, ଉଚ୍ଚ ଶିକ୍ଷିତା, ବୁଦ୍ଧିମତୀ ଓ ଅଧ୍ୟବସାୟୀ ଥିଲା । କିନ୍ତୁ ଏ ସବୁ ଗୁଣମାନ ତାକୁ ଉପଯୁକ୍ତ ଚାକିରି ପାଇବାରେ କୌଣସି ସହାୟତା କଲେ ନାହିଁ। ଏମ୍.ଏ. ଓ ଏମ୍.ଫିଲ୍. କରିସାରିବା ପରେ ଅନ୍ୟ କିଛି କାମ ମିଳି ନ ଥିବାରୁ ସେ ପିଏଚ.ଡି. ପାଇଁ ପ୍ରସ୍ତୁତି କରୁଥିଲା ଏବଂ ଚାକିରି ଖୋଜୁଥିଲା। ସେ ନାରୀମାନଙ୍କ ପାଇଁ ସ୍ୱାତନ୍ତ୍ର୍ୟ ଓ ସମାନତା ତଥା ଉଇମେନ୍ସ ଲିବ୍‌ରେ ବିଶ୍ୱାସ କରୁଥିଲା ଏବଂ ସ୍ଥିର କରିଥିଲା ଯେ ନିଜର ବିଦ୍ୟାବୁଦ୍ଧି ବଳରେ ଚାକିରି କରି ପୁରୁଷମାନଙ୍କ ସହିତ ସମକକ୍ଷ ହେବ। ଯଦିଓ ତାର ଘରେ ଏଥିପାଇଁ କୌଣସି ବାଧ୍ୟବାଧକତା ନ ଥିଲା ଏବଂ ତାକୁ ବାହା କରାଇ ଦେଇଥିଲେ ତାର ବାପା ମା ଖୁସି ହୋଇଥାନ୍ତେ, ସେ ନିଜର ସ୍ୱାଧୀନ ଭାବରେ ଜୀବନ କଟାଇବାର ନିର୍ଣ୍ଣୟରେ ଅଟଳ ଥିଲା ।

ନିଜର ଭବିଷ୍ୟତ ଯୋଜନାମାନଙ୍କରେ ଉର୍ମିଳା ଯେଉଁ ବିଷୟକୁ ହିସାବକୁ ନେଇ ନ ଥିଲା, ସେଇଟି ଥିଲା ସାମାଜିକ ଅବସ୍ଥା। କଲେଜ ଅଡିଟୋରିୟମରେ ବକ୍ତୃତା ଦେଲାବେଳେ ସମସ୍ୟା ସବୁ ସିଧାସଳଖ ଓ କଳାଧଳାରେ ପର୍ଯ୍ୟବସିତ ଥିଲା; ପ୍ରତିଟି ପ୍ରଶ୍ନର ଦୁଇଟି ଦିଗ ଥିଲା ଏବଂ ଉର୍ମିଳା ପାଇଁ କୌଣସି ଦ୍ୱନ୍ଦ୍ୱ ନଥିଲା ସଠିକ ରାସ୍ତା ଖୋଜି ନେବାରେ । କିନ୍ତୁ ଉଇମେନ୍ସ କଲେଜର ପାଚେରି, ଲେଡ଼ିଜ୍ ସ୍ପେଶାଲ ବସ୍ ଓ ସହପାଠିନୀ ବାନ୍ଧବୀମାନଙ୍କ ବାହାରେ ଯେଉଁ ପୃଥିବୀଟି ଥିଲା ତା ଉର୍ମିଳାର ସଂପୂର୍ଣ୍ଣ ଅପରିଚିତ ଥିଲା । ଏଇ ନୂତନ ପୃଥିବୀ ସହିତ ଉର୍ମିଳାର ପ୍ରଥମ ପରିଚୟ ହେଲା ସେ ଯେତେବେଳେ ଚାକିରି ଖୋଜିବା ପାଇଁ ବାହାରିଲା ।

ସର୍ବସାଧାରଣଙ୍କର ବସ୍ ତାଙ୍କର କଲେଜକୁ ଯାଉଥିବା ଲେଡ଼ିଜ୍ ସ୍ପେଶାଲ ଭଳି ଆଦୌ ନଥିଲା। ତା ଭିତରକୁ ଯିବାପାଇଁ କୁସ୍ତି କସରତ କରିବାକୁ ପଡୁଥିଲା ଏବଂ ଏ ବସ୍‌ମାନଙ୍କରେ ଯାତ୍ରୀ ଓ କର୍ମଚାରୀମାନଙ୍କର ବ୍ୟବହାର ଶାଳୀନତା ବହିର୍ଭୂତ ଥିଲା। ବସ୍‌ରେ ଝିଅମାନଙ୍କ ପାଇଁ ଅଶ୍ଳୀଳ ଆଚରଣ ବିଷୟରେ ଊର୍ମିଳା ଖବରକାଗଜରେ ପଢ଼ିଥିଲା, କିନ୍ତୁ ବର୍ତ୍ତମାନ ସେ ଏହାର ଅନୁଭବ କରୁଥିଲା ନିଜେ ପ୍ରଥମ ଥର ପାଇଁ । ବସ୍ ଭିତରକୁ ପଶିବାବେଳେ ଅଥବା ବସ୍ ଭିତରେ ଭିଡ଼ରେ କେହି କେହି ତାର ଛାତିରେ ହାତ ଲଗାଇ ଦେଉଥିଲେ। ପ୍ରଥମ ଥର ଊର୍ମିଳାକୁ ଏ ବ୍ୟବହାର ଅତି ଘୃଣା ଓ ଅପମାନଜନକ ମନେ ହୋଇଥିଲା ଏବଂ ସେ ହତଚକିତ ହୋଇଯାଇଥିଲା। ଗୋଟାଏ ମୁହୂର୍ତ୍ତ ପାଇଁ ସେ ଭାବିଲା ସେ ଚିତ୍କାର କରି ଏଇ ଲୋକଟିର ମୁହଁରେ ଚପେଟାଘାତ କରିବ। କିନ୍ତୁ ସାମାନ୍ୟ ଚିନ୍ତା କରି ଦେଖିଲା ଯେ ଏଇଭଳି ଗୋଟାଏ ଶସ୍ତା ତୃତୀୟ ଶ୍ରେଣୀର ଇତର ଲୋକ ପାଇଁ ସେ ନିଜର ସମୟ ଆଉ ଶ୍ରମ ଅପବ୍ୟୟ କରି ନାଟକୀୟ ପରିସ୍ଥିତିର ସୃଷ୍ଟି କରିବ ନାହିଁ। କିଛିଦିନ ବସ୍‌ରେ ଯିବାଆସିବା ପରେ ସେ ଏକଥା ମଧ୍ୟ ଜାଣିଲା ଯେ ସ୍ତ୍ରୀଲୋକଙ୍କ ପାଇଁ ବସ୍‌ରେ ଯାତାୟାତ କରିବା ଏହିଭଳି ତିକ୍ତ ଅନୁଭୂତିସାପେକ୍ଷ, କାରଣ ସାମାନ୍ୟ ସୁଯୋଗ ପାଇଲେ କିଛି ଲୋକ ସ୍ତ୍ରୀଲୋକ ମାନଙ୍କର ଛାତି, ଜଙ୍ଘ ଓ ଦେହକୁ ଆଘାତ କରୁଥିଲେ। ଏ କଥାରେ ବର୍ତ୍ତମାନ ଊର୍ମିଳା ଆଉ ଆଶ୍ଚର୍ଯ୍ୟାନ୍ୱିତ, ବିରକ୍ତ କିମ୍ବା ଅପମାନିତ ବୋଧ କରୁ ନ ଥିଲା । କେବଳ ମନଭିତରେ ସେଇ ଅଭଦ୍ର ଲୋକ ଉଦ୍ଦେଶ୍ୟରେ କହୁଥିଲା ବାଷ୍ଟାର୍ଡ ।

ଏହି ଅଶାଳୀନତା କେବଳ ବସ୍ ଭିତରେ ହିଁ ସୀମିତ ନ ଥିଲା। ରାସ୍ତାଘାଟ, ଦୋକାନ ବଜାର, ଅଫିସ, ହୋଟେଲ, ରେଲ ଷ୍ଟେସନ ସବୁଆଡ଼େ ପରିବ୍ୟାପ୍ତ ଥିଲେ ଏଇ ଜାରଜମାନେ । ଯେପରିକି ଜଣେ ସ୍ତ୍ରୀ ଲୋକ ପକ୍ଷରେ ସମ୍ମାନର ସହିତ ଚଳପ୍ରଚଳ କରିବା ଏ ଦେଶରେ ଅସମ୍ଭବ! ଊର୍ମିଳା କ୍ରମଶଃ ସ୍ୱୀକାର କରିନେଲା ଯେ ରାସ୍ତାରେ ଯିବାବେଳେ ନର୍ଦ୍ଦମାର ରୋମିଓମାନେ ଅଶ୍ଳୀଳ ଇଙ୍ଗିତ କରିବେ, ଦୋକାନରେ ଲୋକେ ଅଯଥା ଅନ୍ତରଙ୍ଗ ହେବାକୁ ଚେଷ୍ଟା କରିବେ ଏବଂ ପଡ଼ୋଶୀ

ବୟସ୍କ ଭଦ୍ରବ୍ୟକ୍ତି ବ୍ୟଙ୍ଗ ପରିହାସ କରିବାକୁ ନିଜର ଅଧିକାର ମନେ କରିବେ । ଉର୍ମିଳା କିନ୍ତୁ ହାର ମାନିବାକୁ ପ୍ରସ୍ତୁତ ନଥିଲା। ସେ ନିଜକୁ କହିଲା, ସେ କେବେହେଲେ ନିଜର ନିର୍ଣ୍ଣୟରୁ ଓହ୍ଲାଇ ଯିବ ନାହିଁ ଏବଂ ଏଇ ପୁରୁଷପ୍ରଧାନ ସମାଜରେ ନିଜର ସ୍ଥାନ ନିର୍ଦ୍ଧାରିତ କରିବ ହିଁ କରିବ ।

ଚାକିରି ପାଇଁ ଆଉ କାହାରି ସହାୟତା ନ ନେଇ ସେ ନିଜେ ଖବରକାଗଜରୁ ବିଜ୍ଞପ୍ତିମାନ ଦେଖି ବିଭିନ୍ନ ସ୍ଥାନକୁ ଦରଖାସ୍ତ ଦେଲା। ତାର ପ୍ରଥମ ଇଣ୍ଟରଭିଉ ଥିଲା କୌଣସି ଏକ ଏକ୍ସପୋର୍ଟ ହାଉସର ଚାକିରି ପାଇଁ। ଇଣ୍ଟରଭିଉର ଜାଗା ଥିଲା କମ୍ପାନୀ ଡାଇରେକ୍ଟରଙ୍କର ବ୍ୟକ୍ତିଗତ ଘର, ଯାହାର ବାହାର କୋଠରୀରେ ତା ଭଳି ଆଉ କେତେଜଣ ଝିଅ ଅପେକ୍ଷା କରୁଥିଲେ। ଡାକରା ପାଇ ସେ ଯେତେବେଳେ ଭିତରକୁ ଗଲା, ଦେଖିଲା ସେଇଟି ଗୋଟିଏ ସୁଦୃଶ୍ୟ ଡ୍ରଇଂରୁମ ମାତ୍ର। ଏଇ କୋଠରୀର ସୋଫା ଉପରେ ତିନିଜଣ ଭଦ୍ରବ୍ୟକ୍ତି ବସିଥିଲେ, ଯେଉଁମାନଙ୍କର ଚେହେରା ସହିତ ହିନ୍ଦୀ ଫିଲ୍‌ମର ଖଳନାୟକଙ୍କର ଅନେକ ସାମଞ୍ଜସ୍ୟ ଥିଲା। ଏହି ଦୃଶ୍ୟକୁ ସଂପୂର୍ଣ୍ଣ କରିବା ପାଇଁ ସେମାନଙ୍କ ସାମନାରେ ମଦବୋତଲ, ଗ୍ଲାସ ଓ ସୋଡ଼ା ରଖାହୋଇଥିଲା ଏବଂ ସେମାନେ ହାତରେ ଗ୍ଲାସ ଧରି ନିଜ ନିଜ ଭିତରେ କୌଣସି ରୋଚକ ଆଲୋଚନାରେ ବ୍ୟସ୍ତ ଥିଲେ। ଉର୍ମିଳା ବସିବା କ୍ଷଣି ଏଇ ଦଳର ସର୍ଦ୍ଦାର ଭଳି ଦେଖାଯାଉଥିବା ଲୋକଟି ତା ହାତକୁ ଗୋଟିଏ ଗ୍ଲାସ ବଢ଼ାଇଦେଇ କହିଲା, ପ୍ଲିଜ୍ ... ।

ଉର୍ମିଳା ଏ ପରିସ୍ଥିତିରେ ସାମାନ୍ୟ ହତଚକିତ ହେଲା ଏବଂ ପାଖ କୋଠରୀରେ ଆଉ କେତେଜଣ ଝିଅ ବସି ନ ଥିଲେ ସେ ବୋଧହୁଏ ଆତଙ୍କିତ ବୋଧ କରିଥାନ୍ତା। ଯାହାହେଉ, ସେ ବର୍ତ୍ତମାନ ନିଶ୍ଚିତ କରିନେଲା ଯେ ସେ ଏଇ କମ୍ପାନୀରେ ଚାକିରି କରିବାକୁ ଯାଉନାହିଁ । ତଥାପି ସେ ତାର ଇଣ୍ଟରଭିଉକୁ କେମିତି ହେଲେ ଶୀଘ୍ର ନିର୍ବାହ କରିବାକୁ ଚାହୁଁଥିଲା । ସେ କହିଲା, ନା, ମୁଁ ପିଏ ନାହିଁ ।

ସର୍ଦ୍ଦାର କହିଲା, ଦେଖନ୍ତୁ ଉର୍ମିଳା ଦେବୀ, ଆମର ହେଲା ଏକ୍ସପୋର୍ଟ ବିଜିନେସ୍। ସମୟ ଅସମୟରେ ଆମର ଫରେନ ବାୟର୍ସ ଆସନ୍ତି। ତାଛଡ଼ା ଏଠାରେ

ସରକାରୀ ଅଫିସରଙ୍କ ସାଙ୍ଗରେ ଆମର ସବୁବେଳେ କାମ। ସେମାନଙ୍କୁ ଏଣ୍ଟରଟେନ ତ କରିବାକୁ ହେବ! ଆମେ ଯୋଉ ପୋଷ୍ଟ ପାଇଁ ବିଜ୍ଞପ୍ତି ଦେଇଥିଲୁ, ସେ ଚାକିରିର ପ୍ରଧାନ କାମ ହେଲା ଏଇ ଅତିଥିମାନଙ୍କର ଯତ୍ନ କରିବା ... ।

ଉର୍ମିଳା କହିଲା, ଧନ୍ୟବାଦ। ମୁଁ ଏ କାମ କରି ପାରିବି ନାହିଁ। ସର୍ଦ୍ଦାର କହିଲା, ଭାବି ଦେଖନ୍ତୁ। ଆମର ଦରମା ଭଲ । ତା ଛଡ଼ା ... । ଉର୍ମିଳା କହିଲା, ନା, ମୋର ଏ ଚାକିରି ଦରକାର ନାହିଁ। ସର୍ଦ୍ଦାର ଗ୍ଲାସରେ ମଦ ଢାଳୁ ଢାଳୁ କହିଲା, ଆପଣଙ୍କର ଯେମିତି ଇଚ୍ଛା। କଣ ଚା କି କଫି କିଛି ପିଇବେ? ଉର୍ମିଳା କହିଲା, ନା, ଧନ୍ୟବାଦ।

କୋଠରୀରୁ ବାହାରି ସେ ଅନ୍ୟ ଝିଅମାନଙ୍କ ପାଖରେ କିଛି ସମୟ ବସିଲା। ସେ ଜାଣିଥିଲା ତା ଅପେକ୍ଷା କାହାର ଚାକିରିର ପ୍ରୟୋଜନ ବେଶି ଥିବ ଏବଂ କେହି ନା କେହି ଚାକିରିଟି ଗ୍ରହଣ କରିବ । ଉର୍ମିଳା ପୁଣି ଭାବିଲା, ହୁଏତ ସେଇ ଲୋକଟି ଠିକ କହୁଥିଲା ଚାକିରି ବିଷୟରେ । ଏକ୍ସପୋର୍ଟ ଧନ୍ଦାରେ ନିଶ୍ଚୟ ଲୋକମାନଙ୍କୁ ଆପ୍ୟାୟିତ କରିବାକୁ ପଡୁଥିବ ଏବଂ ହୋଷ୍ଟେସମାନଙ୍କର ଆବଶ୍ୟକତା ଥିବ। ଉର୍ମିଳା ନିଜକୁ ସେଇ ତିନିଜଣ ଲୋକଙ୍କ ପାଖରେ ବସି ଏଇ କାମ ପାଇଁ ଗୋଟିଏ ଝିଅକୁ ବାଛିବାର କଳ୍ପନା କଲା ଏବଂ ସେଠାରୁ ବାହାରି ଆସିବାବେଳେ କଣରେ ବସିଥିବା ଲାଲ ସ୍ୱେଟର ପିନ୍ଧା ସୁନ୍ଦରୀ ଝିଅଟିକୁ ମନେ ମନେ ଏଇ କାମ ପାଇଁ ପସନ୍ଦ କଲା।

ଏ ଥିଲା ଉର୍ମିଳା ପାଇଁ ପ୍ରଥମ ପାଠ । ଏଇ ଅଭିଜ୍ଞତାରୁ ସେ ଶିଖିଲା ଯେ ସେ ଆଉ ଏକ୍ସପୋର୍ଟ ହାଉସ ଭଳି ସନ୍ଦେହଜନକ ଅଫିସର କାମ ପାଇଁ ଦରଖାସ୍ତ କରିବ ନାହିଁ, କେବଳ ସରକାରୀ ଓ ଅର୍ଦ୍ଧସରକାରୀ ଅଫିସରେ ହିଁ ଚେଷ୍ଟା କରିବ । ସେଥିପାଇଁ ତାକୁ ସରକାରୀ ଶ୍ରମ ବିନିଯୋଗ ଅଫିସରେ ନିଜ ନାଁ ରେଜିଷ୍ଟର କରିବାକୁ ହେଲା ଏବଂ ବିଭିନ୍ନ ପ୍ରକାରର ପ୍ରତିଯୋଗିତାମୂଳକ ପରୀକ୍ଷା ଦେବାକୁ ପଡ଼ିଲା । ଏଇ ପରୀକ୍ଷାମାନ ଦେବାପାଇଁ ସେ ନିଜର ପିଏଚ୍.ଡି. କାମ ଛାଡ଼ିଦେଲା ଏବଂ ଚାକିରି ଖୋଜିବାରେ ନିଜର ସମସ୍ତ ସମୟ ବିନିଯୋଗ କଲା।

ଏଇଭଳି ପ୍ରାୟ ଗୋଟିଏ ବର୍ଷ ବିତିଗଲା, କିନ୍ତୁ ତାକୁ କୌଣସି ଚାକିରି ମିଳିଲା ନାହିଁ। ସେ ପୁଣି ଛୋଟ ଛୋଟ ଅଫିସମାନଙ୍କୁ ଦରଖାସ୍ତ କରି ବିଭିନ୍ନ ପ୍ରକାରର ଇଣ୍ଟରଭିଉର ସମ୍ମୁଖୀନ ହେଲା । ଅନେକ ଇଣ୍ଟରଭିଉକୁ ଯଦିଓ ସେ ସଫଳତା ପୂର୍ବକ ନିର୍ବାହ କରୁଥିଲା, ଜଣେ ଝିଅ ହୋଇଥିବା ହିଁ ତା ବିପକ୍ଷରେ ଯାଉଥିଲା । ତାକୁ ଏଭଳି ଅନେକ ପ୍ରଶ୍ନ ପଚରା ଯାଇଥିଲା: ଏ ଚାକିରିରେ ଅନେକ ଟୁର କରିବାକୁ ପଡ଼ିବ; ଆପଣ ଯାଇ ପାରିବେ ତ? ଅଥବା, ଆମେମାନେ ଆପଣଙ୍କର ଟ୍ରେନିଂରେ ଅନେକ ଟଙ୍କା ଖର୍ଚ୍ଚ କରିବୁ; ଆପଣ ବାହା ସାହା ହୋଇ ଚାକିରି ଛାଡ଼ି ଦେବେ ନାହିଁ ତ? ଅଥବା, ଏ କାମରେ ଫିଲ୍ଡକୁ ଯାଇ ଘଣ୍ଟା ଘଣ୍ଟା ଧରି ଠିଆ ହୋଇ କାମ ତଦାରଖ କରିବାକୁ ହେବ; ପାରିବେ? ଉର୍ମିଳାର କହିବାକୁ ଇଚ୍ଛା ହେଇଥିଲା, ହଁ, ପାରିବି। ଏଇ ବାହାରେ ଇଣ୍ଟରଭିଉ ଦବାକୁ ବସିଥିବା ଅଧମରା ଯୁବକମାନଙ୍କଠାରୁ ମୁଁ କୌଣସି ଗୁଣରେ ନ୍ୟୂନ ନୁହେଁ। ମୁଁ ବାହା ହେବି ନାହିଁ। ଚାକିରି କରିବି। ଟୁରରେ ଯିବି। ଖରାରେ ଛିଡ଼ାହୋଇ କୋଡ଼ିଏ ଜଣ ପୁରୁଷଙ୍କର କାମକୁ ତତ୍ତ୍ୱାବଧାନ କରିବି। ମତେ କାମ ଦେଇ ତ ଦେଖ!

କିନ୍ତୁ ତାକୁ କେହି ଚାକିରି ଦେଲେ ନାହିଁ । ସେ ବିରକ୍ତ ହୋଇ ଶର୍ଟହ୍ୟାଣ୍ଡ ଓ ଟାଇପିଙ୍ଗ କୋର୍ସ କଲା । କ୍ଲାସରେ ଟାଇପ୍‌ରାଇଟର ସାମନାରେ ବସି କାମ ଶିଖୁଥିଲା ବେଳେ ପାଖରେ ବସିଥିବା ଯୁବକମାନଙ୍କୁ ଦେଖି ସେ ନିଜର କୌଣସି ନ୍ୟୂନତା ଅନୁଭବ କରି ପାରୁ ନ ଥିଲା । ବରଂ ତା ସହିତ ଆତ୍ମୀୟତା କରିବାକୁ ଚେଷ୍ଟା କରୁଥିବା ଯୁବକମାନଙ୍କୁ ସେ ବିରକ୍ତି ଅଥବା କ୍ରୋଧରେ ନୁହେଁ, ଦୟାର ସହିତ ଦେଖୁଥିଲା।

ଯଦିଓ ସେ ଚାକିରି ପାଇବାରେ ସମର୍ଥ ହୋଇ ନ ଥିଲା, ଏଇ ବର୍ଷଟି ଉର୍ମିଳା ପାଇଁ ଅଭିଜ୍ଞତାବହୁଳ ଥିଲା ଏବଂ ସେ ପୃଥିବୀକୁ ଏକ ସଂପୂର୍ଣ୍ଣ ନୂତନ ଏବଂ ବ୍ୟବହାରିକ ଦୃଷ୍ଟିକୋଣରୁ ଦେଖିବାକୁ ଆରମ୍ଭ କଲା । ଏଇ ନୂଆ ଆଭିମୁଖ୍ୟରେ ରୋମାଞ୍ଚକ ବିଦ୍ରୋହର ଭାବ ଅଥବା ତାର କଲେଜ ବେଳର ଅନାବଶ୍ୟକ ଦାମ୍ଭିକତା ନ ଥିଲା। ରାସ୍ତାକଡ଼ ରୋମିଓର ଅଶ୍ଳୀଳ ଟିପ୍‌ପଣୀକୁ ସେ ବର୍ତ୍ତମାନ ଅଶୁଣା କରି

ଦେଉଥିଲା ଏବଂ ବସ୍‌ର ଭିଡ଼ରେ ତା ଦେହରେ କେହି ହାତ ଲଗାଇଲେ ସେ ଲଜ୍ଜା ଅଥବା ବିରକ୍ତି ପ୍ରକାଶ ନ କରି ଲୋକ ଆଡ଼କୁ ଉଗ୍ର ଭାବରେ ଅନାଉଥିଲା ଏବଂ ସେଠାରୁ ଘୁଞ୍ଚି ଆସୁଥିଲା । ଇଣ୍ଟରଭିଉରେ ତାକୁ କିଏ କୌଣସି ବ୍ୟକ୍ତିଗତ ପ୍ରଶ୍ନ ପଚାରିଲେ ସେ ଆଉ ବିଚଳିତ ହେଉ ନ ଥିଲା। ଅନେକ ସମୟରେ ତାକୁ ପଚାରୁଥିଲେ, ବିବାହ ବିଷୟରେ ଆପଣ କଣ ଭାବୁଛନ୍ତି? ଶାନ୍ତ ଭାବରେ ଉର୍ମିଳା ଜବାବ ଦେଉଥିଲା, ମୁଁ ଠିକ କରିଛି ବିବାହ କରିବି ନାହିଁ।

ଉର୍ମିଳାର ଏ ଉତ୍ତର କେବଳ ଏକ ଔପଚାରିକ ଉତ୍ତର ଥିଲା; ଏ କଥା ସତ ନଥିଲା। ସେ ଅନେକ ଦିନରୁ ଉଦୟନକୁ ଭଲ ପାଉଥିଲା ଏବଂ ତାକୁ ହିଁ ବାହା ହେବ ବୋଲି ଠିକ କରିଥିଲା। କିନ୍ତୁ ଉଦୟନ ଯେତେବେଳେ ମଝିରେ ମଝିରେ ତାକୁ ବାହାହେବା କଥା କହୁଥିଲା, ଉର୍ମିଳା ତା କଥାକୁ ଟାଳି ଦେଉଥିଲା। କହୁଥିଲା, ମୁଁ ପ୍ରଥମେ ଚାକିରି କରିନିଏ। ଉଦୟନ ସହିତ ତାର ସମ୍ପର୍କରେ ସେ ସମାନତାର ବିଶ୍ୱାସ କରୁଥିଲା; ତେଣୁ ବାହା ହୋଇ ସେ ସ୍ୱାମୀ ଉପରେ ଏକ ଭାର ହେବାକୁ ଚାହୁଁ ନ ଥିଲା। ଉଦୟନ ଚାକିରି କରି ପାଖ ସହରରେ ରହୁଥିଲା । ସେମାନେ ନିୟମିତ ପତ୍ର ବିନିମୟ କରୁଥିଲେ ଏବଂ ମଝିରେ ମଝିରେ ଉଦୟନ ତା ପାଖକୁ ଆସୁଥିଲା। ଚାକିରି ଖୋଜିବା ସହିତ ଉଦୟନର ପତ୍ରକୁ ଅପେକ୍ଷା କରିବା ଉର୍ମିଳାର ଏକ ଦୈନିକ କାର୍ଯ୍ୟକ୍ରମ ଥିଲା। ସେ ତାର ପ୍ରତିଦିନର କୌତୁକପୂର୍ଣ୍ଣ ଅଭିଜ୍ଞତାମାନ ଉଦୟନ ପାଖକୁ ବିସ୍ତାର ଭାବରେ ଲେଖୁଥିଲା। ଉଦୟନ ଅନେକ ସମୟରେ ବ୍ୟସ୍ତ ହୋଇ ଲେଖୁଥିଲା, ତମର ଚାକିରି ଖୋଜିବା ଅନେକ ହେଲା। ଏଥରକ ସବୁ ଛାଡ଼ି ଦେଇ ଚାଲିଆସ । ଉର୍ମିଳା ଉତ୍ତରରେ ଲେଖୁଥିଲା, ନା, ମୁଁ ପ୍ରଥମେ କିଛିଦିନ ଚାକିରି କରି ନିଏ । ତା ପରେ ପଛେ ତମ ପାଖକୁ ଚାଲି ଆସିବି ।

ଚାକିରି ପାଇବାରେ ଅସମର୍ଥ ହୋଇ ଏଥରକ ଉର୍ମିଳା ମନରେ ବ୍ୟର୍ଥତା ଉପୁଜିଲା। ଥରେ ଥରେ ମନେ ହେଲା ସେ ତାର ଏଇସବୁ ପ୍ରଚେଷ୍ଟାକୁ ଛାଡ଼ିଦେଇ ଉଦୟନ ପାଖକୁ ଚାଲିଯିବ । କିଏ ଆଉ ଏତେ ସହିପାରିବ ବାରମ୍ବାର ପ୍ରତ୍ୟାଖ୍ୟାନ, ରାସ୍ତାଘାଟର ଟୀକା ଟିପ୍‌ପଣୀ ଏବଂ ଝିଅ ହୋଇଥିବାର ସାର୍ବଜନୀନ ଅବମାନନା?

ଯେଉଁଦିନ ଅଫିସ ସାମନାରେ ପାଞ୍ଚଘଣ୍ଟା ବସିବା ପରେ ସେ ଜାଣିଲା ସେ ଇଣ୍ଟରଭିଉରେ ଡାକରା ପାଇଁ ମଧ୍ୟ ମନୋନୀତ ହୋଇ ନାହିଁ, ତାର ମନ ଅବସନ୍ନ ହୋଇଗଲା ଓ ସେ ଘରକୁ ଫେରି ଉଦୟନ ପାଖକୁ ଦୀର୍ଘ ଚିଠି ଲେଖିଲା । କିନ୍ତୁ କିଛି ସମୟ ପରେ ପ୍ରକୃତିସ୍ଥ ହୋଇ ସେ ଚିଠିଟିକୁ ଚିରିଦେଲା ଏବଂ ସ୍ଥିରକଲା ଯେ ସେ ନିଜ ଜୀବନକୁ ଏପରି ଉଦ୍ଦେଶ୍ୟହୀନ ଭାବରେ ଇତସ୍ତତଃ ବିକ୍ଷିପ୍ତ ହେବାକୁ ଦେବନାହିଁ।

ଉର୍ମିଳାର ସୌଭାଗ୍ୟ ଯେ ଘରେ ତାକୁ କେହି ତାର କାର୍ଯ୍ୟକଳାପରେ ବାଧା ଦେଉ ନ ଥିଲେ। ସେମାନେ ଉଦୟନକୁ ଜାଣିଥିଲେ ଏବଂ ଉର୍ମିଳା ସହିତ ତାର ସଂପର୍କ ବିଷୟରେ ଅବଗତ ଥିଲେ। ଉଦୟନ ମଝିରେ ମଝିରେ ଆସି ଉର୍ମିଳା ସହିତ ସାକ୍ଷାତ କରୁଥିଲା ଏବଂ ଉର୍ମିଳା ଏ କଥା କାହାରି ପାଖରେ ଅଜ୍ଞାତ ରଖି ନ ଥିଲା। ସେଥର ଛୁଟିରେ ଆସି ଉର୍ମିଳା ସହିତ ଦେଖା କଲାବେଳେ ଉଦୟନ ପୁଣି ସେଇକଥା ଉଠାଇଲା; କହିଲା, ମୁଁ ଆଉ ତମକୁ ଛାଡ଼ି ରହିପାରିବି ନାହିଁ। ତମେ ମୋ ପାଖକୁ ଚାଲିଆସ। ଉର୍ମିଳା ହସିଲା। କହିଲା, ଆଚ୍ଛା ହଉ, ମୁଁ ଚାଲିଆସି ତମ ପାଖରେ ରହିବି। କିନ୍ତୁ ଆମେ ବାହାହବା ମୁଁ ଚାକିରି କରିସାରିଲେ। ଉଦୟନ କହିଲା, କିଏ ତମକୁ ମନା କରୁଛି ବାହା ହେବା ପରେ ଚାକିରି କରିବାକୁ? ତମେ ସେଇ କଲେଜ ଦିନର ଡିବେଟିଂ ସୋସାଇଟିର ତର୍କ କରିବା ଭଳି କଥା କହୁଛ । ତମେ ନିଜେ ଜାଣ ମୋ ଚାକିରି ପାଇଁ କେତେ କଷ୍ଟ କରିବାକୁ ହେଲା। ପୁଣି ତମେ ଚାକିରି ପାଇଲେ ବି କୋଉଠି ଚାକିରି ମିଳିବ କିଛି ଠିକ ନାହିଁ । କେମିତି ଏକାଠି ରହିବା? ତାର ଯୁକ୍ତି ସବୁକୁ ହସରେ ଉଡ଼ାଇଦେଇ ତା ହାତକୁ ହାତମୁଠାରେ ନେଇ ଉର୍ମିଳା କହିଲା, ତମେ ଦେଖିବ ସବୁ ଠିକ ହୋଇଯିବ। ଟିକିଏ ଖାଲି ଅପେକ୍ଷା କରିଯାଅ।

ଶେଷରେ ଉର୍ମିଳାର ଅଧ୍ୟବସାୟର ଶେଷ ହେଲା ଏବଂ ତାକୁ ଭଲ ଚାକିରି ମିଳିଲା। ଏକ ସରକାରୀ ସଂସ୍ଥାରେ ଗବେଷଣା କାମ । ଚାକିରିରେ ଯୋଗ ଦେବାକୁ ଗଲାବେଳେ ରାସ୍ତାରେ ଡାକଘରକୁ ଯାଇ ସେ ଉଦୟନକୁ ଛୋଟ ଚିଠି ଲେଖିଲା,

ଏଥର ଆମର ଅପେକ୍ଷାର ଶେଷ ହେଲା । ପ୍ରଥମ ଦିନ ଅଫିସରେ କାଗଜପତ୍ର ସବୁ ଦସ୍ତଖତ କରିସାରିବା ପରେ ସେ ବଡ଼ବାବୁଙ୍କ ସହିତ ଦେଖାକରି ତାର ବସିବାର ଜାଗା ଠିକ କଲା। ଟେବୁଲ ଉପରେ ଜମା ହୋଇଥିବା ଫାଇଲକୁ ଓଲଟାଇ ଦେଖିଲା। ନିଜ ଚାରିପାଖେ ବସିଥିବା ଅନ୍ୟ ଅଫିସରମାନଙ୍କୁ ଅନାଇ ସେମାନଙ୍କୁ ଅନୁଶୀଳନ କଲା। ଉପରବେଳା ବଡ଼ବାବୁ ଆସି ତାକୁ କହିଲେ, ଆପଣ ଯାଇ ଡାଇରେକ୍ଟରଙ୍କୁ ଦେଖା କରି ଆସନ୍ତୁ।

ଡାଇରେକ୍ଟର ଏଇ ଅଫିସର ସର୍ବୋଚ୍ଚ କର୍ତ୍ତା ଥିଲେ । ଉର୍ମିଳା ନିଜର କଲମ ବନ୍ଦ କରି ଉଠି ଠିଆ ହେଲା। ବଡ଼ବାବୁ ତାକୁ ଡାଇରେକ୍ଟରଙ୍କ କୋଠରୀ ପର୍ଯ୍ୟନ୍ତ ସାଙ୍ଗରେ ନେଇଗଲେ ଏବଂ କବାଟ ପାଖରେ ଛାଡ଼ି ଦେଉ ଦେଉ କହିଲେ, ଡାଇରେକ୍ଟର ଖୁବ ଭଲ ଲୋକ, କିନ୍ତୁ କାମରେ ବେଶ କଡ଼ା । ଉର୍ମିଳା ମନେ ମନେ ଭାବିଲା, ସେଇ ଭଲ। ସେ ଭିତରକୁ ଗଲା ବେଳକୁ ଡାଇରେକ୍ଟର କଣ କାମ କରୁଥିଲେ । କହିଲେ, ବସ । ଉର୍ମିଳା ଭଦ୍ରବ୍ୟକ୍ତିଙ୍କ ମୁହଁକୁ ଅନାଇ ଦେଖିଲା । ଏଭଳି ବିଭିନ୍ନ ଅଫିସର କର୍ତ୍ତାମାନଙ୍କ ସହିତ ବିଭିନ୍ନ ଇଣ୍ଟରଭିଉ ପର୍ବମାନଙ୍କ ଦେଇ ତାର ଆଗରୁ ପରିଚୟ ଥିଲା। ଡାଇରେକ୍ଟରଙ୍କ ମୁହଁ ଦେଖି ତାଙ୍କର ଚରିତ୍ରକୁ ବିଶ୍ଳେଷଣ କରିବାକୁ ଚେଷ୍ଟା କଲା ଉର୍ମିଳା। ହଁ, ଭଲ ଲୋକ । କିନ୍ତୁ କାମରେ ରୁକ୍ଷ ଓ କଠୋର ହୋଇଥାଇ ପାରେ । କାଗଜ ଉପରୁ ମୁହଁ ଉଠାଇ ଏଥର ଭଦ୍ରବ୍ୟକ୍ତି ତାକୁ କହିଲେ, ତମେ ଆଜି କାମରେ ଜଏନ କଲ ବୋଧହୁଏ । ତମକୁ ଏଠାରେ ବହୁତ କାମ କରିବାକୁ ପଡ଼ିବ। କଲେଜରେ କଣ ପଢୁଥିଲ? ଇକନମିକ୍ସରେ ଏମ.ଏ. ଓ ଏମ୍. ଫିଲ୍. ପରେ ପିଏଚ.ଡି. କରୁଥିଲି, କହିଲା ଉର୍ମିଳା । ଷ୍ଟାଟିଷ୍ଟିକ୍ସ ଥିଲା? ହଁ, ବି.ଏ. ରେ ବି, ଏମ.ଏ. ରେ ବି । ବେଶ ଭଲ, ସେ ମନ୍ତବ୍ୟ ଦେଲେ, ତମର କାମରେ ଲାଗିବ ।

ତାପରେ ଡାଇରେକ୍ଟର ତାକୁ ଆଉ କୌଣସି ପ୍ରଶ୍ନ ପଚାରିଲେ ନାହିଁ ଏବଂ କେତୋଟି ମୁହୂର୍ତ୍ତ ଏମିତି ଚୁପଚାପ କଟିଗଲା। ସେ ତାକୁ ଯିବାକୁ ମଧ୍ୟ କହିଲେ ନାହିଁ ଏବଂ ଉପରକୁ ମୁହଁ ଉଠାଇ ଉର୍ମିଳା ଦେଖିଲା ଯେ ସେ ତାର ମୁହଁକୁ ଚାହିଁ ରହିଛନ୍ତି।

ଏଥରକ ତାଙ୍କ ମୁହଁରେ କେମିତି ଏକ ଶୂନ୍ୟ ଅଭିବ୍ୟକ୍ତି ଥିଲା ଏବଂ ସେ ତା ଆଡ଼କୁ ଅପଲକ ଅନାଇଥିଲେ। ସାମାନ୍ୟ ଅପ୍ରତିଭ ହୋଇ ଉର୍ମିଳା ଉଠି ଛିଡ଼ା ହେଲା। କହିଲା, ମୁଁ ତାହେଲେ ଯାଉଛି। ସେ ବାହାରି ଯିବାକୁ ପାଦ ବଢ଼ାଇଛି, ଭଦ୍ରବ୍ୟକ୍ତି କହିଲେ, ଶୁଣ! ଉର୍ମିଳା ପୁଣି ତାଙ୍କ ଆଡ଼କୁ ମୁହଁ ବୁଲାଇଲା । ଭଦ୍ରବ୍ୟକ୍ତି ତା ଆଡ଼କୁ ଚାହିଁ ସାମାନ୍ୟ ଇତସ୍ତତଃ ହୋଇ କହିଲେ, ତମେ ଆଜି ସନ୍ଧ୍ୟାରେ ଫ୍ରି ଅଛ?

ଓଃ, ନୋ, ଉର୍ମିଳା ମନକୁ ମନ କହିଲା । ପୁଣି ସେଇ ପୁରୁଷ ପ୍ରାଧାନ୍ୟର ପୁନରାବୃତ୍ତି। ତାକୁ ହେୟ ଓ ବ୍ୟକ୍ତିତ୍ୱ ରହିତ କରି ଦେଉଥିବା ନିମନ୍ତ୍ରଣ। ସେ ଯେ ଗୋଟିଏ ଅସହାୟ ସ୍ତ୍ରୀ ମାତ୍ର, ତା ପ୍ରମାଣ କରିବାର ପ୍ରଚେଷ୍ଟା । ନା, ଏଇ କଥାର ଏଇଠାରେ ପରିସମାପ୍ତି କରିବା ଦରକାର। ସବୁ ଦିନ ପାଇଁ । ସାମାନ୍ୟ ବି ବିଚଳିତ ନ ହୋଇ ଉର୍ମିଳା ଭଦ୍ରବ୍ୟକ୍ତିଙ୍କ ଆଖିକୁ ସିଧାସଳଖ ଅନାଇଲା ଏବଂ କହିଲା, ନା, ମୁଁ ଆଜି ସନ୍ଧ୍ୟାରେ ଫ୍ରି ନାହିଁ । ତାଛଡ଼ା, ମୁଁ କାହାରି ସହିତ ସନ୍ଧ୍ୟାବେଳେ ନିମନ୍ତ୍ରଣ ରଖିକୁଆଡ଼େ ଯାଏ ନାହିଁ । ତା ସ୍ୱର ବେଶ ଦୃଢ଼ ଓ ନିଶ୍ଚିତ ଥିଲା ଏବଂ ଭଦ୍ରବ୍ୟକ୍ତିଙ୍କ ମୁହଁ ସାମାନ୍ୟ ବିବର୍ଣ୍ଣ ହୋଇଗଲା। ହତଭମ୍ବ ହୋଇ ସେ ପୁଣି କାଗଜ ଉପରକୁ ମୁହଁ ନୁଆଁଇ ନେଲେ। ବିଜୟ ଦର୍ପରେ କୋଠରୀରୁ ବାହାରି ଆସୁ ଆସୁ ଉର୍ମିଳା ମନକୁ ମନ କହିଲା, ବାଷ୍ଟାର୍ଡ! ଡାଇରେକ୍ଟରଙ୍କ କୋଠରୀରୁ ତା ନିଜ ଟେବୁଲକୁ ଆସିବାର ଅଳ୍ପ କେତୋଟି ପାଦର ଦୂରତ୍ୱ ଭିତରେ ସେ ନିଜର ମନକୁ ଠିକ କରି ନେଲା। ସେ ସରକାରୀ ଚାକିରି କରୁଚି, କାହାରି ବ୍ୟକ୍ତିଗତ କାମ ନୁହେଁ। ସେ ନିଜକୁ ଅପମାନିତ ହେବାକୁ ଦେବ ନାହିଁ ଏବଂ ଭଲ କାମ କରି ପ୍ରମାଣ କରିଦେବ ଯେ ସେ ଅନ୍ୟମାନଙ୍କର ସମକକ୍ଷ । ନିଜ ଟେବୁଲ ପାଖକୁ ଆସି ସେ ସ୍ୱସ୍ତିର ନିଃଶ୍ୱାସ ନେଲା ଏବଂ ନିଜର କାମକୁ ବୁଝିବାକୁ ଚେଷ୍ଟା କଲା।

ବସ୍‌ରେ ଘରକୁ ଫେରିବା ବେଳେ ସେ ସେଦିନ ଅଫିସ୍‌ରୁ ପାଇଥିବା ଆଇଡେନ୍‌ଟିଟି କାର୍ଡକୁ ଓଲଟାଇ ଦେଖିଲା । ତାର ବର୍ତ୍ତମାନ ଏକ ସ୍ୱତନ୍ତ୍ର ଆଇଡେନ୍‌ଟିଟି, ଏକ ସ୍ୱତନ୍ତ୍ର ପରିଚୟ ଥିଲା । ସେ କେବଳ କାହାରି କନ୍ୟା ବା ପ୍ରିୟତମା ନ ଥିଲା । ସେ ଥିଲା ଗୋଟିଏ ସରକାରୀ ସଂସ୍ଥାର ରିସର୍ଚ୍ଚ ଅଫିସର ।

ତାର ବର୍ତ୍ତମାନ ନିଜସ୍ୱ ରୋଜଗାର ଥିଲା ଏବଂ ସେ କାହାରି ଉପରେ ନିର୍ଭର ନ କରି ନିଜ ଗୋଡ଼ରେ ଛିଡ଼ା ହୋଇଥିଲା । ଏଇ ଛୋଟ କାଗଜଟି ତା ଭିତରେ ଆଣିଦେଲା ଅନେକ ଶାନ୍ତି ଓ ତୃପ୍ତି । ଏପରିକି ସେ ଡାଇରେକ୍ଟରଙ୍କର ସେଇ ସାମାନ୍ୟ ବିଚ୍ୟୁତିକୁ ମଧ୍ୟ ମନେ ମନେ କ୍ଷମା କରିଦେଲା। ମନେ ମନେ କହିଲା, ମୁଁ ମୋର ଏଇ ନିଜସ୍ୱକୁ କେବେହେଲେ ହାତରୁ ଛାଡ଼ି ଦେବିନାହିଁ । ନା ସୁରକ୍ଷା ପାଇଁ; ନା ସ୍ୱଚ୍ଛନ୍ଦତା ପାଇଁ । ଏପରିକି ପ୍ରେମ ପାଇଁ ମଧ୍ୟ ନୁହେଁ । ଘରକୁ ଯାଇ ସେ ଉଦୟନ ପାଖକୁ ଲମ୍ବା ଚିଠି ଲେଖିଲା ଏବଂ ଶେଷରେ ଲେଖିଲା, ତମେ ଏଥର ଆସିଲେ ଆଉ ସେଇ ସାଙ୍ଗ ଘରେ ରହିବ ନାହିଁ । ଏଥରକ କୋଉ ହୋଟେଲରେ ରୁମ ନେଇ ରହିବ । ମୁଁ ତମକୁ ସେଇଠି ଆସି ଦେଖା କରିବି ।

ପରଦିନଠାରୁ ସେ ନିଜର କାମରେ ମଜ୍ଜିତ ହୋଇଗଲା ଏବଂ ଅଳ୍ପଦିନ ଭିତରେ ସେ ଏକଥା ମଧ୍ୟ ଜାଣିପାରିଲା ଯେ ତାର କାମରେ ସେ କାହାରିଠାରୁ ନ୍ୟୂନ ନୁହେଁ। ଏ କଥା ତା ମନରେ ଏକ ନୂଆ ପ୍ରତ୍ୟୟ ଆଣିଦେଲା। ଉଦୟନ ପାଖକୁ ଚିଠି ଲେଖିଲା, ମୁଁ ମୋର ଚାକିରିରେ ଖୁସି ଅଛି। ତମେ ଆସିଲେ ଅଫିସର ସବୁ ମଜା ମଜା କଥା ତମକୁ କହିବି । ମାସକ ପରେ ଉଦୟନ ଯେତେବେଳେ ଆସି ତାକୁ ଅଫିସରେ ଦେଖାକଲା, ଉର୍ମିଳା ଗୋଟାଏ ବଡ଼ ଷ୍ଟେଟମେଣ୍ଟ ନେଇ କାର୍ଯ୍ୟବ୍ୟସ୍ତ ଥିଲା। ଉଦୟନକୁ ପାଖ ଚଉକିର ବସାଇ କହିଲା, ତମେ ଟିକିଏ ଅପେକ୍ଷା କର, ମୁଁ ଏଇ ଫାଇଲଟାକୁ ଡାଇରେକ୍ଟରଙ୍କ ପାଖକୁ ପଠାଇଦେଲେ ବାହାରକୁ ଯିବା। ଉଦୟନ ସାମାନ୍ୟ ବିରକ୍ତ ଜଣାପଡ଼ିଲା, କିନ୍ତୁ ତା ପାଖରେ ବସି ଅପେକ୍ଷା କଲା। ସେମାନେ ଯେତେବେଳେ ବାହାରକୁ ଆସିଲେ, ଉର୍ମିଳା କହିଲା, ତମକୁ ଆମ ଅଫିସ କେମିତି ଲାଗିଲା? ଅଫିସର ଯେଉଁ କୋଠରୀରେ ଉର୍ମିଳା ବସୁଥିଲା, ସେଠାରେ ଆଉ କେହି ଝିଅ ବସୁ ନ ଥିଲେ ଏବଂ ଏତେ ପୁରୁଷମାନଙ୍କ ଭିତରେ ଉର୍ମିଳାର ବସି ରହିଥିବା ଉଦୟନକୁ କେମିତି ଅପ୍ରୀତିକର ଲାଗିଥିଲା । ତଥାପି ସେ କହିଲା, ଭଲ ଅଫିସ ।

ଉର୍ମିଳା କହିଲା, ମୁଁ ତମକୁ କହିଥିଲି ହୋଟେଲରେ ରହିବ ବୋଲି; ତମେ ପୁଣି ସେଇ ସାଙ୍ଗ ଘରେ ରହିଲ କାହିଁକି? ଉଦୟନ କହିଲା, କାହିଁକି ମୁଁ ଏତେ ଟଙ୍କା ଖର୍ଚ୍ଚ କରିଥାନ୍ତି? ଉର୍ମିଳା କହିଲା, ତମେ ଭୁଲି ଯାଉଛ ଯେ ଆମେ ଦିଜଣଯାକ ଏଥର ରୋଜଗାର କରୁଛେ! ଏବେ କୋଉଠି ଦେଖା କରିବା କୁହ। କାହିଁକି? ଆଗରୁ ଯେମିତି ଦେଖା କରୁଥିଲେ, ଜବାବ ଦେଲା ଉଦୟନ । ତମେ କିଛି ବି ବୁଝିବ ନାହିଁ, ଉର୍ମିଳା କହିଲା, ମୁଁ ତମକୁ ଭିନ୍ନ ଭାବରେ ଦେଖା କରିବାକୁ ଚାହୁଁଥିଲି, ଚାଲ, ଚା ପିଇବା ।

ଚା ପିଉ ପିଉ ଉର୍ମିଳା ଉଦୟନକୁ ତାର ନିଜ ଅଫିସ କଥା କହିଲା। ଉଦୟନ ପଚାରିଲା, ତମର ବସ୍ କେମିତି ଲୋକ? ଉର୍ମିଳା କହିଲା, ଭଲ ଲୋକ । ଏ କଥା କହିସାରି ସେ ଉଦୟନକୁ ତାର ପ୍ରଥମ ଦିନର ଅଭିଜ୍ଞତା କଥା ମଧ୍ୟ କହିଲା । ଶୁଣିସାରି ଉଦୟନ କହିଲା, ଶଳା ... ଏବଂ ରୁକ୍ଷହୋଇ ଉର୍ମିଳାକୁ କହିଲା, ଏଇ ଲୋକଟାକୁ କେମିତି ଭଲ ବୋଲି କହୁଛ? ଉର୍ମିଳା କହିଲା, ସେଦିନ କେମିତି କଣ କହି ଦେଇଥିଲେ, କିନ୍ତୁ ତା ପରଠାରୁ ମୋ ସହିତ ସେ ସମ୍ମାନର ସହିତ କଥାବାର୍ତ୍ତା କରନ୍ତି । କାମରେ ସେ ମୋ ଉପରେ ସନ୍ତୁଷ୍ଟ । ଅଫିସରେ ବି ସମସ୍ତେ ତାଙ୍କୁ ଭଲପାନ୍ତି। ଉଦୟନ ଏ କଥା ପରେ କେମିତି ଅନ୍ୟମନସ୍କ ହୋଇଗଲା ଏବଂ ଉର୍ମିଳା ତାକୁ ବିଭିନ୍ନ ବିଷୟରେ ପଚାରିବା ବେଳେ ତାକୁ ସଂକ୍ଷେପରେ ଜବାବ ଦେଲା। କିଛି ସମୟ ପରେ ଉଦୟନ ପଚାରିଲା, ତମେ କଣ ଫାଇଲ ସବୁ ସିଧାସଳଖ ଡାଇରେକ୍ଟରଙ୍କ ପାଖକୁ ପଠାଅ? ପ୍ରଥମେ ପ୍ରଥମେ ଆଉ ଜଣେ ଅଫିସରଙ୍କ ବାଟ ଦେଇ ଫାଇଲ ଯାଉଥିଲା, କିନ୍ତୁ ମୋର ଭଲ କାମ ଦେଖି ଡାଇରେକ୍ଟର ତାଙ୍କ ପାଖକୁ ସିଧା ଫାଇଲ ପଠାଇବାକୁ ଅର୍ଡର କରିଦେଲେ। ଉର୍ମିଳା ଏ କଥା ବେଶ୍ ଗର୍ବର ସହିତ କହିଲା, କିନ୍ତୁ ଉଦୟନ କେବଳ କହିଲା, ହୁଁ ।

ପୂର୍ବଥରମାନଙ୍କରେ ସନ୍ଧ୍ୟାବେଳେ ସେମାନେ ଯାଇ ପାର୍କରେ ବସୁଥିଲେ ଏବଂ ଅନ୍ଧାର ହୋଇଯିବା ପରେ ବି ସେଠାରେ ବସି ରହିବା ପାଇଁ ଉଦୟନ ତାକୁ ବାଧ୍ୟ କରୁଥିଲା। ପାର୍କର ଅନ୍ଧାରରେ ଉଦୟନ ତାକୁ ଛୁଇଁବାକୁ ଚେଷ୍ଟା କରୁଥିଲା ଏବଂ

ତାକୁ ସଂଯତ କରିବା ଉର୍ମିଳା ପାଇଁ ସବୁବେଳେ ଏକ ସମସ୍ୟା ଥିଲା । ଆଜି କିନ୍ତୁ ସନ୍ଧ୍ୟାବେଳେ ଚା ପିଇ ସାରିବା ପରେ ଉଦୟନ କାମ ଅଛି ବୋଲି କହି ଚାଲି ଯିବାକୁ ବସିଲା । ଉର୍ମିଳା କହିଲା, ଚାଲ, ଅଳ୍ପ ସମୟ ବି ହଉ, ପାର୍କରେ ଯାଇ ବସିବା। ପାର୍କରେ ପରିଚିତ ଓ ଆତ୍ମୀୟ ପରିବେଶ ଭିତରେ ବସି ଆଜି ସେମାନେ ପୁଣି ପଛକୁ ଫେରିଗଲେ। ଉଦୟନ କହିଲା, ଦେଖ ଉର୍ମିଳା, ଆଉ ଡେରି ନ କରି ଚାଲ ଶୀଘ୍ର ବାହା ହୋଇଯିବା । ଉର୍ମିଳା କହିଲା, ଏତେ ବ୍ୟସ୍ତ କାହିଁକି? ମୁଁ ତ ଏଇ ମାତ୍ର ଚାକିରିରେ ଯୋଗ ଦେଲି । କିଛିଦିନ ଯାଉ । ଉଦୟନ ସାମାନ୍ୟ ବିରକ୍ତ ହୋଇ କହିଲା, ମୁଁ ଆଉ ଏତେ ଦିନ ଅପେକ୍ଷା କରି ପାରିବି ନାହିଁ । ଉର୍ମିଳା ତାକୁ ବ୍ୟଙ୍ଗ କରି କହିଲା, ତା ହେଲେ ଯାଇ ଆଉ କାହାକୁ ବାହାହୋଇ ପଡ଼ ।

ଉଦୟନ ଗମ୍ଭୀର ହୋଇଯାଇ ତା ପାଖରୁ ଘୁଞ୍ଚି ବସିଲା ଏବଂ ଉର୍ମିଳା ଯେତେ ଚେଷ୍ଟା କଲେ ବି ଆଉ ତା ସହିତ ହସଖୁସିରେ କଥାବାର୍ତ୍ତା କଲା ନାହିଁ । ଯେତେବେଳେ ପାର୍କ ଅନ୍ଧାର ହୋଇଗଲା, ସେତେବେଳେ ମଧ୍ୟ ଉଦୟନ ଉର୍ମିଳା ପାଖକୁ ଲାଗି ଆସିଲା ନାହିଁ। ତମର କଣ ହେଲା କହି ଉର୍ମିଳା ବରଂ ତା ପାଖକୁ ଘୁଞ୍ଚି ଯାଇ ବସିଲା ଏବଂ ତାକୁ ଛୁଇଁବାକୁ ଚେଷ୍ଟା କଲା। ତଥାପି ନ ତରଳିବାରୁ ଉର୍ମିଳା କହିଲା, ଚାଲ, ଏବେ ତମେ ଯାଇ କୋଉ ହୋଟେଲରେ ରୁମ ନିଅ । ନିରୋଳାରେ ବସି କଥାବାର୍ତ୍ତା କରିବା । ଉଦୟନ କହିଲା, ଏଠାରେ ବି ନିରୋଳା ଅଛି । ତାକୁ ଚିଡ଼ାଇବା ପାଇଁ ଉର୍ମିଳା କହିଲା, କିନ୍ତୁ ସବୁ କଥା ପାଇଁ ନୁହେଁ ।

ସେମାନେ ପାର୍କରୁ ବାହାରିବା ବେଳେ ଉଦୟନ କହିଲା, କାଲି କେମିତି କୋଉଠି ଦେଖା ହେବ? ମୁଁ ସନ୍ଧ୍ୟାବେଳେ ଚାଲିଯିବି । ଉର୍ମିଳା କହିଲା, ତମେ ଲଞ୍ଚ ଛୁଟିବେଳେ ଆମ ଅଫିସକୁ ଆସ । ଉଦୟନ କହିଲା, ମୁଁ ତମ ଅଫିସକୁ ଆସି ପାରିବି ନାହିଁ । ତମେ ବରଂ ଛୁଟି ନେଇଯାଅ । ଉର୍ମିଳା କହିଲା, ମୁଁ ତ ଏଇମାତ୍ର ଚାକିରିରେ ଜଏନ୍ କରିଛି । ଛୁଟି କେମିତି ମାଗିବି? ତମେ ବରଂ ଛୁଟି ନେଇ ଆଉ ଦିନେ ରହିଯାଅ । ଉଦୟନ କହିଲା, ଅଫିସରେ ମୋର ବି ଜରୁରୀ କାମ ଅଛି । ଆଉ ଆମ ହାକିମ ତମ ଡାଇରେକ୍ଟରଙ୍କ ଭଳି ଏତେ ଭଲ ଲୋକ ନୁହନ୍ତି। ବେଶ୍

କଡ଼ା ଲୋକ। ଯାହା ହେଉ, ବିଦାୟ ନେବା ଆଗରୁ ଉର୍ମିଳା ତାକୁ ପରଦିନ ତାର ଅଫିସକୁ ଆସିବାକୁ ରାଜି କରାଇଲା।

ତା ପରଦିନ ତାକୁ ଅଳ୍ପ ସମୟ ଦେଖାକରି ଉଦୟନ ଚାଲିଗଲା। ପୁଣି ଅଫିସ କାମରେ ମନ ଦେଉ ଦେଉ ଉର୍ମିଳା ଭାବିଲା, ଉଦୟନ ବଡ଼ ଅଦ୍ଭୁତ ଲୋକ। ବିନା କାରଣରେ ରାଗ କରୁଛି। ଯାହା ହେଉ ଚିଠି ଲେଖି ସବୁ କଥା ବୁଝାଇ ଦେବି। କିନ୍ତୁ ବେଶ୍ କିଛି ଦିନ ଉର୍ମିଳା ତା ପାଖକୁ ଚିଠି ଲେଖି ପାରିଲା ନାହିଁ, କାରଣ ଅଫିସର କିଛି କାମ ତାକୁ ଘରକୁ ଆଣିବାକୁ ହେଲା। ଯେତେବେଳେ ସେ ଉଦୟନ ପାଖକୁ ଚିଠି ଲେଖିବାର ଅବସର ପାଇଲା, ହାତରେ ସମୟ କମ ଥିଲା ଏବଂ ସେ ମାତ୍ର କେତୋଟି ଧାଡ଼ିରେ ଚିଠି ଲେଖିଲା, ଯୋଉଥିରେ ସେ ଯେତେ ଯାହା ସବୁ ଲେଖିବାକୁ ଚିନ୍ତା କରିଥିଲା, କିଛି ବି ଲେଖିବା ସମ୍ଭବ ହେଲା ନାହିଁ।

ଏଥରକ ଅଫିସରେ ଉର୍ମିଳାର କାମ ବଢ଼ି ଚାଲିଲା। ସରକାରୀ ଅଫିସରେ ଗୋଟିଏ ନିୟମ ଅଛି ଯେ, ଯେ ଭଲ କାମ କରେ, ତାକୁ ବେଶି ବେଶି କାମ ଦିଆଯାଏ। ଉର୍ମିଳା ଏଇ ନିୟମର ଶିକାର ହୋଇଗଲା। ତାର ଏଥିପାଇଁ କୌଣସି କ୍ଷୋଭ ନ ଥିଲା, କାରଣ ସେ କାମରେ ତାର ପାରଙ୍ଗମତା ପ୍ରମାଣ କରିବା ପାଇଁ ସୁଯୋଗ ଚାହୁଁଥିଲା। ବର୍ତ୍ତମାନ କୌଣସି ଜଟିଳ ବିଷୟରେ ଆଲୋଚନା କରିବାକୁ ହେଲେ ଡାଇରେକ୍ଟର ତାକୁ ଡାକୁଥିଲେ ଏବଂ ତାଠାରୁ ପରାମର୍ଶ ନେଉଥିଲେ । ତାଙ୍କ ବ୍ୟବହାରରେ ସେ ବର୍ତ୍ତମାନ କୌଣସି ଅସଂଯମ ଦେଖିବାକୁ ପାଉ ନ ଥିଲା । ଡାଇରେକ୍ଟର ତାକୁ ଅଫିସର ଅନ୍ୟମାନଙ୍କ ଭଳି ସମାନ ଦୃଷ୍ଟିରେ ଦେଖୁଥିଲେ ଏବଂ ସେ ସ୍ତ୍ରୀ ହୋଇଥିବା ତା ପାଇଁ କୌଣସି ସୁବିଧା ବା ଅସୁବିଧାର କାରଣ ନ ଥିଲା। ଅଫିସରେ ଅନ୍ୟମାନଙ୍କ ସହିତ ତାର ଭଲ ସମ୍ପର୍କ ଥିଲା । ପ୍ରଥମେ ପ୍ରଥମେ ଯେଉଁ କେତେଜଣ ତା ସହିତ ରୋମାଞ୍ଚକ ଭାବରେ ଆତ୍ମୀୟ ହେବାକୁ ଚେଷ୍ଟା କରିଥିଲେ, ସେମାନେ ମଧ୍ୟ ତାକୁ ଚିହ୍ନି ସାରିଥିଲେ ଏବଂ ନିଜକୁ ସଂଯତ କରି ନେଇଥିଲେ। ସେ ଅଫିସର ସହକର୍ମୀମାନଙ୍କ ସହିତ ସବୁ ଦିଗରୁ ସମକକ୍ଷ ଥିଲା ଏବଂ ସେମାନେ ମଧ୍ୟ ତାକୁ ଆଉ କେବଳ ତାର ସ୍ତ୍ରୀତ୍ୱ ଦୃଷ୍ଟିରୁ ଦେଖୁ ନଥିଲେ।

ଅଫିସ କାମ ବ୍ୟତୀତ ଊର୍ମିଳାର ଅଫିସରେ ଆଉ ଯେଉଁ କାମ ପ୍ରତି ଆଗ୍ରହ ଥିଲା, ତା ହେଉଛି ତାଙ୍କ ଅଫିସରେ ତଳତଳିଆ ଚାକିରି କରୁଥିବା ସ୍ତ୍ରୀ ଲୋକମାନଙ୍କର ଭଲମନ୍ଦ ବୁଝିବା । କିନ୍ତୁ ସେମାନଙ୍କ ସହିତ କଥାବାର୍ତ୍ତା କରି ସେ ଅଳ୍ପ ସମୟ ଭିତରେ ଜାଣି ପାରିଥିଲା ଯେ ଏଇ ସ୍ତ୍ରୀଲୋକମାନେ ନିଜର ଭାଗ୍ୟକୁ ଆଦରି ଯେ ଯେଉଁଠାରେ ରହି ଯାଇଥିଲେ। ସେମାନଙ୍କର ନିଜ ତଥା ନିଜ କାମ ବିଷୟରେ କୌଣସି ଅଭିମାନ ନ ଥିଲା ଏବଂ ସେମାନେ ସ୍ତ୍ରୀ ହୋଇଥିବାଜନିତ ଦ୍ୱିତୀୟ ଶ୍ରେଣୀର ନାଗରିକତ୍ୱକୁ ସଂପୂର୍ଣ୍ଣ ଭାବେ ସ୍ୱୀକାର କରି ନେଇଥିଲେ। ସେମାନଙ୍କ ଭିତରୁ କେହି କେହି ନିଜର କାମରେ ଦୟା ଭିକ୍ଷା କରୁଥିଲେ ଏବଂ ଅନ୍ୟ କେହି କେହି ନିଜର ନାରୀତ୍ୱର ଚପଳ ରସିକତା ବିନିମୟରେ କାମରେ ସୁବିଧା ସୁଯୋଗ ନେବାକୁ ଚେଷ୍ଟା କରୁଥିଲେ । ଏମାନଙ୍କ ପାଇଁ ଊର୍ମିଳା ଆଉ କୌଣସି ସ୍ୱାଭିମାନୀ ଭବିଷ୍ୟତ ଦେଖି ପାରୁ ନ ଥିଲା । ଶେଷରେ ଊର୍ମିଳା ଏମାନଙ୍କର ପୃଷ୍ଠପୋଷକ ଓ ସହାୟକ ହେବାର ଇଚ୍ଛାରୁ ନିଜକୁ ଦୂରରେ ରଖିଲା ।

ତାର ଚାକିରିକୁ ନେଇ ତାର ସବୁଠାରୁ ବେଶି ସମସ୍ୟା ହେଉଥିଲା ଉଦୟନ ସହିତ। ଉଦୟନ ତାକୁ ବାରମ୍ବାର ପ୍ରତ୍ୟକ୍ଷ ପରୋକ୍ଷରେ କହୁଥିଲା ସେ ଚାକିରି ଛାଡ଼ି ଦେଇ ତାକୁ ବାହା ହୋଇ ଘର ସଂସାର କରୁ । ଊର୍ମିଳା ତାକୁ ବୁଝାଉଥିଲା, ଦେଖ, କେତେ କଷ୍ଟରେ ଚାକିରି ମିଳିଲା। ହଠାତ୍ ଛାଡ଼ି ଦେବା କଣ ଉଚିତ ହେବ? ଉଦୟନ ତାକୁ କେବେ କେବେ କହୁଥିଲା, ତମର ବୋଧହୁଏ ବାହା ହବାର ଇଚ୍ଛା ନାହିଁ । ମତେ ଠିକ କରି ତାରିଖ କହିଦିଅ, କେବେ ବାହା ହବା । ଊର୍ମିଳା କହୁଥିଲା, ଏତେ ବ୍ୟସ୍ତ କାହିଁକି? ମୁଁ ତ ତମକୁ କହୁଚି ମଝିରେ ମଝିରେ ଏଠି ଆସି ହୋଟେଲର ରହ। ନ ହେଲେ ଚାଲ ଆମେ କୁଆଡ଼େ ଲମ୍ବା ଛୁଟି ନେଇ ଚାଲିଯିବା । ଆଉ ତିନି ମାସ ଗଲେ ମତେ ଲିଭ୍ ଟ୍ରାଭେଲ୍ କନ୍‌ସେସନ୍ ବି ମିଳିବ ।

କେବେ କେବେ ଊର୍ମିଳା ତାର ଅଫିସ କଥା କହୁ କହୁ କହୁଥିଲା, ବୁଝିଲ, ମତେ ଆମର ଡାଇରେକ୍ଟର କହୁଥିଲେ ଏଥର ଫିଲ୍ଡ କାମ ପାଇଁ ଟୁରରେ ପଠାଇବେ। ମୁଁ ପ୍ରଥମେ ତମ ସହରକୁ ହିଁ ପ୍ରୋଗ୍ରାମ କରିବି। ଉଦୟନ କହୁଥିଲା,

ତମେ ଏକା କେମିତି ଟୁରରେ ଯିବ? ଉର୍ମିଳା କହୁଥିଲା, ତମେ ବ୍ୟସ୍ତ ହୁଅ ନାହିଁ, ସବୁ ବ୍ୟବସ୍ଥା ମୁଁ କରି ଦେବି; ତମକୁ ସେ କଥା ମୋଟେ ଭାବିବାକୁ ପଡ଼ିବ ନାହିଁ । ଦିନେ ଉର୍ମିଳା କହିଲା, ଏ ବର୍ଷର କ୍ୟାରେକ୍ଟର ରୋଲ୍‌ରେ ମତେ ସବୁଠାରୁ ଭଲ ମନ୍ତବ୍ୟ ମିଳିଛି। ଉଦୟନ କହିଲା, କାହିଁକି? ଉର୍ମିଳା, ଯାହାର କି ନିଜର କାମ ବିଷୟରେ ଗର୍ବ ଥିଲା, କହିଲା, କାହିଁକି ମାନେ କଣ? ଅଫିସରେ ମୁଁ ସବୁଠାରୁ ଭଲ କାମ କରେ ବୋଲି। ଉଦୟନ କହିଲା, ସବୁ ଅଫସରେ ଝିଅମାନେ ଏମିତି ଭଲ ମନ୍ତବ୍ୟ ପାଇଥାନ୍ତି । ଉର୍ମିଳା କହିଲା, ତମେ କିଛି ବି ଜାଣି ନାହଁ। ଆମ ଅଫିସର ସବୁ ଲେଡି ଆସିଷ୍ଟାଣ୍ଟମାନଙ୍କର ସି.ସି.ଆର. ଖରାପ । ସେମାନଙ୍କୁ କେହି ବି ନିଜ ସେକସନକୁ ନେବାକୁ ଚାହାନ୍ତି ନାହିଁ ।

ଏଥରକ ଉର୍ମିଳା ବେଶି ବେଶି ଅଫିସ କାମରେ ମଜ୍ଜିତ ହୋଇଗଲା ଏବଂ ଛୋଟ ଛୋଟ ଅସୁବିଧା ସବୁ ଆଉ ତାକୁ ଗୁରୁତର ଜଣାଗଲା ନାହିଁ । ରାସ୍ତାଘାଟର ମନ୍ତବ୍ୟ ସବୁକୁ ସେ ଅଗ୍ରାହ୍ୟ କରି ଦେଲା, କାରଣ ଏ ସବୁ ଅତି ଇତର ଜିନିଷ ଥିଲା, ଯାହାକି ସେ ଚିନ୍ତା ଅଥବା ଉଦ୍‌ବେଗର ଉପଯୁକ୍ତ ଭାବୁ ନଥିଲା । ଅଫିସ କାମରେ ସେ ନିଜର ମନପ୍ରାଣ ଲଗାଉଥିଲା ଏବଂ ଡାଇରେକ୍ଟରଙ୍କ ସହିତ ତର୍କ କରିବା ପାଇଁ ସେ ଆଉ ଦ୍ୱିଧା ବୋଧ କରୁ ନ ଥିଲା। ଡାଇରେକ୍ଟର ମଧ୍ୟ ତାକୁ ତାର ଭଲ କାମ ପାଇଁ ପ୍ରଶଂସା କରିବା ସଙ୍ଗେ ସଙ୍ଗେ ଭୁଲ ପାଇଁ ଗାଳି ଦେବାକୁ କୁଣ୍ଠିତ ହେଉ ନ ଥିଲେ। ତାଙ୍କ ସହିତ ଉର୍ମିଳାର ସଂପର୍କ ବର୍ତ୍ତମାନ ଏକ ସୁସ୍ଥ ଉପରିସ୍ଥ ଓ ଅଧସ୍ତନ କର୍ମଚାରୀର ଥିଲା। ଡାଇରେକ୍ଟର ଜଣେ ସଚ୍ଚୋଟ, କାର୍ଯ୍ୟଦକ୍ଷ ଓ ମିତଭାଷୀ ଭଦ୍ରଲୋକ ଥିଲେ ଏବଂ ଉର୍ମିଳା ତାଙ୍କୁ ସମ୍ମାନର ସହିତ ଦେଖୁଥିଲା। ତାଙ୍କ ଅଫିସରେ ଯେତେବେଳେ ଗୋଟିଏ ନୂଆ ଉଚ୍ଚ ଦରମାର ଚାକିରି ଖାଲି ହେଲା, ତାର ଡାଇରେକ୍ଟର ହିଁ ତାକୁ ଉପଦେଶ ଦେଲେ ସେ ଦରଖାସ୍ତ କରୁ, କାରଣ ଚାକିରି ପାଇଁ ତାର ସମସ୍ତ ଉପଯୁକ୍ତ ଯୋଗ୍ୟତା ଥିଲା ।

ଉର୍ମିଳା ଯେତେବେଳେ ଉଦୟନକୁ ତାର ଦରଖାସ୍ତ କଥା କହିଲା, ଉଦୟନ ପଚାରିଲା, ସେ ଚାକିରିର ଦରମା କେତେ? ତାକୁ ସେ କଥା ନ କହି ଉର୍ମିଳା କହିଲା,

ଏତେ ଦିନ ହେଲାଣି ମୁଁ ତମକୁ ପଚାରି ନାହିଁ ତମେ କେତେ ଦରମା ପାଉଛ ବୋଲି।
ତମେ କେତେ ପାଅ?

ଉଦୟନ କହିଲା, ତମେ ଯୋଉ ଚାକିରି ପାଇଁ ଦରଖାସ୍ତ କରିଛ, ତାଠାରୁ ମୁଁ
ବହୁତ କମ ଦରମା ପାଉଛି। ଟିକିଏ ପରେ କହିଲା, ତମେ କଣ ମୋର କମ ଦରମା
ଯୋଗୁଁ ମତେ ବାହା ହେବାକୁ ରାଜି ହେଉ ନାହଁ?

ତମେ କେମିତି ଏକଥା ଭାବୁଛ? ଊର୍ମିଳା କହିଲା, ମୁଁ ତ ଜାଣି ବି ନଥିଲି ତମେ
କେତେ ଦରମା ପାଅ, ନ ପାଅ। ଠିକ ଅଛି, ଆମେ ଏଇ ବର୍ଷ ବାହା ହୋଇଯିବା।

ତମେ ଯଦି ସେଇ ନୂଆ ଚାକିରିଟା ପାଅ?

କଣ ହେଲା ସେ ଚାକିରି ପାଇବା ନ ପାଇବାରେ?

ଉଦୟନ ଚୁପ ରହିଲା, କିନ୍ତୁ ଊର୍ମିଳାର ମନେ ହେଲା ସେ ଯେମିତି ଚାହେଁ
ଊର୍ମିଳା ସେ ବଡ଼ ଚାକିରିଟି ନ ପାଉ। ସେ କହିଲା, କାହିଁକି, ତମେ କଣ ଭାବୁ ନାହଁ
ଯେ ମୁଁ ସେଇ ଚାକିରିଟି ପାଇଲେ ଆମର ସୁବିଧା ହେବ ବୋଲି?

ଉଦୟନ କହିଲା, ମୁଁ ସେ କଥା ଜାଣେ ନାହିଁ। କିନ୍ତୁ ମୁଁ ଦେଖୁଛି ଚାକିରି କରିବା
ଦିନୁ ତମେ ବଦଳି ଯାଇଛ।

ସେ ତ ସ୍ୱାଭାବିକ କଥା, ଊର୍ମିଳା କହିଲା, ମୋର ବର୍ତ୍ତମାନ ନିଜର ସ୍ୱତନ୍ତ୍ର
ପରିଚୟ ଅଛି। ମୁଁ ଆଉ କାହାରି ଆଶ୍ରିତ ବା ନିର୍ଭରଶୀଳ ନୁହେଁ।

ତମେ କଣ ଭାବୁଛ ବାହା ହୋଇଗଲେ ତମେ ତମର ଆଇଡେଣ୍ଟିଟି ହରାଇ
ଦେବ?

ନା, କିନ୍ତୁ ଚାକିରି ଛାଡ଼ିଦେଲେ ମୁଁ ପୁଣି ପରାଶ୍ରିତ ହୋଇଯିବି।

ବାହା ହେଲେ ଯଦି ଚାକିରି ଛାଡ଼ିବାକୁ ପଡ଼େ?

ଊର୍ମିଳା ଜବାବ ଦେଲା, ମୁଁ ଚାକିରି ଛାଡ଼ିବି ନାହିଁ। ଯାହା ପଛେ ହେଉ।

ଉଦୟନ କିଛି ସମୟ ଗମ୍ଭୀର ହୋଇ ବସିଲା ଓ ତାପରେ କିଛି ନ କହି ଉଠି
ଚାଲିଗଲା। ଊର୍ମିଳା ମନକୁ ମନ କହିଲା, ନା, ମୁଁ ମୋର ନିଜତ୍ୱକୁ ହାତ ମୁଠାରୁ
ଛାଡ଼ିଦେବି ନାହିଁ।

ସେଇ ନୂଆ ଚାକିରି ପାଇଁ ଦରଖାସ୍ତ କରିବା ଦିନରୁ ଉର୍ମିଳା ପାଇଁ ଅଫିସରେ ଅନେକ ସମସ୍ୟା ଉପୁଜିଲା । ଏଇ ଚାକିରିଟି ପାଇଁ ତା ଅଫିସରୁ ହିଁ ଆହୁରି ଅନେକ ପ୍ରାର୍ଥୀ ଥିଲେ ଏବଂ ସେମାନେ ଜାଣିଥିଲେ ଯେ ଉର୍ମିଳାର ଯୋଗ୍ୟତା ସେମାନଙ୍କଠାରୁ ବେଶି ଥିଲା। ତାକୁ ସେମାନେ ବାରମ୍ବାର ବିଭିନ୍ନ ପ୍ରକାର ଭାବରେ ଏ ବିଷୟ ନେଇ ଆକ୍ଷେପ କରି କହୁଥିଲେ। ଯଥା, ଆମେମାନେ ଦରଖାସ୍ତ କରିଛୁ ସିନା, ଚାକିରି ଆପଣଙ୍କର। ଆଜିକାଲି ସବୁଠାରେ ସ୍ତ୍ରୀ ଲୋକମାନଙ୍କର ଅଗ୍ରାଧିକାର। କିମ୍ବା, ଡାଇରେକ୍ଟର ଆପଣଙ୍କୁ ଏତେ ଭଲପାନ୍ତି, ସେ ନିଶ୍ଚୟ ଚାକିରିଟି କରାଇ ଦେବେ। ଏ ସବୁ ମନ୍ତବ୍ୟ ମୂଳରେ ଯେଉଁ ବ୍ୟଙ୍ଗ ଥିଲା ତା ହେଲା, ଆପଣ ଯଦି ଚାକିରିଟି ପାନ୍ତି, ତା ହେବ ଆପଣ ସ୍ତ୍ରୀ ହୋଇଥିବାର ଏକମାତ୍ର ଯୋଗ୍ୟତା ବଳରେ । ତା ପରେ ସେମାନେ ତାକୁ ଛୋଟ ଛୋଟ ହଇରାଣ କରିବାକୁ ଆରମ୍ଭ କଲେ। ତା ବିଷୟରେ ମିଛ ସତ କଥାବାର୍ତ୍ତା କଲେ; ତା ବିରୁଦ୍ଧରେ ଡାଇରେକ୍ଟରଙ୍କ ପାଖରେ ଅମୂଳକ ଅଭିଯୋଗ କଲେ। ଉର୍ମିଳା ବୁଝିଲା ଯେ ଯେଉଁ ପର୍ଯ୍ୟନ୍ତ ସ୍ତ୍ରୀ ଗୋଟିଏ ଗୌଣ ଭୂମିକା ନେଇ ରହିଛି, ଠିକ ଅଛି; କିନ୍ତୁ ଯେତେବେଳେ ସେ ସେମାନଙ୍କର ସମକକ୍ଷ ହେଉଛି କିମ୍ବା ଉପରକୁ ଯାଉଛି, ଏ କଥା କାହାରି ସହ୍ୟ ହେଉ ନାହିଁ ।

ଏସବୁ ଶୁଣି ଉର୍ମିଳା ବିରକ୍ତ ହେଲା, ହତୋତ୍ସାହିତ ନୁହେଁ। ସେ ଏଇ ପୁରୁଷ ଆଧିପତ୍ୟମୟ ପୃଥିବୀରୁ ଆଉ କଣ ବା ଆଶା କରିଥାନ୍ତା? କେବଳ ମଝିରେ ମଝିରେ ଉଦୟନର ବ୍ୟବହାର ତାକୁ ବ୍ୟତିବ୍ୟସ୍ତ କରୁଥିଲା । ସେ ମଧ୍ୟ ଏଇ ପୁରୁଷପ୍ରଧାନ ସମାଜର ପ୍ରତିନିଧି ଥିଲା। ଏଥିପାଇଁ ଉର୍ମିଳାର କେବେ କେବେ ଉଦୟନ ଉପରେ କ୍ରୋଧ ମଧ୍ୟ ହେଉଥିଲା। କିନ୍ତୁ ସେମାନଙ୍କର ଏତେ ବର୍ଷର ସଂପର୍କକୁ ମନେ ପକାଇ ସେ ନିଜକୁ ସମ୍ବରଣ କରୁଥିଲା। ପୁଣି ଭାବୁଥିଲା, ଏଥରକ ଦେଖାହେଲେ ସେ ଉଦୟନକୁ ଭଲ ଭାବରେ ବୁଝାଇବ। କିନ୍ତୁ ଗୋଟିଏ ବିଷୟରେ ଉର୍ମିଳା ଦୃଢ଼ ସଂକଳ୍ପ ଥିଲା । ଯାହା ପଛେ ହେଉ, ସେ ନିଜର ସ୍ୱାଧୀନତାକୁ ହରାଇ ଦେବ ନାହିଁ ।

ଶେଷକୁ କିନ୍ତୁ ଉର୍ମିଳାର ସେ ଚାକିରିଟି ହେଲା ନାହିଁ। ଡାଇରେକ୍ଟର ତାକୁ ଡାକି ଅନେକ ଦୁଃଖପ୍ରକାଶ କଲେ। କହିଲେ, ଏସବୁ ଚାକିରି ପାଇଁ ପ୍ରାର୍ଥୀ ବାଛିବାରେ ଅନେକ ପ୍ରକାରର ପ୍ରଭାବ ଅଛି। ତମେ ବ୍ୟସ୍ତ ହୁଅ ନାହିଁ। ପୁଣି ନୂଆ ପୋଷ୍ଟ ତିଆରି ହେବ। ଅଫିସର ସହକର୍ମୀମାନେ ପୁଣି ତା ସହିତ ଭଲ ବ୍ୟବହାର କରିବାକୁ ଆରମ୍ଭ କଲେ। କିନ୍ତୁ ଉର୍ମିଳା ମନରେ ଏକ ଗଭୀର ଦୁଃଖ ରହିଗଲା। ସେ ଯେତେବେଳେ ଉଦୟନକୁ ଏ କଥା କହିଲା, ଲକ୍ଷ୍ୟ କଲା ଯେ ତାର ସେଇ ଚାକିରିଟି ନ ପାଇବାରେ ଉଦୟନ ଯେପରି ଖୁସି ଥିଲା। ଏ କଥା ମଧ୍ୟ ଉର୍ମିଳାକୁ ଭଲ ଲାଗିଲା ନାହିଁ। ସେ ଘରେ ବସି ବସି ଅନେକ ଭାବିଲା। କଣ ଚାକିରି ଛାଡ଼ିଦେଇ, ବାହା ହୋଇ, ପିଲା ଜନ୍ମକରି ଗୃହିଣୀ ହୋଇଯିବ? ନା, ପୁଣି ନୂଆ ଚାକିରି ପାଇଁ ଚେଷ୍ଟା କରିବ। ଉଦୟନ କଣ ତାକୁ ସତରେ ଭଲପାଏ? ଯଦି ଭଲ ପାଏ ତେବେ ଉର୍ମିଳାର ଇଚ୍ଛା, ଆଗ୍ରହ, ଲକ୍ଷ୍ୟ, ଉଚ୍ଚାଭିଳାଷ ପ୍ରତି ସେ ବିମୁଖ କାହିଁକି? କାହାକୁ ସେ ଏ କଥା କହିବ? ବାପ ମାଙ୍କୁ? ତାର ଶୁଭାକାଂକ୍ଷୀ ତା ଅଫିସର ଡାଇରେକ୍ଟରଙ୍କୁ?

ଯେତେ ଏ କଥା ଭାବିଲା, ସେତିକି ସେ ଅବସାଦରେ ବୁଡ଼ି ରହିଲା। ପୁଣି ଛୋଟ ଛୋଟ ଜିନିଷ ତାକୁ ବ୍ୟସ୍ତ କଲେ। ବସରେ ତା ଦେହରେ କେହି ଘଷି ହୋଇଗଲେ ସେ ବିରକ୍ତ ହେଲା ଓ ରାସ୍ତା କଡ଼ରେ ମନ୍ତବ୍ୟ କରୁଥିବା ଲୋକଙ୍କୁ ସେ ମୁହଁ ବୁଲି ଅନାଇଲା। ଅଫିସରେ ସେ କାହାରି ସହିତ ଭଲରେ କଥାବାର୍ତ୍ତା କଲା ନାହିଁ ଏବଂ ଖାଇବା ଛୁଟି ବେଳେ ଯେତେବେଳେ ତାର ସହକର୍ମୀ ତାକୁ ଚା ପିଇବାକୁ ଡାକିଲା, ତାକୁ ରୋକଠୋକ ମନା କରିଦେଲା। ତାର ଦୁର୍ଭାଗ୍ୟକୁ ଉଦୟନ ପାଖରୁ ମଧ୍ୟ ଅନେକ ଦିନ ଚିଠି ଆସିଲା ନାହିଁ ଏବଂ ଏ କଥା ଆହୁରି ଏକ ବିଷାଦର କାରଣ ଦେଲା । ସେ ଆଉ ଡାଇରେକ୍ଟରଙ୍କ ସହିତ ଭଲରେ କଥାବାର୍ତ୍ତା କଲା ନାହିଁ ଏବଂ ସେ ଯେତେବେଳେ ତାକୁ ଆଦରରେ କଣ କହିଲେ, ତାଙ୍କୁ ରୁକ୍ଷ ଭାବରେ ଜବାବ ଦେଲା। ଏଇପରି ଏକ ଅବସାଦପୂର୍ଣ୍ଣ ମୁହୂର୍ତ୍ତରେ ସେ ଅଫିସରେ ବସି ବସି ତାର ଇସ୍ତଫାପତ୍ର ଲେଖିଲା ଏବଂ ଉଦୟନକୁ ଚିଠି ଲେଖିଲା ଯେ ସେ ଚାକିରି ଛାଡ଼ିଦେବ ଏବଂ ଯୋଉଦିନ ଠିକ କରିବ ସେଇଦିନ ସେ ତାକୁ ବାହା ହୋଇଯିବ।

ଚିଠି ଦୁଇଟି ଲେଖି ସାରିବା ପରେ ତାକୁ ଅତ୍ୟନ୍ତ ହାଲୁକା ଓ ନିଶ୍ଚିନ୍ତ ଲାଗିଲା । ଯେମିତି ତାର ଅନେକ ଦିନର ସଂଗ୍ରାମର ଏଇଠାରେ ହଠାତ୍ ପରିସମାପ୍ତି ହୋଇଗଲା । ସେ ଚିଠିକୁ ହାତରେ ନେଇ ଉଠି ଠିଆ ହେଲା, ଚାରିଆଡ଼କୁ ଅନାଇଲା ଏବଂ କାହାରି ପ୍ରତି ନିର୍ଦ୍ଦିଷ୍ଟ ଉଦ୍ଦେଶ୍ୟ ନ ଥାଇ ମନେ ମନେ କହିଲା, ବାଷ୍ଟାର୍ଡସ୍! ତାପରେ ସେ ଡାଇରେକ୍ଟରଙ୍କ କୋଠରୀର କବାଟ ଖୋଲି ଭିତରକୁ ଗଲା। କୋଠରୀରେ ସେତେବେଳେ ଆଉ କେହି ନ ଥିଲେ । ଡାଇରେକ୍ଟର କାର୍ଯ୍ୟବ୍ୟସ୍ତ ଥିଲେ ଏବଂ ତାକୁ ଦେଖି କହିଲେ, ବସ, ମୁଁ ଗୋଟାଏ ମିନିଟରେ ଏଇ ଫାଇଲଟା ସାରି ନିଏ। ସାମନା ଚଉକି ଉପରେ ବସି ଉର୍ମିଳା ନିଜ କଥା ଭାବିଲା। ଅନେକ ହୋଇଗଲା, ଆଉ ନୁହେଁ । ସେ ପୁରୁଣା କଥା ମନେ ପକାଇଲା: ତାର କଲେଜର ସାହସିକ ଦିନମାନ, ରାସ୍ତାଘାଟର କଟୁ ଅନୁଭବ, ଇଣ୍ଟରଭିଉର ଅନିଶ୍ଚିତ ମୁହୂର୍ତ୍ତ, ସହକର୍ମୀମାନଙ୍କର ଈର୍ଷା, ଉଦୟନର ଅସହିଷ୍ଣୁତା, ତା ନିଜର ସ୍ୱତନ୍ତ୍ର ପରିଚୟ। ନା, ସେ ନିଜ ଜୀବନକୁ ଏପରି ଉଦ୍ଦେଶ୍ୟହୀନ ଭାବରେ ଇତସ୍ତତଃ ବିକ୍ଷିପ୍ତ ହେବାକୁ ଦେବ ନାହିଁ। ଯାହା ତାର ପ୍ରାପ୍ୟ, ତାକୁ ସେ ହାତ ମୁଠାରେ ଧରି ରଖିବ। ଯାହା ତାର ନିଜର ଜୀବନ, ତାକୁ ନେଇ ଆଉ କାହାରିକି ଖେଳିବାକୁ ଦେବ ନାହିଁ, ସେ ନିଜେ ନିୟନ୍ତ୍ରଣ କରିବ ତାର ଜୀବନକୁ, ନିଜର ଇଚ୍ଛା ଅନୁଯାୟୀ ।

ଡାଇରେକ୍ଟର ଫାଇଲ ବନ୍ଦ କରି ମୁହଁ ଉଠାଇଲେ ଏବଂ ଉର୍ମିଳା ଆଡ଼କୁ ଚାହିଁ କହିଲେ, ୟେସ୍?

ଉର୍ମିଳା ତାଙ୍କର ଚିନ୍ତାଗ୍ରସ୍ତ ମୁହଁକୁ ସହାନୁଭୂତିର ସହିତ ଅନାଇଲା ଏବଂ ତା ମୁହଁରେ ହସ ଫୁଟି ଉଠିଲା। ସାମାନ୍ୟ ଚୁପ ରହି ସେ ତାଙ୍କ ଆଖିକୁ ଅନାଇ ଅବିଚଳିତ ସ୍ୱରରେ କହିଲା, ଆପଣ ଆଜି ସନ୍ଧ୍ୟାରେ ଫ୍ରି ଅଛନ୍ତି?

—

ମଲା ଲୋକ

ମୈତ୍ରେୟୀ କୋଠରୀର ଗୋଟିଏ କଣରେ ଶୂନ୍ୟକୁ ଅନାଇ ବସିଥିଲା । ତା ଚାରିପାଖେ ଅନେକ ସ୍ତ୍ରୀଲୋକ ତାକୁ ଘେରି ବସିଥିଲେ ଏବଂ ସେମାନଙ୍କ ଭିତରୁ ଅନେକେ ରୁମାଲରେ ଆଖି ପୋଛୁଥିଲେ । ମୈତ୍ରେୟୀର ଆଖିରେ କିନ୍ତୁ ଲୁହ ନଥିଲା। ସେ ବର୍ତ୍ତମାନ ନିରୋଳାରେ ବସି କିଛି ଭାବିବାକୁ ଚାହୁଁଥିଲା, କିନ୍ତୁ ଏ କଥା ସମ୍ଭବ ନଥିଲା। ପୂର୍ବ ରାତିରୁ ହିଁ ଦଳ ଦଳ ସ୍ତ୍ରୀଲୋକ ପାଳି କରି ତାକୁ ଘେରି ରହିଥିଲେ ଏବଂ ତାକୁ ମୁହୂର୍ତ୍ତେ ବି ଏକାକୀ ହେବା ସୁଯୋଗ ଦେଇ ନଥିଲେ ।

ସଂଧ୍ୟାବେଳେ ଆଦିତ୍ୟର ମରିବା ଖବର ପାଇ ବି ସେ କାନ୍ଦି ନଥିଲା। ବରଂ ଘରେ ଯେତେବେଳେ ସମସ୍ତେ କାନ୍ଦିବାକୁ ଆରମ୍ଭ କଲେ, ସେ ନିର୍ବାକ୍ ହୋଇ ଯାଇଥିଲା। ତାର ହଠାତ୍ ମନେ ହୋଇଥିଲା, ଯେପରି ନିଜର ମରିବାରେ ବି ଆଦିତ୍ୟ ତା ପାଖରୁ ଏହି ବିଶେଷ ଖବରଟି ଜାଣିଶୁଣି ଗୋପନୀୟ ରଖି ଦେଇଥିଲା । ତାର ଆଉ ମଧ୍ୟ ମନେ ହୋଇଥିଲା ଯେମିତି ଆଦିତ୍ୟ ମରିବା ପୂର୍ବରୁ ନିଜର ସବୁ ପ୍ରିୟ ପରିଜନ ପୃଥିବୀର ଜଣା ଅଜଣା ସବୁ ଲୋକଙ୍କୁ ନିଜର ସବୁ ସ୍ନେହ ଶ୍ରଦ୍ଧା ବାଣ୍ଟି ଦେଇଥିଲା, କେବଳ ତା ଛଡ଼ା । ଏ କଥା ବର୍ତ୍ତମାନ ମୈତ୍ରେୟୀ ପାଇଁ କ୍ଷୋଭର କାରଣ ଥିଲା ଏବଂ ମୃତ୍ୟୁର ଶୋକ ଅପେକ୍ଷା ବେଶି ଅପ୍ରାପ୍ତିର ଏକ ଦୁଃଖ ମୈତ୍ରେୟୀକୁ ଅଭିଭୂତ କରୁଥିଲା।

ମୈତ୍ରେୟୀର ଆଦିତ୍ୟକୁ ଅନେକ କିଛି ପଚାରିବାର ଥିଲା ଏବଂ ତାକୁ ସେ ସୁଯୋଗ ନ ଦେଇ ହଠାତ୍ ଚାଲିଯିବା ଆଦିତ୍ୟର ତା ପାଇଁ ଯେପରି ଥିଲା ଶେଷ ବିଶ୍ୱାସଘାତକତା। ସକାଳେ କଲେଜକୁ ଯିବା ପରେ ମୈତ୍ରେୟୀ ଆଦିତ୍ୟକୁ ଦେଖିଥିଲା ଦିନ ଚାରିଟା ବେଳେ ହସପିଟାଲ ଖଟ ଉପରେ। ସେତେବେଳେ ସେ

ଇନଟେନସିଭ କେୟାର ଇଉନିଟ୍‌ରେ ଥିଲା ଏବଂ ତା ପାଖକୁ କାହାରିକୁ ଛାଡ଼ି ଦିଆ ହେଉ ନଥିଲା। ମୈତ୍ରେୟୀ ସଂଧ୍ୟାବେଳେ ହସପିଟାଲକୁ ଯିବ ବୋଲି ଭାବିଥିଲା, କିନ୍ତୁ ତାର ଆଉ ଆବଶ୍ୟକତା ପଡ଼ିଲା ନାହିଁ । ତା ଘରକୁ ଫୋନ ଆସିଲା ଯେ ଆଦିତ୍ୟ ଆଉ ନାହିଁ ।

ସେ ଯେତେବେଳେ ସେଠାରୁ ବାଥରୁମକୁ ଗଲା, ତା ସାଙ୍ଗରେ ଦୁଇଜଣ ସ୍ତ୍ରୀ ଲୋକ ଗଲେ ଏବଂ କବାଟ ବାହାରେ ତାକୁ ଅପେକ୍ଷା କରି ରହିଲେ। ମୁହଁ ଧୋଉ ଧୋଉ ମୈତ୍ରେୟୀ ତାଙ୍କ କଥା ଠିକ ଶୁଣିପାରୁଥିଲା। ଜଣେ କହିଲା, ମୈତ୍ରେୟୀର କାନ୍ଦିବା ଉଚିତ ଥିଲା। ଯଦି ସେ ବହୁତ କାନ୍ଦି ପାରନ୍ତା, ମନ ହାଲୁକା ହୋଇଯାନ୍ତା। ଆଉ ଜଣେ କହିଲା, ନା, ସେ କାନ୍ଦିଥିଲେ ଝିଅକୁ କିଏ ବୁଝାଇଥାନ୍ତା? ମୈତ୍ରେୟୀକୁ ଏ କଥୋପକଥନ ହାସ୍ୟକର ମନେହେଲା ଏବଂ ସେ ଆଦିତ୍ୟ ସହିତ ନିଜର ସଂପର୍କକୁ ମନେ ପକାଇ ପୁଣି ଆଦିତ୍ୟ ଓ ନିଜ ଉପରେ ରୁଷ୍ଟ ହେଲା ।

ଝିଅ ରାନୁର କିନ୍ତୁ ଏ ସମସ୍ୟା ନ ଥିଲା। ସ୍କୁଲରୁ ଫେରି ସେ ବାପା ହସପିଟାଲରେ ଥିବାର ଖବର ପାଇଥିଲା ଏବଂ ସଂଧ୍ୟାବେଳେ ଘରେ କନ୍ଦାକଟା ହେବାରୁ ତାର ବାପା ମରିଯାଇଥିବାର ଜାଣିଥିଲା। ସେଦିନ ସେ ସ୍କୁଲରେ ଅନେକ ସମୟ ଧରି ଖେଳି ଥିବାରୁ ସଂଧ୍ୟାରେ ବହୁତ କ୍ଳାନ୍ତ ଥିଲା ଏବଂ ରାତିରେ ତାକୁ ଖୁଆଇ ପିଆଇ ଦେବାପରେ ସେ ଅତି ଶୀଘ୍ର ଶୋଇଯାଇଥିଲା। ରାତିରେ ତାର ଶୋଇବା ଅବସ୍ଥାରେ ହିଁ ଆଦିତ୍ୟର ଶବକୁ ଘରକୁ ଅଣା ହୋଇଥିଲା ଏବଂ ସକାଳେ ଘରସାରା ଲୋକ ଭର୍ତ୍ତି ଶୋକାର୍ତ୍ତ ମୁହଁ ସବୁ ଦେଖି ରାନୁ ପୁଣି ସାମାନ୍ୟ କାନ୍ଦିଥିଲା । ତାପରେ ସେ ଚୁପଚାପ ହୋଇଯାଇଥିଲା। ଏପରିକି ଯେତେବେଳେ ପୁଣି ପଡ଼ୋଶୀ ଭଦ୍ରମହିଳା ତାକୁ କୁଣ୍ଢାଇ ଧରି ନିଜେ କାନ୍ଦିବାକୁ ଆରମ୍ଭ କଲେ, ସେତେବେଳେ ବି ରାନୁ କାନ୍ଦି ନଥିଲା ।

ସତ କହିବାକୁ ଗଲେ ରାନୁ ଏ ପର୍ଯ୍ୟନ୍ତ ବାପାର ମରିବାକୁ ଠିକ ଭାବରେ ଗ୍ରହଣ କରିପାରୁ ନଥିଲା। ତାର ମନେ ହେଉଥିଲା ଯେମିତି ବାପା କୋଉଠିକି ଯାଇଛନ୍ତି, ଦି ଚାରି ଦିନ ଭିତରେ ପୁଣି ଫେରି ଆସିବେ। ଘରସାରା ଏପାଖ ସେପାଖ

ପଡ଼ିଥିବା ଆଦିତ୍ୟର ଜାମାପଟା, ଚଟି ଜୋତା, ବହିପତ୍ର ତାକୁ ଏ ବିଷୟରେ ଆଶ୍ୱସ୍ତ କରୁଥିଲେ। ସେ ଜାଣିଥିଲା ଏକଥା ସତ ନୁହେଁ, ତଥାପି ସେ ନିଜ ମନରୁ ଏକଥା ଦୂର କରିପାରୁ ନଥିଲା ଯେ ତାର ବାପା ଯେମିତି ସମୟ ଅସମୟରେ ଘରେ ଆସି ପହଞ୍ଚନ୍ତି, ସେଭଳି ଭାବରେ ଆସି ପହଞ୍ଚିବେ। ଘରର କଲିଂ ବେଲ୍ ବାଜିବାରୁ ରାନୁ ଜାଣିପାରିବ ଯେ ତାର ବାପା ହିଁ ଡାକୁଛନ୍ତି। ଥରେ ଜୋରରେ ଏବଂ ଠିକ ପରେ ପରେ ଦୁଇଥର କଲିଂ ବେଲ ବାଜିବ ଏବଂ ରାନୁକୁ ଡାକି ବାପା ଭିତରକୁ ଆସିବେ। ଯଦି ସେ ବାହାରକୁ କେଉଁଠାକୁ ଯାଇଥିବେ, ତାହେଲେ ନିଶ୍ଚୟ କିଛି ନା କିଛି, ସେ ଗୋଟିଏ ନୂଆ ବହି ହଉ ବା ଘର ସଜାଇବାର କୌଣସି ଜିନିଷ ହଉ, ତା ପାଇଁ ଆଣିଥିବେ। ଘରେ ଯଦି ସବୁ କିଛି ଅବ୍ୟବସ୍ଥାରେ ନଥାନ୍ତା, ରାନୁ ସବୁଦିନ ଭଳି ଖାଇପିଇ ତାର ବ୍ୟାଗ ଧରି ସ୍କୁଲକୁ ବାହାରି ଯାଇଥାନ୍ତା।

ରାନୁର ମାମୁ, ଯାହାର ଆଦିତ୍ୟ ସହିତ ମାମୁଲି ସଂପର୍କ ମାତ୍ର ଥିଲା, ସେ ବର୍ତ୍ତମାନ ଘରର ସମସ୍ତ ଦାୟିତ୍ୱ ନିଜ ଉପରକୁ ନେଇ ଯାଇଥିଲେ । ତାଙ୍କ ଉପରେ ଦୁଃଖର ସାମାନ୍ୟ ବି ଛାୟା ନ ଥିଲା, କେବଳ ହଠାତ୍ ଏପରି ବିନା ନୋଟିସରେ ତାଙ୍କ ଉପରେ ଏତେ ଦାୟିତ୍ୱ ସବୁ ଆସି ପଡ଼ି ଥିବାରୁ ସେ ଚିନ୍ତାଶୀଳ ଜଣା ପଡୁଥିଲେ । ସେ ବୟସରେ ଆଦିତ୍ୟ ଠାରୁ ବଡ଼ ଥିଲେ ଏବଂ ଅନେକ ସମୟରେ ଆଦିତ୍ୟକୁ ବିଭିନ୍ନ ପ୍ରକାର ଉପଦେଶ ଦେଉଥିଲେ। ଆଦିତ୍ୟ ସ୍ୱାଧୀନ ପ୍ରକୃତିର ଥିଲା ଏବଂ ତାଙ୍କର ଉପଦେଶ ମାନିବାକୁ ପ୍ରସ୍ତୁତ ନ ଥିଲା। ଏହି କାରଣରୁ ଆଦିତ୍ୟ ତାଙ୍କ ସହିତ କମ ସଂପର୍କ ରଖୁଥିଲା ।

ମାମୁ ବର୍ତ୍ତମାନ କଲେଜର ଆକାଉଣ୍ଟାଣ୍ଟ ସହିତ ଠିଆ ହୋଇ ଆଦିତ୍ୟର ପ୍ରାପ୍ୟ ବିଷୟରେ ଆଲୋଚନା କରୁଥିଲେ । ଆକାଉଣ୍ଟାଣ୍ଟ ଆଦିତ୍ୟକୁ ଭଲ ପାଉଥିଲା ଏବଂ ତାର ମୃତ୍ୟୁରେ ମ୍ରିୟମାଣ ଥିଲା । କିନ୍ତୁ ତା' ମନ ଭିତରେ ଯେଉଁ ଚିନ୍ତାଟି ତାକୁ ବ୍ୟତିବ୍ୟସ୍ତ କରୁଥିଲା, ସେଇଟି ଥିଲା ଆଦିତ୍ୟ ତା ପାଖରୁ ଆଡ୍‌ଭାନ୍‌ସ ନେଇଥିବା ବିଷୟରେ । ସେଇଟି ବର୍ତ୍ତମାନ କିପରି ଆଡ୍‌ଜଷ୍ଟ ହେବ, ତା' ହିଁ ଥିଲା ଆକାଉଣ୍ଟାଣ୍ଟର ଚିନ୍ତାର ବିଷୟ। ତଥାପି ସେ ଆଦିତ୍ୟର ପରିବାର କେତେ

ପେନସନ, ପ୍ରଭିଡେଣ୍ଟ ଫଣ୍ଡ ଇତ୍ୟାଦି ପାଇବ ତାର ଏକ ମୋଟାମୋଟି ହିସାବ ଦେଲା, ଯାହା ମାମୁଙ୍କୁ ସନ୍ତୁଷ୍ଟ କରି ପାରିଲା ନାହିଁ। ସେ କହିଲେ, ଏବେ କଣ ସବୁ ନୂଆ ହୋଇ ଇନ୍‌ସ୍ୟୁରାନ୍‌ସ ହୋଇଚି ନା କଣ, ସେଥିରୁ କେତେ ଟଙ୍କା ମିଳିବ? ଆକାଉଣ୍ଟାଣ୍ଟ କହିଲା, ଆଦିତ୍ୟବାବୁ ସେଇଟି ନେଇ ନଥିଲେ। ମାମୁ, ଯେ କି ଏ ବିଷୟରେ କେବେବି ଆଦିତ୍ୟ ସହିତ କଥାବାର୍ତ୍ତା କରି ନଥିଲେ, କହିଲେ, ମୁଁ ତାକୁ ବାରମ୍ବାର କହୁଚି ଇନ୍‌ସ୍ୟୁରାନ୍‌ସ ନେଇ ଯା, ସେ କଣ ମୋ କଥା ଶୁଣିବ? ସେ ପଛ ତାରିଖ ପକାଇ ଯଦି କେହି ଆଦିତ୍ୟର ଦସ୍ତଖତରେ ଏଥିପାଇଁ ଦରଖାସ୍ତ କରେ, ତାହେଲେ ଚଳିବ କି ବୋଲି ପଚାରିଲେ, କିନ୍ତୁ ଆକାଉଣ୍ଟାଣ୍ଟ ଏଭଳି ଅତି ଅସଙ୍ଗତ ପ୍ରସ୍ତାବ ପ୍ରତି ଆଦୌ ଆଗ୍ରହୀ ହେଲା ନାହିଁ ।

ମାମୁ ସାମାନ୍ୟ ବିରକ୍ତିର ସହିତ ସେଠାରୁ ଉଠି ଯାଇ ଘର ଭିତରକୁ ପଶିଲେ ଏବଂ ସେଠାରେ ଛିଡ଼ା ହୋଇଥିବା ଛୋଟ ଦଳକୁ ଉଦ୍ଦେଶ୍ୟ କରି କହିଲେ, ଭାନୁ କେତେବେଳେ ଆସିବ ବୋଲି ଆଶା? ଆଦିତ୍ୟର ପୁଅ ବମ୍ବେରେ ପାଠ ପଢୁଥିଲା ଏବଂ ସନ୍ଧ୍ୟାବେଳେ ହିଁ ତା ପାଖକୁ ଟେଲିଗ୍ରାମ ଯାଇଥିଲା । ଏଥିରେ ତାର ବାପା ସିରିୟସ ବୋଲି ଲେଖା ହୋଇଥିଲା, କିନ୍ତୁ ସମସ୍ତେ ମନେ କରୁଥିଲେ ଯେ ସେ ବାର୍ତ୍ତାର ତାତ୍ପର୍ଯ୍ୟ ବୁଝିପାରିବ ଏବଂ କେମିତି କୁଆଡୁ ଟଙ୍କା ଯୋଗାଡ଼ କରି ପ୍ଲେନ୍‌ରେ ଆସି ପହଞ୍ଚିବ। କିନ୍ତୁ ପ୍ଲେନ ସମୟ ଆହୁରି ଚାରିଘଣ୍ଟା ପରେ ଥିଲା । ମାମୁ ଅନୁଭବୀ ଲୋକ ଏବଂ ଜାଣିଥିଲେ ସେ ଭାନୁର ଆସିବା ଆଶା କମ । ସେ କହିଲେ, ସେ ଆସୁ ନ ଆସୁ ଦି'ଟାବେଳେ ଶ୍ମଶାନକୁ ଯିବାର ବ୍ୟବସ୍ଥା ହେବ । ପାଖରେ ଛିଡ଼ା ହୋଇଥିବା ଭଦ୍ରବ୍ୟକ୍ତି, ଯାହାଙ୍କୁ ସେଠାରେ କେହି ଚିହ୍ନିଥିବା ପରି ଜଣାପଡୁ ନଥିଲା, କହିଲେ, ହଁ, ଅପେକ୍ଷା କରି କିଛି ଲାଭ ନାହିଁ । ସେଥର ମାଇନିଂ ମିଶ୍ରବାବୁ ମରିଗଲେ; ତାଙ୍କ ପୁଅପାଇଁ ଘରେ ଅପେକ୍ଷା କଲେ। ଏୟାରଲାଇନ୍ ଷ୍ଟ୍ରାଇକ୍ ଯୋଗୁ ସେ ଦି ଦିନ ପରେ ଆସି ପହଞ୍ଚିଲା । ଯେତେ ବରଫ ଦେଲେ ବି ଡେଡ୍ ବଡି ପଚିଗଲା । ପୁଅ ଆସି ବିରକ୍ତ ହେଲା । ଏପରିକି ସେ ବାଳ କାଟିବାକୁ ବି ମନା କରିଦେଲା। ମାମୁଙ୍କୁ ଏ କଥା ଭଲ ଲାଗିଲା ନାହିଁ। ଭଦ୍ରବ୍ୟକ୍ତିଙ୍କ କଥାକୁ ଅବଜ୍ଞା

କରି ସେ କହିଲେ, ଯେତେ ହେଲେ ବଡ଼ପୁଅ ନ ଥାଇ କେମିତି କଣ କରାହେବ? ଅପେକ୍ଷା ତ କରିବାକୁ ହିଁ ହେବ ।

ମାମୁଙ୍କର ଅଜ୍ଞାତରେ ଆଦିତ୍ୟର ପଡ଼ୋଶୀ ଏଥିମଧ୍ୟରେ ମୈତ୍ରେୟୀ ପାଖରୁ ଯାଇ ଟଙ୍କା ମାଗିଆଣି କୋକେଇ ତିଆରିର ବ୍ୟବସ୍ଥା କରୁଥିଲେ। ସେ ଜଣେ ସଂପୂର୍ଣ୍ଣ ବିଷୟବୁଦ୍ଧି ସଂପନ୍ନ ଲୋକ ଥିଲେ ଏବଂ ବିବାହ, ବ୍ରତ ଇତ୍ୟାଦି ଉତ୍ସବମାନଙ୍କରେ ତାଙ୍କୁ ସମସ୍ତେ ଲୋଡୁଥିଲେ। ସେ ଆଜି ଦିନଟି ଅଫିସରୁ ଛୁଟି ନେଇଥିଲେ ଏବଂ ଏ ଭିତରେ ବାଉଁଶ ମଗାଇ ତାକୁ କାଟିବାର ପର୍ବକୁ ତଦାରଖ କରୁଥିଲେ। ଘର ପାଖରୁ ଟିକିଏ ଦୂରରେ ଛିଡ଼ାହୋଇ ସେ ପାଟି କରୁଥିଲେ : ବାଉଁଶକୁ ଏତେ ଛୋଟ ଛୋଟ କରି କାଟିବାକୁ କିଏ କହିଲା, ଅଥବା, ଦଉଡ଼ି ଆସିଲା କି ନାହିଁ? ଅଥବା, ବଜାରକୁ କିଏ ଯାଇଛି ଇତ୍ୟାଦି । ମଝିରେ କିଏ ଆସି ତାଙ୍କୁ ପଚାରିଲା, କଣ ଆଜ୍ଞା ଶ୍ମଶାନ କାମ ପାଇଁ ଆଉ କିଛି ଦରକାର ଅଛି? ଭଦ୍ରବ୍ୟକ୍ତି ବିରକ୍ତିର ସହିତ କହିଲେ, ଦରକାର ବେଳେ କେହି କୁଆଡ଼େ ନ ଥିବେ, କାମ ବେଳକୁ ସମସ୍ତେ ପଚାରିବାକୁ ଆସିବେ । ନାଇଁ, ମୁଁ ସବୁ କଥା ବୁଝୁଛି । ଆଉ କାହାରିକି ମୁଣ୍ଡ ଖେଳାଇବା ଦରକାର ନାହିଁ।

ଏପାଖ ସେପାଖ ଠିଆ ହୋଇଥିବା ଦଳମାନଙ୍କ ଭିତରୁ ଯେଉଁ ଦଳଟି ସବୁଠାରୁ ମୁଖର ଥିଲା, ସେଇଟି ଆଦିତ୍ୟର ସହକର୍ମୀମାନଙ୍କର ଦଳ। ତାଙ୍କ ଭିତରୁ ଜଣେ ମତ ଦେଲେ ଯେ ଯଦି ଠିକ ସମୟରେ ଆଦିତ୍ୟ ପ୍ରମୋଶନ ପାଇ ଯାଇଥାନ୍ତା, ତେବେ ତାର ଆଉ ଦୁଶ୍ଚିନ୍ତା ହୋଇ ନ ଥାନ୍ତା କିମ୍ବା ତାକୁ ହୃଦୟ ରୋଗ ହୋଇ ନ ଥାନ୍ତା। ଏହି ସୂତ୍ରରେ ଅନ୍ୟ ଜଣେ କଲେଜ ତଥା ବିଶ୍ୱବିଦ୍ୟାଳୟ କର୍ମକର୍ତ୍ତାଙ୍କର ଜାତିଆଣ ମନୋଭାବ, ପ୍ରିୟାପ୍ରୀତି ତୋଷଣ ଇତ୍ୟାଦି କଥା ଉଠାଇଲେ। କଥାବାର୍ତ୍ତା ବର୍ତ୍ତମାନ ଆଦିତ୍ୟ ପାଖରୁ ଯାଇ ବିଶ୍ୱବିଦ୍ୟାଳୟ କୁପରିଚାଳନା ବିଷୟରେ ପହଞ୍ଚିଲା। ସହକର୍ମୀମାନେ ଯେତେବେଳେ ବିଚାରାଧୀନ ଥିବା ବିବଦମାନ ବିଶ୍ୱବିଦ୍ୟାଳୟ ଆଇନ ସଂଶୋଧନ ବିଲ୍‌ର ଭଲମନ୍ଦ ବିଷୟରେ ଆଲୋଚନା କରିବାରେ ଲାଗିଲେ, କାଳେ କଥା ପୁଣି ଆଦିତ୍ୟର ଠିକ ସମୟରେ

ପ୍ରମୋଶନ ପାଇ ନଥିବାରେ ପହଞ୍ଚିବ, ଏହି ଭୟରେ ତା ବଦଳରେ ପ୍ରମୋଶନ ପାଇଥିବା ଭଦ୍ରବ୍ୟକ୍ତି ସେଠାରୁ ଉଠି ଅନ୍ୟ ଦଳକୁ ଚାଲିଗଲେ ।

ସେଠାରେ ଆଦିତ୍ୟର ଜଣେ ବିଧାୟକ ବନ୍ଧୁ ଅନ୍ୟମାନଙ୍କୁ ପ୍ରାଦେଶିକ ରାଜନୀତିର ସୂକ୍ଷ୍ମ ଅନୁଷଙ୍ଗମାନଙ୍କ ବିଷୟରେ ବୁଝାଉଥିଲେ । ସେ ସ୍କୁଲ ଓ କଲେଜରେ ଆଦିତ୍ୟର ସହପାଠୀ ଥିଲେ ଏବଂ ଉଭୟଙ୍କର ବିଭିନ୍ନ ପ୍ରକାରର ଜୀବନ ଗ୍ରହଣ କରି ନେଇଥିବା ସତ୍ତ୍ୱେ ବି ଦୁହେଁ ମଝିରେ ମଝିରେ ପରସ୍ପରକୁ ଭେଟୁଥିଲେ । ବିପଦ ଆପଦ ବେଳେ ଆଦିତ୍ୟ ଏହି ବନ୍ଧୁଙ୍କର ସହାୟତା ନେଉଥିଲା ଏବଂ ମୈତ୍ରେୟୀ ମଧ୍ୟ ଆଦିତ୍ୟର ଏହି ବନ୍ଧୁଙ୍କ ସହିତ ଭଲଭାବରେ ପରିଚିତ ଥିଲା । ବନ୍ଧୁ କିନ୍ତୁ ଥରେମାତ୍ର ମୈତ୍ରେୟୀକୁ ସାକ୍ଷାତ କରି ବାହାରକୁ ଚାଲି ଆସିଥିଲେ ଏବଂ ବର୍ତ୍ତମାନ ତାଙ୍କର କଥୋପକଥନର କୌଣସି ସଂପର୍କ ନ ଥିଲା ଆଦିତ୍ୟର ମରିଯିବା ସହିତ। ଯେଉଁମାନେ ସେଠାରେ ଛିଡ଼ା ହୋଇ ତାଙ୍କ କଥା ଶୁଣୁଥିଲେ, ସେମାନେ ମଧ୍ୟ ଆଦିତ୍ୟ କଥା ଭୁଲିଯାଇ ରାଜନୀତିର ଗମ୍ଭୀର ସମସ୍ୟା ବିଷୟରେ ମନୋନିବେଶ କରି ସାରିଥିଲେ ।

ସେଠାରେ ଥିବା ଲୋକମାନଙ୍କ ଭିତରୁ ଯିଏ ସମସ୍ତଙ୍କର କୌତୂହଳକୁ ଆକର୍ଷଣ କରି ପାରିଥିଲା, ସେ ଥିଲା ସେଇ ଛାତ୍ରଟି, ଯେ କି ଆଦିତ୍ୟ କ୍ଲାସ ରୁମରେ ପଡ଼ିଯିବାଠାରୁ ଆରମ୍ଭ କରି ହସପିଟାଲ ଯିବା ପର୍ଯ୍ୟନ୍ତ ଆଦିତ୍ୟ ସହିତ ଥିଲା। ସେ ଏ ପର୍ଯ୍ୟନ୍ତ ତିନୋଟି ବିଭିନ୍ନ ବିଭିନ୍ନ ଦଳଙ୍କୁ ଆଦିତ୍ୟର ଶେଷ ସମୟର ଏକ ଧାରାବାହିକ ବିବରଣୀ ଦେଇ ସାରିଥିଲା ଏବଂ ବର୍ତ୍ତମାନ ଆହୁରି ଗୋଟିଏ ଦଳ ଲୋକଙ୍କୁ କହୁଥିଲା, ପାଞ୍ଚ ମିନିଟ କ୍ଲାସ ନେଇଛନ୍ତି କି ନାହିଁ, ସାର ହଠାତ୍ ଚୁପ ହୋଇଗଲେ, ଆମେ ଭାବିଲୁ...। ସେ ଏଥରକ ଅନର୍ଗଳ ଭାବରେ ବର୍ଣ୍ଣନା କରିବାକୁ ଆରମ୍ଭ କଲା ଏବଂ ପୂର୍ବ ବର୍ଣ୍ଣନାମାନଙ୍କରେ ଯେଉଁ କେତୋଟି ଛୋଟ ଛୋଟ ଘଟଣା କହିବାକୁ ଭୁଲିଯାଇଥିଲା, ତାକୁ ବିଶଦ ଭାବରେ ଉଲ୍ଲେଖ କଲା । ସେଠାରେ ଛିଡ଼ା ହୋଇଥିବା ଡାକ୍ତର ଯେତେବେଳେ ତାକୁ ଡାକ୍ତରଖାନା ଭିତରେ କଣ ହେଲା ସେ ବିଷୟରେ ପ୍ରଶ୍ନ କରିବାକୁ ଆରମ୍ଭ କଲେ, ପିଲାଟି ଡାକ୍ତରଖାନା କୋଠରୀ

ଭିତରକୁ ଯାଇ ନ ଥିଲେ ବି ଯେତେଦୂର ସମ୍ଭବ କଳ୍ପନାକୁ ମିଶାଇ ତାଙ୍କ ପ୍ରଶ୍ନର ଉତ୍ତର ଦେଲା। ଡାକ୍ତର ଜଣକ ଆଦିତ୍ୟର ଚିକିତ୍ସା ପଦ୍ଧତିରେ ଅନେକ ତ୍ରୁଟି ଦେଖିବାକୁ ପାଇଲେ ଏବଂ ଏ କଥା ଏକ ନୂଆ ଆଲୋଚନାର ବିଷୟବସ୍ତୁ ହେଲା।

ଆଦିତ୍ୟର ପ୍ରକାଶକ, ଯାହା ସହିତ ତାର ଆଦୌ ଭଲ ସଂପର୍କ ନ ଥିଲା, ସେ ମଧ୍ୟ ଏହି ଅବସରରେ ସେଠାରେ ପହଞ୍ଚି ଶୋକ ପ୍ରକାଶ କରି ଅନ୍ୟମାନଙ୍କ ଆଗରେ ନିଜର ଉଦାର ହୃଦୟତା ଦେଖାଇବାକୁ ଚେଷ୍ଟା କରୁଥିଲେ। ନିଜ ହାତରେ ଧରିଥିବା ବିଡ଼ାଏ କାଗଜ ସେ ସମସ୍ତଙ୍କୁ ଦେଖାଉଥିଲେ ଏବଂ ଯଦିଓ ସେଥିରେ ଆଦିତ୍ୟ ବହିର କୌଣସି ହିସାବ ନଥିଲା, ସେ ସମସ୍ତଙ୍କୁ କହୁଥିଲେ, ମୁଁ ଆଜି ଆଦିତ୍ୟ ବାବୁଙ୍କୁ ତାଙ୍କ ବହିର ହିସାବ ବୁଝାଇବାକୁ ଆସିଥିଲି, କିନ୍ତୁ ବିଧିର ବିଧାନ ଅନ୍ୟ ପ୍ରକାର ।

ବର୍ତ୍ତମାନ ଅଫିସ ସମୟ ହୋଇ ଆସୁଥିଲା ଏବଂ ଲୋକମାନେ ସେଠାରୁ ଚାଲିଯିବା ପାଇଁ ବ୍ୟତିବ୍ୟସ୍ତ ହେଉଥିଲେ । ଆଦିତ୍ୟ ଘର ସାମନାରେ ଭିଡ଼ ଦେଖି ରାସ୍ତାରେ ଯାଉଥିବା ଜଣେ ଲୋକ ସାଇକେଲରୁ ଓହ୍ଲାଇ ସେଠାରେ ଛିଡ଼ା ହେଲା ଓ ପଚାରିଲା, ଆଜ୍ଞା, ଏଠିକି ବାବାଙ୍କର ଆସିବାର ଥିଲା, କଣ ଆସିଗଲେ କି? ତାକୁ ଯେତେବେଳେ ଆଦିତ୍ୟର ମରିବା ଖବର କୁହାଗଲା, ଲୋକଟି ଆଦିତ୍ୟର ବୟସ କେତେ ହୋଇଥିଲା ଓ ପିଲାଝିଲା କେତୋଟି ସେ ଖବର ନେଲା। ତା ପରେ କହିଲା, ହଁ, ପୁଅ ତ ଏଥର ଚାକିରି ବାକିରି କରିବ । ହେଲେ ଝିଅ ପାଇଁ ଯାହା ଟିକିଏ ଚିନ୍ତା । ଯାହା ହେଉ, ଭଗବାନ ଚଳାଇ ନେବେ । ଏତିକି କହି ସେ ପୁଣି ଯେମିତି ଆସିଥିଲା ସେମିତି ସାଇକେଲ ଚଢ଼ି ଚାଲିଗଲା।

ଆଦିତ୍ୟ ଛାତ୍ରମାନଙ୍କର ପ୍ରିୟ ଥିଲା, କିନ୍ତୁ ତାର ଛାତ୍ରମାନେ କେହି ତା ଘର ପାଖରେ ନଥିଲେ। ସେମାନେ ଯାଇଥିଲେ ସେଦିନ କଲେଜ ଛୁଟି କରାଇବାର ବ୍ୟବସ୍ଥା ପାଇଁ। କଲେଜ ବିଭିନ୍ନ ପ୍ରକାର ଦଳୀୟ ରାଜନୀତିର ପୀଠସ୍ଥଳୀ ଥିଲା ଏବଂ ଆଦିତ୍ୟର ମରିଯିବା ଆଳରେ ଯଦିଓ ସମସ୍ତେ ଗୋଟିଏ ଦିନ ଛୁଟି ଚାହୁଁଥିଲେ, ଏହି ନିଷ୍ପତ୍ତି ନେବାପାଇଁ ଅନେକ ପ୍ରକାର ତର୍କ ବିତର୍କ ହେଲା। ଜଣେ କେହି ଅତୀତରେ

ଜଣେ ଅଧ୍ୟାପକ ମରିଯାଇଥିବାବେଳେ ଛୁଟି ନ ହୋଇ ଥିବାର ଦର୍ଶାଇଲା। ଏହି ଉପଲକ୍ଷ୍ୟରେ ପ୍ରିନସିପାଲଙ୍କର ଛାତ୍ରମାନଙ୍କ ସହିତ ବଚସା ହେଲା । କିଛି ପିଲା ଉପରୁ ଏ ବିଷୟରେ ଆଦେଶ ଆଣିବା ପାଇଁ ସଚିବାଳୟକୁ ଗଲେ । ଏହିପରି ଭାବରେ ଶେଷରେ ଛୁଟି ହେବାର ନିଷ୍ପତ୍ତି ହେଲା ଏବଂ ପିଲାମାନେ 'ଆଦିତ୍ୟ ସାର୍ ଜିନ୍ଦାବାଦ' ଭଳି ନିରର୍ଥକ ସ୍ଲୋଗାନ ଦେଇ ଆଦିତ୍ୟର ଘର ପାଖରେ ପହଞ୍ଚିଲେ ।

ଆଦିତ୍ୟ ସେତେବେଳକୁ ତାର ବସିବା କୋଠରୀରେ ତିନିଟି ବଡ଼ ବରଫ ଖଣ୍ଡ ଉପରେ ଶୋଇଥିଲା। ସେ ବର୍ତ୍ତମାନ ଆଖପାଖରେ ଘଟୁଥିବା ଆଳାପ ଆଲୋଚନା ଓ ବିଚାରବିମର୍ଷର ସଂପୂର୍ଣ୍ଣ ଉର୍ଦ୍ଧ୍ୱରେ ଥିଲା । ବଞ୍ଚିଥିଲା ବେଳେ ସେ ସ୍ୱର୍ଗ ନର୍କ ପୁନର୍ଜନ୍ମ ଆତ୍ମାର ଅବିନଶ୍ୱରତା ଇତ୍ୟାଦିରେ ବିଶ୍ୱାସ କରୁ ନ ଥିଲା । ତେଣୁ ମରିବା ପୂର୍ବରୁ ଏ ସବୁ ପ୍ରଶ୍ନ ତାକୁ ବିଚଳିତ କରି ନ ଥିଲେ । ତଥାପି ଶେଷ କେତୋଟି ମୁହୂର୍ତ୍ତ ତା ପାଇଁ ଅତ୍ୟନ୍ତ ଶାରୀରିକ ଯନ୍ତ୍ରଣାଦାୟକ ଥିଲା। ମରିବାର ସମୟ ଯଦି ତାକୁ ଜ୍ଞାତ ଥାନ୍ତା ଏବଂ ତାକୁ ସୁବିଧା ଦିଆ ହୋଇଥାନ୍ତା, ତେବେ ସେ ଅନ୍ୟ ପ୍ରକାରର ମୃତ୍ୟୁ ଚାହିଁଥାନ୍ତା, ଏବଂ ଅନ୍ତତଃ ଥରେ ହେଲେ ସୁଜାତାକୁ ଦେଖା କରିବାକୁ ଚେଷ୍ଟା କରିଥାନ୍ତା। ସୁଜାତା ସହିତ ତାର କୋଡ଼ିଏ ବର୍ଷ ହେଲା କୌଣସି ଯୋଗାଯୋଗ ନ ଥିଲା। ସୁଜାତା ବର୍ତ୍ତମାନ ପାଞ୍ଚ ଶହ ମାଇଲ ଦୂରରେ ଥିଲା ଏବଂ ତାର ମୃତ୍ୟୁର ସଂବାଦ ପାଇ ନ ଥିଲା। ତେବେ ମରିବା ଠିକ ଆଗରୁ ନିଜର ସଂଜ୍ଞା ଥିବା ଅବସ୍ଥାରେ ଗୋଟିଏ ହଠାତ୍ ମୁହୂର୍ତ୍ତ ପାଇଁ ଆଦିତ୍ୟ ସୁଜାତାକୁ ମନେ ପକାଇଥିଲା ଏବଂ ତାର ପ୍ରାଣହୀନ ମୁହଁରେ ବର୍ତ୍ତମାନ ସେଇ କ୍ଷଣିକ ସ୍ମରଣର ସୂଚନା ସ୍ୱରୂପ ଏକ କ୍ଷୀଣ ହସ ରହିଯାଇଥିଲା ।

—

ନିଷିଦ୍ଧ ରାସ୍ତା

ଦିନେ ସଂଧ୍ୟାବେଳେ ନିଜର ହଷ୍ଟେଲ କୋଠରୀରେ ବସି ରବି ଓ କନିଷ୍କ ଠିକ କଲେ ଯେ ସେମାନେ ଯେମିତି ହେଲେ ବେଶ୍ୟାଳୟ ଯିବେ। ରବି କହିଲା, ଶଳା ସମସ୍ତେ ଯାଇ ସେଇ ଗଳି ଭିତରେ କେତେ ଥର ଚକ୍କର କାଟି ଆସି ସାରିଲେଣି; ଖାଲି ଆମେ ଦିଟା ମଫସଲିଆ ରହି ଗଲେ । କନିଷ୍କ, ଯେ କି ଟିକିଏ ଗମ୍ଭୀର ତଥା ଭୟାଳୁ ପ୍ରକୃତିର ଥିଲା, କହିଲା, କଣ ଏମିତି ବଡ଼ କଥା ସେଠିକି ଯିବା? ହାତରେ ଟଙ୍କା ଥିଲେ ହେଲା। ରବି କହିଲା, ଖାଲି ବଡ଼ ବଡ଼ କଥା କହୁଚୁ। ମୁଁ ତତେ ଟଙ୍କା ଦଉଚି, ଏବେ। ଯାଇ ସେ ଭିତରେ ବୁଲି ଆସିଲୁ । କନିଷ୍କ କହିଲା, ପରୀକ୍ଷାଟା ସରିଯାଉ, ଦେଖିବୁ।

ସେମାନଙ୍କର ସାଙ୍ଗମାନେ ପୁରୁଣା ବଜାର ପଛରେ ସେଇ ନିଷିଦ୍ଧ ଗଳି ଭିତରକୁ ସତରେ ଯାଇଥାନ୍ତୁ କି ନଥାନ୍ତୁ, କିନ୍ତୁ ସେମାନଙ୍କ ଭିତରୁ କେହି କେହି ମଝିରେ ମଝିରେ ଆସି ସେଠାକାର ସତ ଅଥବା କାଳ୍ପନିକ ରୋଚକ ଓ ରୋମାଞ୍ଚକର ଅନୁଭବମାନ କହୁଥିଲେ। କିଛି ଦିନ ଆଗରୁ ସେମାନେ ଶୀତ ରାତିରେ ସହଳ ଖାଇ ପିଇ ସାରି ଆସି ରୁମରେ ବସି ପାଠ ପଢୁଛନ୍ତି, ହଠାତ୍ ଶ୍ରୀଲାଲ କୁଆଡୁ ଆସି ପହଞ୍ଚିଲା ଓ କହିଲା, ତମ ଦିହିଙ୍କ ଜୀବନ ଏମିତି ପାଠ ପଢ଼ି ପଢ଼ି କଟିଯିବ, ଦୁନିଆ ବିଷୟରେ ତମେ କିଛି ଜାଣିପାରିବ ନାହିଁ। କିଛି ଗୋଟାଏ କଥା କହିବାକୁ ହେଲେ ଶ୍ରୀଲାଲ ସବୁବେଳେ ଏମିତି ଦୀର୍ଘ ଭୂମିକା କରୁଥିଲା ଓ ବିଭିନ୍ନ ପ୍ରକାରର ସତ ମିଛ ତା କଥାର ଆଧାର ଥିଲା । ଆଜି ସେ ଅତ୍ୟନ୍ତ ପ୍ରସନ୍ନ ଓ ଉତ୍ତେଜିତ ଦେଖା ଯାଉଥିଲା; କହିଲା, ଆଜି ମୁଁ ଯାଇ ବେଶ୍ୟାଳୟ ଭିତର ବୁଲି ଆସିଲି।

ରବି ଓ କନିଷ୍କ ହଠାତ୍ ସାମାନ୍ୟ ଈର୍ଷାନ୍ୱିତ ବୋଧ କଲେ। କନିଷ୍କ ତା କଥାକୁ ଅବଜ୍ଞା କଲା ଭଳି ପୁଣି ତାର ପଢ଼ା ବହି ଉପରକୁ ଆଖି ନେଇଗଲା, କିନ୍ତୁ ରବି ବିରକ୍ତ ହୋଇ ଶ୍ରୀଲାଲକୁ କହିଲା, ତୁ ସବୁବେଳେ ଏମିତି ବଡ଼ ବଡ଼ କଥା କହିଥାଉ। ସେଦିନ ଯେମିତି କହୁଥିଲୁ ଦିଲ୍ଲୀରେ ଯାଇ ରାଷ୍ଟ୍ରପତିଙ୍କ ସାଙ୍ଗରେ ଦେଖା କରି ଆସିଲୁ ବୋଲି! ଏ କଥାରେ ପ୍ରତିବାଦ ନ କରି ଶ୍ରୀଲାଲ କହିଲା, ଆରେ ସେ ସବୁ କଥା ଛାଡ଼; ଆଜି କଣ ହେଲା ଶୁଣ। ସେଇ ଗଳି ଭିତରେ ହୋଟେଲ ମୁନଲାଇଟର ଯୋଉ ବ୍ରାଞ୍ଚ ଅଛି, ସେଇଟା ହିଁ ବେଶ୍ୟାଳୟ ।

କନିଷ୍କ ଶରତ୍‌ଚନ୍ଦ୍ର, ୟାମା ଦ ପିଟ୍ ଇତ୍ୟାଦି ପଢ଼ିଥିଲା ଏବଂ ସିନେମାରେ ବେଶ୍ୟାଳୟର ଚିତ୍ରଣକୁ ସେ ମନୋଯୋଗିତାର ସହିତ ଦେଖୁଥିଲା। ତାକୁ ଶ୍ରୀଲାଲର ଏଇ ବକ୍ତବ୍ୟ ଅତି ଅଦ୍ଭୁତ ଜଣାଗଲା ଏବଂ ସେ ନିଶ୍ଚୟ କରି ନେଲା ଯେ କଥାଟି ସଂପୂର୍ଣ୍ଣ କପୋଳକଳ୍ପିତ । ସେ ଏଥରକ ତାର ବହି ବନ୍ଦ କରି ଶାଲକୁ ଆହୁରି ଭଲ ଭାବରେ ଘୋଡ଼ାଇ ନେଇ ଶ୍ରୀଲାଲ ଆଡ଼କୁ ଅନାଇଲା। ଏଥରକ ତା ମୁହଁରେ ଈର୍ଷା ଅପେକ୍ଷା ଉପହାସର ଭାବ ବେଶି ଥିଲା । ରବି କିନ୍ତୁ ତନ୍ମୟ ହୋଇ ଶ୍ରୀଲାଲ ଆଡ଼କୁ ଅନାଇ ବସିଥିଲା, ତାର ବେଶ୍ୟାଳୟକୁ ଯିବାର ବିସ୍ତୃତ ବିବରଣୀ ଶୁଣିବ ବୋଲି ।

ତମେ ସବୁ ଯାହା ଭାବୁଚ ଯେ, ଶ୍ରୀଲାଲ କନିଷ୍କ ଆଡ଼କୁ ଅନାଇ କହିଲା, ସେ ଗଳି ଭିତରେ ଖାଲି ଦେହ ବିକ୍ରୀ ହଉଚି, ତମର ସେ ଧାରଣା ପୂରା ଭୁଲ । ସେଠି ବି ଅନ୍ୟ ଗଳିମାନଙ୍କ ଭଳି ପାନ, ମନୋହରୀ, ବହି, ମୁଦି ଦୋକାନ ସବୁ ଅଛି । ଏଇ ସବୁ ଦୋକାନ ମଝିରେ ମଝିରେ କୋଉଠି ବେଶ୍ୟାମାନେ ରହୁଛନ୍ତି, ଜାଣିବା ମୁସ୍କିଲ। ତେବେ ଦଲାଲମାନେ ତମକୁ ନେଇ ଠିକ ଜାଗାରେ ପହଞ୍ଚାଇ ଦେବେ। କନିଷ୍କକୁ ଏ ବର୍ଣ୍ଣନା ଆଦୌ ଯଥାର୍ଥବାଦୀ ଜଣାଗଲା ନାହିଁ । ବେଶ୍ୟାଳୟ ବିଷୟରେ ତାର ଯେଉଁ ବଦ୍ଧମୂଳ ଧାରଣା ଥିଲା, ତାହା ଏହିପରି : ଗୋଟିଏ ସଂକୀର୍ଣ୍ଣ ଗଳି ଭିତରେ କେବଳ ପାନ, ମଦ ଓ ଫୁଲମାଳର ଦୋକାନ ଅଛି । ତା ଭିତରେ ଘୋଡ଼ାଗାଡ଼ି ବ୍ୟତୀତ ଅନ୍ୟ ପ୍ରକାରର ଯାନବାହନର ପ୍ରବେଶ ନିଷେଧ। ସେ ରାସ୍ତାରେ ଲୋକମାନେ କେବଳ ଧୋତି କୁର୍ତ୍ତା ପିନ୍ଧି ଓ ହାତରେ ଫୁଲମାଳ ଧରି ଯିବାଆସିବା କରିଥାନ୍ତି । ଏ

ଗଳିର ପ୍ରତିଟି ଘର ଅତ୍ୟନ୍ତ ଛୋଟ ଓ ତା ଭିତରକୁ ଯିବାକୁ ହେଲେ ଗୋଟାଏ ସଂକୀର୍ଣ୍ଣ ସିଡ଼ି ଦେଇ ଉପରକୁ ଯିବାକୁ ହୁଏ । ଏ ଗଳିରେ ଗ୍ୟାସ ଲ୍ୟାମ୍ପ ଜଳୁଥାଏ, ଯାହା ଅନ୍ଧାରକୁ ଦୂର କରିପାରେ ନାହିଁ। ତଥାପି ସାରା ଗଳି ରାତିରେ ମେଳା ଭଳି ଜଣାଯାଏ, ଯେଉଁଥିରେ ପାନବାଲାର ଗୀତ, ମଦ୍ୟପାନର ଅସଂଲଗ୍ନ ପ୍ରଳାପ ଓ ବେଶ୍ୟାମାନଙ୍କର ଚାପାହସ ଏକାଠି ମିଶି ମୁଖରିତ ହେଉଥାଏ । ଏଇ ଗଳିର ପ୍ରତିଟି ଘରର ଅନ୍ଧକାରାଚ୍ଛନ୍ନ କବାଟ ସାମନାରେ ଅତ୍ୟଧିକ ପାଉଡ଼ର ଲିପ୍‌ଷ୍ଟିକ ଅତରରେ ସୁସଜ୍ଜିତ ଝିଅମାନେ ଠିଆ ହୋଇ ଗ୍ରାହକମାନଙ୍କୁ ଆକର୍ଷିତ କରିବା ପାଇଁ ଆଖି ଠାରୁଥାନ୍ତି। ସେଥିପାଇଁ କନିଷ୍କକୁ ଶ୍ରୀଲାଲର ବର୍ଣ୍ଣନା ସଂପୂର୍ଣ୍ଣ କଳ୍ପନାଶ୍ରିତ ମନେ ହେଲା। ସେ କହିଲା, ତୁ ଯାଇ କୋଉ ଦଲାଲ ହାବୁଡ଼ରେ ପଡ଼ିଲୁ।

ଶ୍ରୀଲାଲ କହିଲା, ଦଲାଲ ହାତରେ ପଡ଼ିବାର ଭୁଲ ଯେମିତି ନ କର । ଦଲାଲ ହାତରେ ପଡ଼ିଲ ତ ମଲ । ଟଙ୍କା ତ ଗଲା, ଜୀବନ ନେଇ ଫେରି ଆସି ପାରିଲେ ତମ ଭାଗ୍ୟ ଭଲ । ନା, ମୁଁ ସିଧା ଯାଇ ହୋଟେଲରେ ପହଞ୍ଚିଲି । ରବି କହିଲା, ତୁ କେମିତି ଜାଣିଲୁ ସେଇ ହୋଟେଲଟା ବେଶ୍ୟାଳୟ ବୋଲି? ଶ୍ରୀଲାଲ କହିଲା, ମୁଁ କଣ ବେଶ୍ୟାଳୟକୁ ଯିବି ବୋଲି ଯାଇଥିଲି ନା କଣ? ମୁଁ ତ ପିକ୍‌ଚର ଦେଖି ସାରି ସେଠିକି ଯାଇଥିଲି ଚା ଜଳଖିଆ ଖାଇବା ପାଇଁ। ମତେ କଣ ଜଣାଥିଲା ସେ ଗଳିଟା କଣ, ନା ସେ ହୋଟେଲରେ କଣ ହୁଏ?

କନିଷ୍କ ଶ୍ରୀଲାଲର ମିଥ୍ୟା ଭାଷଣକୁ ଏଇଠାରେ ହିଁ ସମାପ୍ତ କରିବା ଉଦ୍ଦେଶ୍ୟରେ କହିଲା, କୋଉ ସିନେମା ହଲରେ କି ଫିଲ୍‌ମ୍ ଦେଖିବାକୁ ଯାଇଥିଲୁ? ଶ୍ରୀଲାଲ ଯେମିତି ଏଇ ପ୍ରଶ୍ନ ପାଇଁ ପ୍ରସ୍ତୁତ ଥିଲା। ସେ ପୁରୁଣା ବଜାରର ସିନେମା ହଲ ଓ ସେଠାରେ ଚାଲୁଥିବା ଚଳଚ୍ଚିତ୍ରର ସଠିକ ନାଁ କହିଲା । କନିଷ୍କ ହାରିବା ପାଇଁ ପ୍ରସ୍ତୁତ ନ ଥିଲା । କହିଲା, ତୋ ସାଙ୍ଗରେ ଆଉ କିଏ ଥିଲା?

ନିଜର କଥାର ସଙ୍ଗତିକୁ ସାମାନ୍ୟ ହରାଇ ଶ୍ରୀଲାଲ କହିଲା, ଏମିତି ସବୁ ଜାଗାକୁ ଗଲେ ଏକା ଯିବ । କିଏ କେତେବେଳେ ଦେଖିବ, ଖବର କୋଉଠି ଯାଇ ପହଞ୍ଚିବ, କିଏ ଜାଣିଛି । କନିଷ୍କ ତାର କଥାର ବିରୋଧୀ ଭାବ ସବୁକୁ ଦେଖାଇବାକୁ

ଭାବୁଛି, ରବି କହିଲା, ସେ ପିକ୍‌ଚର କଥା ଛାଡ଼। ତୁ ହୋଟେଲ ଭିତରକୁ ଯିବା ପରେ କଣ ହେଲା?

ହଠାତ୍ ତା କଥାର ଜବାବ ନ ଦେଇ ଶ୍ରୀଲାଲ କହିଲା, ଆଗ ଗୋଟାଏ ସିଗାରେଟ ଦେ । କନିଷ୍କ କହିଲା, ଶଳା ଆସି ପାଠ ପଢ଼ିବା ବେଳେ ଡିଷ୍ଟର୍ବ କରୁଚୁ । ଏବେ ସିଗାରେଟ ମାଗିଲୁଣି । ପୁଣି କହିବୁ ଚା ଦରକାର । ଶ୍ରୀଲାଲ କହିଲା, ଭାଇ, ଭଲ କଥା କହିଲୁ । ଶୀତ ଯେମିତି ହଉଚି, ଚା ନିହାତି ଦରକାର । ଯଦି କହିବ, ମୁଁ ମୋ ରୁମରୁ ଯାଇ ଚା ଚିନି ନେଇ ଆସିବି। ରବି, ଯେ କି ତାର ଅନୁଭୂତି ଶୁଣିବା ପାଇଁ ଉତ୍କଣ୍ଠିତ ଥିଲା, କହିଲା, ହଁ, ମୁଁ ଚା କରୁଛି, କହ ହୋଟେଲରେ କଣ ହେଲା ।

ଶ୍ରୀଲାଲ କହିଲା, ମୁଁ ଚା ପିଉଚି, ଦେଖିଲି ହୋଟେଲର ଝରକା ପଛପଟେ ଅନେକ ବେଶ୍ୟା ଯିବାଆସିବା କରୁଛନ୍ତି । ରବି କହିଲା, ତୁ କେମିତି ଜାଣିଲୁ ସେମାନେ ବେଶ୍ୟା ବି କଣ? କନିଷ୍କ, ଯେ କି ବେଶ୍ୟା ଓ ବେଶ୍ୟାଳୟମାନଙ୍କ ବିଷୟରେ ଅନ୍ତତଃ ତାତ୍ତ୍ୱିକ ଦୃଷ୍ଟିରୁ ରବିଠାରୁ ବେଶି ଜାଣିଥିଲା ବୋଲି ଭାବୁଥିଲା, କହିଲା, ଆରେ ଚେହେରା ଦେଖି ଜାଣି ହେବନାହିଁ? ରବି ଏମିତି ଗୋଟାଏ ମାମୁଲି ପ୍ରଶ୍ନ କରିଥିବାରୁ ଲଜ୍ଜିତ ହେଲା ଏବଂ ଯଦିଓ ସେମାନେ ବାହାରେ କୌଣସି ବେଶ୍ୟାକୁ ଦେଖିଥିବାର ସୌଭାଗ୍ୟ ତାର ହୋଇ ନଥିଲା, ନିଜେ ନିଜ ପ୍ରଶ୍ନର ଉତ୍ତର ଦେଲା, ହଁ, ସେ କଥା ସତ। ହଁ, ମୁହଁରୁ ହିଁ ଜଣା ପଡ଼ିଯିବ। କଥା ଅନ୍ୟ ଆଡ଼କୁ ଟାଣି ହୋଇ ଯାଉଥିବାର ଦେଖି ରବି ଶ୍ରୀଲାଲକୁ କହିଲା, ତୁ ସେଇ ବେଶ୍ୟାମାନଙ୍କୁ ଦେଖି କଣ କଲୁ?

ମୁଁ ୱେଟରକୁ ଡାକି ପଚାରିଲି। ପ୍ରକୃତରେ ସେ ହୋଟେଲର ୱେଟରମାନେ ହିଁ ଦଲାଲ। ମତେ ସେ ଲୋକଟା ହୋଟେଲ ପଛପାଖ ବାଟ ଦେଇ ସିଧା ବେଶ୍ୟାଳୟ ଭିତରକୁ ନେଇଗଲା, ଶ୍ରୀଲାଲ ଚା ପିଉ ପିଉ କହିଲା । ରବିର ଯେମିତି ଏଇ ଦି ଧାଡ଼ି କଥା ଭିତରେ ଅନେକ କିଛି ଅବୁଝା ରହିଗଲା । ସେ ପଚାରିଲା, କଣ ତୁ ତାକୁ ସିଧା-ସଳଖ କହିଲୁ ମତେ ବେଶ୍ୟା ପାଖକୁ ନେଇଯା ବୋଲି?

ଶ୍ରୀଲାଲ କହିଲା, ଆରେ, ନା । ମୁଁ ସେ ଝିଅଗୁଡ଼ାକ ଆଡ଼କୁ ଜଳଜଳ କରି ଅନାଇଛି ଦେଖି ସେ ୱେଟର ହିଁ ମତେ ଆସି ପଚାରିଲା ମୁଁ ତାଙ୍କ ପାଖକୁ ଯିବି କି ବୋଲି। ମୁଁ ବିଲ୍ ସାଙ୍ଗରେ ଦି ଟଙ୍କା ବକ୍ସିସ ବି ଦେଲି। ମୁଁ ଉଠି ଛିଡ଼ା ହେବାରୁ ସେ ମତେ ତା ପଛେ ପଛେ ଯିବାକୁ କହିଲା । ଆମେ ଯୋଉ କୋଠରୀରେ ପହଞ୍ଚିଲୁ ସେଠାରେ ପାଞ୍ଚଜଣ ଝିଅ ବସିଥିଲେ। ମୁଁ ଗୋଟିଏ ଝିଅକୁ ପସନ୍ଦ କଲାରୁ ମତେ ତା ପାଖରେ ଛାଡ଼ିଦେଇ ସେ ଲୋକଟା ଚାଲିଗଲା।

ରବି ବର୍ତ୍ତମାନ ଶ୍ରୀଲାଲ ଆଡ଼କୁ ଆଁ କରି ଅନାଇଁ ଥିଲା ଏବଂ ତା ଆଖିରେ ଶ୍ରୀଲାଲ ପ୍ରତି ଅସୀମ ସମ୍ମାନ ଥିଲା। ସେ ବ୍ୟସ୍ତ ହୋଇ ପଚାରିଲା, କଣ କିଛି କଲୁ କି ନାଇଁ? ଶ୍ରୀଲାଲ କହିଲା, ଧେତ୍, ନା। ମୁଁ କଣ ସେଥିପାଇଁ ପ୍ରସ୍ତୁତ ହୋଇ ଯାଇଥିଲି? ଖାଲି କଥାବାର୍ତ୍ତା କରି ଚାଲି ଆସିଲି ।

ଏଥରକ ଉଭୟ ରବି ଓ କନିଷ୍କ ମନ ଭିତରୁ ତା ପ୍ରତି ଈର୍ଷା ଭାବ ହଠାତ୍ କମିଗଲା। ଆଉ ଏକ କାରଣରୁ ମଧ୍ୟ କନିଷ୍କ ବିଶେଷ ଆଶ୍ୱସ୍ତ ଜଣା ପଡ଼ିଲା। ଯଦିଓ ଶ୍ରୀଲାଲର କଥାକୁ ସଂପୂର୍ଣ୍ଣଭାବେ ବିଶ୍ୱାସ କରୁ ନ ଥିଲା ସେ ମନେ କରୁଥିଲା ଯେମିତି ଶ୍ରୀଲାଲର ଚାରିପାଖେ ଗୁପ୍ତରୋଗର ଜୀବାଣୁମାନ ଘେରି ରହିଛନ୍ତି। ତା ଗ୍ଲାସରୁ ଶ୍ରୀଲାଲ ଚା ପିଇବା ପରେ ସେ ତାକୁ କିଭଳି ଭାବେ ଧୋଇ ତାକୁ କୀଟାଣୁମୁକ୍ତ କରିବ, ସେ କଥା ମଧ୍ୟ ରବି ଭାବି ରଖିଥିଲା । ବର୍ତ୍ତମାନ ଶ୍ରୀଲାଲର କଥା ଶୁଣି କନିଷ୍କ ସାମାନ୍ୟ ନିଶ୍ଚିନ୍ତ ହେଲା ଏବଂ ତାକୁ ପଚାରିଲା, କଣ ଥିଲା ସେ ଝିଅର ନାଁ?

ଦୁଲାରୀ। ଦୁଲାରୀ ବାଈ। ଶ୍ରୀଲାଲ କହିଲା। ନାଁଟି କନିଷ୍କକୁ କେମିତି ଫିଲ୍ମ ଫିଲ୍ମ ଜଣାଗଲା ଏବଂ ତା ମନରେ ପୁଣି ଶ୍ରୀଲାଲର ବର୍ଣ୍ଣନା ବିଷୟରେ ସନ୍ଦେହ ଜନ୍ମିଲା। ତାକୁ ଏ ବିଷୟରେ କିଛି କହିବାର ସୁଯୋଗ ନ ଦେଇ ରବି ପଚାରିଲା, କଣ ସବୁ କଥାବାର୍ତ୍ତା କଲୁ ତା ସାଙ୍ଗରେ? ଶ୍ରୀଲାଲ କହିଲା, ଭାଗ୍ୟକୁ ଦୁଲାରୀ ପାଠପଢ଼ା ଝିଅ ଥିଲା। ଇଣ୍ଟରମିଡ଼ିଏଟ୍ । କଣ ସବୁ ସବ୍‌ଜେକ୍ଟ ନେଇଥିଲା ଇଣ୍ଟରମିଡ଼ିଏଟରେ? କନିଷ୍କ ପଚାରିଲା। ରବି କହିଲା, କଣ ଏଇସବୁ ବିଷୟ

ପଚାରିବାକୁ ସେ ସେଠିକି ଯାଇଥିଲା? ଶ୍ରୀଲାଲ କହିଲା, ହଁ ତାକୁ ପଚାରିଥିଲି। ସାଇକଲଜି ଆଉ ମିଲିଟାରୀ ସାଏନ୍ସ । କନିଷ୍କ କହିଲା, ମିଲିଟାରୀ ସାଏନ୍ସ ପୁଣି କୋଉଠି ପଢ଼ା ହୁଏ? ଶ୍ରୀଲାଲ କହିଲା, ମତେ କଣ ଜଣା? ମତେ ସେ ଯେମିତି କହିଲା, ତମକୁ କହୁଚି । କୋଉ ଇଉନିଭର୍ସିଟିରେ ପଢ଼ା ହଉଥିବ କିଏ ଜାଣେ?

ରବି କହିଲା, ହଉ ହେଲା। ତୁ ଆଉ ସବୁ କଣ କଥାବାର୍ତ୍ତା କଲୁ ତା ସାଙ୍ଗରେ? ତାର ଘର ପରିବାର କଥା । ତାର ଗୋଟିଏ ଭାଇ, ଦୁଇଟି ଭଉଣୀ । ତାର ବାପା ଦରଜି କାମ କରୁଥିଲେ ଏବଂ ଅନେକ ଦିନୁ ମରି ଯାଇଥିଲେ। ରବି ଦେଖିଲା କଥା ଅତି ଶୁଷ୍କ ଓ ଭାବପ୍ରବଣ ହୋଇଯାଉଚି। ସେ କହିଲା, କେତେ ସମୟ ରହିଲୁ ସେଠି? କଣ କିଛି ଟଙ୍କା ପଇସା ଦବାକୁ ହେଲା? ଶ୍ରୀଲାଲ କହିଲା, କହିଲି ତ ମୁଁ ପ୍ରସ୍ତୁତ ହୋଇ ଯାଇ ନଥିଲି । ଏଇ ଚାରି ପାଞ୍ଚ ମିନିଟ ରହି ଚାଲି ଆସିଲି। ଆଚ୍ଛା, ଆଉ କପେ ଚା ତିଆରି କର। ମୁଁ କହୁଚି ଆଉ ସବୁ କଣ କଥାବାର୍ତ୍ତା ହେଲା ।

ରବି ଓ କନିଷ୍କଙ୍କର ସେତେବେଳକୁ ଆଉ ଶ୍ରୀଲାଲର ନୀରସ କଥାବାର୍ତ୍ତା ଶୁଣିବାର ଧୈର୍ଯ୍ୟ ନଥିଲା। ରବି କହିଲା, ନା, ଚାଲ ତୋର ରୁମକୁ ଯିବା। ଏଥରଟା ତୁ ଚା କରି ଆମକୁ ପିଆଇବୁ । ଏ କଥା ଶୁଣି ଶ୍ରୀଲାଲର ହଠାତ୍ ସମୟ କଥା ମନେ ପଡ଼ିଲା । ହାତ ଘଡ଼ି ଦେଖି ସେ କହିଲା, ଆରେ, ଏତେ ଡେରି ହୋଇଗଲାଣି ନା! ଏତେବେଳେ ଆଉ କିଏ ଚା ପିଇବ? ଏତିକି କହି ସେ ହଠାତ୍ ଉଠି ବାହାରିଗଲା ।

ସେ ଚାଲିଯିବା ପରେ କନିଷ୍କ କହିଲା, ଶଳା, ସବୁ ମିଛ କଥା। ରବି କହିଲା, ତୁ କେମିତି ଜାଣିଲୁ? ସମସ୍ତେ ଯାଉଛନ୍ତି, ସେ ବି ଯାଇ ଥାଇପାରେ । କନିଷ୍କ କହିଲା, ତା କଥାବାର୍ତ୍ତାରୁ ଦେଖୁନୁ? ମୁନଲାଇଟ ହୋଟେଲ, ଦୁଲାରୀ ବାଈ, ମିଲିଟାରୀ ସାଏନ୍ସ! ବନେଇ ଚୁନେଇ ମିଛ କହିବାର ବି ଗୋଟାଏ ସୀମା ଅଛି।

କିନ୍ତୁ ସେଦିନ ଶୋଇବା ପର୍ଯ୍ୟନ୍ତ ଦିଜଣଯାକ ନିଜ ମନ ଭିତରେ ଏ କଥା ଠିକ କରି ପାରିଲେ ନାହିଁ ସେ ଶ୍ରୀଲାଲ ସତରେ ସେଠାକୁ ଯାଇଥିଲା କି ନାହିଁ । ରବି କହିଲା, ଆମେ ଏମିତି କରିବା, ଶ୍ରୀଲାଲକୁ ନେଇ ସେଠିକି ଯିବା । ସତ ମିଛ ଧରାପଡ଼ିବ । କନିଷ୍କ କହିଲା, ତା ସତ ମିଛ ପରୀକ୍ଷା କରିବା ତ ଆମର ଉଦ୍ଦେଶ୍ୟ

ନୁହେଁ, ଆମେ ଯଦି ଯିବା ନିଜେ ଯିବା । ଜାଗା ତ ଜଣା ଅଛି । ଏ ଘଟଣା ପରେ ସେମାନେ ଏ ବିଷୟରେ ବାରମ୍ବାର ଆଲୋଚନା କରି ନିଜର ସଂକଳ୍ପକୁ ଦୃଢ଼ କରିବାରେ ଲାଗିଲେ ଏବଂ ଦିନେ ସଂଧ୍ୟାବେଳେ ଏ ବିଷୟରେ ଚୂଡ଼ାନ୍ତ ନିଷ୍ପତ୍ତି ନେଲେ।

ପରୀକ୍ଷା ଯେମିତି ପାଖ ହୋଇ ଆସିଲା କନିଷ୍କର ମନେ ହେଲା ଯେ ବେଶ୍ୟାଳୟ ବିଷୟରେ କଥାବାର୍ତ୍ତା କରିବା ଏକ ଅନୈତିକ ଜିନିଷ ଏବଂ ଏଥିଯୋଗୁ ତାର ପରୀକ୍ଷାରେ ନିଶ୍ଚୟ ଖରାପ ହେବ । ରବି କିନ୍ତୁ ମଝିରେ ମଝିରେ ଆସି ତାକୁ ଏ ବିଷୟରେ କଥାବାର୍ତ୍ତା କରିବାକୁ ପ୍ରରୋଚିତ କରୁଥିଲା ଏବଂ କନିଷ୍କ ବାଧ ହୋଇ ଏଇ ନିଷିଦ୍ଧ ବିଷୟରେ ତା ସହିତ ଆଲୋଚନା କରୁଥିଲା, ଯଦିଓ ପରେ ସେ ଏ ବିଷୟରେ ଅନୁତାପ କରୁଥିଲା । ପରୀକ୍ଷା ଆଉ ଅଳ୍ପ ଦିନ ଅଛି, ଦିନେ ସଂଧ୍ୟାରେ ରବି ଆସି କହିଲା, ଆଜି ଖୁବ ସକାଳୁ ଉଠି ଦିନସାରା ପାଠ ପଢ଼ି ପଢ଼ି ମୁଣ୍ଡ ବୁଲାଇ ଗଲାଣି । ଚାଲ ଯାଇ ପୁରୁଣା ବଜାର ଆଡ଼େ ବୁଲି ଆସିବା । ରବିର ପ୍ରକୃତ ଉଦ୍ଦେଶ୍ୟ ବିଷୟରେ କନିଷ୍କର ସନ୍ଦେହ ହେଲା ଏବଂ ସେ ତାକୁ କହିଲା, ନା, ଚାଲ ପାର୍କରେ ଯାଇ କିଛି ସମୟ ବସିବା । ରବି କହିଲା, ନା, ମୋର କିଛି ଜିନିଷ ବି କିଣିବାର ଅଛି, ପୁରୁଣା ବଜାର ଯିବା ।

ପୁରୁଣା ବଜାରରେ ବୁଲି ବୁଲି ସେମାନେ ସେଇ ଗଳି ମୁହଁରେ ପହଞ୍ଚିଲେ ଯେଉଁଠାରେ ସେମାନେ ଭାବୁଥିଲେ ନିଷିଦ୍ଧ ରାସ୍ତାର ଆରମ୍ଭ । ଆଜି ସେମାନେ କଣରେ ଥିବା ପାନ ଦୋକାନ ଆଗରେ ଠିଆ ହୋଇ ସିଗାରେଟ କିଣିଲେ ଏବଂ ଗଳି ଭିତରକୁ ଯେତେ ଦୂର ଦେଖି ହେବ, ଆଖି ପକାଇଲେ । ଗଳିଟି କିନ୍ତୁ ଅନ୍ୟ ଗଳିମାନଙ୍କ ଭଳି ଥିଲା; ସେଥିରେ ସାଧାରଣ ଲୋକ ସବୁ ଯିବାଆସିବା କରୁଥିଲେ, ତା ଭିତରେ ଛୋଟ ବଡ଼ ମାମୁଲି ଦୋକାନମାନ ଦେଖା ଯାଉଥିଲା ଏବଂ ଆଖି ଯେତେଦୂର ଯାଉଥିଲା, କୌଣସି ବେଶ୍ୟାଳୟ ଦେଖାଯାଉ ନଥିଲା । ରବି ସିଗାରେଟକୁ ଦି ଥର ଜୋରରେ ଟାଣି ତଳେ ପକାଇ ଦେଲା ଓ କନିଷ୍କ ଆଡ଼କୁ ଅନାଇଲା। କନିଷ୍କ ଜାଣିଥିଲା ସେ କଣ କହିବ; ତେଣୁ କହିଲା, ନା, ଆଜି ନାହିଁ ।

ପରୀକ୍ଷା ସରୁ । ତା ଛଡ଼ା, ଯେମିତି ଶ୍ରୀଲାଲ କହୁଥିଲା, ସେଥିପାଇଁ ପ୍ରସ୍ତୁତ ବି ହୋଇ ଆସିବାକୁ ପଡ଼ିବ। ରବି ବିରକ୍ତ ହୋଇ କହିଲା, ତୁ ତାହେଲେ ହଷ୍ଟେଲକୁ ଫେରିଯା; ମୁଁ ପରେ ଏକୁଟିଆ ଯିବି ।

କନିଷ୍କ ଜାଣିଥିଲା ଯେ ସେ ଏଠାକୁ ଏକା ଆସି ପାରିବ ନାହିଁ; ଆସିଲେ ତାକୁ ରବି ସାଙ୍ଗରେ ହିଁ ଆସିବାକୁ ହେବ। ତାକୁ ଛାଡ଼ି ଦେଇ ରବି ସେଠାକୁ ଏକା ଯିବାର ଶ୍ରେୟ ପାଇବ ଏବଂ ତାକୁ ଆସି ସତ ମିଛ ଅନେକ ପ୍ରକାରର କାହାଣୀ ଶୁଣାଇବ, କନିଷ୍କ ଏକଥା ମଧ୍ୟ ଚାହୁଁ ନଥିଲା । ତେଣୁ ସେ ରବିର ଶୁଭାକାଂକ୍ଷୀ ହେବାର ଛଳନା କରି କହିଲା, ପରୀକ୍ଷା ମୁଣ୍ଡ ପାଖରେ ହେଲାଣି । ତା ଛଡ଼ା ଗଲାବର୍ଷ ତୁ ଯାହା ଖରାପ କରିଥିଲୁ, ତାକୁ ବି ତ ମେକ୍ ଅପ୍ କରିବାକୁ ପଡ଼ିବ । ଯୋଉ ଦିନ ପରୀକ୍ଷା ସରିବ, ନିଶ୍ଚେ ଆସିବା। ରବି ଯଦିଓ ରହିଯିବ ବୋଲି କହୁଥିଲା, ତା କେବଳ ଏକ ଦାମ୍ଭିକତା ଥିଲା । ତେଣୁ ସେ ସହଜରେ ମାନିଯାଇ କହିଲା, ହଉ, ଏଥରକ ତୋ କଥା ରହିଲା । କିନ୍ତୁ ଯୋଉଦିନ ପରୀକ୍ଷା ସରିବ, ସେଦିନ ଯେମିତି ପୁଣି କୋଉ ବାହାନା କରି ପଛେଇ ନ ଯାଉ।

ତାପରେ ଦୁହେଁ ପରୀକ୍ଷା ପାଇଁ ପଢ଼ିବାରେ ଲାଗିଲେ ଏବଂ ସେଠାକୁ ଯିବାର ଚିନ୍ତାକୁ ମନରୁ ଦୂରରେ ରଖିଲେ । ଦିନେ କେବଳ ଶ୍ରୀଲାଲ କଣ ଗୋଟାଏ ବହି ମାଗିବାକୁ ତାଙ୍କ ପାଖକୁ ଆସିଥିବା ବେଳେ ରବି ତାକୁ ପଚାରିଲା, କଣ ଆଉ ମୁନଲାଇଟ ଗଲୁଣି କି ନାଇଁ? ଶ୍ରୀଲାଲ ବିରକ୍ତ ହୋଇ କହିଲା, ଭାଇ, ପରୀକ୍ଷା ବେଳେ ସେ ସବୁ ବାଜେ କଥା ଆଉ ମତେ କହନା । ତା ପରେ ସେ ଏମିତି ଗମ୍ଭୀର ମୁହଁ କଲା ଯେମିତି ପରୀକ୍ଷାରେ ଭଲ ଖରାପ କରିବା ସହିତ ବେଶ୍ୟାଳୟ ଯିବା ନ ଯିବାର ଗଭୀର ସଂପର୍କ ଅଛି ଏବଂ କେବଳ ଅତୀତରେ ସେଠାକୁ ଯାଇଥିବା ହିଁ ନୁହେଁ, ସେ ବିଷୟରେ ବର୍ତ୍ତମାନ କଥାବାର୍ତ୍ତା କଲେ ମଧ୍ୟ ଅନେକ ବିପଦର ସମ୍ଭାବନା ଅଛି। ଏ କଥା ରବିକୁ ମଧ୍ୟ ଏକ ନୈତିକ ଦ୍ୱିଧାରେ ପକାଇଦେଲା ଏବଂ ସେ ଏ ସମୟରେ ଶ୍ରୀଲାଲକୁ ଏପରି ଏକ ଶ୍ଳେଷାତ୍ମକ ପ୍ରଶ୍ନ ପଚାରିଥିରୁ ଅନୁତାପ କଲା।

ଶେଷରେ ଯୋଉଦିନ ପରୀକ୍ଷା ସରିଲା, ଦୁହେଁ ସ୍ୱସ୍ତିର ନିଃଶ୍ୱାସ ନେଲେ ଏବଂ ପୁରୁଣା ବଜାର ବାହାରିଲେ । ଯିବା ଆଗରୁ କନିଷ୍କ ରବିକୁ ସତର୍କ କରିଦେଲା, ଆଜି ଖାଲି ସେ ଜାଗା ସବୁ ଦେଖି ଆସିବା, କାଲି ଭିତରକୁ ଯିବା। ଦିନେ ଆଗରୁ ଶ୍ରୀଲାଲ ତାର ପରୀକ୍ଷା ସରିଯିବାରୁ ଘରକୁ ଚାଲିଯାଇଥିଲା ଏବଂ ତା ପାଖରୁ କୌଣସି ପରାମର୍ଶ ନେବା ଆଉ ସମ୍ଭବ ନ ଥିଲା । ତେବେ ଦୁହେଁ ଠିକ କଲେ, ଅତି କମରେ ସେମାନେ ସେଇ ଗଳି ଭିତରେ ମୁନଲାଇଟ ହୋଟେଲକୁ ଯାଇ ଚା ପିଇ ଆସିବେ । ହାତରେ କିଛି କାମ ନ ଥିବାରୁ ସେମାନେ ହଷ୍ଟେଲରୁ ବେଶ୍ ଦିନ ଥାଉ ଥାଉ ଚାଲି ଆସିଥିଲେ, କିନ୍ତୁ ସଂଧ୍ୟା ହେବା ଆଗରୁ ସେ ଗଳି ଭିତରେ ପଶିବାକୁ ଚାହୁଁ ନ ଥିଲେ। ତେଣୁ ଅନେକ ସମୟ ଧରି ସେମାନେ ପୁରୁଣା ବଜାର ରାସ୍ତାରେ ଏପାଖ ସେପାଖ ଚାଲବୁଲ କଲେ । ଦୁଇଥର ଚାଟ୍ ଖାଇ ସାରିବା ପରେ ଏବଂ ପୁରୁଣା ବଜାର ସିନେମା ହଲ ସାମନାରେ ଲାଗିଥିବା ସବୁ ଚିତ୍ରକୁ ମନୋଯୋଗିତାର ସହିତ ଦେଖି ସାରିବା ପରେ ରବି ପଚାରିଲା, ଆଜିକାଲି କେତେବେଳେ ସୂର୍ଯ୍ୟାସ୍ତ ହଉଛି? କନିଷ୍କ କହିଲା, ମୁଁ ସେ କଥା ଜାଣେ ନା, ତେବେ ବର୍ତ୍ତମାନ ବେଶ୍ ଆଲୁଅ ଅଛି ଏବଂ ସଂଧ୍ୟା ହେବାକୁ ଡେରି ଅଛି। ରବି କହିଲା, ସଂଧ୍ୟା ହଉ ନ ହଉ, ଚାଲ ଯିବା। ଚାଲି ଚାଲି ପାଦ ଦରଜ ହୋଇଗଲାଣି ।

ସେମାନେ ପୁଣି ଯାଇ ଗଳି ମୁଣ୍ଡରେ ଥିବା ପାନ ଦୋକାନରୁ ସିଗାରେଟ କିଣିଲେ ଏବଂ ଠିକ କଲେ ଯେ ନିଶ୍ଚୟ ଏଥରକ ଭିତରକୁ ପଶିବେ । କନିଷ୍କ କାଳେ ଭିତରକୁ ଆସିବାକୁ ଇତସ୍ତତଃ କରିବ ସେଥିପାଇଁ ରବି ତାର ହାତକୁ ଜୋରରେ ମୁଠାଇ ଧରିଲା। ସେମାନେ ପାନ ଦୋକାନ ଛାଡ଼ି ଗଳି ଭିତରକୁ ପାଦ ଦେଲେ ଏବଂ ମୁନଲାଇଟ ହୋଟେଲ କୋଉଠି ଥିବ ବୋଲି ଆଖି ବୁଲାଇଲେ। ଏଇ ସମୟରେ କନିଷ୍କ ହଠାତ୍ କହିଲା, ପୁଲିସ୍! ଏକଥା ଶୁଣି ରବି ଯେତିକି ବେଗରେ ଗଳି ଭିତରକୁ ଚାଲିବାକୁ ଆରମ୍ଭ କରିଥିଲା, ପୁଣି ସେତିକି ବେଗରେ କନିଷ୍କର ହାତ ଟାଣି

ବାହାରକୁ ଚାଲି ଆସିଲା। ପୁଣି ସେଇ ପାନ ଦୋକାନ ଆଗରେ ଠିଆ ହୋଇ ସିଗାରେଟ ପିଉ ପିଉ ରବି କନିଷ୍କକୁ କହିଲା, କଣ ତୁ ସତରେ ପୁଲିସ ଦେଖିଲୁ ନା ଏମିତି ମତେ ଭୟ ଦେଖାଇବାକୁ କହିଲୁ? କନିଷ୍କ କହିଲା, ଯଦି ସନ୍ଦେହ ହଉଚି, ଚାଲ ଭିତରେ ଦେଖାଇ ଦେବି ପୁଲିସକୁ । ରବି କହିଲା, ମୁଁ ତ ସେଇଥିପାଇଁ କହୁଥିଲି ଅନ୍ଧାର ହେଲେ ଯିବା ।

ସିନେମା ହଲ ସାମନାରେ ପୋଷ୍ଟରମାନଙ୍କର ଯଦିଓ ଅନ୍ୟ କୌଣସି ନୂଆ ତଥ୍ୟ ନିହିତ ନ ଥିଲା, ସେମାନେ ପୁଣି ଥରେ ତାକୁ ତନ୍ନ ତନ୍ନ କରି ଦେଖିଲେ। ସେତେବେଳକୁ ସଂଧ୍ୟା ହୋଇ ଆସିଥିଲା ଏବଂ ରାସ୍ତାର ବତି ଜଳିବାକୁ ଆରମ୍ଭ କରିଥିଲା। ରବି ତାର ସିଗାରେଟକୁ ତଳକୁ ପକାଇ କନିଷ୍କ ଆଡ଼କୁ ଅନାଇ କହିଲା, କଣ ତୁ ଯିବୁ କି ନାଇଁ କହ, ନହେଲେ ମୁଁ ଏକା ଯାଉଛି । କନିଷ୍କ ବିରକ୍ତ ହୋଇ କହିଲା, ଯିବୁ ଯଦି ଯା। ମୁଁ ଯାଉଚି ସିନେମା ଦେଖିବି। ରବି କନିଷ୍କ ହାତକୁ ଧରି କହିଲା, ଭାଇ, ସରି! ଚାଲ ଯିବା।

ଏଥରକ ପୁଣି ସେଇ ପରିଚିତ ଦୋକାନମାନଙ୍କୁ ଟପି ସେମାନେ ପାନ ଦୋକାନ ପାଖରେ ପହଞ୍ଚିଲେ। ଯଦିଓ ବର୍ତ୍ତମାନ ଅନ୍ଧାର ହୋଇ ସାରିଥିଲା, ଗଳି ଭିତରର ଦୃଶ୍ୟରେ କୌଣସି ବିଶେଷ ପରିବର୍ତ୍ତନ ହୋଇ ନ ଥିଲା। ଲୋକ ସବୁ ଆଗ ଭଳି ଚଳପ୍ରଚଳ ହେଉଥିଲେ । ଏକା ଭଳି ରିକ୍ସା, ମଟର ଗାଡ଼ି, ଭିଡ଼ । ପାନ ଦୋକାନ ଆଗରେ ଠିଆ ହୋଇ ରବି ଆଉ ଗୋଟିଏ ସିଗାରେଟ ଜଳାଇଲା ଏବଂ କନିଷ୍କକୁ କହିଲା, କଣ ତତେ ଭୟ ଲାଗୁଚି? କନିଷ୍କ କିନ୍ତୁ ତା କଥା ଶୁଣୁ ନଥିଲା; ସେ ରାସ୍ତା ଆର ପାଖରୁ ଆସି ସେଇ ଗଳି ଆଡ଼କୁ ମୁହାଁଉଥିବା ଯୁବକଟିକୁ ତନ୍ମୟ ହୋଇ ଦେଖୁଥିଲା। ହାତଠାରି ସେ ରବିକୁ ଲୋକଟିକୁ ଦେଖାଇଦେଲା ଓ ଚୁପ୍ ଚୁପ୍ କରି କହିଲା, ଦେଖିଲୁ? ଯୁବକଟି ତାଙ୍କ ହଷ୍ଟେଲର ସିନିଅର ଛାତ୍ର ଥିଲା । ସେ ବର୍ତ୍ତମାନ ପାଇଜାମା କୁର୍ତ୍ତା ପିନ୍ଧି ଏକାଗ୍ର ଭାବରେ ଗଳି ଭିତରେ ପଶୁଥିଲା । ତା ହାତରେ ଯେଉଁ କାଗଜ ପୁଡ଼ିଆଟି ଥିଲା ସେଥିରେ ଯେ ଗୋଟିଏ ସଜ ଫୁଲମାଳ ଥିଲା, ଏ ବିଷୟରେ ରବି ଓ କନିଷ୍କଙ୍କର କୌଣସି ସନ୍ଦେହ ନଥିଲା ।

ଏପରି ଭାବରେ ବିଫଳ ହୋଇ ରିକ୍ସାରେ ବସି ହଷ୍ଟେଲକୁ ଫେରିବା ବେଳେ ଦୁହିଙ୍କ ଭିତରେ କୌଣସି କଥାବାର୍ତ୍ତା ହେଲା ନାହିଁ। କେବଳ ହଷ୍ଟେଲ ପାଖରେ ପହଞ୍ଚିଲା ବେଳକୁ କନିଷ୍କ କହିଲା, ତୁ ମୋ ପାଖରୁ ଯୋଉ ପଢ଼ା ବହିଟା ନେଇଥିଲୁ କଣ ହେଲା? ରବି କହିଲା, ପରୀକ୍ଷା ତ ସରିଲାଣି! କଣ ବହିଟା ଏବେ ତୋର ଦରକାର! କନିଷ୍କ କହିଲା, ହଁ । ରବି କହିଲା, ବହିଟା ହଜି ଯାଇଚି । ମୁଁ ତାର ପଇସା ଦେଇ ଦେବି।

ଏମିତି ଅହେତୁକ କ୍ରୋଧ, ବିରକ୍ତି ଓ ଅବସାଦରେ ଦି ଦିନ କଟିଗଲା । ତା ପରେ ଯେତେବେଳେ ଦି ଜଣଙ୍କର ରାଗ ଥଣ୍ଡା ପଡ଼ି ଆସିଲା, ଦୁହେଁ ଠିକ କଲେ ଯେ ଏଥର ମୁନଲାଇଟ ହୋଟେଲ ନୁହେଁ, ସେମାନେ ପ୍ରସ୍ତୁତ ହୋଇ ସିଧା ବେଶ୍ୟାଳୟ ଭିତରକୁ ହିଁ ଯିବେ । ଏଥିପାଇଁ ସେମାନେ ଏକ ଯୋଜନା କଲେ। ସେମାନେ ଖବରକାଗଜ ପ୍ରତିନିଧି ହୋଇଥିବାର ଛଳନା କରି ସେ ଭିତରକୁ ପଶିବେ, ବେଶ୍ୟାମାନଙ୍କ ଜୀବନ ବିଷୟରେ ଲେଖିବା ପାଇଁ । କନିଷ୍କର ଯୋଜନା ରବିକୁ ନିରାପଦ ଜଣାଗଲା। ସେଠାକୁ କୌଣସି ଛଦ୍ମବେଶରେ ଯାଇ ହେବ କି ନାହିଁ ଏ ବିଷୟରେ ବିଚାରକରି ସେମାନେ ଏ କଥାକୁ ଦୁଷ୍କର ବୋଲି ମନରୁ ଦୂର କଲେ ଏବଂ ସଂଧ୍ୟାବେଳେ ପୁଣି ସେଇ ପାନଦୋକାନ ଆଗରେ ଯାଇ ସିଗାରେଟ କିଣିଲେ।

ରବି କହିଲା, ମୁଁ ଯାଇ ଗୋଟାଏ ଏକ୍ସରସାଇଜ ଖାତା କିଣୁଚି, ତୁ ଯାଇ ସେଇ ଔଷଧ ଦୋକାନରୁ ଗୋଟାଏ ରବର ପ୍ୟାକେଟ ନେଇ ଆ । କନିଷ୍କ କହିଲା, ଆମେ ତ ଆଜି ଖାଲି ଇଣ୍ଟରଭିଉ କରିବାକୁ ଯାଉଛେ। ରବି କହିଲା, କିଏ ଜାଣିଛି ଥରେ ଭିତରକୁ ଗଲେ କେତେବେଳେ କଣ ହବ । କନିଷ୍କ କହିଲା, ମୁଁ ଡାକ୍ତର ଦୋକାନ କୋଉଠି ଜାଣି ନାହିଁ। ମୁଁ ଯାଉଚି ଖାତା କିଣି ଆଣିବି। ତୁ ଔଷଧ ଦୋକାନକୁ ଯା। ରବି କହିଲା, ଭୟାଳୁ କୋଉଠିକାର! ଔଷଧ ଦୋକାନ ଏଇ ସେଇଠି ଦିଶୁଚି, ଯା । କନିଷ୍କ କୁଣ୍ଠିତ ହୋଇ କହିଲା, ମୁଁ କେବେ ଆଗରୁ କିଣି ନାହିଁ । ରବି କହିଲା, କିଏ ଆଉ କିଣିଛି? ଔଷଧ ଦୋକାନୀ ପାଇଁ ରବର ଯେମିତି ମୁଣ୍ଡବିନ୍ଧା ଔଷଧ ବି ସେମିତି। ତତେ କାହିଁକି ଭୟ ଲାଗୁଛି? ଏତିକି କହି ରବି ସେଠାରୁ

ଷ୍ଟେସନାରୀ ଦୋକାନ ଆଡ଼କୁ ଚାଲିଗଲା ଏବଂ କନିଷ୍କ ବାଧ୍ୟ ହୋଇ ଔଷଧ ଦୋକାନକୁ ଗଲା।

ଏଥରକ ପୁଣି ଯେତେବେଳେ ଦୁହେଁ ସାଙ୍ଗ ହୋଇ ଗଳି ଭିତରକୁ ପାଦ ବଢ଼ାଇଲେ, ରବି କହିଲା କାଇଁ, ଦେଖି କଣ ଆଣିଲୁ । କନିଷ୍କ କଥାକୁ ଟାଳି ଦେଇ ଆଗକୁ ପାଦ ବଢ଼ାଇଲା, କିନ୍ତୁ ରବି ତା ହାତକୁ ଟାଣି ଧରି କହିଲା, ଆଗ ଦେଖା । କନିଷ୍କ ପକେଟରୁ ଗୋଟାଏ କାଗଜ ପ୍ୟାକେଟ ବାହାର କରି ରବି ହାତକୁ ଦେଲା ଏବଂ ରବି ତା ଭିତରୁ ଯାହା ବାହାର କଲା, ସେଇଟା ମୁଣ୍ଡବଥାର ଔଷଧ ଥିଲା, ରବର ନୁହେଁ। ରବି ତାକୁ ଗାଳି ଦେବା ପୂର୍ବରୁ କନିଷ୍କ କହିଲା, ମୁଁ କହୁଚି ତୁ ସେଠିକି ଯା ବୋଲି! ଦୋକାନରେ ସେ ଲୋକଟା କଣ ଦରକାର ପଚାରିଲାରୁ ମୋ ପାଟିରୁ ହଠାତ୍ ରବର କଥା ବାହାରିଲା ନାହିଁ। ସେଇଥିପାଇଁ ମୁଣ୍ଡବଥା ଔଷଧ ନେଇ ଚାଲି ଆସିଲି। ରବି ରାଗରେ ତାକୁ ଜୋରରେ ଠେଲି ଦେଇ କହିଲା, ଶଳା ମାଇଚିଆ । କନିଷ୍କର ମୁହଁ ଶୁଖିଗଲା ଏବଂ ସେ ରବିକୁ ସେଠାରେ ଛାଡ଼ିଦେଇ ଗଳି ଭିତରୁ ବାହାରି ପୁରୁଣା ବଜାର ରାସ୍ତାରେ ଜୋରରେ ଚାଲିବାକୁ ଆରମ୍ଭ କଲା ।

ରବି ଗୋଟାଏ ମୁହୂର୍ତ୍ତ ଗଳି ଭିତରେ ହାତରେ ମୁଣ୍ଡବଥା ଔଷଧ ଧରି ଛିଡ଼ା ହେଲା। ତା ପରେ ସେ ଦେଖିଲା ଯେ ତାକୁ ଛାଡ଼ି ଦେଇ କନିଷ୍କ ବାହାରକୁ ଚାଲି ଯାଉଛି। ତା ପଛରେ ଦଉଡ଼ି ଦଉଡ଼ି ଯାଇ ରବି ତାକୁ ଧରିଲା। ଏଥରକ ତାର ଆଉ ରାଗ ନଥିଲା ଏବଂ କନିଷ୍କକୁ ଗାଳି ଦେଇଥିବାରୁ ସେ ଅନୁତପ୍ତ ଥିଲା । ସେ ତାକୁ କହିଲା, ଆଚ୍ଛା, ଯାହା ହେଲା ହେଲା । ଚାଲ କୋଉଠି ବସି ଚା ପିଇବା ।

ହୋଟେଲରେ ବସି ଚା ପିଉ ପିଉ ରବି କହିଲା, ବୁଝିଲୁ, ସେ ଶଳା ଶ୍ରୀଲାଲ ନିଶ୍ଚେ ମିଛ କହୁଥିଲା। କନିଷ୍କ ଚୁପ ରହିଲା, କିନ୍ତୁ ରବି କହି ଚାଲିଲା, ଆଜିକାଲି ଆଇନ କରି ସବୁ ବେଶ୍ୟାଳୟ ବନ୍ଦ କରି ଦେଲେଣି । ସେ ଗଳି ଭିତରେ ବେଶ୍ୟା ରହୁଥିବା କଥା ପୂରା ମିଛ। କୋଉଠି ଭଲା ହୋଟେଲ ଭିତରେ ବେଶ୍ୟାଳୟ ଥିବା କଥା ଶୁଣିଚୁ? କନିଷ୍କ ତଥାପି କିଛି ନ କହିବାରୁ ଟିକିଏ ପରେ ରବି କହିଲା, ସେଠିକି ଯିବା ନ ହେଲା ନ ହେଲା; ଏତେ ଚିନ୍ତା କରିବାର କି ଦରକାର? ଯଦି ସେ ଭିତରେ

କେହି ଥାନ୍ତା ବି, ପୁଲିସ ନ ହେଲେ ଚିହ୍ନା ଲୋକ ହାବୁଡ଼ରେ ପଡ଼ି ପୁଣି ହଇରାଣ! କିଏ ଏତେ କଥାରେ ପଶିଥାନ୍ତା?

କନିଷ୍କ ତଥାପି ଜବାବ ଦେଲା ନାହିଁ। ରବି କହିଲା, କଣ ଭାବୁଚୁ? କଣ ପୁଣି ଯିବା? କନିଷ୍କ ଏଥରକ କହିଲା, ନା, ମୋର ମୁଣ୍ଡ ବଥଉଛି । ପକେଟରୁ ମୁଣ୍ଡବଥା ଔଷଧ ବାହାର କରି ତା ଆଡ଼କୁ ବଢ଼ାଇ ଦଉ ଦଉ ରବି କହିଲା, ଯାହା ହଉ ଏଇଟା ସାଙ୍ଗେ ସାଙ୍ଗେ କାମରେ ଲାଗିଲା! ତଥାପି କନିଷ୍କର ମିଜାଜ ଠିକ ହୋଇ ନ ଥିବାର ଦେଖି ରବି ତାକୁ କହିଲା, ଚାଲ, ଆଜି ସେଇ କେବଳ ବୟସ୍କଙ୍କ ପାଇଁ ଫିଲ୍‌ମଟା ଅନ୍ତତଃ ଦେଖି ନବା ।

—

ଐଶ୍ୱର୍ଯ୍ୟ

ପଣ୍ଡିତେ ଆଜିକାଲି ଆଉ ପୁଅ ସହିତ ସିଧାସଳଖ କଥାବାର୍ତ୍ତା କରୁ ନ ଥିଲେ। ତେଣୁ ସ୍ତ୍ରୀକୁ ପଚାରିଲେ, କଣ ସେ କୁଳାଙ୍ଗାର ନିଦରୁ ଉଠିଲାଣି ନା ନାଇଁ? ନିତ୍ୟାନନ୍ଦର ଯଦିଓ ନିଦ ଭାଙ୍ଗି ସାରିଥିଲା, ସେ ଏ ପର୍ଯ୍ୟନ୍ତ ବିଛଣାରେ ପଡ଼ି ରହିଥିଲା । ସେ ବାପାଙ୍କର ଏ କଥାର କଣ ଗୋଟାଏ କଠୋର ଜବାବ ଦବ ବୋଲି ଭାବିଲା, କିନ୍ତୁ ଶେଷକୁ ଚୁପ ରହିଲା। ପଣ୍ଡିତଙ୍କର ସ୍ତ୍ରୀ କହିଲେ, କାହିଁକି ସକାଳୁ ସେ ପିଲାଟା ସାଙ୍ଗରେ ଲାଗିଚ? ଆଜି ଚାକିରିରେ ଜଏନ୍ କରିବ । ଟିକିଏ ଶାନ୍ତିରେ ଯାଉ। ବରଂ ତା ପାଇଁ ଟିକିଏ ପୂଜା କରି ଦିଅନ୍ତ ନାଇଁ?

ଯଦିଓ ବର୍ତ୍ତମାନ ସକାଳ ଆଠଟା ବାଜିଥିଲା, ପଣ୍ଡିତେ ଏଥରକ ପୁଅକୁ ଶୁଣାଇ କହିଲେ, ଦିନ ଦଶଟା ହେଲାଣି, ଅଫିସରେ ଠିକ ସମୟରେ ନ ପହଞ୍ଚିଲେ କିଏ ଚାକିରି ଦେବ? ଶଳା ଦଶ ଲୋକଙ୍କ ପଛରେ ଗୋଡ଼ାଇ ଶେଷକୁ ଚାକିରି ମିଳିଲା, କିନ୍ତୁ ଏତେ ବେଳକୁ କଣ ନା ଲାଟସାହେବ ଦିନ ଦଶଟା ଯାଏ ବିଛଣାରେ ଶୋଇଛନ୍ତି। ପଣ୍ଡିତଙ୍କ ସ୍ତ୍ରୀ କହିଲେ, ହଉ, ତମେ ଆଉ ପାଟି କରନି, ମୁଁ ତାକୁ ଉଠାଇ ଦଉଚି । ତମେ ଯାଅ ପୂଜା କର । ଯାହା ହଉ, ଚାକିରିର ପ୍ରଥମ ଦିନ ତ!

ପଣ୍ଡିତଙ୍କ ରାଗ ତଥାପି ଶାନ୍ତ ପଡ଼ିଲା ନାହିଁ; କହିଲେ, ଦେଖ କେତେଦିନ ଚାକିରି ରହୁଚି । ଏ ତ ଘରେ ବସି ରହି ଖାଇବା କଥା ନୁହଁ! ସରକାରୀ ମାମଲା । ଏ ଚାକିରି ଗଲେ ଆଉ ଜୀବନ ସାରା ଚାକିରି ନ ମିଳେ। ପଣ୍ଡିତଙ୍କ ସ୍ତ୍ରୀ ରୋଷେଇ ଘରକୁ ଯାଉ ଯାଉ କହିଲେ, ସବୁଦିନେ କଣ ଏଇ ଚାକିରି କରୁଥିବ? ପୁଣି ତ କଣ ଭଲ ଚାକିରି ମିଳିବ।

ଏ କଥା ଶୁଣି ପଣ୍ଡିତେ ରାଗରେ ଫାଟି ପଡ଼ିଲେ, କହିଲେ, ଏଇ ବିଦ୍ୟା ବୁଦ୍ଧିରେ ଆଉ କଣ କଲେକ୍ଟର ଚାକିରି ପାଇବ? ମାଟ୍ରିକ ପାସ କଲା ଦି ଥରରେ । ଶେଷକୁ ଇଣ୍ଟରମିଡ଼ିଏଟ ପାସ କରିପାରିଲା ନାହିଁ । ଆଉ କି ଚାକିରି ପାଆନ୍ତା? ଏଇ ଚାକିରି ସମ୍ଭାଳି ରଖି ପାରିଲେ ହେଲା । ଏତିକି କହି ପଣ୍ଡିତେ ବାରଣ୍ଡାର ଗୋଟାଏ କଣରେ ରହିଥିବା ଫଟୋ ଆଡ଼କୁ ପୂଜା କରିବାକୁ ଗଲେ । ଆଜି କିନ୍ତୁ ତାଙ୍କର ପୂଜାରେ ମନ ଲାଗିଲା ନାହିଁ । ଆଖି ବୁଜି ବସି ସେ ନିତ୍ୟାନନ୍ଦ କଥା ଭାବିଲେ। ନିତ୍ୟାନନ୍ଦର ପିଲାଦିନ କଥା ତାଙ୍କର ମନ ପଡ଼ିଲା। ସେତେବେଳକୁ ତାଙ୍କର ଆଉ ପିଲାଝିଲା ହୋଇ ନ ଥିଲେ। ସ୍ତ୍ରୀ ସେତେବେଳକୁ ସୁନ୍ଦର ଓ ସ୍ୱାସ୍ଥ୍ୟବତୀ ଥିଲେ ଏବଂ କଥାକଥାକେ ଏପରି ଚିଡ଼ିଚିଡ଼ି ହେଉ ନଥିଲେ । ସେ ସମୟଟି ପଣ୍ଡିତଙ୍କୁ ଅଶେଷ ସୁଖଶାନ୍ତି ଓ ଐଶ୍ୱର୍ଯ୍ୟରେ ପରିପୂର୍ଣ୍ଣ ମନେ ହେଲା । ସ୍କୁଲର ଦରମା ଯଦିଓ କମ ଥିଲା, ଦରଦାମ ଏତେ ବେଶି ନଥିଲା ଆଉ ତାଙ୍କର ସଂସାର ବି ଛୋଟ ଥିଲା ।

ପଣ୍ଡିତଙ୍କର ବର୍ତ୍ତମାନ ପୁରୁଣା ଦିନର ଛୋଟ ଛୋଟ ମୁହୂର୍ତ୍ତମାନ ମନେ ପଡ଼ିଲା। ଯୋଉଦିନ ପ୍ରଥମ କରି ନିତ୍ୟାନନ୍ଦ ସ୍କୁଲକୁ ଗଲା । କି କାନ୍ଦ ତାର! କେତେ ଭଲ ପାଠ ନ ପଢୁଥିଲା ସେ ପିଲା ଦିନେ? ତାଙ୍କ ସାଙ୍ଗରେ ପୂରା ସମୟ କଟାଉଥିଲା ନିତ୍ୟାନନ୍ଦ। ସବୁବେଳେ ତାଙ୍କ ପଛେ ପଛେ ଯାଉଥିଲା। ତାଙ୍କ ପାଖରୁ ସ୍କୁଲର ପାଠ ବୁଝୁ ଥିଲା । ତାଙ୍କର ସ୍କୁଲରୁ ଫେରି ଆସିବାକୁ ଅନାଇ ବସୁଥିଲା । ବିନୀତ ଭଳି ତାଙ୍କ ସାଙ୍ଗରେ ବଜାର ଯାଉଥିଲା। ସ୍କୁଲରୁ ଫେରି ଆସି ତାଙ୍କୁ ତାର ସାଙ୍ଗମାନଙ୍କ କଥା କହୁଥିଲା ।

ସେଇ ଉପର କ୍ଲାସର ସାଙ୍ଗମାନେ ହିଁ ତାକୁ ଖରାପ କରିଦେଲେ, ପଣ୍ଡିତେ ମନେ ମନେ ଭାବିଲେ। ସେତେବେଳକୁ ପରିବାର ବଢ଼ିଯାଇଥିଲା, ଆହୁରି ଚାରିଟି ପୁଅ ଝିଅଙ୍କର ଜନ୍ମରେ । ଚଢ଼ା ଦରଦାମକୁ ନେଇ ଆଉ ସଂସାର ଚଳାଇ ହେଲା ନାହିଁ । ସେ ଏଥର ବିରକ୍ତ ହେବାକୁ ଆରମ୍ଭ କଲେ । ତାଙ୍କର ସ୍ତ୍ରୀ, ଯାହାଙ୍କ ମୁହଁରୁ କଥା ବାହାରୁ ନଥିଲା, ତାଙ୍କୁ କଥା କଥାକେ ଜବାବ ଦେଲେ । ଏଇ ସମୟରୁ ହିଁ ନିତ୍ୟାନନ୍ଦର ମତିଗତି ଖରାପ ହେଲା । ଖରାପ ସାଙ୍ଗଙ୍କ ସାଙ୍ଗରେ ପଡ଼ି ସେ

ଡେରିରେ ଘରକୁ ଫେରିଲା। ଦିନେ ଦିନେ ସ୍କୁଲକୁ ନଯାଇ ଏପାଖ ସେପାଖ ବୁଲିଲା। ଶେଷରେ ମାଟ୍ରିକ ପରୀକ୍ଷାରେ ଫେଲ ହେଲା।

ପରୀକ୍ଷାରେ ଫେଲ ହୋଇ ବି ନିତ୍ୟାନନ୍ଦ ଅନୁତପ୍ତ ନଥିଲା। ପଣ୍ଡିତେ ଯେତେବେଳେ ରାଗରେ ତାକୁ ଡାକିଲେ, ନିତ୍ୟାନନ୍ଦ କହିଲା, ଆଉ କଣ ହୋଇଥାନ୍ତା? ମୋର ତ ପଢ଼ାବହି ନ ଥିଲା। ଏକଥା ଶୁଣି ପଣ୍ଡିତଙ୍କ ରାଗ ଚରମକୁ ଉଠିଲା। କହିଲେ, କୋଉ ବହି? ମତେ କେବେ କହିଥିଲୁ? ନିତ୍ୟାନନ୍ଦ କହିଲା, ମାସକୁ ମାସ ଦରମା ଦେଲା ବେଳକୁ ତ ଦଶ ପ୍ରକାରର କଥା। ନୂଆ ଜାମା ଖଣ୍ଡେ ବି ତ କିଣିବାର ନାଁ ନାହିଁ। ପୁଣି ବହି କୋଉଠୁ କିଣି ଦେଇଥାନ୍ତ? ପଣ୍ଡିତେ କହିଲେ ବହି କିଣି ଦେବାକୁ କୋଉ ଦିନ ମନା କରିଥିଲି? ତୋ ପାଇଁ କଣ ଜାମା କିଣା ହଉନି? ସମସ୍ତଙ୍କୁ ଯେତିକି ଦିଆ ହଉଚି ତାଠାରୁ କଣ ତୋର କମ? ନିତ୍ୟାନନ୍ଦ କହିଲା, ଯଦି ଚଳେଇ ନପାରିବ, ଏତେବଡ଼ ପରିବାର କାହିଁକି କରୁଥିଲ?

ଏ କଥା ପଣ୍ଡିତଙ୍କୁ ଗଭୀର ଆଘାତ ଦେଲା ଏବଂ ଆଉ କିଛି ନ କହି ସେ ଘରୁ ବାହାରିଗଲେ। ସେଇ ଦିନଠାରୁ ପୁଅ ସହିତ ତାଙ୍କର କଥାବାର୍ତ୍ତା କମି କମି ଶେଷରେ ସେମାନଙ୍କର ଯାହା କିଛି କରିବାର କଥା ତାଙ୍କ ସ୍ତ୍ରୀଙ୍କ ମାଧ୍ୟମରେ ହିଁ ହେଲା । ଆଉ ଥରେ ପରୀକ୍ଷା ଦେଇ ନିତ୍ୟାନନ୍ଦ ଯଦିଓ ପାସ କଲା, ତାର ଆଉ ପାଠରେ ମନ ନଥିଲା। ଦିନସାରା କଲେଜ ଯିବା ନାଁରେ ଯାଇ ସେ କୁଆଡ଼େ କୁଆଡ଼େ ବୁଲି ସଞ୍ଜବେଳକୁ ଘରକୁ ଆସୁଥିଲା। ମା'କୁ କହୁଥିଲା ଯେ, ସେ ଚାକିରି ଖୋଜିବାକୁ ଯାଇଥିଲା। ମଝିରେ ମଝିରେ ସେ କୁଆଡ଼େ କଣ ଛୋଟ ଛୋଟ କାମ କରି ଯାହା ପଇସା ରୋଜଗାର କରୁଥିଲା, ତାକୁ ନିଜର ଜାମାପଟା କିଣି ନହେଲେ ସିଗାରେଟ ପିଇ ଖର୍ଚ୍ଚ କରି ଦଉଥିଲା। ପଣ୍ଡିତଙ୍କର ଭୟ ହଉଥିଲା ତା ଦେଖାଦେଖି ତାଙ୍କର ଆଉ ଦୁଇପୁଅ ବି ଏଇଭଳି ଖରାପ ହୋଇଯିବେ ।

ପଣ୍ଡିତେ ଦିନେ ଖାଉ ଖାଉ ସ୍ତ୍ରୀଙ୍କୁ କହିଲେ, ତମ ଗେହ୍ଲା ପୁଅକୁ କହିଦିଅ, ଘରେ ଯଦି ରହିବ ମୋ କଥା ମାନି ଚଳିବ । ସ୍ତ୍ରୀ ଥାଳିକୁ ଆବଶ୍ୟକତାଠାରୁ ବେଶି ଜୋରରେ ତଳେ ପିଟିଦେଇ କହିଲେ, ତମେ ତାକୁ ପିଲାଦିନୁ କିଛି ନକହି ତା ମୁହଁ

ବଢ଼ାଇଛ । ଏବେ କଣ ନା ମୋ ଗେହ୍ଲା ପୁଅ! ଯାହା କହିବା କଥା ତାକୁ ସିଧା କୁହ । ମୁଁ ଆଉ ଏ ଦୂତ କାମ କରିପାରିବି ନାହିଁ । ତାଙ୍କ କଥାକୁ ନ ଶୁଣିଲା ପରି ପଣ୍ଡିତେ କହିଲେ, ତାର ଖାଇବା ବନ୍ଦ କରିଦିଅ । ସ୍ତ୍ରୀ କହିଲେ, ସେ କଣ ଘରେ ଖାଉଛି? କୋଉଠି କଣ ଖାଉଥିବ; ଚାରିଦିନ ହେଲା ଘରକୁ ଯାହା ଶୋଇବାକୁ ଆସୁଛି। କୋଉଠି ଖାଉଛି? ପଣ୍ଡିତେ ବ୍ୟସ୍ତ ହୋଇ ପଚାରିଲେ । ସ୍ତ୍ରୀ କହିଲେ, ମୁଁ ଜାଣେ ନାହିଁ । ଯଦି ଇଚ୍ଛା ତାକୁ ପଚାର ।

ଏଇଭଳି ସ୍ତ୍ରୀ ସାଙ୍ଗରେ କଥା କହିବା ବେଳେ ଆଜିକାଲି ପ୍ରତିଟି କଥାବାର୍ତ୍ତା କେମିତି କୁଆଡୁ ଯାଇ କଳିରେ ପରିଣତ ହୋଇ ଯାଉଥିଲା ଏବଂ ସ୍ତ୍ରୀ ତାଙ୍କ ପାଖରୁ ଉଠି ଚାଲି ଯାଉଥିଲେ। ଆଜି କିନ୍ତୁ ପୁଅ ପ୍ରଥମ ଦିନ ଅଫିସକୁ ଯିବ ବୋଲି ସ୍ତ୍ରୀ ଅନେକ କଷ୍ଟରେ ନିଜର ମିଜାଜକୁ ସମ୍ଭାଳି ରଖିଥିଲେ। ପୂଜା କରୁ କରୁ ପଣ୍ଡିତେ ଭାବିଲେ ଯେ ସକାଳୁ ଯାହା ହେଲା ହେଲା, ସେ ମଧ୍ୟ ବର୍ତ୍ତମାନ ନିଜର କ୍ରୋଧକୁ ଶାନ୍ତ ରଖିବେ, ଯେମିତି ପୁଅ ଭଲରେ ଅଫିସକୁ ଯାଏ । ପୂଜାରୁ ଉଠି କିଛି ଫୁଲ ଆଣି ସେ ସ୍ତ୍ରୀଙ୍କ ହାତରେ ଦେଇ ନରମ ସ୍ୱରରେ କହିଲେ, କଣ ସେ ନିଦରୁ ଉଠିଲାଣି? ସ୍ତ୍ରୀ ଏଥର ସାମାନ୍ୟ ବିରକ୍ତ ହୋଇ ତାଙ୍କ ଆଡ଼କୁ ଜଳଖିଆ ଥାଳିଆ ବଢ଼ାଇ ଦେଉ ଦେଉ କହିଲେ, ତମେ ତମର ଟ୍ୟୁସନକୁ ଯାଅ। ସେ କେମିତି ଠିକ ସମୟରେ ଅଫିସକୁ ଯିବ, ସେ କଥା ମୁଁ ବୁଝିବି। ଥାଳିଆକୁ ଫେରାଇ ଦେଇ ପଣ୍ଡିତେ କହିଲେ, ନା, ମତେ ଆଜି ଭୋକ ନାହିଁ।

ଏହି ସମୟରେ ବାହାରେ କିଏ ମଟର ସାଇକେଲରୁ ଓହ୍ଲାଇ ନିତ୍ୟାନନ୍ଦକୁ ଡାକିଲା ଓ ନିତ୍ୟାନନ୍ଦ ଧଡ଼ପଡ଼ ହୋଇ ଉଠି ବାହାରକୁ ଗଲା। ପଣ୍ଡିତେ ସ୍ତ୍ରୀଙ୍କୁ ଶୁଣାଇ ଶୁଣାଇ କହିଲେ, ଏଇ ଶଳା ପିଲାଙ୍କ ସାଙ୍ଗରେ ପଡ଼ି ନିତ୍ୟାନନ୍ଦ ଆମର ଖରାପ ହୋଇଗଲା । ସ୍ତ୍ରୀ କହିଲେ, ହଉ, ତମେ ଯାଅ। କଣ ସତରେ ଜଳଖିଆ ଖାଇବ ନାହିଁ? ଏ କଥାର ଜବାବ ନଦେଇ ପଣ୍ଡିତେ କହିଲେ, ତମେ ମନେ କରି ନିତ୍ୟାନନ୍ଦକୁ କହିଦବ ସେ ଯେମିତି ତାର ସାର୍ଟିଫିକେଟ ସବୁ ସାଙ୍ଗରେ ନେଇ କରି ଯାଏ । ସ୍ତ୍ରୀ କହିଲେ, ହଁ, ତମେ ବ୍ୟସ୍ତ ହୁଅ ନାହିଁ । ହେଲେ କିଛିଦିନ ପରେ ବାବୁଙ୍କୁ

କହି ଆଉ କଣ ଗୋଟାଏ ଚାକିରି କରାଇ ଦିଅ। ସମସ୍ତେ କହୁଛନ୍ତି, ପଣ୍ଡିତଙ୍କ ପୁଅ ହୋଇ ଶେଷକୁ ପିଅନ ଚାକିରି କଲା।

ଏଥରକ ପଣ୍ଡିତେ ରାଗିଲେ ନାହିଁ । ଫେରି ଆସି ସ୍ତ୍ରୀଙ୍କ ପାଖରେ ବସିଲେ । କହିଲେ, ମୁଁ କଣ ସେ କଥା ଜାଣୁ ନାହିଁ । ହେଲେ ଆଉ କଣ କରିବା କହ? ଆଉ କିଏ ଚାକିରି ଦବ? ଏଇ ଚାକିରି ବି ତ କେତେ ଖୋସାମତ କରି କି କଷ୍ଟରେ ମିଳିଲା ତମେ ଜାଣ। ଆଜିକାଲି ପିଅନ ଚାକିରିରେ ବି ବେଶ୍ ଦରମା। ଦରମା ଛଡ଼ା ବୋନସ୍ ବି ମିଳିବ। ସବୁ ମିଶି ସେ ମୋ ଭଳି ଦରମା ପାଇବ । ଆଜିକାଲି ସେ ପୁରୁଣା ଯୁଗ ବି ଗଲାଣି ଯେ ପିଅନଙ୍କୁ ଘର କାମ କରେଇବେ! ଖାଲି ଯାହା ଅଫିସ କାଗଜପତ୍ର ନବା ଆଣିବା କାମ। ନିତ୍ୟାନନ୍ଦ ଯଦି ଘରୋଇ ଭାବରେ ଇଣ୍ଟରମିଡ଼ିଏଟ ପରୀକ୍ଷାଟା ଦେଇଦବ, ତେବେ ସେଇ ଅଫିସରେ କିରାଣି ଚାକିରି ବି ମିଳିଯାଇ ପାରେ । ସ୍ତ୍ରୀ ତଥାପି ସୁଖୀ ଜଣା ନ ପଡ଼ିବାରୁ ପଣ୍ଡିତେ କହିଲେ, ଏଇ କାମଟା କିଛି ଦିନ କରୁ। ଦେଖିବା, ପୁଣି ମୁଁ ବାବୁଙ୍କୁ କହିବି। ତମେ ତାକୁ ଟିକିଏ ବୁଝାଇ ଦିଅ। ଏଇ ଖରାପ ପିଲାଙ୍କ ସାଙ୍ଗରେ ନ ମିଶି କାମରେ ମନ ଦଉ ।

ପଣ୍ଡିତେ ଭାବିଥିଲେ ଘରୁ ବାହାରିବା ବେଳେ ନିତ୍ୟାନନ୍ଦ ସାଙ୍ଗରେ ଟିକିଏ କଥାବାର୍ତ୍ତା ହୋଇଯିବେ। କିନ୍ତୁ ବାହାରେ ନିତ୍ୟାନନ୍ଦ ତା ସାଙ୍ଗ ସହିତ କଣ କଥାବାର୍ତ୍ତାରେ ବ୍ୟସ୍ତ ଥିଲା। ପଣ୍ଡିତେ ରାଗ ସମ୍ଭାଳି ପାରିଲେ ନାହିଁ ଏବଂ ମୁହଁ ବୁଲାଇ ବାହାରିଗଲେ । ନିତ୍ୟାନନ୍ଦର ସାଙ୍ଗ କହିଲା, ଆଜି କଣ ହେଲା କିରେ? ନିତ୍ୟାନନ୍ଦ କହିଲା, ନାଇଁ କିଛି ନାଇଁ । ବୁଢ଼ା ସବୁବେଳେ ଏମିତି ଗରଗର ହଉଚି । ତୁ ସେ ଆଡ଼କୁ ଅନା ନା । ପଣ୍ଡିତଙ୍କୁ ଶୁଣିବା ଭଳି ନିତ୍ୟାନନ୍ଦ ଏ କଥା କହିଥିଲା । ଆଉ ରାଗିବେ ନାହିଁ ବୋଲି ପଣ୍ଡିତେ ମନ ଭିତରେ ଯେତେ ଶପଥ ନେଇଥିଲେ ବି ନିତ୍ୟାନନ୍ଦର କଥାରେ ତାଙ୍କର ମୁଣ୍ଡ ଜଳିଗଲା । ଆଉ କେତେବେଳ ହୋଇଥିଲେ ସେ ପଛକୁ ଫେରି ଆସି କଣ କହିଥାନ୍ତେ। କିନ୍ତୁ ଆଜି ଆଗକୁ ଜୋରରେ ପାଦ ପକାଇ ଯାଉ ଯାଉ ମନକୁ କହିଲେ, ଶଳା କାଲିକାର ପିଲା, କଣ ନା ବାପକୁ ଗାଳି

ଦଉଚି। ପିଲାଦିନୁ ମରି ନ ଗଲା କାହିଁକି? କାହିଁକି ବଞ୍ଚି ରହିଲା ମତେ ଏମିତି ଜାଳି ପୋଡ଼ି ମାରିବାକୁ?

ଜମିଦାରଙ୍କ ଘର ଆଡ଼କୁ ଜଲଦି ଜଲଦି ପାଦ ବଢ଼ାଇଲା ବେଳକୁ ପଣ୍ଡିତେ ପୁଣି ପଛ କଥା ଭାବିଲେ । କାହିଁକି ତାଙ୍କର ସୁନାପୁଅ ଏମିତି କୁଳାଙ୍ଗାର ହୋଇଗଲା? ପ୍ରଥମେ ତ ସବୁ ଠିକଠାକ ଥିଲା। କଣ ତାଙ୍କର ଆଉ ଏତେ ଗୁଡ଼ାଏ ପିଲା ଜନ୍ମ ହେଲେ ବୋଲି? କାଇଁ, ଆଉ ଦିଟା ପୁଅ ତ ଶାନ୍ତଶିଷ୍ଟ ଅଛନ୍ତି । ନା ସେ ଦିହେଁ ବି ବୟସ ବଢ଼ିଲେ ନିତ୍ୟାନନ୍ଦ ଭଳି ହୋଇଯିବେ? ଅବଶ୍ୟ ସେ ଏତେବଡ଼ ପରିବାର ଚଳାଇ ପାରୁ ନାହାନ୍ତି। କିଏ ଜାଣିଥିଲା ଦରଦାମ ଏତେ ବଢ଼ିଯିବ ବୋଲି? ତାଙ୍କର ଆଜିକାଲି ଆଉ ପିଲାଙ୍କୁ ଏମିତି ପଢ଼ାଇବାର ସମୟ ହୁଏ ନାହିଁ । ଟ୍ୟୁସନରେ ସବୁ ସମୟ ଚାଲିଯାଏ। ପର ପିଲାଙ୍କୁ ପାଠ ପଢ଼ାଇଲା ବେଳେ ପଣ୍ଡିତଙ୍କର ଇଚ୍ଛା ହୁଏ ନିଜ ପିଲାଙ୍କୁ ପାଖରେ ବସାଇ ଏମିତି ପଢ଼ାଇ ପାରନ୍ତେ କି? କିନ୍ତୁ ତା ବା କେମିତି ହୁଏ? ଘର ତ ପୁଣି ଚଳାଇବାକୁ ପଡ଼ିବ ।

ବାବୁଙ୍କ ଘର ଆଡ଼କୁ ଅନାଇଲେ ପଣ୍ଡିତେ। ଜମିଦାରୀ କେଉଁ କାଳୁ ଗଲାଣି, କିନ୍ତୁ ଜମିଦାରଙ୍କର କିଛି ବି ପରିବର୍ତ୍ତନ ହୋଇ ନାହିଁ । ଜମି ବଦଳରେ ତାଙ୍କର କାରଖାନା ବସିଲା। ଦରଦାମ ଯେତେ ବଢ଼ିଲେ ବି ତାଙ୍କର କି ଚିନ୍ତା? ପଣ୍ଡିତଙ୍କର ଦେଖିବାବେଳକୁ ଏ ଘରର ଚାଲିଚଳଣରେ କୌଣସି ବ୍ୟତିକ୍ରମ ହୋଇ ନାହିଁ । ଜମିଦାରୀ ଗଲେ ବି ଲୋକେ ତାଙ୍କୁ ଏ ପର୍ଯ୍ୟନ୍ତ ଜମିଦାର ବୋଲି କହୁଛନ୍ତି। ପଣ୍ଡିତେ ଘର ଭିତରେ ପଶିଲା ବେଳକୁ ବାହାରେ ବାବୁ ଛିଡ଼ା ହୋଇଥିଲେ। ପଣ୍ଡିତଙ୍କୁ ନମସ୍କାର କରି କହିଲେ, ଲାଲୁ ଆପଣଙ୍କୁ ଅପେକ୍ଷା କରୁଛି । ଏ କଥାରେ ସାମାନ୍ୟ ସମାଲୋଚନା ବି ଥିଲା, କାରଣ ପଣ୍ଡିତେ ଡେରିରେ ପହଞ୍ଚିଥିଲେ। ଟିକିଏ ଅପ୍ରତିଭ ହୋଇ ପଣ୍ଡିତେ କହିଲେ, ଆପଣଙ୍କ ଦୟାରୁ ପୁଅ ଆଜି ଚାକିରିରେ ଜଏନ୍ କରିବାକୁ ଯାଉଛି; ଟିକିଏ ଡେରି ହୋଇଗଲା । ନା ନା, ସେଥିରେ କଣ ଅଛି, ଅତି ବିନୟର ସହିତ ବାବୁ କହିଲେ, କି ଚାକିରି କଲା? ପଣ୍ଡିତେ ଟିକିଏ ସଂକୋଚର ସହିତ

କହିଲେ, ଏବେ ତ ପିଅନ ଚାକିରି । ଆପଣଙ୍କ ମନେ ନାହିଁ ବୋଧହୁଏ, ଆପଣ ସେଇ ଅଫିସରଙ୍କୁ କହିଥିଲେ । ବାବୁ କହିଲେ, ଯାହା ହଉ ଭଲ ହେଲା ।

ଲାଲୁ ଆସି ପଣ୍ଡିତଙ୍କର ପାଦ ଛୁଇଁ ପ୍ରଣାମ କଲା। ତାର ପଢ଼ା ଘରେ ପଣ୍ଡିତଙ୍କ ପାଇଁ ଜଳଖିଆ ରଖା ହୋଇଥିଲା। ସବୁଦିନେ ବାବୁଙ୍କ ଘରେ ଏତେ ଭଲ ଜିନିଷ ଏକା ଖାଉଥିବାରୁ ପଣ୍ଡିତଙ୍କର ମନ କଣ ହୋଇଯାଏ । ସେ ତାଙ୍କୁ ଦିଆ ଯାଇଥିବା ଖାଇବା ଜିନିଷର ଦାମ ଲଗାଇ ଭାବନ୍ତି, ଏତକ ଖାଇବାକୁ ନଦେଇ ଯଦି ତାଙ୍କର ଦରମା ଏତିକି ବଢ଼ାଇ ଦିଅନ୍ତେ, ଘରର କାମରେ ଲାଗନ୍ତା। କେବେ କେବେ ଭାବନ୍ତି, ଏ ଖାଇବା ଜିନିଷ ଯଦି ତାଙ୍କ ଘରକୁ ନେଇଯାଇ ପାରନ୍ତେ, ତାଙ୍କ ଛୁଆମାନେ କି ଖୁସିରେ ଖାଆନ୍ତେ! ଏଠାରେ ବସି ଖାଇଲାବେଳେ ତାଙ୍କୁ କେମିତି ଦୋଷୀ ମନେହୁଏ, ଆଉ ସେଥିପାଇଁ ତାଙ୍କୁ ଏଠାରେ ରୋଜ ଖାଇବାକୁ ମିଳୁଥିବା କଥା ଘରେ କହନ୍ତି ନାହିଁ। ଥରେ ଥରେ ଭାବନ୍ତି, ତାଙ୍କ ବ୍ୟାଗରେ ଲୁଚାଇ ସେ ମିଠା ଦୁଇଟି ଘରକୁ ନେଇ ଯାଇ ତାଙ୍କ ଛୋଟ ଝିଅକୁ ଦେବେ କି!

ଲାଲୁ ତାଙ୍କର ଖାଇବାକୁ ଅପେକ୍ଷା କରି ବସିଥିଲା, ସେ ଖାଇ ସାରିଲେ ପଢ଼ିବାକୁ ବସିବ । ଆଜି କିନ୍ତୁ ପଣ୍ଡିତଙ୍କର ଆଦୌ ଖାଇବାକୁ ମନ ହେଲା ନାହିଁ । ଲାଲୁ କହିଲା, ଗୁରୁଜୀ, ଆପଣଙ୍କର କଣ ଦେହ ଖରାପ? ବାପାଙ୍କୁ କହିବି ଡାକ୍ତର ଡାକି ଦେବେ? ପଣ୍ଡିତେ କହିଲେ, ନା ବାପା, ଠିକ ହୋଇଯିବ। ଲାଲୁ କହିଲା, ଆପଣ ଟିକିଏ ବସନ୍ତୁ। ମୁଁ ଆପଣଙ୍କ ପାଇଁ ଚା ନେଇ ଆସୁଛି। ପଣ୍ଡିତେ ଲାଲୁକୁ ଅନାଇଲେ । ସୁନ୍ଦର ସ୍ୱାସ୍ଥ୍ୟବାନ ପରିଚ୍ଛନ୍ନ । କି ଶାନ୍ତଶିଷ୍ଟ ଭଦ୍ର ପିଲା । କି ପ୍ରଖର ବୁଦ୍ଧି । ପାଠରେ କି ନିଷ୍ଠା!

ପଣ୍ଡିତେ ଲାଲୁର ପଢ଼ା ଘରର ଚାରିଆଡ଼କୁ ଅନାଇଲେ। ଏଇଟି ଲାଲୁର ନିଜସ୍ୱ ପଢ଼ା ଘର। ସେ ପାଠ ପଢ଼ିଲା ବେଳେ ଏ ଘରକୁ କେହି ଆସନ୍ତି ନାହିଁ । କୋଠରୀ ଭିତରେ ଲାଲୁର ନିଜର ଲାଇବ୍ରେରୀ। ବିଭିନ୍ନ ପ୍ରକାରର ବହି ଏନ୍‌ସାଇକ୍ଲୋପେଡ଼ିଆରେ ଭର୍ତ୍ତି। ଅନ୍ୟ ପାଖରେ ଖେଳିବାର ଜିନିଷମାନ । ପଣ୍ଡିତଙ୍କର ଧାରଣା ଥିଲା ଧନ ସଂପତ୍ତି ପିଲାମାନଙ୍କୁ ଅଭଦ୍ର, ଗର୍ବୀ ଓ ମୂର୍ଖ କରି

ଦିଏ । କିନ୍ତୁ ଲାଲୁ ଯେମିତି ଏ କଥାର ବ୍ୟତିକ୍ରମ ଥିଲା । ସେ ତାଙ୍କୁ ସବୁବେଳେ ଅତି ସମ୍ମାନର ସହିତ ଦେଖୁଥିଲା। ଦେଖିବାକୁ ଗଲେ, ବାବୁଙ୍କର ସଂପୂର୍ଣ୍ଣ ପରିବାରଟି ମଧ୍ୟ ଅତି ଶାନ୍ତ ଓ ଭଦ୍ର ପ୍ରକୃତିର ଏବଂ ଧର୍ମପରାୟଣ ଥିଲା। ଯଦିଓ ଲାଲୁ ଇଂରେଜୀ ସ୍କୁଲରେ ପଢୁଥିଲା, ବାବୁ ତାକୁ ଘରେ ସଂସ୍କୃତ ପଢ଼ାଇବାର ବ୍ୟବସ୍ଥା କରିଥିଲେ ।

ନିଜର ଅନିଚ୍ଛା ସତ୍ତ୍ୱେ ପଣ୍ଡିତେ ନିଜ ଘର ସହିତ ଏ ଘରର ତୁଳନା କଲେ । ଦି ବଖରା ଘରେ ସାତ ଜଣ ଲୋକ । ଏକା ସାଙ୍ଗରେ ବସି ସବୁ ପିଲାମାନେ ପାଟି କରି ପାଠ ପଢୁଛନ୍ତି। କାହାରି ଦେହରେ ଭଲ ଜାମାକୁର୍ତ୍ତା ନାହିଁ। ଘର ସାରା ଜିନିଷପତ୍ର ଭର୍ତ୍ତି। ଗୋଟାଏ କରରେ ଛୋଟ ଝିଅ ଜରରେ ପଡ଼ି ରହିଚି । ତାଙ୍କର ସାନପୁଅ ତାଙ୍କୁ କଣ ଗୋଟାଏ ପାଠ ବୁଝାଇ ଦବାକୁ କହୁଚି ଏବଂ ପଣ୍ଡିତେ ତା ଉପରେ ରାଗିଯାଇ କହୁଛନ୍ତି, ସ୍କୁଲରେ କଣ ଚକ୍ଷୁ ଦେଇ ପାଠ ପଢୁଚୁ? ନବୁଝି ପାରିଲେ ସ୍କୁଲରେ ଯାଇ ମାଷ୍ଟ୍ରଙ୍କୁ ପଚାର।

ଲାଲୁ ଯେତେବେଳେ ଚା ନେଇ ଆସି ତାଙ୍କ ଆଗରେ ଠିଆ ହେଲା, ପଣ୍ଡିତେ କେମିତି ଆଉ ପ୍ରକୃତିସ୍ଥ ଅବସ୍ଥାରେ ନ ଥିଲେ। ତାଙ୍କର କଣ୍ଠରୋଧ ହୋଇ ଯାଇଥିଲା ଏବଂ ଆଖିରେ ଲୁହ ଜମି ଆସୁଥିଲା । ଅନେକ କଷ୍ଟରେ ବି ସେ ଖାଇବା ଜିନିଷକୁ ଗଳା ଭିତରକୁ ନେଇ ପାରିଲେ ନାହିଁ। ଟିକିଏ ଚା ପିଇ କିଛି ସମୟ ସେ ତଳକୁ ମୁହଁ ପୋତି ବସିଲେ । ଲାଲୁ କହିଲା, ଆଜି ଆପଣଙ୍କ ଦେହ ଭଲ ନାହିଁ । ଆଜି ଟ୍ୟୁସନ ଥାଉ । ପଣ୍ଡିତେ କହିଲେ, ନା, ବାପା। ଆଜି କେମିତି ମନ ଭଲ ନାହିଁ। ହଉ, ବହି ବାହାର କର ।

ଅଳ୍ପ ସମୟ ପାଠ ପଢ଼ାଇ ପଣ୍ଡିତେ ସେଠାରୁ ବାହାରି ଆସିଲେ । ନିତ୍ୟାନନ୍ଦ ଠିକ ସମୟରେ ଅଫିସ ଗଲା କି ନାହିଁ ଜାଣିବାକୁ ସେ ଭାବିଲେ ସ୍କୁଲ ଯିବା ଆଗରୁ ସେ ଘର ବାଟ ଦେଇ ଯିବେ। ଘରକୁ ଯାଉ ଯାଉ ପଣ୍ଡିତେ ଚିନ୍ତା କଲେ, କଣ ଧନ ସଂପତ୍ତି ହିଁ ବଡ଼ କଥା? ତାଙ୍କଠାରୁ ବି ତ ଅନେକ ଦୁଃଖୀ ରଙ୍କୀ ଅଛନ୍ତି । ଶାସ୍ତ୍ରରେ ଏତେ କଥା କୁହା ଯାଉଛି ଧନ ସଂପତ୍ତିର ଅବିଗୁଣ ବିଷୟରେ। ତଥାପି କାହିଁକି ଏତେ ଅଶାନ୍ତି ତାଙ୍କର? ଧନୀ ଲୋକର ତ ଈଶ୍ୱରଙ୍କୁ ପାଇବା ବି ମନା । ଏସବୁ

ଚିନ୍ତାରୁ ଆସି ସେ ନିଜର ଘରର ଛୋଟ କଥାସବୁ ଭାବିଲେ । ଯାହା ହଉ, ନିତ୍ୟାନନ୍ଦ ଚାକିରି କଲେ ଘରର ସମସ୍ୟା ଅନେକ କମିଯିବ । ହଉ ପଛେ ପିଅନ ଚାକିରି । ପଇସା ତ ଘରକୁ ଆସିବ! ଖାଲି ଭଲରେ ଭଲରେ ଚାକିରି କଲେ ହେଲା। ଆଉ ଯେମିତି ସେ ଖରାପ ସାଙ୍ଗଙ୍କ ସାଙ୍ଗରେ ନ ପଡ଼େ। ଘରର ଅବସ୍ଥା ତ ଅନ୍ତତଃ ଟିକିଏ ସୁଧୁରି ଯିବ। ପଣ୍ଡିତେ ନିଶ୍ଚୟ କଲେ ଆଜି ନିତ୍ୟାନନ୍ଦର ପ୍ରଥମ ଚାକିରି ଦିନରେ ମନକୁ ଶାନ୍ତ ରଖିବେ, ଆଉ ରାଗିବେ ନାହିଁ ଏବଂ ସୁଯୋଗ ହେଲେ ପୁଅ ସହିତ ଦି ପଦ ଭଲରେ କଥାବାର୍ତ୍ତା କରିବେ।

କିନ୍ତୁ ଘର ପାଖରେ ପହଞ୍ଚିବାବେଳକୁ ପୁଣି ଏକ ନୈରାଶ୍ୟ ପଣ୍ଡିତଙ୍କୁ ଘେରି ଗଲା। ଏଠାରେ ସବୁ କିଛି ପୁରୁଣା, ଭଙ୍ଗାରୁଜା, ଅପରିଷ୍କାର, ଅପରିଚ୍ଛନ୍ନ । ପ୍ରତିଟି ଜିନିଷ ଏକ ଅଭାବର ପ୍ରତୀକ। ପଣ୍ଡିତେ ଘର ଭିତରେ ପଶିଛନ୍ତି, ସ୍ତ୍ରୀ କହିଲେ, ନିତ୍ୟାନନ୍ଦ ଭଲରେ ଭଲରେ ଗଲା । ପଣ୍ଡିତେ କହିଲେ, ସେ ମଲା କି ଗଲା ମୋର ଜାଣିବା ଦରକାର ନାହିଁ। ସ୍ତ୍ରୀ କିନ୍ତୁ ଆଜି ରାଗିଲେ ନାହିଁ। କହିଲେ, କଣ ହୋଇଚି ତମର? କଣ ଦେହ ଖରାପ? ପଣ୍ଡିତେ ବିରକ୍ତ ହୋଇ କହିଲେ, ତମେ ଯାଅ । ବକ ବକ କରି ଆଉ ମୋର ମୁଣ୍ଡ ଖାଅ ନାହିଁ ।

———

ମ୍ଲେଚ୍ଛ

ପୁରୀକୁ ଯିବା ବସ ସମୟ ଯଦିଓ ଅନେକ ଡେରି ହୋଇ ଯାଇଥିଲା, ଏ ପର୍ଯ୍ୟନ୍ତ ବସର ଦେଖା ଦର୍ଶନ ନ ଥିଲା । ବସକୁ ଅପେକ୍ଷା କରୁଥିବା ଲୋକମାନେ ଦାର୍ଶନିକତାର ସହିତ ଛିଡ଼ାହୋଇ ରହିଥିଲେ ଏବଂ ନିଜ ନିଜ ଭିତରେ ଆଳାପ ଆଲୋଚନା କରି ସମୟ କଟାଇବାକୁ ଚେଷ୍ଟା କରୁଥିଲେ। କେବଳ ବିଦେଶୀ ଗୋରା ଲୋକଟି ଉଦ୍‌ବିଗ୍ନ ଓ ଅସ୍ଥିର ଜଣା ପଡୁଥିଲା ଏବଂ ବାରମ୍ବାର ନିଜର ଘଡ଼ିକୁ ଓ ରାସ୍ତାରେ ବସ ଆସୁଛି କି ନାହିଁ ଏ କଥା ଦେଖୁଥିଲା। ବସ ଆସିବାରେ ଅନେକ ଡେରି ହେବାରୁ ସେ ବର୍ତ୍ତମାନ ରାସ୍ତା କରରେ ଚକା ପକାଇ ବସିଥିଲା ଏବଂ ଘଡ଼ି ଓ ରାସ୍ତାକୁ ଅନାଇବା ମଝିରେ 'ବିନା ଦୁଃଖରେ ହିନ୍ଦୁସ୍ତାନୀ' ବହିଟିକୁ ପଢ଼ି ଚେଷ୍ଟା କରୁଥିଲା ବର୍ଣ୍ଣମାଳାକୁ ଆୟତ୍ତ କରିବାକୁ ।

ଗୋରା ଲୋକର ଏଇଟି ଥିଲା ପ୍ରଥମ ଭାରତ ଭ୍ରମଣ। ନିଜର ଛବିଶ ବର୍ଷର ଜୀବନକାଳ ଭିତରେ ସେ ତାର ଆମେରିକାର ସହରରୁ ବାହାରକୁ ବାହାରି ନ ଥିଲା। ତେବେ ସ୍କୁଲରେ ପଢ଼ିବା ବେଳୁ ତାର ଭାରତକୁ ଆସିବା ପାଇଁ ଅଦମ୍ୟ ଇଚ୍ଛା ଥିଲା ଏବଂ ଅନେକ ଦିନର ସଞ୍ଚୟ ଓ ଯୋଜନା ପରେ ସେ ବର୍ତ୍ତମାନ ଏଠାକୁ ଆସିବାକୁ ସମର୍ଥ ହୋଇଥିଲା। ତାର ପରିକଳ୍ପନା ମଧ୍ୟରେ ଥିଲା ଭାରତରେ ଦୁଇ ମାସ ରହିବା ଭିତରେ ସିତାର ବାଦନ, ଯୋଗାଭ୍ୟାସ ଏବଂ ଏକ ଭାରତୀୟ ଭାଷା ଶିକ୍ଷା ସହିତ ଏଇ ଦେଶର ପ୍ରତିଟି ଦର୍ଶନୀୟ ସ୍ଥାନକୁ ଦେଖିବା । ଆମେରିକାର ଶୀତରୁ ଆସି ଭାରତର ଗରମ ପାଣିପାଗ ଭିତରେ ପଡ଼ି ସେ ପ୍ରଥମେ ଅସ୍ତବ୍ୟସ୍ତ ହୋଇଯାଇଥିଲା। କିନ୍ତୁ ସେ ତାର ସଂକଳ୍ପରେ ଦୃଢ଼ ନିଶ୍ଚୟ ଥିଲା ଏବଂ ଏ ଭିତରେ

ଗୋଟିଏ ସିତାର କିଣି ସାରିଥିଲା, ତଥା ଯୋଗ ଓ ହିନ୍ଦୁସ୍ତାନୀ ଶିଖିବାର ବହିମାନ ମଧ୍ୟ ପାଖରେ ରଖିଥିଲା। ଗରମରୁ ସାମାନ୍ୟ ରକ୍ଷା ପାଇବା ପାଇଁ ସେ ବର୍ତ୍ତମାନ ମୁଣ୍ଡକୁ ସଂପୂର୍ଣ୍ଣ ଲଣ୍ଡିତ କରି ଦେଇଥିଲା ଏବଂ କେବଳ ହାଫପାଣ୍ଟ ଓ ଗେଞ୍ଜି ପିନ୍ଧିଥିଲା । ହାତରେ ସିତାର ଓ କାନ୍ଧ ବ୍ୟାଗରେ ବହି ଧରି ସେ ବର୍ତ୍ତମାନ ବାହାରିଥିଲା ତୀର୍ଥ ସ୍ଥାନ ଓ ଗ୍ରାମାଞ୍ଚଳ ଭ୍ରମଣରେ । କିନ୍ତୁ ଭାରତବର୍ଷରେ ଦଶଦିନ କଟାଇବା ପରେ ସେ ବର୍ତ୍ତମାନ ସଚେତନ ଥିଲା ଯେ ତାର ପରିକଳ୍ପନା ଅତୀବ ଦୁଷ୍କର। ବସର ବିଳମ୍ବରେ ଆସିବାରେ ତାର କାର୍ଯ୍ୟକ୍ରମର ଯେଉଁ କ୍ଷୟକ୍ଷତି ହେଉଥିଲା, ସେଥିପାଇଁ ସେ ବର୍ତ୍ତମାନ କ୍ଷୁବ୍‌ଧ ହେଉଥିଲା।

ଏଇ ବିଦେଶୀ ଲୋକଟିର ଅସ୍ୱସ୍ତି ଉପଭୋଗ କରୁଥିବା ଲୋକ ଭିନ୍ନ ଭିନ୍ନ ପ୍ରକାରର ଥିଲେ । କିଛି ଛୋଟ ପିଲା ତା ଚାରିପାଖେ ନିରାପଦ ଦୂରତ୍ୱରେ ଠିଆ ହୋଇ ଚୁପଚାପ ତା ଆଡ଼କୁ ଅନାଇ ରହିଥିଲେ । ବସ ଅପେକ୍ଷାରେ ଛିଡ଼ା ହୋଇଥିବା ଲୋକମାନେ ଦୁଇଟି ଦଳରେ ବିଭକ୍ତ ଥିଲେ; ଧୋବଧାଉଳିଆ ଓ ମଳିମୁଣ୍ଡିଆ । ମଳିମୁଣ୍ଡିଆ ଲୋକମାନେ ଏଇ ବିଦେଶୀଟିକୁ ସାମାନ୍ୟ ଆଶ୍ଚର୍ଯ୍ୟର ସହିତ ଦେଖୁଥିଲେ, କିନ୍ତୁ ତା ବିଷୟରେ ଆଲୋଚନା କରିବାପାଇଁ ସାହସ ସଞ୍ଚୟ କରି ପାରୁ ନ ଥିଲେ। ତେବେ ଧୋବଧାଉଳିଆ ଲୋକଙ୍କର ବର୍ତ୍ତମାନ କଥାବାର୍ତ୍ତାର ପ୍ରଧାନ ବିଷୟବସ୍ତୁ ଥିଲା ଏଇ ଗୋରା ଲୋକଟି ।

ମଫସଲ କଲେଜର ଇଂରେଜୀ ଲେକ୍‌ଚରର୍, ଯେ କି ପ୍ରତିଦିନ ବସରେ ଯିବା ଆସିବା କରୁଥିଲା, ମନେ ମନେ ଗୋରା ଲୋକଟି ସହିତ ଇଂରେଜୀ ଉପନ୍ୟାସ ମାନଙ୍କରେ ପଢ଼ିଥିବା ବିଭିନ୍ନ ଚରିତ୍ରମାନଙ୍କର ତୁଳନା କରି ବିଫଳ ହେଲା ଏବଂ ସ୍ୱଗତୋକ୍ତି କଲା, ବିଲାତରେ ବର୍ତ୍ତମାନ ପୂରା ଡିକାଡେନ୍‌ସ ହୋଇଗଲାଣି। ଏ ଉକ୍ତିର ତାତ୍ପର୍ଯ୍ୟ ଯାହା ହେଉନା କାହିଁକି, ପାଖରେ ଠିଆ ହୋଇଥିବା ଛୋଟ ଠିକାଦାର, ଯେ କି ନିଜର ବିଲ୍ ଆଣିବାକୁ ପୁରୀ ଯାଉଥିଲା, ଏ କଥାରୁ ଖିଅ ନେଇ କହିଲା, ବିଲାତରେ ବର୍ତ୍ତମାନ ବହୁତ ଖରାପ ଅବସ୍ଥା । ଲୋକ ନିଜ ଦେଶ ଛାଡ଼ି ପଳାଇ ଯାଉଛନ୍ତି। ଅଫିସ ଯାଉଥିବା କିରାନି ନିଜକୁ ଏଇସବୁ ଗୁରୁତ୍ୱପୂର୍ଣ୍ଣ

ଆଲୋଚନାରୁ ବାଦ୍ ପଡ଼ିଯାଉଥିବାର ଦେଖି କଥାକୁ ସାମାନ୍ୟ ବଦଳାଇ କହିଲା, ସେଦିନ ଖବରକାଗଜରେ ବାହାରିଥିଲା ବିଲାତର ଲୋକମାନେ ବର୍ତ୍ତମାନ ହିନ୍ଦୁଧର୍ମ ପ୍ରତି ଆକୃଷ୍ଟ । ଏ ଲୋକଟି ନିଶ୍ଚୟ ଦୀକ୍ଷା ନେବା ପାଇଁ ମନ୍ଦିରକୁ ଯାଉଛି । କଳା କୋଟ ପିନ୍ଧିଥିବା ଓକିଲ, ଯେ କି ଶାସନୀ ବ୍ରାହ୍ମଣ ଥିଲା ଏବଂ ମୁକ୍ତିମଣ୍ଡପ ପଣ୍ଡିତ ସଭାର ସଭ୍ୟ ଭାବରେ ଗର୍ବ ଅନୁଭବ କରୁଥିଲା, କହିଲା, ହିନ୍ଦୁଧର୍ମରେ ମ୍ଲେଚ୍ଛମାନଙ୍କୁ ଦୀକ୍ଷା ଦେବାର କୌଣସି ନିୟମ ନାହିଁ। କୋଉ ବାବା ଯଦି ଏମାନଙ୍କୁ ଦୀକ୍ଷା ଦଉଥିବେ, ତାର ହିନ୍ଦୁଧର୍ମ ସହିତ କୌଣସି ସଂପର୍କ ନାହିଁ । ଏ ସବୁ କଥା ଶୁଣି ଶେଷ ହୋଇ ଆସୁଥିବା ସିଗାରେଟକୁ ତଳକୁ ଫିଙ୍ଗି ଛାତ୍ର ନେତା କହିଲା, ଧର୍ମ ଫର୍ମ କଥା ମିଛ । ଯେତେ ଗୋରା ଲୋକ ଏଠିକି ଆସୁଛନ୍ତି, ସମସ୍ତେ ସି.ଆଇ.ଏ. ଏଜେଣ୍ଟ।

ଏ ଭିତରେ ଗୋରା ଲୋକକୁ ଘେରି ଛିଡ଼ା ହୋଇଥିବା ଛୋଟ ପିଲାମାନେ ନିଜର ଭୟ ଭାଙ୍ଗି ଆସ୍ତେ ଆସ୍ତେ ତା ପାଖକୁ ଲାଗି ଆସିଥିଲେ ଏବଂ ସେମାନଙ୍କ ଭିତରୁ କେହି କେହି ତାର ବ୍ୟାଗକୁ ଛୁଇଁବାକୁ ମଧ୍ୟ ଚେଷ୍ଟା କରୁଥିଲେ । ମଳିମୁଣ୍ଡିଆଙ୍କ ଭିତରୁ ସବୁଠାରୁ ସାହସୀ ଲୋକଟି ବର୍ତ୍ତମାନ ପିଲାମାନଙ୍କ ପାଖକୁ ଯାଇ ସେମାନଙ୍କୁ ଉତ୍ସାହିତ କରୁଥିଲା। ଗୋରା ଲୋକ, ଯେ କି ଭାରତୀୟମାନଙ୍କୁ ନିଜର ବନ୍ଧୁ କରିନେବାର ମହତ ଉଦ୍ଦେଶ୍ୟ ନେଇ ଆସିଥିଲା, ପିଲାମାନଙ୍କ ଆଡ଼କୁ ଅନାଇ ସାମାନ୍ୟ ହସିଲା ଏବଂ ଏ କଥା ସେମାନଙ୍କ ପାଇଁ ଏକ ନୂତନ ପ୍ରେରଣାର କାରଣ ହେଲା। ଦୁଇଜଣ ପିଲା ଗୋରା ଲୋକର ବ୍ୟାଗ ଆଣି ତା ଭିତରେ ଥିବା ବହି ସବୁ ଦେଖିବାରେ ଲାଗିଲେ ଏବଂ ଅନ୍ୟ ଜଣେ ପିଲା ସିତାରର ଖୋଳ କିପରି ଖୋଲିବ ସେ ବିଷୟରେ ପରୀକ୍ଷା ନିରୀକ୍ଷା କରିବାକୁ ଆରମ୍ଭ କଲା। ମଳିମୁଣ୍ଡିଆ ସାହସୀ ଲୋକଟି ଏଥର ଯାଇ ଗୋରା ଲୋକର ଠିକ ସାମନାରେ ଚକା ପକାଇ ବସିଲା ଏବଂ କହିଲା, 'ଫଟୋ' । ଗୋରା ତା କଥା ବୁଝିପାରି ନିଜର ହିନ୍ଦୀ ଶିକ୍ଷା ବିଷୟରେ ଖୁସି ହେଲା ଏବଂ କ୍ୟାମେରା ବାହାର କରି ତାକୁ ଦେଖାଇଲା। ଲୋକଟି ଏତିକିରେ ସନ୍ତୁଷ୍ଟ ହେଲା ନାହିଁ; ତାକୁ ନିଜର ମୁହଁ ଦେଖାଇ ବିଭିନ୍ନ ମୁଦ୍ରା ସାହାଯ୍ୟରେ ବୁଝାଇଲା ଯେ ଗୋରା ତାର ଫଟୋ ଉଠାଉ । ଗୋରା ଏ କଥା ମଧ୍ୟ

ବୁଝିପାରିଲା ଏବଂ ସେ କେବଳ ଭାରତୀୟମାନଙ୍କର ଭାଷା ହିଁ ନୁହେଁ, ସେମାନଙ୍କର ସାଂକେତିକ ଠାରମାନ ବୁଝିପାରୁ ଥିବାରୁ ନିଜର ବୁଦ୍ଧି ଓ ବିଦ୍‌ବତ୍ତାକୁ ବାହାବା ଦେଲା ଏବଂ ପଦ୍ମାସନରୁ ଉଠି କ୍ୟାମେରାରେ ସେଇ ଲୋକଟିର ଫଟୋ ଉଠାଇବାକୁ ପ୍ରସ୍ତୁତ ହେଲା ।

ଏତିକିବେଳେ କିନ୍ତୁ ତା ପାଇଁ ଅନ୍ୟ ଏକ ସମସ୍ୟା ଉପୁଜିଲା । ହଠାତ୍ ସେଠାରେ ଥିବା ପିଲା ଛୁଆ ବୁଢ଼ା ସବୁ ଲୋକ ଦଉଡ଼ି ଆସି ତା ସାମନାରେ ଫଟୋ ଉଠାଇବାକୁ ଛିଡ଼ା ହେଲେ । ଏପରି କି ସେଇ ନିପୁଣ ପିଲାଟି, ଯେ କି ବର୍ତ୍ତମାନ ସିତାରର ଖୋଳ ଖୋଲିବାକୁ ସମର୍ଥ ହୋଇଥିଲା, ସିତାରକୁ ତଳେ ପକାଇ ଦେଇ ତା ଆଗରେ ଛିଡ଼ା ହେଲା। ଗୋରା କିନ୍ତୁ ହାରିବାର ଲୋକ ନ ଥିଲା। ସେ ଧୈର୍ଯ୍ୟର ସହିତ ପିଲା ଓ ବଡ଼ ଲୋକମାନଙ୍କୁ ଦି ଧାଡ଼ିର ଛିଡ଼ା କରାଇଲା ଏବଂ ସେମାନଙ୍କର ଫଟୋ ଉଠାଇଲା । ଏ ଭିତରେ ଆଖ ପାଖରେ ଆଉ କିଛି ପିଲା ଓ ଲୋକ ଆସି ମଧ୍ୟ ପହଞ୍ଚିଗଲେ ଏବଂ ତା ଆଗରେ ନିଜର ଫଟୋ ଉଠାଇବା ପାଇଁ ଛିଡ଼ା ହେଲେ। ଗୋରା ଲୋକ ଆଶା କରିଥିଲା ଯେ ଯେଉଁମାନଙ୍କର ଫଟୋ ଉଠି ସାରିଛି ସେମାନେ ଘୁଞ୍ଚିଯିବେ, କିନ୍ତୁ ସେମାନେ ମଧ୍ୟ ନିଜ ସ୍ଥାନରେ ଅଟଳ ରହିଲେ ଏବଂ ଏଥିରେ ହାରି ନ ଯାଇ ବାକି ଲୋକଙ୍କୁ ଏକ ତୃତୀୟ ଧାଡ଼ିରେ ଠିଆ କରାଇ ଗୋରା ସେମାନଙ୍କର ଫଟୋ ନେବାର ବ୍ୟବସ୍ଥା କଲା ।

ଧୋବଧାଉଳିଆ ଲୋକଙ୍କର ଏକଥା ବିଶେଷ ଅସହ୍ୟ ହେଉଥିଲା। କିରାନି ଶେଷକୁ ଆଉ ଚୁପ ରହି ପାରିଲା ନାହିଁ। କହିଲା, ଗୋରା ବୁଦ୍ଧି ଦେଖ! ଯଦି ଫଟୋ ଉଠାଇବା କଥା, ଆମେ ଏତେ ଲୋକ ସଫାସୁତୁରା ପୋଷାକ ପିନ୍ଧି ଛିଡ଼ା ହୋଇଛୁ, ଫଟୋ କାହାର ନଉଚି ନା ସେଇ ଲଙ୍ଗଳା ପିଲାଙ୍କର । ଲେକ୍‌ଚରର କହିଲା, ଆପଣମାନେ ଜାଣିପାରୁ ନାହାନ୍ତି ଲୋକଟା କେତେ ଚାଲାକ? ଏଇ ସବୁ ଫଟୋ ନେଇ ବିଦେଶରେ ଦେଖାଇବ, ବିକ୍ରୀ କରିବ। କହିବ, ଭାରତର ଲୋକମାନେ କେମିତି ଦରିଦ୍ର ଅବସ୍ଥାରେ ଅଛନ୍ତି । ଛାତ୍ର ନେତା କହିଲା, ସେ ହାତରେ ଯୋଉ ଜିନିଷଟା ଧରିଛି, ସେଇଟା କ୍ୟାମେରା କି କଣ କିଏ ଜାଣିଚି? ଲୋକଙ୍କର ଫଟୋ

ଉଠାଇବା ବାହାନାରେ ଆଉ କଣ ସବୁ ଫଟୋ ଉଠାଇ ନେବ । ତାପରେ ତଳେ ଥୁଆ ହୋଇଥିବା ସିତାର ଆଡ଼କୁ ହାତ ଦେଖାଇ କହିଲା, ତଳେ ଆହୁରି ଗୋଟାଏ ବଡ଼ ଯନ୍ତ୍ର ରଖିଚି ଦେଖୁ ନାହାନ୍ତି? ଲେକ୍‌ଚରର କହିଲା, ଇ.ଏମ୍. ଫଷ୍ଟରଙ୍କ ପରେ ଆଉ କେହି ଭଲ ଲୋକ ଭାରତକୁ ଆସୁ ନାହାନ୍ତି। ଯିଏ ସବୁ ଆସୁଛନ୍ତି, ବିଟନିକ ନ ହେଲେ ହିପ୍‌ପି । ଓକିଲ ଦେଖିଲା ଯେ ଲେକ୍‌ଚରର ନିଜର ଇଂରେଜୀ ସାହିତ୍ୟର ଜ୍ଞାନ ନେଇ କଥାକୁ ତା ନିଜ ଆଡ଼କୁ ଟାଣି ନେବାକୁ ଚେଷ୍ଟା କରୁଛି। ସେଥିପାଇଁ ସେ କହିଲା, ଏମାନଙ୍କୁ ଭିସା କିଏ ଦଉଚି କେଜାଣି?

ଗୋରା ଲୋକ ଯେତେ ଫଟୋ ଉଠାଇଲା, ଭିଡ଼ କ୍ରମେ ସେତେ ବଢ଼ିବାରେ ଲାଗିଲା। ଏ ଭିଡ଼ ଭିତରୁ ନିଜର ସିତାର ଓ ବହି ବ୍ୟାଗ ସମ୍ଭାଳିବା ଗୋରା ପକ୍ଷରେ ବର୍ତ୍ତମାନ ଅସମ୍ଭବ ହେଲା ଏବଂ ଅନେକ ଚେଷ୍ଟା ସତ୍ତ୍ୱେ ବି ସେ ଆଉ ନିଜର ମୁହଁରେ ହସ ରଖି ପାରିଲା ନାହିଁ। ଆଉ କେତୋଟି ଫଟୋ ଉଠାଇ ସାରିବା ପରେ ବିରକ୍ତ ହେଲା ଏବଂ କ୍ୟାମେରାକୁ ବନ୍ଦ କରି ବ୍ୟାଗ ଭିତରେ ରଖିଦେଲା । ଏ କଥା ଦେଖି ଫଟୋ ଉଠାଇବାକୁ ଆସିଥିବା ଲୋକ ସବୁ ନିରାଶ ହୋଇ ସେଠାରୁ ଘୁଞ୍ଚିଗଲେ, କିନ୍ତୁ ଛୋଟ ପିଲାମାନେ ତା ଚାରିପାଖେ ଘେରି ରହି ନାଚିବାକୁ ଲାଗିଲେ। ଗୋରା ଏ କଥା ଦେଖି ଖୁସି ହେଲା ଏବଂ ପୁଣି ସାମାନ୍ୟ ହସିଲା । ଏଥରକ ପିଲାମାନେ ତାକୁ ମାଙ୍କଡ଼ ମାଙ୍କଡ଼ କହି ଚିଡ଼ାଇବାକୁ ଚେଷ୍ଟା କଲେ, କିନ୍ତୁ ଗୋରା ଏ କଥାର ଅର୍ଥ ବୁଝି ନ ପାରି ନିଜେ ତାଳି ମାରି ସେମାନଙ୍କୁ ଉତ୍ସାହିତ କରିବାରେ ଲାଗିଲା।

ଭାଗ୍ୟକୁ ଏଇ ସମୟରେ ସେଠାରେ ବସ ଆସି ଅଟକିଲା । ପିଲାମାନେ ଗୋରା ପାଖରୁ ଚାଲିଗଲେ ଏବଂ ଠେଲାପେଲା କରି ଅପେକ୍ଷା କରୁଥିବା ଲୋକମାନେ ବସ ଭିତରକୁ ପଶିଲେ । ବ୍ୟାଗ, କ୍ୟାମେରା ଓ ସିତାରକୁ ସମ୍ଭାଳି ଗୋରା ପକ୍ଷରେ ଭିଡ଼ ଦେଇ ବସ ଭିତରେ ପଶିବା ସମ୍ଭବ ହେଲା ନାହିଁ ଏବଂ ତାକୁ ଛାଡ଼ି ବସ ଯିବାକୁ ଆରମ୍ଭ କଲା । ବର୍ତ୍ତମାନ କିନ୍ତୁ କ୍ଲିନରର ସାମାନ୍ୟ ଦୟା ହେଲା । ବସକୁ ଅଟକାଇ ସେ ଗୋରାକୁ ପାଟିକରି କହିଲା, ଆଁ କରି ଚାହିଁ ରହିଛୁ କଣ,

ଉଠିଆ । ଏ କଥା ମଧ୍ୟ ଗୋରାର ବୋଧଗମ୍ୟ ମନେ ହେଲା ଏବଂ ସେ ଦଉଡ଼ି ଯାଇ ବସ ଉପରକୁ ଚଢ଼ିଲା ।

ବସ ଭିତରେ ଯଦିଓ କୌଣସି ଶ୍ରେଣୀ ବିଭାଗ ନ ଥିଲା, ଏକ ଅନୌପଚାରିକ ନିୟମ ମୁତାବକ ଧୋବଧାଉଳିଆ ଓ ମଳିମୁଣ୍ଡିଆ ଲୋକମାନେ ତା ଭିତରେ ନିଜ ନିଜର ଅଲଗା ଅଲଗା ସ୍ଥାନ ସୁରକ୍ଷିତ କରି ଦେଇଥିଲେ । ଗୋରା ଭିତରେ ପଶିବାରୁ ଧୋବଧାଉଳିଆମାନେ ତାଙ୍କ ଅଂଶରେ ବସିଥିବା ଗୋଟିଏ ମଳିମୁଣ୍ଡିଆକୁ ଉଠାଇ ଗୋରାକୁ ବସାଇଲେ। ଗୋରା ସେମାନଙ୍କ ଆଡ଼କୁ ଚାହିଁ କୃତଜ୍ଞତାର ହସ ହସିଲା ଏବଂ ଧନ୍ୟବାଦ ଜଣାଇଲା। ଏଥରକ ସେମାନେ ଗୋରା ସହିତ ଆଳାପ କରିବାକୁ ଚେଷ୍ଟା କଲେ। ଲେକ୍‌ଚରର ନିଜର ଇଂରେଜୀ ଉଚ୍ଚାରଣକୁ ଯଥାସମ୍ଭବ ବିଦେଶୀୟ କରିବାକୁ ଚେଷ୍ଟା କରି ଗୋରାକୁ ତାର ନାଁ ଗାଁ ପଚାରିଲା। ଗୋରା ଯଦିଓ ଭାରତୀୟ କଥାବାର୍ତ୍ତାକୁ ମୁଦ୍ରା ଇତ୍ୟାଦି ସାହାଯ୍ୟରେ ସାମାନ୍ୟ ବୁଝିବାକୁ ସମର୍ଥ ହେଉଥିଲା, ଲେକ୍‌ଚରର ଅଦ୍ଭୁତ ଉଚ୍ଚାରଣର ଇଂରାଜୀ ହଠାତ୍ ବୁଝି ପାରିଲା ନାହିଁ ଏବଂ ବାରମ୍ବାର କ୍ଷମାଯାଚନା ଇତ୍ୟାଦି ପରେ ନିଜର ଯଥାସମ୍ଭବ ପରିଚୟ ଦେଲା । ଠିକାଦାର ଓ କିରାନି ମଧ୍ୟ ନିଜର ଇଂରେଜୀକୁ ଯେତେ ମାର୍ଜିତ କଲେ ମଧ୍ୟ ଗୋରାର ବୋଧଗମ୍ୟ କରାଇ ପାରିଲେ ନାହିଁ ଏବଂ ଶେଷରେ କଥୋପକଥନରୁ କ୍ଷାନ୍ତ ହେଲେ। ସମସ୍ତେ ତା ସହିତ କଥାବାର୍ତ୍ତାରୁ ନିବୃତ୍ତ ହୋଇଯିବାର ଦେଖି ଗୋରା ବସ ଭିତରେ କୌଣସି ଯୋଗାସନ କରି ପାରିବ କି ନାହିଁ ସେ ବିଷୟରେ କିଛି ସମୟ କଳ୍ପନା କଲା ଏବଂ ଶେଷରେ ବ୍ୟାଗରୁ ବହି ବାହାର କରି ଭାରତବର୍ଷ ବିଷୟରେ ଜ୍ଞାନ ଆହରଣ କରିବାକୁ ପୁନଃ ପ୍ରଚେଷ୍ଟା କଲା ।

ଓକିଲ କହିଲା, ଏ ଲୋକ ଯଦିଓ ଆମେରିକାରୁ ଆସିଛି ବୋଲି କହୁଚି, ଜଣାଯାଉଚି ମିଛ। ନ ହେଲେ ଇଂରେଜୀ ବୁଝିପାରନ୍ତା ନାହିଁ କେମିତି? ଲେକ୍‌ଚରର ସେମାନଙ୍କୁ ନିଜର ଅଗାଧ ଜ୍ଞାନରୁ ସାମାନ୍ୟ ବିତରଣ କରିବା ଭଙ୍ଗୀରେ କହିଲା, ରେଡ ଇଣ୍ଡିୟାନଙ୍କୁ ଛାଡ଼ି ଦେଲେ ଆମେରିକାନ ବୋଲି କୌଣସି ଲୋକ ନାହାନ୍ତି। ଆମେରିକାର ସବୁ ଲୋକ ତ ବାହାରୁ କୋଉଠୁ କୋଉଠୁ ଆସିଛନ୍ତି । ଇଂଲଣ୍ଡରୁ, ନ

ହେଲେ ଆୟାରଲ୍ୟାଣ୍ଡ ସ୍କଟଲ୍ୟାଣ୍ଡରୁ। ଜର୍ମାନୀ ଇଟାଲୀରୁ ମଧ୍ୟ ଅନେକ ଲୋକ ଆସି ଆମେରିକାର ରହିଛନ୍ତି। ମାଫିଆ ବୋଲି ଆମେରିକାରେ ଯୋଉ ଅନୁଷ୍ଠାନଟି ଅଛି ସେଇଟି ଇଟାଲୀୟମାନେ କରିଛନ୍ତି। କିରାନି ପଚାରିଲା, ଏ ଲୋକଟି କୋଉଠୁ ଆସିଥିବ? ଲେକ୍‌ଚରର ଗୋରା ଆଡ଼କୁ ବହୁତ ସମୟ ଏପାଖ ସେପାଖକୁ ଦେଖିବା ପରେ କହିଲା, ନା, ଏ ଲୋକ ଇଂରେଜ ନୁହେଁ । କଣ୍ଟିନେଣ୍ଟରୁ ଆସିଥିବ । ଲେକ୍‌ଚରର ପୁଣି ଆଲୋଚନାକୁ ଏପରି ଏକଚାଟିଆ କରି ନେଉଥିବାର ଦେଖି ଠିକାଦାର କହିଲା, ଆମ ମଉସା ଯଦି ଥାଆନ୍ତେ, ଏ ଲୋକକୁ ଦି ମିନିଟ ଦେଖି ତା ବିଷୟରେ ସବୁ କଥା ପୂରା କହିଦେଇ ପାରିଥାଆନ୍ତେ। ଯେତେହେଲେ ବିଲାତରେ ଏଗାର ବର୍ଷ ରହିଲେଣି ତ। କିରାନି, ଯେ କି ଟିକିଏ କମ ବୁଦ୍ଧି ଲୋକ ଥିଲା, ଆଶ୍ଚର୍ଯ୍ୟ ହୋଇ କହିଲା, କଣ କହିଲେ, ଏଗାର ବର୍ଷ? କଣ ସେଠି ଡାକ୍ତରୀ କରୁଛନ୍ତି । ଠିକାଦାର କହିଲା, ନାଇଁ, ସାଇଣ୍ଟିଷ୍ଟ । ସପ୍ତାହକୁ ଦି ହଜାର ପାଉଣ୍ଡ ଦରମା। ଲଣ୍ଡନରେ ଘର କିଣି ସାରିଲେଣି। ଓକିଲ କହିଲା, ଆମ ପାଖ ଗାଁର ଜଣେ ଡାକ୍ତର ବି କୁଏଟରେ ଯାଇ ତିନିବର୍ଷ ହେଲା ରହିଲାଣି। ବହୁତ ପଇସା ସେଠାରେ । ଲେକ୍‌ଚରର କହିଲା, ବୁଝିଲେ ଆଜ୍ଞା, ମୁଁ ବି ଅକ୍‌ସଫୋର୍ଡ ଇଉନିଭର୍ସିଟିକୁ ଫେଲୋଶିପ ପାଇଁ ଦରଖାସ୍ତ କରିଛି । ଯଦି ହୋଇଯାଏ, ଏଇ ଜୁଲାଇ ମାସରେ ଚାଲିଲି ।

ଗୋରା ବହିରୁ ମୁହଁ ଉଠାଇ ପଚାରିଲା, ଏଠାରୁ କର୍ଣ୍ଣାଟକା କେତେ ଦୂର? ଲେକ୍‌ଚରର କହିଲା, ଅନେକ ଦୂର । ଓଡ଼ିଶା ଯେମିତି ଗୋଟିଏ ପ୍ରଦେଶ କର୍ଣ୍ଣାଟକ ମଧ୍ୟ ସେଭଳି ଦକ୍ଷିଣରେ ଗୋଟିଏ ପ୍ରଦେଶ । ଗୋରା କହିଲା, ନା ନା, ମୁଁ କର୍ଣ୍ଣାଟକା ମନ୍ଦିର କଥା କହୁଛି । ଏଇ ପାଖରେ କୋଉଠି ଅଛି ବୋଲି ଏଇ ବହିରେ ଲେଖା ହୋଇଛି। ଲେକ୍‌ଚରର ଏଥରକ ଗୋରାର ଭୁଲ ଜାଣିପାରିଲା ଏବଂ ସାହେବୀ ଉଚ୍ଚାରଣ କରିବା ପାଇଁ ଚେଷ୍ଟା ନ କରି ନିଜସ୍ୱ ଇଂରେଜୀରେ କହିଲା, ଆପଣ ବୋଧହୁଏ କୋଣାର୍କ ମନ୍ଦିର କଥା କହୁଛନ୍ତି। ସେ ମନ୍ଦିରଟି ଏଠାରୁ ବେଶି ଦୂର ନୁହେଁ। ଏହାପରେ ଲେକ୍‌ଚରର ତାକୁ କୋଣାର୍କର ଐତିହାସିକତା ଇତ୍ୟାଦି

ବିଷୟରେ ବୁଝାଇଲା। ଗୋରା ଏଥରକ ତା କଥା ଠିକ ଠିକ ବୁଝିପାରୁଥିବା ଦେଖି ସେ ଗୋରାକୁ ତାର ଦରମା, ତା କ୍ୟାମେରାର ଦାମ, ତା ଦେଶକୁ ଫେରିଯିବା ଆଗରୁ ସେ ତାର ଜାମା କୁର୍ତ୍ତା ସବୁ ବିକ୍ରି କରିବ କି ନାହିଁ, ଏ ସବୁ ବିଷୟରେ ପଚାରିଲା। ଗୋରା ମଧ୍ୟ ତାକୁ ଭାରତ ବିଷୟରେ ବିଭିନ୍ନ ପ୍ରଶ୍ନ ପଚାରି ଚେଷ୍ଟା କଲା ନିଜର ଜ୍ଞାନକୁ ପରିବର୍ଦ୍ଧିତ କରିବାକୁ।

ଗୋରା ସହିତ କଥୋପକଥନର ସଫଳତା ପରେ ଲେକ୍‌ଚରର ଗର୍ବର ସହିତ ଅନ୍ୟମାନଙ୍କୁ ଅନାଇଲା ଏବଂ କହିଲା, ଏଇ ଗୋରାଲୋକମାନେ ସବୁ ବିଷୟରେ ଅଯଥା କୌତୂହଳୀ। ଭାରତବର୍ଷରେ କିଏ କଣ କାହିଁକି ସବୁ ବିଷୟରେ ଜାଣିବାକୁ ଇଚ୍ଛା। ଓକିଲ କହିଲା, ଗୋରା ଲୋକଙ୍କର ବୁଦ୍ଧି କମ । ଦେଖୁ ନାହାନ୍ତି କୋଣାର୍କ କର୍ଣ୍ଣାଟକ ଭିତରେ ପ୍ରଭେଦ ଜାଣିପାରୁ ନାହିଁ । ଠିକାଦାର ବସ ବାହାରକୁ ପାନପିକ ପକାଉ ପକାଉ କହିଲା, ଏଇ ଗୋରା ଲୋକଗୁଡ଼ାକ ବଡ଼ ଅପରିଷ୍କାର । ମଉସା କହୁଥିଲେ, ଶୀତ ଦିନେ ଏମାନଙ୍କର ଗାଧୋଇବା ନାଁ ନଥାଏ । ଛ' ମାସ ଶୀତ ଦିନ ଗଲେ ଯାଇ ଏମାନେ ଗାଧୁଆ ଘରକୁ ଯାଆନ୍ତି। କିରାନି କହିଲା, ବିଲାତରେ କୁଆଡ଼େ କେହି କାହାରିକି ପଚାରନ୍ତି ନାହିଁ। ବାପା ମା ପିଲା ଝିଲା ଅଲଗା ଅଲଗା ରହନ୍ତି। କିଏ ମଲା ଗଲା କାହାରିକି ଖବର ନ ଥାଏ। ଛାତ୍ରଟି, ଯେ କି ଇଂରେଜୀ କଥାବାର୍ତ୍ତା ଠିକ ବୁଝିପାରୁ ନଥିଲା, ଏବଂ ଯାହାର ଶରୀରର ଗଠନ ଗୋରା ଲୋକ ଭଳି ଥିଲା, ଲେକ୍‌ଚରରକୁ ପଚାରିଲା, ସେ କଣ ତାର ଜିନ ପ୍ୟାଣ୍ଟ ସବୁ ବିକ୍ରି କରିବାକୁ ରାଜି ହଉଚି? ଲେକ୍‌ଚରର କହିଲା, ବିକ୍ରି କରିପାରେ, କିନ୍ତୁ ବେଶି ଦାମ ମାଗିବ ଜଣା ପଡୁଚି। ଠିକାଦାର କହିଲା, ଯଦି କ୍ୟାମେରାଟା ହଜାର ଟଙ୍କାରେ ଦେଇ ଦିଅନ୍ତା, ମୁଁ ନେଇ ନିଅନ୍ତି। ଓକିଲ, ଯାହାର ନିଜର ଆଖି କ୍ୟାମେରା ଉପରେ ଥିଲା, ତାକୁ ବୁଝାଇଲା, ଏ ଲୋକର ପୁରୁଣା କ୍ୟାମେରାରେ କାହିଁକି ପଶିବେ? ଆପଣଙ୍କ ମଉସାଙ୍କୁ ଲେଖନ୍ତୁ ନୂଆ କ୍ୟାମେରା ପାଇଁ। ଏହାପରେ ସେମାନେ ବିଦେଶୀ ଲୋକମାନଙ୍କ ଚରିତ୍ର, ଚାଲିଚଳନ, ବୁଦ୍ଧିବୃତ୍ତି, ଆଚାର ବ୍ୟବହାର ଇତ୍ୟାଦି ବିଷୟରେ

ଆଳାପ ଆଲୋଚନା କରି ଯେଉଁସବୁ ନିଷ୍କର୍ଷରେ ପହଞ୍ଚିଲେ ସେଗୁଡ଼ିକ ହେଲା; ଗୋରାମାନେ ସ୍ୱାର୍ଥପର, ଜଡ଼ବାଦୀ, ଆବେଗହୀନ, ଅର୍ଥଲିପ୍ସୁ ଓ ବ୍ୟକ୍ତିବାଦୀ ।

ଏଇ ସମୟରେ ହଠାତ ଝଟ୍‌କା ଦେଇ ବସ ବନ୍ଦ ହେଲା । କ୍ଲିନର କହିଲା 'ଆକ୍‌ସିଡେଣ୍ଟ' ଏବଂ ସମସ୍ତେ ତଳକୁ ଓହ୍ଲାଇ ପଡ଼ିଲେ। ଜନବସତିରୁ ଦୂର ଅପନ୍ତରା ଦି ପାଖ ବିଲ ମଝି ରାସ୍ତାରେ ବସ ଠିଆ ହୋଇଥିଲା ଏବଂ ଧକ୍‌କା ଲାଗି ଗାଁଉଲି ଲୋକଟି ରାସ୍ତା କରରେ ପଡ଼ିଥିଲା। ତାର ଚେତା ନଥିଲା ଏବଂ ତାର ମୁଣ୍ଡ ଫାଟି ରକ୍ତ ବହୁଥିଲା। ଗୋରାଲୋକ, ଡ୍ରାଇଭର, କ୍ଲିନର ସମେତ ସବୁ ଲୋକ ତାକୁ ଘେରି ଠିଆ ହେଲେ। ମଳିମୁଣ୍ଡିଆ ଲୋକମାନେ ଭୟରେ ଏବଂ ଧୋବଧାଉଳିଆ ଲୋକମାନେ ଦେହ ହାତ ଜାମା ପଟାରେ କାଦୁଅ ରକ୍ତ ଲାଗିଯିବ ବୋଲି ତା ପାଖକୁ ଗଲେ ନାହିଁ। ଶେଷକୁ ଡ୍ରାଇଭର ଯାଇ ଲୋକକୁ ଓଲଟାଇ ତାର ରକ୍ତ ବହୁଥିବା ପାଖ ମୁଣ୍ଡକୁ ତଳକୁ କରି ଦେଲା। ଏଥରକ ଲୋକଟି ଶୋଇଥିବା ଭଳି ଦେଖାଗଲା ଏବଂ ଆଉ ଦେଖଣାହାରିଙ୍କର ଭୟ ଅଥବା ସହାନୁଭୂତି ଉଦ୍ରେକ କଲା ନାହିଁ । ଇଉନିଫର୍ମ ଉପରେ ହାତ ପୋଛୁ ପୋଛୁ ଡ୍ରାଇଭର କହିଲା କିଛି ହୋଇ ନାହିଁ। ଟିକିଏ ପବନ ବାଜିଲେ ଠିକ ହୋଇ ଯିବ। ଏ କଥାରେ ସମସ୍ତେ ଆଶ୍ୱସ୍ତ ହେଲେ । କେବଳ ଗୋରାଲୋକ ଡକ୍ଟର ଡକ୍ଟର ବୋଲି ପାଟି କଲା । ତା କଥାକୁ ଅବଜ୍ଞା କରିଦେଇ ଲେକ୍‌ଚରର କହିଲା, କଣ କରିବା? ଓକିଲ କହିଲା, ଏଠି ବେଶି ସମୟ ଅଟକିଲେ ପୋଲିସ କେସ ହେବ। ଆମ ସମସ୍ତଙ୍କୁ ସାକ୍ଷୀ ଦେବାକୁ ପଡ଼ିବ । ଦି ବର୍ଷ କାଳ କୋର୍ଟକୁ ଦଉଡ଼ିବାକୁ ହେବ। ତା କଥା ଶୁଣି ଅଧା ଲୋକ ସେଠାରୁ ଯାଇ ବସ ଭିତରେ ବସିଲେ। ଠିକାଦାର ଡ୍ରାଇଭରକୁ ପଚାରିଲା, କଣ କିଛି ସିରିଅସ୍ ନୁହଁ ତ? ଡ୍ରାଇଭର କହିଲା, ନାଇଁ ସେ କିଛି ନୁହେଁ। ବସ୍ ତା ଦେହରେ ବାଜି ନାହିଁ। ବସକୁ ଦେଖି ଲୋକଟା ଦଉଡ଼ିବାକୁ ଆରମ୍ଭ କଲା ଆଉ ଝୁଣ୍ଟି ପଡ଼ିଲା। ମନକୁ ମନ ଠିକ ହୋଇଯିବ। ଲେକ୍‌ଚରର କହିଲା, ତା ହେଲେ ଆଉ ମଝି ରାସ୍ତାରେ ବସ ଅଟକାଇ ଗହଳି କରି ଲାଭ ନାହିଁ। କିରାନି ହାତ ଘଡ଼ିକୁ ଦେଖି କହିଲା, ବହୁତ ଡେରି ହୋଇ ଗଲାଣି। ଏମିତିରେ ବସ ବି ତ ଅନେକ ଡେରିରେ ଆସିଥିଲା!

ଏଥରକ ଧୀରେ ଧୀରେ ସମସ୍ତେ ଆସି ବସ ଭିତରେ ବସିଲେ। ବସ ଛାଡ଼ିବା ପାଇଁ ଡ୍ରାଇଭର ଦି ଥର ହର୍ଣ୍ଣ ଦେଲା। ସମସ୍ତେ ଦେଖିଲା ବେଳକୁ ଗୋରାଲୋକ ସେ ପର୍ଯ୍ୟନ୍ତ ତଳେ ପଡ଼ିଥିବା ଲୋକଟି ପାଖରେ ଛିଡ଼ା ହୋଇ ରହିଥିଲା । ଲେକ୍‌ଚରର ବସ ଉପରୁ ତାକୁ ପାଟି କରି କହିଲା, ଚାଲି ଆସ। ବସ ଏଥରକ ଛାଡ଼ିବ। ଗୋରାଲୋକ ପୁଣି ଡାକ୍ତର, ଡାକ୍ତର ବୋଲି କହିଲା, କିନ୍ତୁ ସେ ଜାଗାରୁ ଘୁଞ୍ଚିଲା ନାହିଁ। ଠିକାଦାର ଓକିଲ ଛାତ୍ର ସମସ୍ତେ ଏଥରକ ତାକୁ ପାଟି କରି ଡାକିଲେ ଏବଂ ଶୀଘ୍ର ବସରେ ଚଢ଼ିବାକୁ କହିଲେ। ବର୍ତ୍ତମାନ କିନ୍ତୁ ଗୋରାଲୋକ ସେମାନଙ୍କର କୌଣସି କଥା ବୁଝି ପାରିଲା ନାହିଁ ଏବଂ ନିଜ ଜାଗାରେ ଛିଡ଼ା ହୋଇ ରହିଲା। ବିରକ୍ତିରେ ଲେକ୍‌ଚରର ଗୋରାର ସିତାରକୁ ଝରକା ଦେଇ ତଳକୁ ପକାଇ ଦେଲା, କହିଲା, କିଏ ଏ ମ୍ଲେଚ୍ଛ ପାଇଁ ଆଉ ଅଟକିବ? ଚାଲ। ଓକିଲ ବି କହିଲା, ଡ୍ରାଇଭର ବାବୁ, କିଛି ଭୟ ନାହିଁ, ଚାଲ। ଆଉ ଦି ଥର ଅଯଥା ହର୍ଣ୍ଣ ଦେଇ ଡ୍ରାଇଭର ବସ ଷ୍ଟାର୍ଟ କଲା ଏବଂ ଗାଡ଼ି ଆଗକୁ ଚାଲିଲା। ସମସ୍ତେ ପଛକୁ ଅନାଇ ଚୁପଚାପ ଗୋରାକୁ ଦେଖିବାରେ ଲାଗିଲେ ଏବଂ ସେଇ ଅଦ୍ଭୁତ ଲୋକଟିର କାର୍ଯ୍ୟକଳାପ ଦେଖି ମନେ ମନେ ହସିଲେ। ଅଳ୍ପ ସମୟରେ ବସ ବାଙ୍କ ମୋଡ଼ିଲା ଏବଂ ଏଇ କୌତୁକପୂର୍ଣ୍ଣ ଦୃଶ୍ୟଟି ମଧ୍ୟ ବର୍ତ୍ତମାନ ଦୃଷ୍ଟି ଅଗୋଚର ହୋଇଗଲା।

କିଛି ସମୟର ନୀରବତା ପରେ ପୁଣି କଥାବାର୍ତ୍ତା ଆରମ୍ଭ ହେଲା। ଠିକାଦାର କହିଲା, ମୁଁ କହୁ ନ ଥିଲି କେମିତି ଗୋରା ଲୋକମାନେ ପର କାମରେ ମୁଣ୍ଡ ଖେଳାନ୍ତି।

—

ପଡ଼ୋଶୀ

ବଦଳିରେ ଆସି ନୂଆ କଲେଜରେ ଯୋଗ ଦେବା ପରେ ତ୍ରିଭୁବନ ଭାବିଥିଲା ଯେ ନୂଆ ସହର ତାକୁ ଭଲ ଲାଗିବ । କିନ୍ତୁ ଏଠାରେ ଦୁଇମାସ ରହିବା ପରେ ବି ତ୍ରିଭୁବନ ତାର ନୂଆ ପରିବେଶରେ ମନ ଲଗାଇ ପାରିଲା ନାହିଁ। ତାର କଲେଜ ସହକର୍ମୀ ଓ ଛାତ୍ରମାନେ, ଏପରିକି ତାର ଭଡ଼ାଘର ଓ ପଡ଼ୋଶୀମାନେ ଏ ପର୍ଯ୍ୟନ୍ତ ତାକୁ ଅନାତ୍ମୀୟ ବୋଧ ହେଉଥିଲେ ଏବଂ ସେ କୌଣସି କାମରେ ମନୋଯୋଗ କରି ପାରୁ ନ ଥିଲା । ତାର ପୁରୁଣା କଲେଜ ଓ ସହର ତାର ବାରମ୍ବାର ମନେ ପଡୁଥିଲା, ଯେଉଁଠାରେ ସେ ପାଞ୍ଚବର୍ଷ କଟାଇ ଆସିଥିଲା। ସେ କେବଳ ଏଇ ଆଶାରେ ରହିଥିଲା ଯେ କ୍ରମେ କ୍ରମେ ଏଇ ନୂଆ ଜାଗାରେ ତାର ମନ ଲାଗିଯିବ।

ତ୍ରିଭୁବନର ସଂସାର ସରଳ ଓ ସାଦାସିଧା ଥିଲା; କିଛି ବି ବିବିଧତା ନ ଥିଲା ତାର ଅବିବାହିତ ଜୀବନ ଯାପନରେ । ସକାଳେ ସେ ଷ୍ଟୋଭରେ ଚା ତିଆରି କରି ପିଉଥିଲା, ହାତରେ ଜଳଖିଆ ତିଆରି କରୁଥିଲା ଏବଂ ରାତିରେ କଲେଜ ମେସ୍‌ରେ ଯାଇ ଖାଉଥିଲା। ତାର ବ୍ୟସନ ଭିତରେ ଥିଲା ପ୍ରତିଦିନ ଦୁଇଟି ଖବରକାଗଜ କିଣି ତାକୁ ଆମୂଳଚୂଳ ପଢ଼ିବା। ସିଧାସଳଖ ସମ୍ବାଦ ଭିତରୁ ଗୂଢ଼ ଓ ସୂକ୍ଷ୍ମାତିସୂକ୍ଷ୍ମ ରାଜନୈତିକ ରହସ୍ୟ ବାହାର କରିବା ତାର ଏକ ନିଶା ଥିଲା, କିନ୍ତୁ ଏଇ ନୂଆ ସହରରେ ତାର ଜଣାଶୁଣା କେହି ସେ ବିଷୟରେ ଆଗ୍ରହୀ ନଥିବାରୁ ତ୍ରିଭୁବନ ନିରାଶ ହେଉଥିଲା। ତାର ଅନ୍ୟ ନୈରାଶ୍ୟ ଥିଲା ଯେ ପୂର୍ବ ସହର ଭଳି ଏଠାରେ ତାର ଘରକୁ ସହକର୍ମୀମାନେ କ୍ଲବ ଭଳି ବ୍ୟବହାର କରୁ ନ ଥିଲେ ଏବଂ ସେଥିପାଇଁ ତାର ସଂଧ୍ୟା ସବୁ ବଂଧୁ ଓ ବୈଚିତ୍ର୍ୟ ବିହୀନ ଥିଲା। ସବୁ ଜାଗାରେ ଅବିବାହିତ

ଲୋକର ଘର ତାର ବଂଧୁମାନଙ୍କର ଆଡ୍‌ଡାସ୍ଥଳୀ ହୋଇଥାଏ, କିନ୍ତୁ ତାର ଘର ଏ ନିୟମର ବ୍ୟତିକ୍ରମ ଥିଲା।

ବିବାହ କରିବ ନାହିଁ ବୋଲି ସେ ଅନେକ ଦିନରୁ ଏକ ଦୃଢ଼ ନିର୍ଣ୍ଣୟ ନେଇଥିଲା। ଏଇ ନିୟମର ଅଟଳତା ବିଷୟରେ ବର୍ତ୍ତମାନ ସେ ସନ୍ଦିହାନ ହେବାକୁ ଲାଗିଲା। ବୈବାହିକ ଜୀବନ ତାର ତାତ୍କାଳିକ ଜୀବନଠାରୁ ଶ୍ରେୟସ୍କର ହୋଇପାରେ, ଏଭଳି ଅଦ୍ଭୁତ ଭାବନା ମଧ୍ୟ ତା ମନରେ ଉପୁଜିଲା, ଯାହା ତ୍ରିଭୁବନ ପାଇଁ ଆଦୌ ପ୍ରୀତିକର ନଥିଲା। ବିବାହ ବନ୍ଧନର ସମସ୍ତ ଚିନ୍ତାକୁ ମନ ଭିତରୁ ଦୂର କରି ସେ ନିଜର ପରିସ୍ଥିତି ସହିତ ମେଳ ଖାଇବାକୁ ଚେଷ୍ଟା କଲା।

ନିଜ ଜୀବନକୁ ପୂର୍ବ ଭଳି ସଜାଇବାରେ ବ୍ୟର୍ଥ ହୋଇ ଶେଷରେ ତ୍ରିଭୁବନ ସ୍ଥିର କଲା ଯେ ସେ ଅନ୍ୟ ଜାଗାକୁ ବଦଳି ପାଇଁ ଦରଖାସ୍ତ କରିବ । ଏଥିପାଇଁ ସେ ନିଜର ସ୍ୱାସ୍ଥ୍ୟ ଓ ବାପା ମା'ଙ୍କର ବାର୍ଦ୍ଧକ୍ୟର ବାହାନାରେ ବଦଳିର ଅର୍ଜି ଦେଲା। କିନ୍ତୁ ସେ ଖୁବ କମ ଦିନ ପୂର୍ବରୁ ସେଠାରେ ଯୋଗ ଦେଇ ଥିବାରୁ ପ୍ରିନ୍‌ସିପାଲ ତାର ଦରଖାସ୍ତକୁ ଉପରକୁ ପଠାଇବାକୁ ରାଜି ହେଲେ ନାହିଁ। ତ୍ରିଭୁବନ ଭାବିଲା ଯେ ପ୍ରିନ୍‌ସିପାଲଙ୍କ ସହିତ ଏଇ ଆଳରେ ଏକ କଳହର ସୂତ୍ରପାତ କରି ସେ କିଛି ଦିନ ନିଜର ଖାଲି ସମୟ ଅତିବାହିତ କରିବ। କିନ୍ତୁ ଏ କଥା ତାକୁ ବିଶେଷ ଚିତ୍ତାକର୍ଷକ ବୋଧ ହେଲା ନାହିଁ ଏବଂ ତ୍ରିଭୁବନ ନିଜକୁ ଏହି ଚିନ୍ତାରୁ ନିବୃତ୍ତ କଲା। ତେବେ ସେ ପ୍ରିନ୍‌ସିପାଲଙ୍କୁ ରାଜି କରାଇଲା ଯେ କିଛି ମାସ ପରେ ସେ ଏ ବିଷୟରେ ପୁନର୍ବିଚାର କରିବେ। ସେ ଏଥରକ ତାର ବିରକ୍ତିକର ଅବସ୍ଥିତିକୁ ସାମାନ୍ୟ ରଙ୍ଗ ଦେବା ପାଇଁ ବିଭିନ୍ନ ପ୍ରକାରର ଜୀବନ ପ୍ରଣାଳୀ ଅବଲମ୍ବନ କରିବା କଥା ଭାବିଲା, କିନ୍ତୁ କୌଣସିଟି ତାର ମନୋପଯୋଗୀ ହେଲା ନାହିଁ। ଶେଷରେ ସେ ତାର ଭଡ଼ାଘରର ସ୍ଥିତିକୁ ଏସବୁ ପାଇଁ ଦାୟୀ କଲା ଏବଂ କଲେଜର କିରାନିକୁ କହିଲା, ମୋ ପାଇଁ ଆପଣ ଯୋଉ ଘରଟି ଠିକ କରିଥିଲେ, ସେଇଟି ମତେ ସୁବିଧା ହେଉ ନାହିଁ। ଆଉ କୋଉଠି ଘର ଖଣ୍ଡେ ମିଳିବ କି?

ଘର ଖୋଜି ବାହାର କରିବା ବିଷୟରେ କିରାନି ନିଜକୁ ଏକ ବିଶେଷଜ୍ଞ ବୋଲି ଭାବୁଥିଲା ଏବଂ ତ୍ରିଭୁବନର ଏଇ ସାମାନ୍ୟ ଅନୁରୋଧ ଶୁଣି କହିଲା, ମୋ ହାତରେ ଏବେ ତିନିଟା ଘର ଅଛି । ଆପଣ ଯୋଉ ଭଳି ଘର ଚାହିଁବେ, ମିଳିଯିବ । ଏବର ଘରଟା କଣ ଛୋଟ ପଡ଼ିଲା? ତ୍ରିଭୁବନ କହିଲା, ନାଇଁ, ଟିକେ ସେ ଅଞ୍ଚଳରେ ସାଙ୍ଗସାଥୀ ନାହାନ୍ତି। କିରାନି କହିଲା, ତେବେ ଆପଣଙ୍କୁ ମାର୍କେଟ ପାଖ ଘରଟା ଦେଇ ଦେବି। ସବୁ ଆଡ଼କୁ ସୁବିଧା ପଡ଼ିବ। କେବେ ଆସି ଘର ଦେଖିବେ? କିରାନି କାଗଜ ଉପରେ ନକ୍‌ସା ଆଙ୍କିଲା ଏବଂ ତା ପାଖରେ ବସି ତ୍ରିଭୁବନ ଘରର ଆକାର ପ୍ରକାର ବିଷୟରେ ଆଲୋଚନା କଲା। ଶେଷରେ ଠିକ ହେଲା ଯେ ଆସନ୍ତା ରବିବାର ଦିନ ଯାଇ ସେମାନେ ନୂଆ ଘର ଦେଖିବେ।

ସେଦିନ କ୍ଲାସ ଶୀଘ୍ର ସରିଗଲା ଏବଂ ଆଉ କିଛି କାମ ନଥିବାରୁ ତ୍ରିଭୁବନ ଘରକୁ ଫେରି ଆସିଲା। ଚା ତିଆରି କରି ସେ ଦି କପ ପିଇଲା ଓ ସକାଳର ଖବରକାଗଜକୁ ଆଉ ଥରେ ପଢ଼ିଲା। ଯଦିଓ ଅନେକ ସମ୍ବାଦ ପଛରେ ସେ ବିଭିନ୍ନ ପ୍ରକାରର ବ୍ୟାଖ୍ୟାର ସମ୍ଭାବନା ଦେଖିବାକୁ ପାଇଲା, ଏଇ ଜ୍ଞାନକୁ କାହାରି ସହିତ ବିନିମୟ କରି ପାରୁ ନ ଥିବାରୁ ସେ ତାର ଖବରକାଗଜ ପଢ଼ିବାରେ ଆଉ ଉତ୍ତେଜନା ଅନୁଭବ କରି ପାରୁ ନ ଥିଲା। ଶେଷରେ ବିରକ୍ତ ହୋଇ ସେ ଖବରକାଗଜକୁ ତଳେ ପକାଇ ଦେଲା ଓ ଘରର ଛାତ ଉପରକୁ ଯାଇ ଚାରିଆଡ଼କୁ ଅନାଇଲା ।

ତ୍ରିଭୁବନର ଛାତ ଉପରୁ ସେ ଗଳିର ଅନେକ ଅଞ୍ଚଳ ଦୃଶ୍ୟ ହେଉଥିଲା । ବର୍ତ୍ତମାନ ସଂଧ୍ୟା ହୋଇ ନ ଥିବାରୁ ଅନ୍ୟ ଛାତମାନଙ୍କ ଉପରେ କେହି ଲୋକ ନ ଥିଲେ ଏବଂ ସ୍ୱଚ୍ଛନ୍ଦରେ ତ୍ରିଭୁବନ ଛାତ ଉପରେ ଚାରିପାଖ ବୁଲି ବିଭିନ୍ନ ଦିଗକୁ ଦୃଷ୍ଟି ପକାଇଲା। ଚାରିଆଡ଼ର ଘର ସବୁ ବି ତାକୁ ବୈଚିତ୍ର୍ୟହୀନ ମନେ ହେଲେ। ଘରର ଚେହେରା ଦେଖି ତା ଘର ସାମନାରେ ଚଳପ୍ରଚଳ ହେଉଥିବା ଲୋକଙ୍କୁ ସେ ବିଭିନ୍ନ ଘରମାନଙ୍କ ସହିତ ମେଳ କରିବାକୁ ଚେଷ୍ଟା କଲା । ଯଥା, ଭାଙ୍ଗି ପଡୁଥିବା ଛୋଟ ଘରଟି ନିଶ୍ଚୟ ମିସ୍ତ୍ରୀ ଭଳି ଦେଖାଯାଉଥିବା କାଶି କାଶି ଯାଉଥିବା ଚଷମା ଲଗା ବୁଢ଼ା ଲୋକଟିର ହୋଇଥିବ ବୋଲି ସେ ଅନ୍ଦାଜ ଲଗାଇଲା । ଜଣେ ଚନ୍ଦା ଦରବୁଢ଼ା

ଭଦ୍ରବ୍ୟକ୍ତିଙ୍କ ସହିତ ତାର ସାମାନ୍ୟ ପରିଚୟ ହୋଇଥିଲା, ଯେ କି ବ୍ୟାଙ୍କରେ କାମ କରୁଥିଲେ । ଭଦ୍ରବ୍ୟକ୍ତି ସବୁବେଳେ ସୁନ୍ଦର ଓ ସୌଖୀନ ପୋଷାକ ପିନ୍ଧୁଥିଲେ ଏବଂ ନିଜର ଚେହେରାର ତତ୍ତ୍ୱ ନେଉଥିଲେ । ତାଙ୍କ ପାଇଁ ତ୍ରିଭୁବନ ରାସ୍ତା ଆର ପାଖେ ଥିବା ଏକ ସୁଦୃଶ୍ୟ ଘର ଠିକ କଲା । ଭଦ୍ରବ୍ୟକ୍ତିଙ୍କ ସହିତ ତାର ମଝିରେ ମଝିରେ ଗଳିମୁଣ୍ଡ ପାନ ଦୋକାନରେ ଦେଖା ହେଉଥିଲା ଏବଂ ସେ ତାଙ୍କର ନାଁ ଜାଣିଥିଲା। ତାଙ୍କ ପାଇଁ ସେ ପସନ୍ଦ କରିଥିବା ଘର କବାଟରେ ନେମ୍ ପ୍ଲେଟ ଲାଗିଥିଲା, କିନ୍ତୁ ଛାତ ଉପରୁ ତ୍ରିଭୁବନ ସେଇଟିକୁ ପଢ଼ି ପାରୁ ନଥିଲା । ସେ ଠିକ୍ କଲା ତଳକୁ ଓହ୍ଲାଇ ସେ ପାଖକୁ ଯିବ ଏବଂ ଦେଖିବ ସେଇଟି ପ୍ରକୃତରେ ସୁବୋଧବାବୁଙ୍କର କି ନା।

ତ୍ରିଭୁବନ ଏ କଥା ଭାବୁଛି, ଏମିତି ଗୋଟାଏ ଘଟନା ଘଟିଲା ଯାହା ତାକୁ ହତଚକିତ କରିଦେଲା । ହଠାତ୍ ସେଇ ସୁନ୍ଦର ଘରଟିର କବାଟ ଖୋଲିଲା; ଅତି ସୁନ୍ଦରୀ ଝିଅଟିଏ ବାହାରକୁ ଆସିଲା ଓ ରାସ୍ତା ଉପରକୁ ଓହ୍ଲାଇଲା । ତ୍ରିଭୁବନ ତାକୁ ଦେଖୁଚି, ଝିଅଟି ଚଞ୍ଚଳ ଚଞ୍ଚଳ ପାଦ ପକାଇ ତାକୁ ଦେଖାଯାଉଥିବା ରାସ୍ତାତକ ଅତିକ୍ରମ କରି ଘରମାନଙ୍କ ପଛରେ ଅଦୃଶ୍ୟ ହୋଇଗଲା। ତ୍ରିଭୁବନ ତରତର ହୋଇ ଛାତ ଉପରୁ ଓହ୍ଲାଇଲା ଏବଂ ନିଜ ଘରର କବାଟ ବନ୍ଦ କରିବାକୁ ଅପେକ୍ଷା ନ କରି ଝିଅଟି ଯାଉଥିବା ରାସ୍ତାରେ ଚାଲିବାକୁ ଲାଗିଲା। କିନ୍ତୁ ରାସ୍ତାରେ ଆଉ ଝିଅଟି ଦେଖାଗଲା ନାହିଁ ଏବଂ ତ୍ରିଭୁବନ ଯାଇ ପାନ ଦୋକାନରୁ ସିଗାରେଟ ପ୍ୟାକେଟ କିଣିଲା। ଏଇ ଅବସରରେ ସେ ଚନ୍ଦାମୁଣ୍ଡ ଭଦ୍ରବ୍ୟକ୍ତିଙ୍କ ବିଷୟରେ କିଛି ଜ୍ଞାନ ଆହରଣ କରିବାକୁ ଚେଷ୍ଟା କଲା । ସୁବୋଧବାବୁ କଣ ନାହାନ୍ତି କି?, ସେ ପାନବାଲାକୁ ପଚାରିଲା, ଆଜି କାଲି ଆଉ ଦେଖାଯାଉ ନାହାନ୍ତି । ପାନବାଲା କହିଲା, ଆଜି ସକାଳେ ତ ଆସିଥିଲେ । ତାଙ୍କ ବିଷୟରେ ଆଉ କିଛି ଜାଣିବା ଉଦ୍ଦେଶ୍ୟରେ ତ୍ରିଭୁବନ କହିଲା, ମତେ କିଏ କହୁଥିଲା ତାଙ୍କ ପିଲାପିଲିଙ୍କୁ ଆଣିବାକୁ ଗାଁକୁ ଯାଇଛନ୍ତି । ପିଲାପିଲି? ପାନବାଲା ହସିଲା, ସୁବୋଧବାବୁଙ୍କର ପୁଣି ପିଲାପିଲି କୋଉଠି? ସେ ତ ଚିରକୁମାର!

ଏଇ ନୂଆ ତତ୍ତ୍ୱଟି ଧରି ତ୍ରିଭୁବନ ଏଥରକ ନିଜ ଘରକୁ ଫେରିବା ବଦଳରେ ସେଇ ସୁନ୍ଦର ଘରଟି, ଯାହାକୁ ସେ ମନେ ମନେ ସୁବୋଧବାବୁଙ୍କ ମାଲିକାନାକୁ ସମର୍ପଣ କରିଥିଲା, ଆଡ଼କୁ ଗଲା । ରାସ୍ତାରେ ଛିଡ଼ା ହୋଇ ସେ ଏଥରକ କବାଟରେ ଲାଗିଥିବା ନେମ୍ ପ୍ଲେଟକୁ ସ୍ପଷ୍ଟ ଭାବରେ ପଢ଼ି ପାରିଲା । ଘରଟି ପ୍ରକୃତରେ ସୁବୋଧ ବାବୁଙ୍କର ହିଁ ଥିଲା । ଘରର କବାଟ ବର୍ତ୍ତମାନ ଭିତରୁ ବନ୍ଦ ଥିଲା, ଯଦିଓ ଝିଅଟି ଘର ଭିତରୁ ବାହାରିବାବେଳେ କବାଟକୁ ଖୋଲା ରଖିଥିଲା। ତା ଅର୍ଥ, ଝିଅଟି ବ୍ୟତୀତ ସେତେବେଳେ ଘର ଭିତରେ ଅନ୍ୟ ଲୋକ ବି ଥିଲା। ସୁବୋଧବାବୁ ବ୍ୟାଙ୍କରୁ ଅନେକ ଡେରିରେ ଫେରୁଥିଲେ । ତା ମାନେ କଣ ସେ ଘରେ ସେତେବେଳେ ଆଉ କିଏ ଥିଲା? ଏ କଥା ତ୍ରିଭୁବନକୁ ରହସ୍ୟମୟ ଲାଗିଲା। ନିଜ ଘରକୁ ଫେରି ସେ ପ୍ରଥମେ ଚାରି ଆଡ଼କୁ ଆଖି ବୁଲାଇ ଦେଖିଲା ଯେ ଯଦିଓ ସେ କବାଟ ଖୋଲି ରଖି ଚାଲିଯାଇଥିଲା, ତାର ଅନୁପସ୍ଥିତିରେ କୌଣସି ଚୋରି ହୋଇ ନ ଥିଲା; ସବୁ ଜିନିଷ ଯଥାସ୍ଥାନରେ ଥିଲା। ସେ ଆଉ ଥରେ ଚା ବସାଇଲା ଓ ଚା ପିଉ ପିଉ ଝିଅଟି କଥା ଭାବିବାରେ ଲାଗିଲା ।

ଚା ପିଇ ସାରି ସେ ପୁଣି ଥରେ ଛାତ ଉପରକୁ ଗଲା, କିନ୍ତୁ ସୁବୋଧବାବୁଙ୍କ ଘରର କବାଟ ଏ ପର୍ଯ୍ୟନ୍ତ ବନ୍ଦ ଥିଲା । ଅନେକ ସମୟ ଛାତ ଉପରେ ବସି ସେ ବିରକ୍ତ ହୋଇ ତଳକୁ ଓହ୍ଲାଇଲା । ସେଦିନ ରାତିରେ ମେସରୁ ଖାଇ ସାରି ଘରକୁ ଫେରିଲାବେଳେ ତ୍ରିଭୁବନ ସୁବୋଧବାବୁଙ୍କ ଘର ଦେଇ ଆସିଲା । ଝରକା ବାଟେ ଯଦିଓ ଭିତରୁ ଆଲୁଅ ଦେଖାଯାଉଥିଲା, ବାହାର କବାଟ ଏବେ ବି ବନ୍ଦ ଥିଲା। ପାନ ଦୋକାନକୁ ଯାଇ ସେ ପୁଣି ସୁବୋଧବାବୁଙ୍କ ବିଷୟରେ ଆଉ କିଛି ସଂବାଦ ସଂଗ୍ରହ କଲା, ଯଥା, ସେ ଏଠାରେ ଦୁଇ ବର୍ଷ ହେଲା ଅଛନ୍ତି; ସେ ବଡ଼ବଜାର ବ୍ରାଞ୍ଚରେ କାମ କରନ୍ତି, ଇତ୍ୟାଦି।

ପରଦିନ ସକାଳେ ସେ ତରତର କରି ଖବରକାଗଜ ପଢ଼ିନେଲା ଓ ଗାଧୋଇ ସାରି ଛାତ ଉପରକୁ ଟାୱେଲ୍ ଶୁଖାଇବାକୁ ଗଲା । ଦିନସାରା ସେ ବାହାରେ ରହୁଥିବାରୁ ଛାତ ଉପର ନିରାପଦ ନ ଥିଲା । ତେବେ ଆଜିଠାରୁ ସେ ଛାତ ଉପରେ

ହିଁ ଲୁଗାପଟା ଶୁଖାଇବାକୁ ନିଶ୍ଚୟ କଲା । ଏ ପର୍ଯ୍ୟନ୍ତ ସୁବୋଧବାବୁଙ୍କ ବାହାର କବାଟ ଖୋଲି ନ ଥିଲା। ନିଜ କୋଠରୀକୁ ଫେରି ତ୍ରିଭୁବନ ଝରକା ଖୋଲି ପର୍ଯ୍ୟନ୍ତ ତ୍ରିଭୁବନ ଝରକା ଖୋଲି ବାହାରକୁ ଅନାଇଲା। ଯଦିଓ ସୁବୋଧବାବୁ ତାଙ୍କ ଘରୁ ବାହାରି ଏଇ ରାସ୍ତା ଦେଇ ଯାଉଥିଲେ, ତ୍ରିଭୁବନର ଝରକାରୁ ତାଙ୍କ ଘର ଦେଖାଯାଉ ନ ଥିଲା। କଲେଜ ସମୟ ପର୍ଯ୍ୟନ୍ତ ତ୍ରିଭୁବନ ଝରକା ଦେଇ ବାହାରକୁ ଜଗି ରହିଲା, କିନ୍ତୁ ସୁବୋଧବାବୁ ସେ ବାଟେ ଗଲେ ନାହିଁ । ତ୍ରିଭୁବନ ଦୁଃଖ କଲା ଯେ ବୋଧହୁଏ ସେ ଦ୍ୱିତୀୟ ଥର ଚା ତିଆରି କରିବା ବେଳେ ହିଁ ସୁବୋଧ ବାବୁ ସେ ବାଟେ ବାହାରିଗଲେ ଏବଂ ସେ ତାଙ୍କୁ ଦେଖି ପାରିଲା ନାହିଁ ।

ସେଦିନ କଲେଜରୁ ଫେରି ସେ ବଡ଼ବଜାରକୁ ଗଲା । ଆଜି ତାର କ୍ଲାସ ଶେଷ ପର୍ଯ୍ୟନ୍ତ ଥିଲା ଏବଂ ସେ ଯେତେବେଳେ ବ୍ୟାଙ୍କରେ ପହଞ୍ଚିଲା, ଅଫିସ ବନ୍ଦ ହେବା ବେଳ ହୋଇ ଆସିଥିଲା। ବ୍ୟାଙ୍କରେ ଆକାଉଣ୍ଟ ଖୋଲିବା ପାଇଁ ସେ ଫର୍ମ ଆଣିଲା, କିନ୍ତୁ କାଉଣ୍ଟରରେ ବସିଥିବା ଲୋକଟି ତାକୁ କହିଲା ଯେ ତାକୁ ଆଉ ଦିନେ ଆସିବାକୁ ପଡ଼ିବ, କାରଣ ସେଦିନ ପାଇଁ ବ୍ୟାଙ୍କ କାମ ବନ୍ଦ ହୋଇ ସାରିଥିଲା । ତଥାପି ବ୍ୟାଙ୍କରୁ ବାହାରୁଥିବା ଲୋକଙ୍କ ଉପରେ ଆଖି ରଖି ତ୍ରିଭୁବନ ସେଠାରେ ବସି ଫର୍ମକୁ ପୂରଣ କଲା। ସୁବୋଧବାବୁ ତଥାପି ବ୍ୟାଙ୍କରୁ ବାହାରିଲେ ନାହିଁ । କାଉଣ୍ଟରର ଲୋକଟିକୁ ସୁବୋଧବାବୁଙ୍କ ବିଷୟରେ ପଚାରିବ କି ନାହିଁ ଭାବି ଭାବି ସେ ସାହସ କରି ପାରିଲା ନାହିଁ, ତାକୁ ମନେ ହେଲା ଯେମିତି ତାର ପ୍ରଶ୍ନରୁ ସେ ଲୋକଟି ତାର ଅସଲ ଉଦ୍ଦେଶ୍ୟ ଜାଣିପାରିବ। ରାସ୍ତାକୁ ଓହ୍ଲାଇ ପୁଣି କିଛି ସମୟ ସେ ବ୍ୟାଙ୍କ ସାମନାରେ ଛିଡ଼ା ହେଲା। କିନ୍ତୁ ସୁବୋଧବାବୁ ତଥାପି ଆସିଲେ ନାହିଁ। ସେ ଯେତେବେଳେ ସୁବୋଧବାବୁଙ୍କ ବାଟ ଦେଇ ଘରକୁ ଫେରିଲା, ଦେଖିଲା ଯେ, ସୁବୋଧବାବୁଙ୍କ ଘର କବାଟ ଭିତରୁ ବନ୍ଦ ଥିଲା, ଏବଂ ପୂର୍ବ ଦିନ ପରି ଘରର ଝରକା ଦେଇ ଆଲୁଅ ଦେଖାଯାଉଥିଲା ।

ସଂଜବେଳେ ଘରକୁ ଫେରି ସେ ଛାତ ଉପରୁ ଲୁଗାପଟା ଆଣିବାକୁ ଗଲା। ଚାରିପାଖର ଘର ସବୁ ବର୍ତ୍ତମାନ ଅନ୍ଧାରରେ ଆବୃତ ଥିଲେ ଏବଂ ସୁବୋଧବାବୁଙ୍କ

ଘର ଝରକାରୁ କିଛି ଆଲୁଅ ଆସି ରାସ୍ତାରେ ପଡୁଥିଲା। ସେ ଛାତ ଉପରେ ଥିବାରୁ ଓ ସୁବୋଧବାବୁଙ୍କର ଘର ତଳ ମହଲାରେ ହୋଇଥିବାରୁ ସେ ତାଙ୍କ ଝରକା ଦେଇ ଭିତରକୁ ଦେଖିପାରୁ ନ ଥିଲା। ତେବେ ଝରକା ବାଟେ ଆଲୁଅ ଆସି ରାସ୍ତା ଉପରେ ପଡୁଥିଲା ଯାହା ତାକୁ ସିଧାସଳଖ ଦୃଶ୍ୟ ହେଉଥିଲା । ସେ ଆଶା କରିଥିଲା ଯେ ସୁବୋଧବାବୁ, ଏବଂ ଭାଗ୍ୟରେ ଥିଲେ ସେଇ ଝିଅଟି, ଝରକା ପାଖରେ ଆସି ଠିଆ ହେବେ ଏବଂ ତାଙ୍କର ଛାଇ ରାସ୍ତା ଉପରେ ଆସି ପଡ଼ିବ । କିନ୍ତୁ ଏ ତାର ଏକ ଦିବାସ୍ୱପ୍ନ ଥିଲା । ଏବଂ ଝରକାରୁ ଆସି ରାସ୍ତାରେ ପଡୁଥିବା ଆଲୁଅରେ କୌଣସି ପରିବର୍ତ୍ତନ ହେଲା ନାହିଁ ।

ଆରଦିନ ସକାଳୁ ତ୍ରିଭୁବନର ଖବରକାଗଜ ପଢ଼ିବାରେ ମନ ଲାଗିଲା ନାହିଁ । ସେ ଖବରକାଗଜକୁ ରଖି ଦେଇ ନିଷ୍ପତ୍ତି କଲା ଯେ ଭବିଷ୍ୟତରେ ସେ ଦୁଇଟି ବଦଳରେ ଗୋଟିଏ ଖବରକାଗଜ ରଖିବ । ଝରକା ଉପରେ ଅବିଚ୍ଛିନ୍ନ ଦୃଷ୍ଟି ରଖିବା ପାଇଁ ସେ ଶୀଘ୍ର ଶୀଘ୍ର ଚା ପିଇ ନେଇ ଆସି ଟେବୁଲ ପାଖରେ ବସି ରହିଲା । ଆଜି ତାର ଧୈର୍ଯ୍ୟ ଫଳବତୀ ହେଲା ଏବଂ ସେ ସୁବୋଧବାବୁଙ୍କୁ ରାସ୍ତାରେ ଆସୁ ଥିବାର ଦେଖିଲା। କାଳେ ସେ ତାକୁ ଦେଖିପାରିବେ, ସେଥିପାଇଁ ସେ ତାର କୋଠରୀର ଏପରି ଏକ କୋଣରେ ଠିଆ ହେଲା, ଯେଉଁଠାରେ ସେ ସୁବୋଧବାବୁଙ୍କୁ ସ୍ପଷ୍ଟ ଦେଖିପାରିବ, କିନ୍ତୁ ସୁବୋଧବାବୁ ତାକୁ ଦେଖି ପାରିବେ ନାହିଁ । ସୁବୋଧବାବୁ ଆଜି ସବୁଦିନ ଭଳି ସୌଖୀନ ପୋଷାକ ପିନ୍ଧିଥିଲେ ଏବଂ ତାଙ୍କ ମୁହଁରେ ସନ୍ତୋଷ ଓ ପ୍ରସନ୍ନତାର ଏକ ଉଜ୍ଜ୍ୱଳତା ଥିଲା। ଏହା ଯେ ସେଇ ସୁନ୍ଦରୀ ଝିଅର ସଂସର୍ଗ ଜନିତ, ଏ ବିଷୟରେ ତ୍ରିଭୁବନର ତିଳେ ମାତ୍ର ସନ୍ଦେହ ନଥିଲା ।

ଏକ ଦୃଢ଼ ନିଷ୍ପତ୍ତି ନେଇ ତ୍ରିଭୁବନ ଘରୁ ବାହାରି ସୁବୋଧବାବୁଙ୍କ ଘର ପାଖକୁ ଗଲା ଏବଂ ଘରଟିକୁ ବାହାରୁ ଭଲ ଭାବରେ ନିରୀକ୍ଷଣ କଲା। ଘରର କବାଟ ଝରକା ସବୁ ବନ୍ଦ ଥିଲା ଏବଂ ସାହସ ସଞ୍ଚୟ କରି ତ୍ରିଭୁବନ କବାଟରେ କରାଘାତ କଲା। ସେ ମନେ ମନେ ସ୍ଥିର କରି ନେଇଥିଲା ଯେ କବାଟ ଖୋଲିଲେ କବାଟ ଖୋଲିବା ଲୋକକୁ, ସେ ସେଇ ସୁନ୍ଦରୀ ଝିଅଟି ହୋଇ ଥାଉ ନା କାହିଁକି, ସେଦିନର

ଖବରକାଗଜ ମାଗି ଏକ ଆଳାପର ସୂତ୍ରପାତ କରିବ । କିନ୍ତୁ ବାରମ୍ବାର କବାଟ କରାଘାତ କରିବା ପରେ କବାଟ ଖୋଲିଲା ନାହିଁ ଏବଂ ତଳକୁ ଅନାଇ ତ୍ରିଭୁବନ ଦେଖିଲା ଯେ କବାଟଟି ବାହାରୁ ତାଲା ବନ୍ଦ ଥିଲା।

କଲେଜ ନ ଯାଇ ସେ ସିଧା ବଡ଼ବଜାର ଗଲା ଓ ବ୍ୟାଙ୍କରେ ଆକାଉଣ୍ଟ ଖୋଲିଲା। ଆଜି ବି ସେ ବ୍ୟାଙ୍କରେ ସୁବୋଧବାବୁଙ୍କୁ ଦେଖିବାକୁ ପାଇଲା ନାହିଁ । କିନ୍ତୁ ଯୋଉ ଝିଅଟି ହାତରେ ଛତା ଓ ବ୍ୟାଗ ଧରି ଭିତରୁ ବାହାରି ରାସ୍ତା ଉପରକୁ ଓହ୍ଲାଇଲା, ସେ ତ୍ରିଭୁବନକୁ ସୁବୋଧବାବୁଙ୍କ ସୁନ୍ଦରୀ ଭଳି ମନେ ହେଲା । ତା ପଛେ ପଛେ ଆସି ତ୍ରିଭୁବନ ବ୍ୟାଙ୍କ ବାହାରେ ଛିଡ଼ା ହେଲା, କିନ୍ତୁ ଝିଅଟିକୁ ପୁଣି ଥରେ ଦେଖିବା ପରେ ତା ମନରେ ସାମାନ୍ୟ ସନ୍ଦେହ ଉପୁଜିଲା । ସେ ଆଉ ଝିଅଟି ପଛରେ ଗଲା ନାହିଁ ଏବଂ ସୁବୋଧବାବୁଙ୍କ ଦିଗରୁ ହିଁ ଏଇ ରହସ୍ୟକୁ ଉଦ୍‌ଘାଟନ କରିବାର ନିଷ୍ପତ୍ତି କଲା ।

ତ୍ରିଭୁବନ ବର୍ତ୍ତମାନ ସୁବୋଧବାବୁ ଓ ତାଙ୍କ ଘର ଉପରେ ନଜର ରଖିବାର ବିଭିନ୍ନ ଉପାୟମାନ ସ୍ଥିର କରି ନେଲା । ଏହି ଯୋଜନାମାନଙ୍କରେ ତାର ଛାତ ଓ ଝରକା, ସୁବୋଧବାବୁଙ୍କ ଘରୁ ବାହାରେ ପଡୁଥିବା ଆଲୁଅ, ଗୋଟିଏ ବାଇନୋକୁଲାର କିଣିବା, ପାନ ଦୋକାନୀ, ତା ଘରେ ଖବରକାଗଜ ଦେଉଥିବା ପିଲା, ବଡ଼ବଜାର ବ୍ୟାଙ୍କର କର୍ମଚାରୀ ସମସ୍ତେ ଅନ୍ତର୍ଭୁକ୍ତ ଥିଲେ । ଏଥି ସହିତ ସେ ନିଜର ଦିନଚର୍ଯ୍ୟା ମଧ୍ୟ ବଦଳାଇବାକୁ ଠିକ କଲା। ଏଥରକ ଦିଓଟି କାହିଁକି ସକାଳେ ଗୋଟିଏ ଖବରକାଗଜ ପଢ଼ିବା ମଧ୍ୟ ତାକୁ ସମୟର ଅପବ୍ୟବହାର ମନେ ହେଲା। ଘରେ ରହୁଥିବା ସମୟ ସବୁ ଯଦିଓ ଆଗରୁ ତା ମୁଣ୍ଡରେ ମାଡ଼ି ପଡ଼ିବା ଭଳି ମନେ ହେଉଥିଲା, ବର୍ତ୍ତମାନ ତ୍ରିଭୁବନ ସମୟର ସ୍ୱଳ୍ପତା ବିଷୟରେ ସଚେତନ ହେଲା ।

ଶନିବାର ଦିନ କଲେଜର କିରାନି ତାକୁ ଗୋଟାଏ ଚାବି ଦେଖାଇ କହିଲା, କାଲି ସକାଳୁ ଯାଇ ଘର ଦେଖିବା। ଯଦି ପସନ୍ଦ ହବ, ଆପଣଙ୍କୁ ଚାବି ଦେଇଦେବି। ଯୋଉଦିନ ଚାହିଁବେ ଯାଇ ରହିବେ। ତ୍ରିଭୁବନ ଟିକେ ଇତସ୍ତତଃ ହୋଇ କହିଲା, ମୁଁ ଭାବୁଚି ଆଉ ଏପଟ ସେପଟ ହୋଇ କଣ ଲାଭ? ଏଠାରୁ ତ ବଦଳି ପାଇଁ ଦରଖାସ୍ତ

ଦେଇଛି। ଆଉ ଅଳ୍ପ କେତେ ଦିନ ପାଇଁ କାହିଁକି ଘର ବଦଳାଇବି? କିରାନି ପକେଟରେ ଚାବି ରଖୁ ରଖୁ ସହାନୁଭୂତିସୂଚକ ଭଙ୍ଗୀରେ କହିଲା, ହଁ, ସେ କଥା ବି ଠିକ । ତେବେ ଭଲ ଘରଟା ହାତରୁ ଚାଲିଯିବ । କିରାନି ପାଖରୁ ତ୍ରିଭୁବନ ସିଧା ପ୍ରିନ୍‌ସିପାଲଙ୍କ ପାଖକୁ ଗଲା; କହିଲା ବାପାଙ୍କ ଦେହ ଭଲ ହୋଇଗଲାଣି। ମୁଁ ମୋର ବଦଳି ଦରଖାସ୍ତଟା ଫେରାଇ ନଉଛି।

—

ଅମରତ୍ୱ

ପାଠ ପଢ଼ିବା ବେଳେ ଅନିରୁଦ୍ଧ କବି ହେବାର ଦୁରାକାଂକ୍ଷା ରଖିଥିଲା ଏବଂ ଭାବିଥିଲା ଯେ କବିତା ଲେଖିବାର ମାଧମ ଦେଇ ସେ ବିଖ୍ୟାତ ହୋଇଯିବ । ସାହିତ୍ୟର ଛାତ୍ର ହିସାବରେ ସେ ଏହାକୁ ଏକ ସମ୍ଭବ ଇଚ୍ଛା ବୋଲି ଭାବୁଥିଲା, ଯଦିଓ କବିତା ଲେଖିବାକୁ ବସିବାବେଳେ ସେ ଦୁଇ ଚାରି ଧାଡ଼ିରୁ ଆଗକୁ ଯିବାକୁ ସମର୍ଥ ହେଉ ନଥିଲା। କଲେଜ ଛାଡ଼ିବା ବେଳକୁ ତାର ସମୁଦାୟ ସାହିତ୍ୟିକ କୃତି ଥିଲା କଲେଜ ପତ୍ରିକାରେ ପ୍ରକାଶିତ ଗୋଟିଏ ମାତ୍ର କବିତା । ତଥାପି ଅନିରୁଦ୍ଧ କବି ହେବାର ଇଚ୍ଛା ଛାଡ଼ି ନ ଥିଲା। ସେ ଠିକ କରିଥିଲା ଯେ ଚାକିରି ନେଇ ବସବାସ କରି ସାରିଲେ ସେ ଆରାମରେ ବସି କେବଳ କବିତା ହିଁ ଲେଖିବ।

ଅନିରୁଦ୍ଧ ଶେଷରେ ପ୍ରଶାସନ ସେବାରେ ଯୋଗ ଦେଲା ଏବଂ ଚାକିରି କରିବା ସହିତ କିପରି ପିଲାଦିନର ଇଚ୍ଛାକୁ ଫଳବତୀ କରିବ ସେ କଥା ଭାବିଲା। ଚାକିରିରେ ବହୁତ ପ୍ରକାରର ସମସ୍ୟା ଥିଲା ଏବଂ ଦିନସାରା କାମ କରି ସାରିବା ପରେ ସେ ତାର ମନକୁ କବିତା ଲେଖିବା ପାଇଁ ନିୟୋଜିତ କରିପାରୁ ନ ଥିଲା। ତଥାପି ଏକାକୀ ବସିଥିବା ବେଳେ କବିତା ଲେଖି ପ୍ରସିଦ୍ଧ ହେବାର ଇଚ୍ଛା ତାକୁ ମଝିରେ ମଝିରେ ବ୍ୟସ୍ତ କରୁଥିଲା। ସେ ମନ ଭିତରେ ନିଜେ ଏକ ଖ୍ୟାତନାମା କବି ହୋଇଥିବାର ସ୍ୱପ୍ନ ଦେଖୁଥିଲା ଏବଂ ତାର କବିତାକୁ ଶହେବର୍ଷ ପରେ ଅନେକ ପାଠକ କୌତୂହଳତାର ସହିତ ପାଠ କରୁଥିବାର କଳ୍ପନା କରୁଥିଲା । ଯଦିଓ ସେ ନିଜକୁ ନୋବେଲ ପ୍ରାଇଜ ଇତ୍ୟାଦି ପାଇବାର ଚିନ୍ତାରୁ ଦୂରରେ ରଖୁଥିଲା, ତାକୁ ଯେଉଁ ଇଚ୍ଛାଟି ସବୁବେଳେ ବ୍ୟାକୁଳ କରୁଥିଲା ସେଇଟି କବି ହୋଇ ଅମରତ୍ୱ ଲାଭ କରିବାର ଇଚ୍ଛା।

ଚାକିରି ଯଦି ଅନିରୁଦ୍ଧର କବି ହେବାର ପ୍ରଥମ ପ୍ରତିବନ୍ଧକ ଥିଲା, ତାର ଏଇ ଉଚ୍ଚାକାଂକ୍ଷାର ଦ୍ୱିତୀୟ ପ୍ରତିବନ୍ଧକ ହେଲା ତାର ବିବାହ । ତାର ସ୍ତ୍ରୀ ମଧ୍ୟ ସାହିତ୍ୟର ଛାତ୍ରୀ ଥିଲା, କିନ୍ତୁ ତାର କବିତାରେ କୌଣସି ଆଗ୍ରହ ନ ଥିଲା। ଖ୍ୟାତିଲାଭ ପାଇଁ ତାର ପରିକଳ୍ପନା ଥିଲା ଅନ୍ୟ ପ୍ରକାରର । ସେ ଚାହୁଁଥିଲା ସେମାନେ ବିଭିନ୍ନ ପ୍ରକାରର ସ୍ଥାବର ଅସ୍ଥାବର ସଂପତ୍ତି ଏକତ୍ରିତ କରି ଅନିରୁଦ୍ଧର ସହକର୍ମୀ ଓ ପ୍ରତିବେଶୀମାନଙ୍କର କେବଳ ସମକକ୍ଷ ନୁହେଁ, ସେମାନଙ୍କ ଊର୍ଦ୍ଧ୍ୱକୁ ଚାଲିଯିବେ। ପ୍ରଥମେ ପ୍ରଥମେ ଅନିରୁଦ୍ଧକୁ ଏ ଯୋଜନା ବିଶେଷ ଆକର୍ଷିତ କରି ନ ଥିଲା, ତଥାପି ସ୍ତ୍ରୀର ଉତ୍ସାହରେ ସେ କ୍ରମେ କ୍ରମେ ତାର ବସିବା ଘରକୁ ସଜାଇବା, ନୂଆ ଡାଇନିଂ ସେଟ କିଣିବା, ସରକାରୀ ଜମି ପାଇଁ ଦରଖାସ୍ତ କରିବା ଇତ୍ୟାଦି କାମରେ ମନ ଦେଲା ।

ଏ ସବୁ କାମ ସହିତ ସେ ଯେ ସ୍ତ୍ରୀକୁ କବିତା ଆଡ଼କୁ ଆକର୍ଷିତ କରିବାକୁ ଚେଷ୍ଟା କରୁ ନ ଥିଲା ତା ନୁହେଁ । କିନ୍ତୁ ତାର ସ୍ତ୍ରୀ ଅଳ୍ପ ବୟସରୁ ହିଁ ବିଷୟବୁଦ୍ଧିସଂପନ୍ନା ଥିଲା ଏବଂ କବିତା ଭଳି ମୂଲ୍ୟହୀନ ଜିନିଷରେ ସମୟ ନଷ୍ଟ ନ କରି ପଡ଼ୋଶୀମାନଙ୍କୁ ନିଜର ସଂପନ୍ନ ଅବସ୍ଥା ସଂପର୍କରେ ଅବଗତ କରାଇ ସମୟର ସଦୁପଯୋଗ କରୁଥିଲା। ଦିନେ ସାହସ ସଞ୍ଚୟ କରି ଅନିରୁଦ୍ଧ ତାର ସ୍ତ୍ରୀକୁ ଅନେକ ଦିନ ତଳେ କଲେଜ ପତ୍ରିକାରେ ପ୍ରକାଶ ପାଇଥିବା ତାର କବିତାଟି ଦେଖାଇଲା । ସ୍ତ୍ରୀ କୌଣସି ଆଗ୍ରହ ନ ଦେଖାଇ କହିଲା, ମୋ ତକିଆ ତଳେ ରଖିଦିଅ; ମୁଁ ରାତିରେ ପଢ଼ିବି। ପତ୍ରିକାଟିକୁ ତତ୍କ୍ଷଣାତ୍ ନେଇ ସ୍ତ୍ରୀର ମୁଣ୍ଡ ତଳେ ରଖିଦେବା ଉଚିତ ହୋଇଥାନ୍ତା। କିନ୍ତୁ ଦୁର୍ଭାଗ୍ୟକୁ ଅନିରୁଦ୍ଧ   ସ୍ତ୍ରୀ ଆଗରେ ବସି କବିତାଟିକୁ ପୁନର୍ବାର ପଢ଼ି ତାର ରସ ଆସ୍ୱାଦନ କରିବାର ଧୃଷ୍ଟତା କଲା। କବିତା ଏବେବି ତାକୁ ଭଲ ଲାଗିଲା ଏବଂ ପୁଣି କବିତା ଲେଖି ପ୍ରସିଦ୍ଧି ପାଇବାର ଇଚ୍ଛା ତା ମନରେ ଉଙ୍କି ମାରିଲା। ସ୍ତ୍ରୀ କିନ୍ତୁ ଅନିରୁଦ୍ଧର ମୁହଁକୁ ଦେଖି ତାର ମନ କଥାକୁ ମୋଟାମୋଟି ବୁଝିନେଲା ଏବଂ କହିଲା, କଣ ପ୍ରେମ କବିତା? ସ୍ତ୍ରୀ ପାଇଁ କବିତା ସବୁ ଦୁଇଟି ଶ୍ରେଣୀରେ ବିଭକ୍ତ ଥିଲେ, ପ୍ରେମ କବିତା ଓ ଅନ୍ୟ କବିତା । କିନ୍ତୁ ଏ ପ୍ରଶ୍ନରେ

ଅନିରୁଦ୍ଧ ହଠାତ୍ ବିବ୍ରତ ହୋଇଗଲା ଓ କହିଲା, ନା, ଠିକ ପ୍ରେମ କବିତା ନୁହେଁ; ତେବେ ... । ସ୍ତ୍ରୀ ଏଥରକ ଏକ ଅବାନ୍ତର ପ୍ରଶ୍ନ କଲା, ତମେ କଲେଜରେ ପଢୁଥିଲାବେଳେ ତମ ସାଙ୍ଗରେ ଲିତା ନା ଚିତା ବୋଲି କିଏ ଝିଅ ପଢୁଥିଲା ବୋଲି କହୁଥିଲ, ସେ କୁଆଡ଼େ ଗଲା?

କବିତା ଲେଖି ଖ୍ୟାତି ଓ ଅମରତ୍ୱ ପାଇବାର ଇଚ୍ଛାକୁ ଅନିରୁଦ୍ଧ ସେଇ ମୁହୂର୍ତ୍ତରେ ଜଳାଞ୍ଜଳି ଦେଇଦେଲା ଓ ପତ୍ରିକାଟିକୁ ସ୍ତ୍ରୀର ତକିଆ ତଳେ ନୁହେଁ, ପୁରୁଣା ଖବର କାଗଜ ଗଦା ଭିତରେ ପକାଇ ଦେଲା। କବିତା ଲେଖିବା ଏକ ଦୁରୂହ ଜିନିଷ ଥିଲା ଏବଂ ଅନିରୁଦ୍ଧ ଖୁସୀ ହେଲା ଯେ ସେ ଏ ଦୁଃସାହସରୁ ମୁକ୍ତି ପାଇଲା । କିନ୍ତୁ ସେଦିନ ରାତିରେ ଶୋଇ ଶୋଇ ଅନିରୁଦ୍ଧ ଭାବିବାରେ ଲାଗିଲା ଆଉ କଣ କରି ନାଁ କରାଯାଇପାରେ। ନିଜର ସାହିତ୍ୟିକ ଶିକ୍ଷା ଓ ପୃଷ୍ଠଭୂମିକୁ ଆଖି ଆଗରେ ରଖି ଅନିରୁଦ୍ଧ ଯେଉଁ ନିର୍ଣ୍ଣୟରେ ପହଞ୍ଚିଲା ସେଇଟି ହେଲା ଯେ ସେ ଅଫିସ ଫାଇଲମାନଙ୍କରେ ସାହିତ୍ୟିକ ଭାଷା ବ୍ୟବହାର କରିବ ଏବଂ କେହି ଭବିଷ୍ୟତର ଗବେଷକ 'ଅଫିସ ଫାଇଲରେ ସାହିତ୍ୟ' ଶୀର୍ଷକ ସନ୍ଦର୍ଭ ଲେଖିଲାବେଳେ ନିଶ୍ଚୟ ତାର ଉଲ୍ଲେଖ କରିବ। ସ୍ତ୍ରୀର ତକିଆ ଆଡ଼କୁ ସନ୍ତର୍ପଣରେ ଚାହିଁ ସେ ମନେ ମନେ ଅଫିସ ଫାଇଲରେ ଦିଆ ଯାଇଥିବା ଅନେକ ଆଦେଶର ସାହିତ୍ୟିକ ପରିଭାଷାମାନ ତିଆରି କରିବାରେ ଲାଗିଲା।

ପରଦିନ ଅଫିସରେ ବସି ଅନିରୁଦ୍ଧ ଜାଣିଲା ଯେ କବିତା ଲେଖିବା ଭଳି ଏ ମଧ୍ୟ ଏକ ଦୁଃସାଧ୍ୟ ଜିନିଷ ଥିଲା। ଛୁଟି ଦରଖାସ୍ତ ମଞ୍ଜୁରୀ ଆଦେଶକୁ ସେ ଅନେକ ଚେଷ୍ଟା ସତ୍ତ୍ୱେ ବି ସାହିତ୍ୟିକ ରୂପ ଦେଇ ପାରିଲା ନାହିଁ। ଅନ୍ୟ ଗୋଟିଏ ଫାଇଲରେ ସେ ଗୋଟିଏ ଛୋଟ ଦିଧାଡ଼ିର କବିତାରେ ଆଦେଶ ଲେଖିବାର ସମ୍ଭାବନା ଦେଖିଲା। କିନ୍ତୁ ଏ କଥା ଭାବିଲାବେଳେ ତାକୁ କେବଳ ତାର ସ୍ତ୍ରୀର ମୁହଁ ନୁହେଁ, ତାର ଉପରିସ୍ଥ କର୍ମଚାରୀଙ୍କର ରୁକ୍ଷ ମୁହଁ ମଧ୍ୟ ଦେଖାଗଲା ଏବଂ ଅନିରୁଦ୍ଧ ଫାଇଲରେ ମିନି କବିତା ଲେଖିବାର ଚିନ୍ତାରୁ ନିଜକୁ ନିବୃତ୍ତ କଲା। ତେବେ ସେଦିନ ଯେତେବେଳେ ତା ପାଖକୁ କେତେଜଣ କର୍ମଚାରୀଙ୍କର ପ୍ରମୋଶନ ଫାଇଲ

ଆସିଲା, ସେକ୍‌ସପିଅରଙ୍କୁ ସ୍ମରଣ କରି ଅନିରୁଦ୍ଧ ସେଥିରେ ଆଦେଶ ଲେଖିଲା, ପଚା ଫଳ ଭିତରୁ କାହାକୁ ବାଛିବ? ଏହି ଆଦେଶ ତଳେ ସେ ଭବିଷ୍ୟତର ଗବେଷକ କଥା ଭାବି ନିଜର ଦସ୍ତଖତକୁ ଭଲ ଭାବରେ ଶାଣିତ ଓ ପରିମାର୍ଜିତ କରି ଲେଖିଲା। ବର୍ତ୍ତମାନ ଅନିରୁଦ୍ଧ ମନେ ମନେ ଖୁସି ହେଲା, କିନ୍ତୁ ଫାଇଲ ଯେତେବେଳେ ତଳକୁ ଗଲା, ତାର ଆଦେଶକୁ କାର୍ଯ୍ୟକାରୀ କରିବାରେ ସମସ୍ୟା ଉପୁଜିଲା । ଶେଷରେ ଫାଇଲ ଧରି ତା ପାଖକୁ ବଡ଼ ବାବୁ ଆସିଲେ । କହିଲେ, କୃଷି ବିଭାଗ ଫାଇଲର ଅର୍ଡରଟା ଆପଣ ଭୁଲରେ ଏ ଫାଇଲରେ ଲେଖି ଦେଇଛନ୍ତି। ଅନିରୁଦ୍ଧ ତଳିଆ କର୍ମଚାରୀଙ୍କ ନିର୍ବୋଧତାକୁ ମନେ ମନେ ଗାଳି ଦେଲା, କିନ୍ତୁ ଫାଇଲରୁ ପଚା ଫଳ ବିଷୟ କାଟି ଦେଇ ଲେଖିଲା, ଯଥା ପ୍ରସ୍ତାବିତ ।

ଏ ଘଟଣାରୁ ତା ମନରେ ଏକ ନୂଆ ଚିନ୍ତାଧାରା ଆସିଲା। ଭବିଷ୍ୟତରେ ଗବେଷକ 'ଅଫିସ ଫାଇଲରେ ହାସ୍ୟରସ' ସଂପର୍କରେ ଗବେଷଣା କରିପାରେ, ଏ କଥା ମନରେ ରଖି ସେ ନୋଟ ଲେଖିବ। ସେ ପ୍ରତିଟି ଫାଇଲକୁ ବାରମ୍ବାର ପଢ଼ି ସେଥିରେ କିପ୍ରକାର ହାସ୍ୟରସାତ୍ମକ କଥା ଲେଖାଯାଇପାରେ ସେ ବିଷୟରେ ବହୁତ ଚିନ୍ତା କଲା। କିନ୍ତୁ ଫାଇଲର ବିଷୟବସ୍ତୁ ସବୁ ଅତ୍ୟନ୍ତ ଶୁଷ୍କ, ସମ୍ବେଦନାରହିତ ଓ ବସ୍ତୁବାଦୀ ଥିଲା; ସେଥିରେ ଅନିରୁଦ୍ଧ ବ୍ୟଙ୍ଗୋଦ୍ଦୀପକ ମନ୍ତବ୍ୟର କୌଣସି ସମ୍ଭାବନା ଦେଖି ପାରିଲା ନାହିଁ।

ଏପରି ବିଭିନ୍ନ ଭାବରେ ପ୍ରତିହତ ହୋଇ ଅନିରୁଦ୍ଧ ସ୍ଥିର ଖ୍ୟାତିଲାଭ କରିବା ଯୋଜନାରେ ମନ ଦେଲା । ପଡ଼ୋଶୀମାନଙ୍କ ସହିତ ପ୍ରତିଯୋଗିତା କରି ସେ ନିଜର ଘର ଓ ଜିନିଷମାନଙ୍କର ଉନ୍ନତି ବିଧାନ କରିବାରେ ଲାଗିଲା । ଘରେ ରଙ୍ଗ ଲଗାଇବା ସହିତ ସେ ଗୋଟିଏ ବଗିଚା ମଧ୍ୟ ଆରମ୍ଭ କଲା, ଯାହା ତାର ଅନ୍ୟ ପଡ଼ୋଶୀମାନଙ୍କର ନ ଥିଲା। ବଗିଚାଟି ବର୍ଷା ଓ ଶୀତଦିନେ ସତେଜ ଓ ସୁନ୍ଦର ରହୁଥିଲା; କିନ୍ତୁ ଖରାଦିନେ ମଉଳି ଯାଉଥିଲା। ତେଣୁ ଖରା ଦିନଟି ସାରା ଅନିରୁଦ୍ଧର ବଗିଚା ଜନିତ ଖ୍ୟାତି ବ୍ୟାହତ ହେଉଥିଲା। ନିଜର ଖ୍ୟାତିକୁ ସ୍ଥାୟିତ୍ୱ ଦେବା ପାଇଁ ଅନିରୁଦ୍ଧ ତାଙ୍କ ଅଞ୍ଚଳରେ ଶ୍ରେଷ୍ଠ ବଗିଚା ପାଇଁ ଏକ ପୁରସ୍କାରର

ବ୍ୟବସ୍ଥା କରାଇଲା ଏବଂ ପ୍ରଥମ ବର୍ଷ ନିଜେ ପୁରସ୍କାର ପାଇଲା। ଅନିରୁଦ୍ଧ ବର୍ତ୍ତମାନ ଖୁସି ଥିଲା ଯେ ତାର ପ୍ରଥମ ପୁରସ୍କାର ପାଇବା କଥା ଚିରକାଳ ପାଇଁ ସହରର ଇତିହାସରେ ଲିପିବଦ୍ଧ ହୋଇ ରହିବ।

ଏ ଭିତରେ ଅନିରୁଦ୍ଧ ଚାକିରିରେ ପ୍ରମୋଶନ ପାଇଲା, ବଦଳିରେ ବିଭିନ୍ନ ଜାଗାକୁ ଗଲା, ତାର ପୁଅ ଝିଅ ବଡ଼ ହେଲେ ଏବଂ ତାର ସ୍ତ୍ରୀ ମୋଟା ହୋଇ ଧର୍ମପରାୟଣା ହୋଇଗଲା । ଏତେ ପରିବର୍ତ୍ତନ ଭିତରେ ମଧ୍ୟ ଯେଉଁ କଥାଟି ଅନିରୁଦ୍ଧର ମନ ଭିତରୁ ଗଲା ନାହିଁ, ସେଇଟି ହେଲା ପ୍ରସିଦ୍ଧ ହୋଇ ଅମରତ୍ୱ ପାଇବାର ଇଚ୍ଛା। ବୟସ ବଢ଼ିବା ସଙ୍ଗେ ସଙ୍ଗେ ଅନିରୁଦ୍ଧ ଦେଖିଲା ଯେ କବିତା ଲେଖିବା ତ ଦୂରର କଥା, ଫାଇଲରେ ସାହିତ୍ୟିକ ଅଥବା ବ୍ୟଙ୍ଗାତ୍ମକ କିଛି ଲେଖିବା ମଧ୍ୟ ବର୍ତ୍ତମାନ ତା ପାଇଁ ଦୁଷ୍କର ଥିଲା। ତେବେ ନାଁର ସ୍ଥାୟିତ୍ୱ ପାଇଁ ସେ ସହଜ ଉପାୟମାନ ଚିନ୍ତା କଲା। ଯଥା, ନୂଆ ଘର ତିଆରି କରି ସାରିବା ପରେ ତାର ଫାଟକରେ ନିଜର ନାଁର ଏକ ଫଳକ ଲଗାଇବା । କିଏ ତାକୁ ମାର୍ବଲରେ ନାଁ ଖୋଳାଇବାକୁ କହିଲା, କିନ୍ତୁ ଅନିରୁଦ୍ଧ ମିସ୍ତ୍ରୀକୁ କହିଲା, ନା, ମାର୍ବଲ ଶୀଘ୍ର ଭାଙ୍ଗିଯିବ। ପିତଳର ଲଗାଇବା । ମିସ୍ତ୍ରୀ କହିଲା, ସେ କଥା ଠିକ । ପିତଳ ତିନି ଚାରି ପୁରୁଷ ଯିବ। ଏ କଥା ଅନିରୁଦ୍ଧକୁ ଭଲ ଲାଗିଲା ନାହିଁ। ସେ କହିଲା, ତିନି ଚାରି ପୁରୁଷ କାହିଁକି, ଶହ ଶହ ବର୍ଷ ରହିବ । ମୋଟା ପିତଳରେ ତିଆରି କର ।

ଅନିରୁଦ୍ଧ ଯେତେବେଳେ ଗୋଟିଏ ଜିଲ୍ଲାର ଦାୟିତ୍ୱ ନେଲା, ଫଳକରେ ନିଜର ନାଁ ଖୋଳାଇ ନିଜକୁ ଅମର କରିବାର ଅନେକ ସୁଯୋଗ ଆସିଲା । ପୋଖରୀ, ପଞ୍ଚାୟତ ଘର, ଖେଳ ପଡ଼ିଆ, କ୍ଲବ ଇତ୍ୟାଦିର ଶିଳାନ୍ୟାସ ଓ ଉଦ୍‌ଘାଟନ ଇତ୍ୟାଦି ଅବସରରେ ସେ ନିଜ ନାଁ ଲେଖା ଫଳକମାନ ବିଭିନ୍ନ ସ୍ଥାନରେ ଲଗାଇଲା ଏବଂ ନିଶ୍ଚିନ୍ତ ହେଲା ଯେ ଅନ୍ତତଃ ଏଇ ଜିଲ୍ଲାର ଲୋକମାନେ କାଳ କାଳ ପାଇଁ ଅନିରୁଦ୍ଧକୁ ମନେ ରଖିବେ। ଜିଲ୍ଲାରୁ ସଚିବାଳୟକୁ ଆସିବା ପରେ ସେ ଆଉ ନିଜର ନାଁ ଫଳକ ଉପରେ ସ୍ୱର୍ଣ୍ଣାକ୍ଷରରେ ଲିପିବଦ୍ଧ କରିବାର ସୁଯୋଗ ପାଇଲା ନାହିଁ। ତେବେ ନିଜର ନାଁକୁ ପ୍ରସାରିତ ଓ ପ୍ରଚାରିତ କରିବା ପାଇଁ ସେ ବିଭିନ୍ନ ପ୍ରକାରର ଆଦେଶନାମା

ଉପରେ ଦସ୍ତଖତ କରିବାରେ ଲାଗିଲା। କହିବା ବାହୁଲ୍ୟ, ତାର କାମର ଗୁଣରେ ଉନ୍ନତି ହୋଇ ଥାଉ ନଥାଉ, ସେ ନିଜର ନାଁକୁ ଆହୁରି ଶାଣିତ ଓ ପରିମାର୍ଜିତ କରି ଲେଖୁଥିଲା। ତାର ଦସ୍ତଖତ ବର୍ତ୍ତମାନ ସ୍ପଷ୍ଟ ଓ ସ୍ୱାଭିମାନପୂର୍ଣ୍ଣ ଥିଲା ଏବଂ ସେଥିରୁ ଜାଣି ହେଉଥିଲା ଯେ ଅନିରୁଦ୍ଧ ଜଣେ ଦକ୍ଷ ଅଫିସର।

ଅନିରୁଦ୍ଧର ଅବସର ଗ୍ରହଣ ସମୟ ଯେତେ ନିକଟ ହୋଇ ଆସିଲା, ତାର ସେତିକି ସନ୍ଦେହ ଜନ୍ମିଲା ସେ ତାର ଅଫିସ କାମରେ ଛାଡ଼ି ଯାଉଥିବା ନିଜର ନାଁ ବିଷୟରେ। ଏ କଥା ପରଖ କରିବା ପାଇଁ ସେ ପୂର୍ବରୁ କାମ କରିଥିବା ବିଭିନ୍ନ ଅଫିସକୁ ଗଲା। ପରିଦର୍ଶନ ଆଳରେ ସେଠାରେ ଗୋଟାଏ ଗୋଟାଏ ଫାଇଲ ଓଲଟାଉ ଓଲଟାଉ ସେ କହିଲା, କୋଡ଼ିଏ ବର୍ଷ ତଳେ ମୁଁ ଏଇ ଅଫିସରେ ଥିଲି। ସେତେବେଳେ ମଧ୍ୟ ଏଇ ବିଷୟ ଉପରେ ଗୋଟିଏ ଫାଇଲ ଥିଲା, ଯୋଉଥରେ ମୁଁ ଅନେକ ପ୍ରସ୍ତାବ ଦେଇଥିଲି। ସେ ଫାଇଲ ମିଳିବ କି? ତାର ପୁରୁଣା ଜାଗାରେ ବର୍ତ୍ତମାନ କାମ କରୁଥିବା ଅଫିସର କହିଲା, ରେକର୍ଡ ମାନୁଆଲ ଅନୁସାରେ ସେ ଅସ୍ଥାୟୀ ଫାଇଲ ସବୁ ଦି ବର୍ଷ ପରେ ନଷ୍ଟ କରି ଦିଆଯାଇଛି। ସରକାରଙ୍କ ପାଇଁ ତାର ମୂଲ୍ୟବାନ କାମ ସବୁକୁ ଏପରି ନଷ୍ଟଭ୍ରଷ୍ଟ କରି ଦେଇଥିବା କଥା ଶୁଣି ଅନିରୁଦ୍ଧର ଦୁଃଖ ହେଲା ଏବଂ ସେ ବିରକ୍ତ ହୋଇ ସେଇ ଅଫିସର କାମ ବିଷୟରେ ନିଜର ପରିଦର୍ଶନ ରିପୋର୍ଟରେ ପ୍ରତିକୂଳ ମନ୍ତବ୍ୟମାନ ଦେଲା।

ସେତେବେଳକୁ ତାର ଦୁଇ ପୁଅ ବଡ଼ ହୋଇଯାଇଥିଲେ ଓ ଝିଅ ବାହା ହୋଇ ସାରିଥିଲା। ପୁଅମାନେ ଅନିରୁଦ୍ଧର ଶତ ପ୍ରରୋଚନା ସତ୍ତ୍ୱେ ସରକାରୀ ଚାକିରିରେ ପଶିବାକୁ ଚାହୁଁ ନଥିଲେ ଏବଂ ବ୍ୟବସାୟ କରିବାକୁ ଚାହୁଁଥିଲେ। ଅନିରୁଦ୍ଧ ସେମାନଙ୍କୁ ବୁଝାଇଥିଲା, ସରକାରୀ ଚାକିରିରେ ଟଙ୍କା ସିନା ନାହିଁ, ଅନେକ ନାଁ ଅଛି। ବଡ଼ପୁଅ କହିଲା, କି ନାଁ ଅଛି? ତମର ସେଇ ସାଙ୍ଗ ସିନା ଭିଜିଲାନ୍ସ କେସ୍‌ରେ ପଡ଼ି ଜେଲ ଗଲାରୁ ଲୋକେ ତା ନାଁ ଜାଣିଲେ, ନ ହେଲେ କିଏ ଜାଣୁଚି ତମର ଅଫିସରଙ୍କୁ? ଅନିରୁଦ୍ଧ ଚୁପ ରହିଲା, କିନ୍ତୁ ମାସେ ପରେ ଯେତେବେଳେ ତାର ପୁରୁଣା ଜିଲ୍ଲାକୁ ଗସ୍ତରେ ଗଲା, ପୁଅଙ୍କୁ ସାଙ୍ଗରେ ନେଇଗଲା । ଜିଲ୍ଲା ହେଡକ୍ୱାର୍ଟର

ଭିତରକୁ ପଶିବା ବେଳକୁ ଯୋଉ ସ୍କୁଲ ପଡୁଥିଲା, ଅନିରୁଦ୍ଧ ସେଠାରେ ଗାଡ଼ି ଅଟକାଇଲା ଓ ପୁଅକୁ କହିଲା, ଆସ ଦେଖ, ସରକାରୀ ଚାକିରିରେ ନାଁ ଅଛି କି ନାହିଁ। ରବିବାର ବୋଲି ସ୍କୁଲ ଛୁଟି ଥିଲା ଏବଂ କେହି କୁଆଡ଼େ ନ ଥିଲେ । ଅନିରୁଦ୍ଧ ସିଧା ସ୍କୁଲର ସାମନା କାନ୍ଥକୁ ଯାଇ ସେ ଲଗାଇଥିବା ଫଳକକୁ ଖୋଜିଲା। ସେଠାରେ କେବଳ ଧଉଳା ହୋଇଥିବା କାନ୍ଥ ଥିଲା, ଫଳକର କୌଣସି ଚିହ୍ନବର୍ଣ୍ଣ ନ ଥିଲା। ତାର ସ୍ମରଣରେ ଭୁଲ ହୋଇ ଥାଇପାରେ ବୋଲି ଅନିରୁଦ୍ଧ ସ୍କୁଲ ଘରର ଚାରିଆଡ଼େ ବୁଲି ସବୁ କାନ୍ଥକୁ ତନ୍ନ ତନ୍ନ କରି ନିରୀକ୍ଷଣ କଲା, କିନ୍ତୁ କୌଣସିଠାରେ ତାର ନାଁ ଲେଖା, ଶିଳାଲିପିର ନାମଗନ୍ଧ ନଥିଲା।

ଗସ୍ତରୁ ଫେରି ଅନେକ ଚିନ୍ତା ପରେ ସେ ଶେଷରେ ଏକ ସୁନ୍ଦର ମୀମାଂସାରେ ପହଞ୍ଚିଲା । ତାଙ୍କ ବିଭାଗର ବିଭିନ୍ନ ନିୟମାବଳୀକୁ ଏକତ୍ରିତ କରି ସେ ଗୋଟିଏ ସଂକଳନ ବାହାର କରିବ ଏବଂ ସେଥିରେ ତାର ଭାବୋଦ୍ଦୀପକ ମୁଖବନ୍ଧ ଲେଖିବ । ଅବସର ଗ୍ରହଣ ପୂର୍ବରୁ ଏହି କାମରେ ସେ ମନପ୍ରାଣ ଲଗାଇଲା ଏବଂ ଶେଷରେ ନିୟମାବଳୀର ଏକ ସୁଦୃଶ୍ୟ ସଂସ୍କରଣ ପ୍ରକାଶ ପାଇଲା, ଯେଉଁଥିର ଆରମ୍ଭରେ ଥିଲା ତାର ସୁଦୀର୍ଘ ଓ ସୁଚିନ୍ତିତ ମୁଖବନ୍ଧ । ଅନିରୁଦ୍ଧ ବର୍ତ୍ତମାନ ନିଶ୍ଚିନ୍ତ ଥିଲା ଯେ ତାର ନାଁ ଏଥରକ ଏହି ଛପା ବହିଟିର ମାଧ୍ୟମରେ ଇତିହାସ ପୃଷ୍ଠା ଭିତରକୁ ଚାଲିଯାଇଛି ଏବଂ ନିୟମାବଳୀ ପ୍ରଚଳିତ ଥିବା ପର୍ଯ୍ୟନ୍ତ ତାର ନାଁ ଅମର ହୋଇ ରହିବ। ଏହିଭଳି ଆଶ୍ୱାସନାର ସହିତ ଅନିରୁଦ୍ଧ ଅବସର ଗ୍ରହଣ କଲା।

ଅନିରୁଦ୍ଧ ପରେ ସେଇ ଚାକିରିକୁ ଆସିଲା ଚନ୍ଦ୍ରମୌଳି । ତାର ମଧ୍ୟ ଅବସର ଗ୍ରହଣ ସମୟ ବେଶି ଦିନ ନଥିଲା । ପିଲାଦିନେ ସେ କ୍ରିକେଟ ଖେଳୁଥିଲା ଏବଂ ଭାବିଥିଲା ଯେ ଏକ ମହାନ ସ୍କୋର କରି ଗିନିସ ବୁକ୍‌ରେ ନ ହେଲେ ବି ଭାରତୀୟ କ୍ରିକେଟ ଇତିହାସରେ ଅମରତ୍ୱ ପାଇବ । କିନ୍ତୁ ଶେଷରେ ସେ ପ୍ରଶାସନ ସେବାରେ ଯୋଗ ଦେଲା ଏବଂ ଆଉ କ୍ରିକେଟ ଖେଳିବାର ସୁଯୋଗ ପାଇଲା ନାହିଁ। ଚାକିରି ଶେଷ ବେଳକୁ ସେ ଫାଇଲରେ ସାହିତ୍ୟିକ ନୋଟ ଓ ଶିଳାଲିପି ଇତ୍ୟାଦି ମାଧ୍ୟମରେ ପ୍ରସିଦ୍ଧି ପାଇବାର ଅସାରତା ବିଷୟରେ ପୂର୍ଣ୍ଣମାତ୍ରାରେ ସଚେତନ ଥିଲା। ତେଣୁ ସେ

ନିୟମାବଳୀ ସଂକଳନକୁ ପୁନର୍ମୁଦ୍ରଣ କରାଇବାରେ ମନ ଦେଲା । ଏହି ସଂକଳନର ଦ୍ଵିତୀୟ ସଂସ୍କରଣ ପାଇଁ ସେ ଅନିରୁଦ୍ଧର ପୂର୍ବ ମୁଖବନ୍ଧଟି ବାହାର କରି ଦେଇ ନିଜର ଏକ ସୁଚିନ୍ତିତ ମୁଖବନ୍ଧ ଲେଖିଲା ଓ ତା ତଳେ ସ୍ପଷ୍ଟ ଭାବରେ ନିଜର ନାଁ ଦସ୍ତଖତ କଲା ।   ଯେତେବେଳେ ପ୍ରେସରୁ ଛପା ହୋଇ ବହିର ପ୍ରଥମ କପିଟି ତା ପାଖକୁ ଆସିଲା, ସେ ପୃଷ୍ଠା ଓଲଟାଇ ଶାନ୍ତି ଓ ସ୍ଵସ୍ତିର ନିଃଶ୍ଵାସ ନେଲା ଯେ ତାର ନାଁ ଏଥରକ ଅମର ହୋଇ ରହିବ ।

———

BLACK EAGLE BOOKS

www.blackeaglebooks.org
info@blackeaglebooks.org

Black Eagle Books, an independent publisher, was founded as a nonprofit organization in April, 2019. It is our mission to connect and engage the Indian diaspora and the world at large with the best of works of world literature published on a collaborative platform, with special emphasis on foregrounding Contemporary Classics and New Writing.